ein Ullstein Buch

Vom gleichen Autor
in der Reihe der
Ullstein Bücher:

Das Tal des Himmels (128)
Der rote Pony (205)
Tortilla Flat (217)
Die Straße der Ölsardinen (233)
Der fremde Gott (302)
Stürmische Ernte (393)
Die wilde Flamme (2677)
Der Mond ging unter (2678)
Autobus auf Seitenwegen (2679)
Wonniger Donnerstag (2684)
Von Mäusen und Menschen (2693)
Laßt uns König spielen (2695)

John Steinbeck

Geld bringt Geld

Roman

ein Ullstein Buch

Ullstein Buch Nr. 2752
im Verlag Ullstein GmbH,
Frankfurt/M – Berlin
Amerikanischer Originaltitel:
»The Winter of Our Discontent«
Übersetzt von Harry Kahn

Ungekürzte Ausgabe

Umschlagentwurf: Albrecht Ade

Mit Genehmigung des Diana Verlags,
Dr. S. Menzel, Zürich

Printed in Germany, West-Berlin 1970
Gesamtherstellung
Druckhaus Tempelhof

Erster Teil

Erstes Kapitel

Der goldenhelle Aprilmorgen weckte Mary Hawley auf. Sie drehte sich zu ihrem Mann hin und sah ihn an. Mit seinen beiden kleinen Fingern zog er ihr ein Froschmaul.

»Du bist ja blöd«, sagte sie. »Ethan, du hast wieder einmal deinen blöden Tag.«

»Hören Sie, Fräulein Mausi, wollen Sie meine Frau werden?«

»Bist du schon blöd aufgewacht?«

»Das Jahr ist zum Tag gelangt. Der Tag zum Morgen.«

»Es scheint wirklich so mit dir zu sein. Denkst du daran, daß Karfreitag ist?«

Mit hohler Stimme sagte er: »Die dreckigen Römer treten zum Marsch nach Golgatha an.«

»Sei nicht blasphemisch. Wird Marullo erlauben, daß du den Laden um elf Uhr zumachst?«

»Heißgeliebtes Gänseblümchen, Marullo ist ein Katholik und Katzelmacher. Er wird wahrscheinlich nicht in Erscheinung treten. Ich werde um zwölf Uhr schließen, bis die Hinrichtung vorbei ist.«

»Du redest wie ein Pilgervater. Das ist sehr unschön von dir.«

»Unsinn, mein Marienkäferchen. Das stammt von Mutters Seite. Ich rede wie ein Pirat. Es war doch eine Hinrichtung.«

»Die waren keine Piraten. Du hast selbst gesagt, sie waren Walfänger und hatten Kaperbriefe oder wie man das nennt vom Kontinentalkongreß.«

»Die Schiffe, auf die sie schossen, hielten sie für Piraten. Und die römischen Landser hielten es für eine Hinrichtung.«

»Ich hab' dich bös gemacht. Ich hab's lieber, wenn du blöd bist.«

»Ich bin blöd. Das wissen alle.«

»Du bringst mich immer ganz durcheinander. Pilgerväter und Walfängerkapitäne – alles in einer und derselben Familie. Du hast durchaus das Recht, stolz zu sein.«

»Sie auch?«

»Wie meinst du das?«

»Würden meine großen Ahnen stolz sein, wenn sie wüßten, sie hätten in der Stadt, die ihnen gehörte, einen gottverdammten Kramladengehilfen in einem gottverdammten Katzelmachergeschäft erzeugt?«

»Das bist du nicht. Du bist kein Gehilfe. Du bist etwas wie der Geschäftsführer; du führst die Bücher, du kassierst das Geld ein und bestellst die Waren.«

»Jawohl, jawohl. Und ich fege aus, ich trage den Kehricht hinaus und scharwenzle vor Marullo, und wenn ich, gottverdammich, eine Katze wäre, dann finge ich dem Marullo auch noch die Mäuse.«
Sie umhalste ihn. »Blödeln wir lieber«, sagte sie. »Bitte fluche nicht am Karfreitag. Ich liebe dich doch.«
»Okay«, sagte er nach einer kleinen Pause. »Das sagen sie alle. Glaube nicht, daß du deshalb splitterfasernackt mit einem verheirateten Mann im Bett liegen darfst.«
»Ich wollte dir gerade etwas von den Kindern erzählen.«
»Sind sie im Kittchen?«
»Jetzt bist du wieder blöd. Vielleicht ist's besser, sie erzählen es dir selbst.«
»Ja, aber warum kannst du nicht ...«
»Margie Young-Hunt will heute wieder für mich lesen ...«
»Wer ist sie denn, diese Margie Young-Hunt, was ist denn an ihr, daß alle unsere Süßholzraspler ...«
»Weißt du, wenn ich eifersüchtig wäre ... Ich will damit sagen, daß wenn ein Mann tut, als ob er nicht merke, wenn ein Mädchen hübsch ist ...«
»Die ein Mädchen? Sie hat schon zwei Ehemänner gehabt.«
»Der zweite ist gestorben.«
»Ich möchte Frühstück. Glaubst du etwa an den Quatsch?«
»Na, Margie hat über den Bruder in den Karten gelesen. Eine mir teure und nahestehende Person, hat sie gesagt.«
»Und eine mir teure und nahestehende Person wird gleich einen Tritt in die Kehrseite bekommen, wenn sie nicht etwas heranbefördert ...«
»Ich gehe schon ... Eier?«
»Das will ich meinen. Warum heißt es eigentlich Karfreitag? Was bedeutet Kar? Wer ist der Kar?«
»Ach du!« sagte sie. »Immer mußt du Witze machen.«

Der Kaffee war fertig, und die Eier standen in einem Schüsselchen mit Toast daneben auf dem Tisch, als Ethan Allen Hawley in die Eßnische beim Fenster hineinschlüpfte.
»Sind die Kinder auf?« fragte sie.
»Wo denkst du hin? Die faulen kleinen Biester. Komm, wir wecken sie auf und verhauen sie ein bißchen.«
»Du redest schreckliches Zeug daher, wenn du blöd bist. Kommst du von zwölf bis drei heim?«
»Nö.«
»Warum nicht?«
»Weiber. Kleine Einlage. Vielleicht die Margie da.«

»Ethan, jetzt sprich nicht so. Margie ist eine gute Freundin. Sie würde ihr Hemd für dich ausziehen.«
»Ach nee, und wo hat sie das Hemd her?«
»Das ist wieder Pilgervätergerede.«
»Ich wette um jeden Betrag, daß wir verwandt sind. Sie hat Seeräuberblut.«
»Ach, jetzt bist du wieder blöd. Da ist die Liste für dich . . .« Sie steckte ihm einen Zettel in die Brusttasche. »Scheint sehr viel. Aber du darfst nicht vergessen, es ist das Osterwochenende – vergiß auch die Eier nicht – zwei Dutzend. Mach, du kommst zu spät.«
»Ich weiß schon. Wozu zwei Dutzend?«
»Zum Färben. Allen und Mary Ellen haben sich das unbedingt gewünscht. Jetzt geh aber.«
»Jawohl, mein Käferblümchen – darf ich nicht erst noch hinaufgehen und ihnen eine tüchtige Tracht Prügel geben?«
»Du verziehst sie in Grund und Boden, Eth. Das weißt du.«
»›So fahr denn wohl, o Schiff des Staates‹«, sagte er, warf die Drahttür hinter sich zu und ging hinaus in den goldenen Morgen.
Er blickte noch einmal zurück auf das schöne alte Haus, das Haus seines Vaters und Urgroßvaters, weißgetüncht, mit dem fächerförmigen Oberlichtfenster und einem sogenannten »Witwengang« auf dem Dach. Es war tief eingebettet in die grünenden Gärten mit hundertjährigen Fliederbüschen, die mannsdicke Stämme hatten und von Knospen strotzten. Die Ulmenbäume der – nach ihnen genannten – Elm Street neigten ihre Wipfel zueinander, an denen gelblich das neue Laub sproßte. Die Sonne war gerade vom Bankgebäude weggeglitten und blitzte jetzt auf dem silberglänzenden Gasreservoir; unter ihren warmen Strahlen erhob sich Salz- und Tangduft vom Alten Hafen her.
Ein einziges Lebewesen nur ließ sich auf der frühmorgendlichen Elm Street sehen: ein rotbrauner Vorstehhund, nach seinem Herrn, dem Bankier Baker, Rot-Baker genannt. Würdevoll und langsam lief er seines Weges mit gelegentlichen Stationen bei den Ulmen, an denen er schnüffelnd feststellte, wer sich ins Gästebuch eingetragen hatte.
»Guten Morgen, Herr Rot-Baker. Mein Name ist Ethan Allen Hawley. Entschuldigen Sie, wenn ich Sie bei der Bedürfnisverrichtung gestört habe.«
Rot-Baker blieb stehen und erwiderte die Begrüßung durch langsames Wedeln mit seiner buschigen Rute.
Ethan sagte: »Ich betrachtete gerade mein Haus. Die Leute damals haben noch zu bauen verstanden.«
Rot-Baker warf den Kopf hoch und streckte eines seiner Hinterbeine, um mit dem Fuß leicht an die Rippen zu stoßen.

»Warum auch nicht? Die Leute hatten Geld. Walfischtran von allen sieben Meeren her und Walrat. Wissen Sie, was Walrat ist?«
Rot-Baker ließ ein winselndes Seufzen hören.
»Ich sehe, Sie wissen es nicht. Eine leichte, ölige, lieblich duftende Flüssigkeit aus der Schädelhöhle des Pottwals. Lesen Sie ›Moby Dick‹, Herr Hund. Das kann ich Ihnen nur raten.«
Der Hund hob sein Bein am gußeisernen Pfosten der Gosse.

Sich zum Weitergehen anschickend, sagte Ethan noch über die Schulter weg: »Schreiben Sie darüber eine Buchbesprechung. Vielleicht dient das zur Belehrung meines Sohnes. Er kann Walrat nicht einmal buchstabieren oder — was sonst immer.«
Zwei Häusergevierte von dem alten Haus Ethan Allen Hawleys biegt die High Street von der Elm Street ab. Etwa mittenwegs im ersten Häusergeviert balgte sich auf dem jungen Rasen des Hauses Elgar eine Verbrecherbande von Spatzen; es war kein Spiel, sondern richtiger Kampf: sie hackten einander nach den Augen und stürzten mit solcher Wut und solchem Lärm aufeinander los, daß sie Ethans Herankommen nicht bemerkten, der schließlich stehenblieb, um dem Geraufe zuzusehen.
»Vögel in ihren kleinen Nestern leben einträchtig miteinander«, sagte er, »warum können wir das nicht? Aber ihr vertragt euch nicht einmal an solch hübschem Morgen. Und ihr seid das Gelichter, zu dem der Heilige Franz so lieb war. Macht, daß ihr wegkommt!« Er lief auf sie zu, und die Spatzen flogen unter leisem Flügelrauschen, aber lautem, bösem Geschilp auf, das sich anhörte wie das Kreischen von Türangeln. »Ich möchte euch bloß noch das sagen«, rief Ethan ihnen nach, »um Mittag wird die Sonne sich verdunkeln, und eine Finsternis wird fallen auf die Erde, und ihr werdet große Furcht haben.« Dann ging er wieder auf den Bürgersteig und setzte seinen Weg fort.
Das alte Haus der Familie Phillips im zweiten Geviert ist jetzt eine Pension mit möblierten Zimmern. Joey Morphy, der Kassier bei der First National Bank, kam gerade aus der Haustür. Er stocherte in seinen Zähnen, zog dann seine Stallmeisterweste gerade und rief Ethan an: »Hei! Gerade wollte ich Sie aufsuchen, Mr. Hawley.«
»Warum heißt es Karfreitag?«
»Das kommt vom lateinischen ›carus‹«, erklärte Joey. »Carus, Carilius, Carottus — und bedeutet: lausig.«
Joey hatte ein Pferdegesicht, zumal wenn er lächelte, wobei er die lange Oberlippe entblößte, so daß große, viereckige Zähne zum Vorschein kamen. Joseph Patrick Morphy, genannt Joey-Boy oder auch kurz »the Morph«. Dafür daß er erst ein paar Jahre in New Baytown war, war seine Beliebtheit erstaunlich. Er war ein Spaßvogel, der seine Scherze mit verhängten Augen

wie ein Pokerspieler vorbrachte, während er über die Witze anderer, ob er sie nun gehört hatte oder nicht, in wieherndes Gelächter ausbrach. Ein kluger Kopf, dieser Morph, ein Alleswisser, der über alles »aus erster Quelle« Bescheid wußte, ob es sich um die Mafia oder um Lord Mountbatten handelte, der jedoch seine Weisheiten stets mit einem Tonfall von sich gab, daß sie fast wie Fragen klangen. Das nahm ihnen den Beiklang von Besserwisserei, so daß der Zuhörer sich als Mitschöpfer empfand und sie als seine eigenen weitergeben konnte. Joey war eine Spielernatur, doch niemand hatte je erlebt, daß er sich auf eine Wette einließ; er war ein ausgezeichneter Buchhalter und ein fabelhafter Bankkassier. Der Präsident der First National Bank hatte solches Vertrauen zu seinem Kassier Joey, daß er ihm den größten Teil der Arbeit überließ.

Der Morph kannte Gott und die Welt, stand auf vertrautem Fuß mit jedermann, redete jedoch niemanden je mit dem Vornamen an. Ethan war für ihn Mr. Hawley, Margie Young-Hunt war Mrs. Young-Hunt, obschon gemunkelt wurde, er schlafe mit ihr. Er hatte keine Familie, keinen Anhang, er wohnte im alten Phillipsschen Haus in zwei Zimmern mit Bad und nahm seine Mahlzeiten meistenteils bei Foremaster – Grill und Bar – ein. Sein makelloses Vorleben als Bankangestellter war Mr. Baker und dem Aufsichtsrat bekannt, doch Joey hatte eine Manier, Dinge, die andern Leuten passiert waren, vorzubringen, daß man meinen mußte, er habe sie selbst erlebt; wenn das stimmte, so mußte er schon allerhand herumgekommen sein. Daß er Ehre und Anerkennung dafür nicht selbst in Anspruch nahm, machte ihn bei den Leuten nur beliebter. Er hielt seine Fingernägel sehr sauber, hatte stets ein reines Hemd und auf Glanz geputzte Schuhe an, kleidete sich überhaupt gut und zurückhaltend.

Die beiden Männer spazierten zusammen die Elm Street in Richtung auf High Street entlang.

»Ich hatte vor, Sie etwas zu fragen«, sagte Joey. »Sind Sie verwandt mit dem Admiral Hawley?«

»Meinen Sie nicht vielleicht den Admiral Halsey?« fragte Ethan. »Kapitäne hatten wir haufenweise in der Familie, aber von einem Admiral habe ich nie etwas gehört.«

»Habe gehört, Ihr Großpapa sei Walfängerkapitän gewesen. Ich habe das wohl mit dem Admiral durcheinandergebracht.«

»Städtchen wie dieses hier haben immer ihre Sagen und Legenden«, meinte Ethan. »So sagen die Leute hier, meine Vorfahren von Vaterseite hätten Seeräuberei getrieben und die Familie meiner Mutter sei mit der ›Mayflower‹ herübergekommen.«

»Jawohl, Ethan Allen«, sagte Joey. »Herrgott, sind Sie auch mit dem verwandt?«

»Kann sein. Muß so sein«, sagte Ethan. »Welch ein Tag – haben Sie schon mal einen schöneren Tag erlebt? Weswegen wollten Sie mich eigentlich aufsuchen?«

»Ach ja ... Sie schließen doch wohl von zwölf bis drei, nicht? Würden Sie mir so gegen halb zwölf ein paar belegte Brote zurechtmachen? Ich komme rüber zu Ihnen und hole sie. Und eine Flasche Milch.«

»Schließt die Bank nicht?«

»Die Bank schon. Aber ich nicht. Klein Joey bleibt drin, an die Bücher geschmiedet. An einem Wochenende, zumal einem so langen, kommt Gott und die Welt daher, um seine Schecks einzukassieren.«

»Daran habe ich nicht gedacht«, sagte Ethan.

»Ja, so ist's aber. An Ostern, am Heldengedenktag, am Vierten Juli, kurz, an jedem langen Wochenende. Wenn ich einen Bankraub veranstalten wollte, dann würde ich das kurz vor einem langen Wochenende machen. Die Moneten liegen alle bereit und warten auf die Kunden.«

»Haben Sie schon mal einen Überfall erlebt?«

»Nein. Aber ich hatte einen Freund, der schon zwei durchgemacht hat.«

»Was erzählte er darüber?«

»Tja, er habe Angst gehabt. Er habe getan, was ihm befohlen wurde. Er habe sich platt auf den Fußboden gelegt und die Kerle machen lassen, was sie wollten. Das Geld sei besser versichert gewesen als er selber.«

»Ich bringe Ihnen die belegten Brote, sobald ich schließe. Ich klopfe an der Hintertür. Was wollen Sie drauf?«

»Ach, machen Sie sich keine Umstände, Mr. Hawley. Ich komme über die Hintergasse rüber – ja, ein Brot mit Schinken und ein Schwarzbrot mit Käse, Kopfsalat und Mayonnaise und, wie gesagt, vielleicht eine Flasche Milch und für später noch ein Coca-Cola.«

»Ich habe gute Salami da ... Das versteht Marullo.«

»Nein, danke. Wie geht's dieser Mafia in eigener Person?«

»Gut, nehme ich an.«

»Nun, auch wenn man diese Südländer nicht mag, so muß man doch einen Kerl bewundern, der es von einem Stoßkarren zu dem Vermögen bringt, wie er jetzt eins hat. Er ist recht gerissen. Kein Mensch weiß, wieviel er auf die hohe Kante gelegt hat. Ich sollte das wohl nicht sagen. Bankangestellte dürften nichts ausplaudern.«

»Das haben Sie doch nicht getan.«

Sie waren zur Ecke gelangt, wo die High Street abbiegt. Unwillkürlich blieben sie stehen und betrachteten das Gehäufe von hellroten Backsteinen und Bewurf, das einmal das alte Bay Hotel gewesen war und jetzt abgerissen wurde, um einem neuen Woolworthgebäude Platz zu machen.

Stumm wie Raubvögel in der Morgenfrühe, die auf ihre Beute warten, hockten der gelbgestrichene Bulldozer und der Riesenkran mit seinem kugelförmigen Zertrümmerungsstößel da.

»Das hab' ich mir immer gewünscht, bei so was mitzumachen«, sagte Joey. »Muß eine aufregende Sache sein, die Stahlkugel da schwenken zu lassen und zuzusehen, wie eine Mauer zusammenbricht.«

»Ich habe genug dergleichen in Frankreich gesehen«, sagte Ethan.

»Jaja ... Ihr Name steht auch auf dem Denkmal am Hafen.«

»Sind die Bankräuber, die Ihren Freund überfallen haben, eigentlich gefaßt worden?« Ethan war überzeugt, der Freund sei niemand anders als Joey selbst; was übrigens jedermann sonst auch geglaubt haben würde.

»Natürlich. Erwischt wie die Maus in der Falle. Es ist ein Glück, daß dieses Raubgesindel meist nicht sehr gescheit ist. Wenn Joey-Boy ein Buch darüber schriebe, wie man eine Bank ausraubt, dann würde die Polizei überhaupt keinen mehr kriegen.«

»Und wie würden Sie es anstellen?« sagte Ethan lachend.

»Ich lese eben die Zeitungen. Und ich war gut bekannt mit einem Polizisten. Soll ich Ihnen eine Vorlesung für zwei Dollar halten?«

»Na, sagen wir nur für fünfundsiebzig Cent. Ich muß den Laden aufmachen.«

»Meine Damen und Herren«, fing Joey an. »Ich bin am heutigen Vormittag hier, um ... Nein, hören Sie! Wie fängt man Bankräuber? Erstens einmal: Vorstrafenliste, war schon einmal gefaßt worden. Zweitens: Streit über die Beute, da ist immer einer, der die Sache verpfeift. Drittens: Weiber. Können die Pfoten nicht von den Weibern lassen, und das hängt zusammen mit viertens: müssen das gestohlene Geld verjubeln. Man passe auf Leute auf, die zum erstenmal viel ausgeben, und man hat sie.«

»Wie ist also Ihr Verfahren, Herr Professor?«

»Klar wie Kloßbrühe. Alles entgegengesetzt. Niemals einen Bankraub machen, wenn man schon mal gefaßt worden oder sonst vorbestraft ist. Keine Komplicen — alles allein machen und keiner Menschenseele was davon flüstern. Finger von den Weibern lassen. Nichts ausgeben. Alles verstecken; wenn's sein muß, jahrelang. Wenn man dann irgendwie eine Erklärung hat dafür, daß man über Geld verfügt, ganz langsam, immer nur mit kleinen Beträgen herausrücken und es anlegen. Aber nicht verjubeln.«

»Und wenn der Einbrecher erkannt wird?«

»Wer soll ihn erkennen, wenn er sein Gesicht verdeckt und kein Wort redet? Haben Sie schon einmal Beschreibungen von sogenannten Augenzeugen gehört? Alles Blödsinn. Mein Freund von der Polizei sagt, wenn man ihn mit andern Personen in einer Reihe aufstellt, dann verfallen sie immer wieder auf ihn und schwören Stein und Bein, er hätte alles mögliche verbrochen. So, das war für fünfundsiebzig Cent. Ich bitte darum.«

Ethan griff in die Hosentasche. »Ich muß sie Ihnen schuldig bleiben.«

»Na, ich nehme dafür belegte Brote in Zahlung.«
Sie überquerten die High Street und bogen in die kleine Gasse ein, die auf der andern Seite abging. Auf seiner Seite der Gasse betrat Joey die Lokalitäten der First National Bank durch die Hintertür, während Ethan auf seiner Seite die Gassentür von Marullos »Obst-, Gemüse- und Kolonialwaren-Handlung« aufschloß. »Schinken und Käse?« rief er hinüber.
»Auf Schwarzbrot – mit Kopfsalat und Mayonnaise.«
Ein wenig Licht fiel, durch das verstaubte, eisenvergitterte Fenster gräulich wirkend, von der engen Gasse her in den Lagerraum. Ethan blieb in dem halbdunklen Raum stehen, in dem bis zur Decke Gestelle standen, vollgestapelt mit Kartons und Kisten von Fleisch-, Fisch-, Gemüse- und Fruchtkonserven sowie allerhand Käse. Ethan schnupperte nach Mäusen zwischen den erdigen Düften von Mehl, getrockneten Erbsen und Bohnen, dem Tinte-und-Papier-Geruch der in Kisten verpackten Zerealien, dem fetten, satten, säuerlichen Duft verschiedener Käse, der Wurstwaren, von Schinken und Speck, dem Gärgestank von Kohl-, Salat- und Rübenabfällen aus den silbrig glänzenden Mülleimern neben der Hintertür. Da ihm keine Spur des muffig-scharfen Geruchs von Mäusen auffiel, öffnete er die Hintertür wiederum und rollte die mit dem Deckel verschlossenen Mülleimer in die Gasse hinaus. Eine graue Katze wollte durch die Tür springen, doch Ethan scheuchte sie fort.
»Nein, du nicht«, sagte er zu der Katze. »Mäuse und Ratzen sind Atzung der Katzen, doch du bist eine Wurstbenagerin. Weg mit dir! Hörst du: weg mit dir!« Die Katze leckte sich die gebogene rosige Pfote, doch beim zweiten »Weg mit dir!« lief sie mit hochgehobenem Schwanz davon und kletterte über den Bretterzaun hinter der Bank. »Das muß ein Zauberwort sein«, sagte Ethan laut vor sich hin. Dann ging er wieder in den Lagerraum und schloß die Tür.
Dann wollte er durch den verstaubten Raum zur Schwingtür nach dem Laden gehen, hörte jedoch aus der kleinen Toilette das Geräusch von sickerndem Wasser. Er machte die Sperrholztür auf, knipste das Licht an und spülte die Toilettenschüssel. Dann stieß er die breite Tür mit der drahtvergitterten Gucklochscheibe auf und schob mit einem festen Fußtritt den Holzkeil zwischen Türfüllung und -pfosten, damit sie offenblieb.
Die Markisen waren noch über die großen Straßenfenster heruntergelassen, so daß im Laden ein grünliches Licht herrschte. Auch hier Gestelle bis zur Decke, säuberlich vollgefüllt mit Lebensmitteln in glänzenden Blechdosen und Gläsern, sozusagen eine Bibliothek für den Bauch. Auf der einen Seite Theke, Registrierkasse, Säcke, Bindfäden sowie das großartige Möbel aus verchromtem Stahl und weißem Email, die Kühltheke, in der der Kompressor vor sich hinflüsterte. Ethan drehte einen Schalter und ließ Licht strömen über den kalten Aufschnitt, über Käse und Wurst, über Rump- und Beefsteaks und

Fische – alles war von dem bläulichen Neonschein überzogen. Etwas wie die Beleuchtung einer Kathedrale erfüllte den Ladenraum, ein diffuses Licht, nicht unähnlich dem, das in der Kathedrale von Chartres liegt. Ethan blieb einen Augenblick lang stehen, um es zu bewundern, alles, die Orgelpfeifen der Tomatendosen, die Seitenkapellen von Senf und Oliven, die hundert Sardinensarkophage.

»Unimum et unimorum«, leierte er in nasalem Litaneienton, »Unimaus quod uniwanz in omnem unim, domine – ahhhhhmehn.« Und er hörte seine Frau sagen: Du blödelst wieder. Außerdem kannst du damit anderer Leute Gefühle verletzen. Lauf nicht herum und verletze die Gefühle der Leute.

Ein Angestellter im Kolonialwarenladen – Marullos Kolonialwarenladen – mit einer Frau und zwei lieben Kinderchen. Wann ist er mal allein, wann darf er allein sein? Kunden bei Tag, Frau und Kinderchen am Abend, Weib bei Nacht, Kunden bei Tag, Frau und Kinderchen am Abend. »Nur im Badezimmer ist er allein«, sagte er laut vor sich hin, »und zwar gleich jetzt, bevor ich den Abfluß aufmache.« Ach, die gemütliche-friedliche, duftige-luftige, alberne-dalbernde Stunde, die liederlich-liebliche Stunde. »Wessen Gefühle könnte ich damit verletzen, mein Zuckerfüßchen?« fragte er seine Frau. »Hier gibt's keine niemandes Gefühle nicht. Nur ich bin hier mit meinem unimum unimorum bis – nun, bis ich die gottverdammte Ladentür aufmache.«

Aus einer Schublade hinterm Ladentisch neben der Registrierkasse holte er eine saubere Schürze heraus, entfaltete sie, zog die Schnüre gerade und schlang diese zweimal um die Hüfte herum, nachdem er die Schürze angelegt hatte. Sie ging ihm fast bis in die Hälfte der Schienbeine. Er hob die rechte Hand, die Fläche nach oben gekehrt, wölbte sie etwas und fing an zu deklamieren: »Höret mich, ihr eingemachten Birnen, ihr Gurken und Perlzwiebeln, hört mich an! ›Und als es Tag ward, sammelten sich die Ältesten des Volkes und die Hohepriester und die Schriftgelehrten und führten Ihn hinauf vor ihren Rat ...‹ Als es Tag ward ... Die Schweinehunde machten sich früh ans Werk, nicht wahr? Sie verloren keine Zeit, o nein. Nun, sehen wir einmal weiter ... ›Und es war um die sechste Stunde‹ – das mag bei uns zwölf Uhr sein – ›und es war eine Finsternis über das ganze Land bis über die neunte Stunde.‹ Wieso kommt mir das jetzt in den Sinn? Großer Gott, Er brauchte lange zum Sterben, entsetzlich lange ...« Er senkte die Hand und schaute fragend auf die vollgefüllten Gestelle, als ob ihm von dort eine Antwort kommen könne. »Du sagst jetzt gar nichts zu mir, Mary, mein Knödelchen. Bist du eine der Töchter Jerusalems? ›Weinet nicht über mich‹, sagte Er, ›weinet über euch selbst und eure Kinder ... Denn wenn dies am grünen Holz geschieht, was soll am dürren werden?‹ Das bricht mir immer noch das Herz. Tante Deborah hat mehr bewirkt, als sie wußte. Es ist noch nicht die sechste Stunde – noch nicht.«

Er zog die grünen Markisen an den großen Fenstern hoch, indem er sagte: »Komm herein, Tag!« Und dann machte er die Straßentür auf, indem er sagte: »Tritt ein, Welt!« Er schwenkte die Eisengitter zurück und hakte sie fest. Und die Morgensonne lag so mild auf dem Pflaster, wie es sich gehörte, denn im Monat April ging sie gerade da auf, wo die High Street in die Bucht verlief. Ethan ging zur Toilette zurück, um einen Besen zwecks Reinigung des Trottoirs zu holen.

Ein Tag, ein Tag so lang wie ein Leben, das ist kein Einerlei, sondern ein Vielerlei. Er verändert sich nicht mit dem zunehmenden Licht bis zu dessen Scheitelhöhe und bis zum Wiederabstieg, sondern hinsichtlich Stoff und Stimmung, in Ton und Sinn, die von tausend Faktoren der Jahreszeit beeinflußt werden, von Hitze und Kälte, von stillen oder wirren Winden, verzerrt durch Düfte, Geschmäcke und die Gespinste von Eis oder Gras, Knospe, Blatt oder schwarzgedorrtem nacktem Geäst. Und wie der Tag sich verändert, ändern sich seine Wesen, Käfer und Vögel, Katzen und Hunde, Schmetterlinge und Menschen.

Ethan Allen Hawleys stiller, dämmeriger, innerlicher Tag war vorbei. Der Mann, der mit metronomisch regelmäßigen Strichen den morgendlichen Bürgersteig fegte, war nicht der Mann, der den Konservenbüchsen Predigten zu halten vermochte, kein Unimum-Unimorum-Mann, ja nicht einmal mehr ein albernder dalbernder Mann. Mit dem schwingenden Strich seines Besens kehrte er Zigarettenstummel und Kaugummipapierchen, Knospenkapseln der besamten Bäume und gemeinen Staub zusammen und fegte den ganzen Kehrichtschwaden in den Rinnstein, wo er des silberglänzenden Wagens der Städtischen Müllabfuhr harrte.

Von seinem Haus in der Maple Street lenkte Mr. Baker seine genau bemessenen, regelmäßigen Schritte zur roten Backsteinbasilika der First National Bank.

»Guten Morgen, Mr. Baker«, sagte Ethan und hielt mit dem Besenschwingen inne, um die säuberlichen Sergehosen des Herrn Bankiers vor Staub zu bewahren.

»Mor'n, Ethan. Schöner Tag.«

»Sehr schön«, bestätigte Ethan. »Der Lenz ist da, Mr. Baker. Das Murmeltier hat recht gehabt.«

»Jawohl, jawohl.« Nach kurzem Stocken sagte Mr. Baker: »Ich hatte mit Ihnen sprechen wollen, Ethan. Das Geld da, das Ihrer Frau von ihrem Bruder testamentarisch vermacht wurde – es belief sich doch auf über fünftausend, nicht?«

»Nach Abzug der Steuern sechstausendfünfhundert«, sagte Ethan.

»Nun, das liegt so einfach auf der Bank. Es sollte doch angelegt werden. Das möchte ich mit Ihnen besprechen. Ihr Geld sollte arbeiten.«

»Sechstausendfünfhundert Dollar können nicht viel arbeiten, Mr. Baker. Die kann man bloß für Notfälle bereithalten.«
»Ich halte nicht viel von brachliegendem Geld, Ethan.«
»Nun, auch das dient zu was – dadurch, daß es eben verfügbar ist.«
Die Stimme des Bankiers war eisig geworden, als er sagte: »Das verstehe ich nicht.« Der Tonfall jedoch besagte, daß er sehr wohl verstand und es für dumm hielt. Dieser Tonfall erregte Bitterkeit bei Ethan, und die Verbitterung erzeugte eine Lüge.
Nach einer zierlichen kleinen Schwenkung des Besens über das Pflaster sagte er: »Die Sache liegt so, Mr. Baker: Dieses Geld ist Marys einstweilige Sicherung für den Fall, daß mir etwas zustößt.«
»Dann sollten Sie einen Teil davon für eine Lebensversicherung benutzen.«
»Es ist ja nur für einstweilen, Mr. Baker. Das Geld war das ganze Vermögen von Marys Bruder. Ihre Mutter lebt noch und kann noch viele Jahre leben.«
»Ich verstehe. Alte Leute können eine Belastung bilden.«
»Sie können auch auf ihrem Geld sitzen.« Bei diesen lügenhaften Worten blickte er Mr. Baker ins Gesicht; er sah, wie sich der Hals des Bankiers über dem Kragen rötete. »Sehen Sie, Mr. Baker, wenn ich Marys Geld anlegen würde, dann könnte ich es womöglich verlieren, so wie ich meines verloren habe und wie mein Vater um sein Hab und Gut gekommen ist.«
»Tempi passati, Ethan, tempi passati. Ich weiß, Sie sind ein gebranntes Kind. Aber die Zeiten ändern sich; neue Möglichkeiten ergeben sich.«
»Ich hatte schon die meine, Mr. Baker, mehr Möglichkeit als Verstand. Denken Sie daran, daß der Laden hier kurz nach dem Krieg mir gehörte. Ich mußte ein schönes Stück Terrain verkaufen, um ihn mit Waren zu versorgen – den letzten Rest unseres Geschäftsvermögens.«
»Ich weiß schon, Ethan. Ich bin ja Ihr Bankier. Ich kenne Ihre Vermögenslage, wie Ihr Doktor Ihren Puls kennt.«
»Natürlich wissen Sie Bescheid. Ich brauchte weniger als zwei Jahre, um verdammt nah an die Pleite heranzukommen. Ich mußte alles außer meinem Haus verkaufen, um meine Schulden zu begleichen.«
»Daran sind Sie nicht allein schuld. Grade aus dem Heer entlassen, keine Geschäftserfahrung. Und denken Sie daran, daß Sie stracks in eine Depression gerieten, nur daß wir sie Rezession nannten. Dabei sind auch recht gewiegte Geschäftsleute vor die Hunde gegangen.«
»Ich bin jedenfalls richtig vor die Hunde gegangen. Es ist das erstemal in der Geschichte der Hawleys, daß einer von ihnen Angestellter in einem Kramladen wurde.«
»Nun, das verstehe ich nicht, Ethan. Jeder kann einmal pleite gehen. Was ich nicht einsehen kann, ist, daß Sie es bleiben wollen, ein Mann von Ihrer Familie, Ihrer Herkunft und Bildung. Die Pleite braucht nicht für immer und

ewig anzuhalten, es sei denn, Sie haben vollkommen Kraft und Saft eingebüßt. Was hat Sie denn zu Boden gebracht, Ethan? Und was hält Sie unten?«

Ethan wollte schon eine ärgerliche Antwort geben – natürlich, Sie können das nicht begreifen, Sie sind nie in solcher Lage gewesen –, aber dann kehrte er einen kleinen Kreis von Zigarettenstummeln und Kaugummipapierchen zu einem kegelförmigen Häufchen zusammen und fegte es in den Rinnstein. Schließlich sagte er: »Die Menschen werden nicht so einfach zu Boden geschlagen; meiner Meinung nach können sie sich gegen große Dinge zur Wehr setzen. Was einen zu Fall bringt, das ist die Zersetzung, die langsame Aushöhlung; mit kleinen Rippenstößen wird man in den Abgrund befördert. Da kriegt man es allmählich mit der Angst. Die Angst, daß einem die Elektrizitätsgesellschaft das Licht sperrt. Die Frau braucht Kleider; die Kinder müssen Schuhe und Zeitvertreib haben. Und wenn man ihnen keine Erziehung zuteil werden lassen kann? Und die Monatsrechnungen, und der Arzt und die Zähne und die Mandeloperation, und wenn ich überdies noch selbst krank werde und nicht mehr diesen gottverdammten Bürgersteig kehren kann? Natürlich können Sie das nicht begreifen. Das zerfrißt einem die Eingeweide und den Lebensmut. Ich vermag nicht über die nächste Monatsrate für den Kühlschrank hinaus zu denken. Ich verabscheue meine Arbeit hier und habe Todesangst, sie zu verlieren. Wie sollen Sie das verstehen können?«

»Und was ist mit Marys Mutter?«

»Hab' ich Ihnen ja gesagt: sie sitzt drauf und wird bis zu ihrem Tod darauf sitzenbleiben.«

»Das wußte ich nicht. Ich dachte immer, Mary stamme aus einer armen Familie. Aber ich weiß selbstverständlich, daß Sie, wenn Sie krank werden, Medikamente brauchen oder gar eine Operation, ja möglicherweise eine Schockbehandlung. Unsere Vorfahren, das waren verwegene Leute. Die ließen sich nicht mit Mückenstichen in den Tod treiben. Jetzt aber kommen andere Zeiten. Es gibt Möglichkeiten, von denen sich unsere Ahnen nichts träumen ließen. Und wer packt sie beim Schopf? Die Ausländer. Ausländer setzen sich an unsere Stelle. Wachen Sie auf, Ethan.«

»Und was wird mit dem Kühlschrank?«

»Lassen Sie ihn schwimmen, wenn Sie müssen.«

»Und was wird aus Mary und den Kindern?«

»Denken Sie eine Zeitlang nicht an die. Die werden Sie lieber haben, wenn Sie aus dem Loch herausklettern. Daß Sie sich Sorge über sie machen, das nützt ihnen gar nichts.«

»Und Marys Geld?«

»Verlieren Sie es, wenn es sein muß, aber riskieren Sie es! Mit Vorsicht und gutem Rat brauchen Sie es nicht zu verlieren. Risiko ist noch kein Verlust. Unsere Vorfahren waren immer Leute, die mit einkalkulierten Risiken arbeiteten, und sie verloren nichts. Jetzt werde ich Ihnen etwas sagen, was Sie empören wird, Ethan. Sie verraten das Andenken an den alten Käpt'n Hawley. Sie sind seinem Andenken etwas schuldig. Ei, ihm und meinem Vater gehörte die ›Belle-Adair‹ zusammen, eines der letztgebauten und schönsten Walfängerboote aller Zeiten. Sie schulden der ›Belle-Adair‹ etwas, was Sie noch nicht mit Schneid bezahlt haben. Bleiben Sie nicht auf dem Hintern hocken. Die Abzahlungsgesellschaft soll der Teufel holen.«

Ethan veranlaßte ein widerspenstiges Stückchen Zellophanpapier durch sanftes Zureden mit der Besenspitze, sich über den Rinnstein zu begeben. Dann sagte er leise:

»Die ›Belle-Adair‹ ist bis zur Wasserlinie ausgebrannt, Mr. Baker.«

»Das weiß ich auch. Aber haben wir deshalb die Flinte ins Korn geworfen? Nein.«

»Sie war versichert.«

»Selbstredend.«

»Nun, ich war nicht versichert. Ich habe mein Haus gerettet, aber sonst nichts.«

»Das müssen Sie einmal vergessen. Sie brüten dauernd über Dinge, die vergangen sind. Sie müssen ein bißchen Mut, ein bißchen Wagemut zusammenkratzen. Deshalb sagte ich, Sie sollten Marys Geld anlegen. Ich möchte Ihnen doch helfen, Ethan.«

»Danke sehr, Mr. Baker.«

»Wir werden die Schürze da von Ihnen wegkriegen. Das sind Sie dem alten Käpt'n Hawley schuldig. Er würde so was niemals geglaubt haben.«

»Wahrscheinlich nicht.«

»Gut gesprochen. Wir werden die Schürze wegkriegen.«

»Wenn es nicht wegen Mary und der Kinder wäre . . .«

»Denken Sie nicht an sie. Das sage ich Ihnen – zu deren eigenem Besten. Hier in New Baytown geht bald allerhand Interessantes vor. Daran können Sie teilhaben.«

»Danke sehr, Mr. Baker.«

»Lassen Sie mich nur erst darüber nachdenken.«

»Mr. Morphy sagt, er werde noch arbeiten, wenn Sie um zwölf schließen. Ich mache ihm ein paar belegte Brote. Soll ich Ihnen auch welche machen?«

»Nein, danke. Ich lasse Joey die Arbeit machen. Er ist ein braver Mensch. Ich muß eine bestimmte Liegenschaft aufsuchen. Ich meine nachschlagen. Im Amtszimmer des Grafschaftssekretärs. Von zwölf bis drei ist es da recht ruhig und ungestört. Vielleicht ist dabei etwas für Sie. Wir reden demnächst wieder darüber. Auf Wiedersehen.« Er machte einen langen ersten Schritt, um einem Riß auszuweichen, ging, an der Hintertür vorbei, zum Vordereingang der First National Bank. Ethan lächelte ihm nach.

Er beendigte rasch seine Kehrerei, denn die Straße belebte sich immer mehr mit Menschen, die zur Arbeit gingen. Er stellte die Gestelle mit dem Frischobst in die Ladentür. Nachdem er sich dann vergewissert hatte, daß gerade niemand vorbeikam, nahm er drei Dosen mit Hundefutter vom Regal weg, langte mit der Hand dahinter und holte ein grobes Säckchen mit Wechselgeld heraus; darauf stellte er die Hundefutterdosen wieder an ihren Platz, stellte die Registrierkasse auf »Kein Verkauf« und verteilte die Zwanziger-, Zehner-, Fünfer- und Eindollarscheine unter die für sie bestimmten Rädchen. In die Fächer aus Eichenholz vorn an der Kassenschublade verteilte er Halb- und Vierteldollar-, die Zehn-, Fünf- und Eincentstücke, worauf er die Schublade zustieß. Es ließen sich nur ein paar Kunden blicken: Kinder, die einen Laib Brot, ein Pappgefäß voll Milch oder ein Pfund Kaffee, das vergessen worden war, holten, meist kleine Mädchen mit schlafzerzausten Haaren.
Dann kam Margie Young-Hunt herein, den Busen drall und prall in einem lachsfarbenen Pullover. Auch ihr Tweedrock schmiegte sich liebevoll an ihre Oberschenkel und warf Falten unter ihrem stolzen Gesäß; aber in ihren Augen, ihren braunen kurzsichtigen Augen, gewahrte Ethan etwas, was seine Frau niemals sehen konnte, weil es nicht darin war, wenn Frauen zugegen waren. Das war ein Raubtierweibchen, eine Jägerin, eine Artemis, die es auf Hosen abgesehen hatte. Es lag auch in ihrer Stimme, die wie ein samtiges Knurren war, das sich bei Frauen zu einem vertraulichen Ton wandelte.
»Mor'n, Eth«, sagte Margie. »Schöner Tag für einen Ausflug.«
»Mor'n. Ich wette, Sie haben keinen Kaffee mehr?«
»Wenn Sie raten, daß ich kein Alka-Seltzer mehr habe, dann wette ich nicht.«
»Tolle Nacht?«
»Nicht so schlimm. So 'ne Geschichte mit 'nem Handlungsreisenden. Eine geschiedene Frau ist sicher. Mappe mit Gratismustern. Vielleicht kennen Sie ihn. Heißt Bigger oder Bogger, reist für B.B.D. und D. Ich erwähne das darum, weil er gesagt hat, er wolle Sie besuchen.«
»Wir kaufen meistenteils von Wayland.«
»Na, vielleicht kommt der Mister am Morgen heute daher, um ein bißchen Reklame zu machen für seinen Handel. Das heißt: wenn er sich nicht so elend fühlt wie ich. Hören Sie, geben Sie mir doch ein Glas Wasser. Ich will ein paar Aufmunterungspillen einnehmen.«
Ethan ging zum Lagerraum und brachte ihr einen Becher voll Leitungswasser. Sie warf drei Tabletten hinein. Sie ließ sie sprudeln und zergehen, dann stürzte sie sie hinunter. »Prost Mahlzeit«, sagte sie dabei, »jetzt arbeitet mal schön, ihr Teufel.«
»Ich höre, Sie wollen Mary heute die Zukunft lesen.«
»Ach herrje, das hätt' ich beinahe vergessen. Ich sollte das gewerbsmäßig betreiben. Damit könnte ich selbst mein Glück machen.«

»Mary hat das sehr gern. Verstehen Sie sich gut darauf?«
»Daran ist gar nichts zu verstehen. Man läßt die Menschen – will sagen: die Frauen – über sich selbst reden, und dann erzählt man es ihnen wieder, und da bilden sie sich ein, man habe das zweite Gesicht.«
»Und große dunkle Fremde?«
»Ja, ja – das ist die Sache. Wenn ich Männercharaktere lesen könnte, hätte ich mir nicht so viele Reinfälle zugezogen, wie ich erlebt habe. Bruderherz, wie falsch habe ich einige von ihnen doch gedeutet.«
»Ihr erster Gatte ist doch gestorben, nicht?«
»Nein, mein zweiter. Friede seiner Asche, der Schwei ... Na, Schwamm drüber. Friede seiner Asche.«
Ethan begrüßte die nun eintretende ältliche Mrs. Ezyzinski und verweilte längere Zeit bei der Transaktion betreffs Ankauf eines halben Pfunds Butter, fügte sogar noch einige liebenswürdige Worte über das Wetter hinzu, während Margie Young-Hunt, die sich wieder abgeregt hatte, lächelnd die goldverlöteten Dosen mit Straßburger Gänseleber und die winzigen Schmuckkästchen mit Kaviar inspizierte, die hinten auf der Theke neben der Registrierkasse angeordnet waren.
»Also ...«, sagte Margie, als die alte Dame, polnische Wörter vor sich hinmurmelnd, hinausgewackelt war.
»Also – was?«
»Ich dachte gerade: wenn ich von Männern so viel verstünde wie von Weibern, dann würde ich mein Schild hinaushängen. Warum belehren Sie mich nicht über die Männer, Ethan?«
»Sie wissen genug. Vielleicht zuviel sogar.«
»Ach, gehn Sie!«
»Wollen Sie gleich anfangen?«
»Vielleicht eines Abends demnächst.«
»Schön«, sagte er. »Eine Gruppe: Mary und Sie und die beiden Kinder. Thema: die Männer – ihre Schwäche und ihre Dummheit und wie man sich ihrer bedient.«
Margie beachtete seinen Ton nicht. »Arbeiten Sie nie noch spätabends? Monatsabrechnungen zum Ersten oder dergleichen?«
»Natürlich. Aber ich nehme die Arbeit mit heim.«
Sie hob die Arme über den Kopf und fuhr sich mit den Fingern durch die Haare: »Warum?«
Ethan sagte: »›Und da sie Ihn verspottet hatten, zogen sie Ihm den Purpur aus und zogen Ihm Seine eigenen Kleider an und führten Ihn hinaus, daß sie Ihn kreuzigten. Und zwangen einen, der vorüberging, mit Namen Simon von Kyrene, der vom Feld kam, daß er Ihm das Kreuz trüge. Und sie brachten Ihn an die Stätte Golgatha, das ist verdolmetscht: Schädelstätte ...‹«

»Aber – um Gottes willen!«
»Jaja, ist schon richtig ...«
»Wissen Sie, was für ein Schweinehund Sie sind?«
»Jawohl, Tochter Jerusalems.«
Mit einmal lächelte sie. »Wissen Sie, was ich tun werde? Noch diesen Morgen werde ich jemand eine kolossale Zukunft prophezeien. Sie werden ein ganz großes Tier werden, wußten Sie das schon? Was immer Sie anrühren, wird zu Gold werden – ein Führer der Menschheit.« Rasch ging sie dann zur Tür, drehte sich dort noch einmal um und sagte grinsend: »Unterstehen Sie sich, dem nachzuleben, und unterstehen Sie sich, es nicht zu tun. Auf Wiedersehen, Heiland!« Wie merkwürdig Absätze auf dem Pflaster klangen, wenn sie zornig daraufgehämmert wurden!
Um zehn Uhr wurde alles anders. Die großen Glastüren der Bank taten sich auseinander, ein Strom von Menschen stürzte sich hinein, um Geld zu holen, brachte dann das Geld zu Marullo und trug dafür die mannigfachen Lebensmittel davon, die das Osterfest erfordert. Ethan hatte alle Hände voll zu tun, bis das aufgeregte Geläute der Feuerglocke in der Kuppel des Rathauses die sechste Stunde verkündete.
Die Kunden verzogen sich mit ihren vollen Tüten und Netzen. Ethan holte die Obstständer herein und schloß die Straßentüren ab, dann aber, aus keinem andern Grund, als damit Finsternis falle über ihn und die ganze Welt, zog er die dicken grünen Rollvorhänge herunter, und es fiel Finsternis über den Laden. Nur das Neonlicht der Kühltheke warf einen gespenstischen blauen Schein.
Hinter dem Ladentisch schnitt Ethan vier dicke Scheiben Roggenbrot und schmierte freigebig Butter darauf. Dann schob er die Tür der Kühltheke auf und holte zwei Scheiben gut abgelagerten Emmenthaler Käse sowie drei Scheiben Schinken heraus. Dazu trällerte er vor sich hin: »Kopfsalat und Käse, Kopfsalat und Käse, wer heirat', dem vergehen die Späße.« Die obersten Brotscheiben vermörtelte er mit Mayonnaise aus einem Glas, drückte dann die Deckel auf die Sandwiches und schnitt die heraussteheden Zipfel von Salatblättern und Schinkenfett vom Rand weg. Jetzt noch ein Pappgefäß mit Milch und ein viereckiges Stück Butterbrotpapier zum Einwickeln. Er faltete gerade die Ecken des Papiers sorgfältig zusammen, als ein Schlüssel in der Straßentür rasselte und Marullo hereinkam, breit und wuchtig wie ein Bär, mit einem Hängebauch, der seine Arme kurz und steif vom Körper abstehend erscheinen ließ. Den Hut hatte er in den Nacken zurückgeschoben, so daß seine spröden, eisengrauen, vorn gerade abgeschnittenen Haare wie eine Mütze wirkten. Seine verschmitzten Augen waren jetzt feucht und verschlafen, aber die Goldkappen seiner Schneidezähne glänzten in dem Lichtschein aus der Kühltheke. Die zwei oberen Hosenknöpfe standen offen, so daß das dicke graue Unter-

zeug sichtbar wurde. Die dicken kleinen Daumen steckte er unter dem Magen in den Hosenbund. Er blinzelte in das Halbdunkel hinein.
»Mor'n, Mr. Marullo. Mir scheint, es ist schon Nachmittag.«
»Hei, Jungchen, du schließt ja recht schnell.«
»Die ganze Stadt ist doch geschlossen. Ich meinte, Sie wären bei der Messe.«
»Heut ist keine Messe. Der einzige Tag im Jahr ohne Messe.«
»Ach nein? Wußte ich nicht. Kann ich Ihnen mit etwas dienen?«
Marullo ließ seine kurzen dicken Arme ausgestreckt in den Ellbogen hin- und herschaukeln. »Die Arme tun mir weh, Jungchen. Arthritis. Wird immer schlimmer.«
»Nichts dagegen zu machen?«
»Ich mache alles mögliche: heiße Umschläge, Haifischöl, Pillen, aber der Schmerz bleibt. Alles in Ordnung, aufgeräumt und zugeschlossen. Vielleicht könnten wir uns mal ein bißchen unterhalten, Jungchen, he?« Die Schneidezähne blitzten.
»Etwas nicht in der Reihe?«
»Was soll nicht in der Reihe sein?«
»Tja, bitte warten Sie eine Minute. Ich will bloß die belegten Brote da auf die Bank bringen. Mr. Morphy hat sie bestellt.«
»Tüchtiges Jungchen. Macht Kundendienst. Sehr gut.«
Ethan ging durch den Lagerraum, dann über die Gasse hinüber und klopfte an der Hintertür der Bank. Er reichte Joey die Milch und die Brote hinein.
»Danke sehr. Sie hätten das doch nicht zu bringen brauchen.«
»Kundendienst. Wie Marullo sagt.«
»Stellen Sie ein paar Coca-Cola kalt, bitte. Mir ist, als habe ich lauter trockene Nullen im Mund.«
Als Ethan zurückkam, sah er, wie Marullo in einen Mülleimer hineinguckte.
»Wo wollen Sie sich unterhalten, Mr. Marullo?«
»Fangen wir mal hier an, Jungchen.« Er nahm ein paar Blumenkohlblätter aus dem Eimer heraus. »Du schneidest zuviel ab.«
»Bloß damit sie sauber aussehen.«
»Blumenkohl geht nach Gewicht. Du schmeißt Geld in den Mülleimer. Ich kenne einen gerissenen Griechen, dem vielleicht zwanzig Restaurants gehören. Der sagt immer: das große Geheimnis beruht darin, auf die Mülleimer aufzupassen. Was man wegwirft, kann man nicht verkaufen. Ein gerissener Bursche.«
»Jawohl, Mr. Marullo.« Nervös ging Ethan zum vorderen Teil des Ladens, hinter ihm Marullo, der dauernd die Ellbogen auf- und niederbeugte.
»Spritzst du die Gemüse gut, wie ich dir sagte?«
»Gewiß.«
Der Chef hob einen Salatkopf hoch. »Fühlt sich trocken an.«

»Tja, zum Donnerwetter, Marullo, sie dürfen sich doch nicht vollsaugen, sie sind schon ein Drittel bloß Wasser.«

»Dann sehen sie eben knusprig, frisch und nett aus. Glaubst du, ich verstehe nichts davon? Ich habe mit einem Stoßkarren angefangen – einem einzigen Karren. Ich weiß Bescheid. Du mußt die Kniffe lernen, Jungchen, oder du gehst pleite. Was nun das Fleisch anbetrifft, so zahlst du zuviel dafür.«

»Nun, wir schreiben doch Prima Qualität an!«

»Prima, seconda, terza – wer versteht das? Es steht auf dem Papier, nicht? Jetzt werden wir uns aber mal richtig unterhalten. Bei unseren Rechnungen ist zu viel totes Kapital. Wer nicht am Fünfzehnten zahlt, kriegt keinen Kredit mehr.«

»Das können wir nicht tun. Es sind Leute darunter, die seit zwanzig Jahren bei uns kaufen.«

»Hör mal, Jungchen. Die Kettenläden pumpen John D. Rockefeller keine zehn Cent.«

»Jaja, aber die Leute sind gut dafür, die meisten von ihnen.«

»Was heißt ›gut dafür‹? Damit wird Geld gebunden. Die Kettenläden kaufen nach Wagenladungen ein. Das können wir nicht. Du mußt lernen, Jungchen. Gewiß – das sind nette Leute. Geld ist auch nett. Du wirfst zuviel Fleischabfall in den Eimer.«

»Nur Fett und Rand.«

»Schön und gut, wenn du das nach dem Abwiegen wegschneidest. Du mußt noch viel lernen, Jungchen.« Die Goldzähne erglänzten jetzt nicht, denn die Lippen Marullos waren fest geschlossen wie zugeschnappte Mausefallen.

»Ich bin kein Kleinigkeitskrämer, Marullo«, sagte Ethan aus einer unwillkürlichen Zornesaufwallung heraus, die ihn selbst überraschte.

»Wer ist ein Kleinigkeitskrämer? Das ist Geschäft, gutes Geschäft, und gutes Geschäft ist die einzige Art von Geschäft, die im Geschäftsleben Bestand hat. Meinst du, Mr. Baker verschenkt Gratismuster?«

Jetzt platzte aber Ethan der »Papierkragen«. »Hören Sie mich an«, brüllte er. »Die Hawleys haben hier seit der Mitte des siebzehnten Jahrhunderts gelebt. Sie sind ein Ausländer. Sie wissen davon nichts. Wir sind mit unseren Nachbarn immer gut ausgekommen und haben uns immer anständig benommen. Wenn Sie meinen, Sie brauchen bloß von Sizilien daherzugondeln, um das zu ändern, dann irren Sie sich. Wenn Sie meinen Posten haben wollen, bitte, Sie können ihn wiederhaben, und zwar gleich, sofort. Und nennen Sie mich nicht mehr ›Jungchen‹, sonst schlage ich Ihnen das Nasenbein entzwei . . .«

Jetzt funkelten sämtliche Zähne Marullos. »Okay, okay. Werden Sie nicht wild. Ich will doch bloß Ihr Bestes.«

»Nennen Sie mich nicht ›Jungchen‹. Meine Familie sitzt hier seit zweihun-

dert Jahren.« Das hörte sich in seinen eigenen Ohren kindisch an, und seine Wut verrauchte.
»Ich spreche kein sehr gutes Englisch. Du meinst, Marullo ist ein Niggername, ein Katzelmachername. Meine *genitori,* mein Name, sind wohl zwei-, ja dreitausend Jahre alt. Marullus war ein Römer. Valerius Maximus berichtet über ihn. Was bedeuten da zweihundert Jahre?«
»Sie sind nicht von hier.«
»Vor zweihundert Jahren wart ihr's auch nicht.«
Ethan, dessen Wut jetzt völlig verraucht war, gewahrte nun etwas, was einen an der Beständigkeit der wirklichen Dinge außerhalb der eigenen Person zweifeln läßt. Er sah den Immigranten, den Obsthausierer, unter seinen Augen sich verwandeln, sah die Wölbung der Stirn, die scharfe Adlernase, die tiefliegenden, leidenschaftlichen, furchtlosen Augen, sah den von säulenartigen Muskeln getragenen Kopf, sah Stolz so tief und sicher verankert, daß er sogar Demut spielen durfte. Das war mir entgangen, dachte er, was habe ich sonst noch übersehen?
»Gutes Geschäft«, sagte Marullo. »Ich dir lehre Geschäft machen. Sechzig Jahr bin ich geworden. Frau gestorben. Arthritis. Große Schmerzen. Ich versuche, dir zu zeigen Geschäft. Vielleicht lernst du nix. Meiste Menschen lernen nix. Gehn pleite.«
»Das brauchen Sie mir nicht unter die Nase zu reiben, daß ich pleite war.«
»Hast du falsch aufgefaßt. Ich versuche, dir zu lernen gute Geschäft, damit du nicht mehr pleite gehst.«
»Schöne Aussichten. Ich habe doch gar kein Geschäft.«
»Du bist noch ein Jungchen.«
»Hören Sie mal, Marullo«, sagte Ethan, »tatsächlich führe ich ja Ihr Geschäft. Ich führe die Bücher, kassiere das Geld ein, bestelle die Waren. Ich halte die Kundschaft fest. Die Leute kommen wieder. Ist das kein gutes Geschäft?«
»Sicher. Hast etwas gelernt. Bist kein Jungchen mehr. Wirst böse, wenn ich dich so nenne. Wie soll ich dich denn nennen? Ich nenne alle Leute so.«
»Versuchen Sie es mit meinem Namen.«
»Klingt nicht freundlich. Jungchen ist freundlich.«
»Aber es ist nicht würdig.«
»Würdig ist nicht freundlich.«
Ethan lachte. »Wenn man Angestellter in so einem Kramladen ist, muß man auf seine Würde bedacht sein — um seiner Frau und seiner Kinder willen. Verstehen Sie das?«
»Ist ja Schwindel.«
»Natürlich. Wenn ich wirklich Würdegefühl besäße, dann würde ich nicht daran denken. Etwas, was mir mein Vater kurz vor seinem Tod sagte, habe ich fast vergessen. Er sagte: die Schwelle der Beleidigung steht in direktem

Verhältnis zu Intelligenz und Selbstsicherheit. Er sagte: das Wort ›Hurensohn‹ ist eine Beleidigung nur für einen Menschen, der seiner Mutter nicht ganz sicher ist. Und wie soll man es anfangen, Albert Einstein zu beleidigen? Also machen Sie nur weiter und nennen Sie mich ›Jungchen‹, wenn Sie wollen.«

»Siehst du, Jungchen. Freundlicher.«

»Also schön. Was wollten Sie mir über Geschäftliches sagen, was ich nicht richtig mache?«

»Geschäft ist Geld. Geld ist nicht freundlich. Jungchen, du vielleicht zu freundlich – zu nett. Geld ist nicht nett. Geld macht keine Freude, sondern mehr Geld.«

»Das ist dummes Zeug, Marullo. Ich kenne eine Menge freundlicher, ehrenwerter Geschäftsleute.«

»Wenn du nicht Geschäfte machst, Jungchen, dann ja. Du wirst das schon noch merken. Aber dann ist es zu spät. Du führst den Laden nett, aber wenn's einmal dein Laden ist, dann gehst du freundlich und nett pleite. Ich dir lerne richtige Lektion wie Schullehrer. Addio, Jungchen.«

Marullo ging, die Arme auf- und abbeugend, zur Straßentür hinaus und warf sie zu. Ethan kam die Welt dunkel vor.

Ein scharfes metallisches Klopfen ertönte von der Straßentür her. Ethan schob den Vorhang zurück und rief: »Geschlossen bis drei Uhr.«

»Lassen Sie mich rein. Ich möchte mit Ihnen sprechen.«

Er ließ den Fremden ein: es war ein schmächtiger, ewig junger Mensch, der nie jung gewesen war, puppig angezogen, mit dünnem, am Schädel klebendem Haar und vergnügten, unsteten Augen.

»Bedaure, wenn ich Sie störe. Wollte Sie allein sprechen. Schien, als wolle der Alte überhaupt nicht mehr fortgehn.«

»Marullo?«

»Jawohl. Ich stand gegenüber.«

Ethan warf einen Blick auf die makellosen Hände. Am Mittelfinger der linken sah er einen Goldring mit einem großen Opal.

»Habe gestern abend eine Freundin von Ihnen kennengelernt«, sagte der Fremde.

»So . . .«

»Mrs. Young-Hunt. Mrs. Margie Young-Hunt.«

»Ach . . .«

Ethan merkte, wie der Fremde sich den Kopf zerbrach und eine Gesprächseinleitung, eine Beziehung suchte, an die er anknüpfen konnte.

»Nettes Kind. Hat groß von Ihnen geschwärmt. Deshalb dachte ich . . . Mein Name ist Biggers. Ich bereise diesen Bezirk für B.B.D. und D.«

»Wir beziehen alles von Wayland.«

»Weiß ich. Deshalb komme ich ja. Dachte, Sie würden vielleicht Ihren Lieferantenkreis mal etwas erweitern wollen. Wir sind neu hier im Bezirk. Bauen unser Geschäft rasch aus. Muß allerhand Konzessionen machen, um einen Fuß in die Tür zu kriegen. Es würde sich für Sie lohnen, sich die Gelegenheit zunutze zu machen.«

»Darüber müssen Sie mit Mr. Marullo sprechen. Er hat immer mit Wayland gearbeitet.«

Ohne die Stimme zu senken, schlug der Mann einen vertraulichen Ton an. »Sie machen doch die Bestellungen?« sagte er.

»Das wohl. Mr. Marullo leidet an Arthritis, und außerdem hat er noch andere Interessen.«

»Wir könnten vielleicht von den Preisen ein bißchen abzwacken.«

»Mir scheint, Marullo hat davon schon so viel abgezwackt, wie sich irgend abzwacken ließ. Sie müssen mit ihm sprechen.«

»Das möchte ich eben nicht. Ich möchte mit demjenigen sprechen, der die Bestellungen gibt, und das sind Sie.«

»Ich bin nur ein Angestellter.«

»Sie geben die Bestellungen, Mr. Hawley. Ich kann fünf Prozent für Sie abzweigen.«

»Marullo wird sich vielleicht durch einen solchen Skonto bestechen lassen, wenn die Qualität die gleiche ist.«

»Sie haben mich nicht verstanden. Ich will nichts mit Marullo zu tun haben. Diese fünf Prozent würden in bar bezahlt werden; keine Schecks, keine Buchungen, keine Scherereien mit den Steuermenschen; einfach schöner, sauberer, frischer Kies aus meiner Hand in Ihre, und von Ihrer Hand in Ihre Tasche.«

»Warum kann Marullo nicht den Skonto bekommen?«

»Wegen der Preisvereinbarung.«

»Schön. Und wenn ich die fünf Prozent nehme und übergebe sie Marullo?«

»Mir scheint, Sie kennen die Menschen nicht. Wenn Sie ihm die fünf Prozent übergeben, wird er sich bloß fragen, wieviel Sie für sich behalten haben. Das ist vollkommen menschlich.«

Ethan sagte leise: »Sie wollen also, ich soll den Mann hintergehen, für den ich arbeite?«

»Wer wird denn da hintergangen? Er verliert doch nichts, und Sie verdienen ein Dollarchen. Dazu ist ein jeder berechtigt. Margie sagte, Sie seien ein gewitzter Knabe.«

»Es ist ein dunkler Tag«, sagte Ethan.

»Aber nein, keineswegs. Sie haben die Rollvorhänge heruntergelassen.« Sein schnuppernder Verstand witterte Gefahr: eine Maus, die zwischen dem Geruch der Falle und dem Duft des Käses ins Schwanken geriet. »Ich werde Ihnen was sagen«, meinte er, »überlegen Sie sich's. Schauen Sie, ob Sie uns etwas Geschäft zukommen lassen können. Ich komme wieder her, wenn ich im Bezirk bin. Ich klappere ihn alle vierzehn Tage ab. Hier ist meine Karte.«

Ethan hob die Hand nicht; Biggers legte die Karte auf die Kühltheke. »Und hier ist ein kleines Souvenir, das wir unseren Freunden verehren.« Damit zog er aus einer Seitentasche ein Portefeuille, ein teures, schönes Stück aus Seehundleder. Er legte die Tasche neben die Karte. »Nettes Dingelchen, wie? Darin können Sie Ihren Führerschein unterbringen, Ihre Mitgliedskarten.«

Ethan gab ihm keine Antwort.

»Ich komme in ein paar Wochen mal wieder vorbei«, sagte Biggers. »Wie gesagt: überlegen Sie sich's. Ich komme bestimmt. Habe eine Verabredung mit Margie. Das ist mir schon ein Mädel!« Wieder erhielt er keine Antwort. »Ich gehe schon. Ich finde den Weg. Auf bald!« Plötzlich trat er noch einmal nahe zu Ethan heran und sagte: »Seien Sie kein Narr. Alle tun das. Alle!« Dann ging er rasch zur Tür hinaus und machte sie geräuschlos zu.

In der dunklen Stille vermochte Ethan das leise Summen des Transformators für das Neonlicht in der Kühltheke zu hören. Langsam drehte er sich seinem auf den Gestellen in Reihen und Schichten aufgestapelten Publikum zu.

»Ich hatte gemeint, ihr wäret meine Freunde! Aber nicht eine Hand habt ihr für mich gerührt. Schönwetter-Austern, Schönwetter-Gurken, Schönwetter-Cakes-Mischung. Kein unimus mehr für euch. Ich möchte wissen, was der heilige Franz sagen würde, wenn ihn ein Hund bisse oder ein Vogel auf ihn schisse. Würde er dann sagen: ›Danke sehr, Herr Hund, *tante grazie*, Signora Vogel?‹« Da an der Hintertür ein Gerassel, Geklopfe, Gehämmer einsetzte, ging er rasch durch den Lagerraum und murmelte dabei: »Mehr Kundschaft, als wenn's offen wäre.«

Mit der Hand seine Gurgel haltend, trat Morphy ein. »Um Himmels willen«, stöhnte er. »Rasch Coca-Cola her, mich dürstet gar zu sehr. Warum ist denn hier so dunkel? Versagt mir nicht das Augenlicht?«

»Die Rollvorhänge sind heruntergelassen. Zur Abschreckung durstiger Bankleute.«

Er ging zur Kühltheke voraus und entnahm ihr eine beschlagene Flasche, löste die Kapsel ab und griff nach einer zweiten. »Ich werde wohl auch eine genehmigen«, sagte er.

Joey lehnte sich an den beleuchteten Glaskasten und stürzte die halbe Flasche hinunter, ehe er sie absetzte. »Heda«, sagte er, »da hat jemand seinen Goldschatz liegengelassen.« Er hob die Brieftasche hoch.

»Ein kleines Geschenk vom Reisenden von B.B.D. und D. Der will mit uns ins Geschäft kommen.«

»Na, mit Affennüssen gibt sich der nicht ab. Das ist Qualitätswäre, mein Sohn. Und ist ja auch Ihr Monogramm drauf, in Gold.«

»Was ...? Wirklich?«

»Sie wollen sagen: Sie wissen das nicht?«
»Ist keine Minute her, daß er weg ist.«
Joey schnickte die Lederklappen auseinander und machte die Innentasche auf. »Na, da ist etwas, das nenne ich wirklich – zuvorkommend.« Zwischen Daumen und Zeigefinger zog er einen nagelneuen Zwanzigdollarschein heraus. »Ich wußte schon, daß die auf Eroberung ausgehen, aber ich dachte nicht, daß sie so schweres Geschütz auffahren würden. Das ist ein Andenken, an das zu denken sich lohnt.«
»War das drin?«
»Meinen Sie, ich habe es hineinbugsiert?«
»Joey, ich möchte mit Ihnen etwas besprechen. Der Kerl hat mir fünf Prozent geboten, wenn ich seine Firma ins Geschäft mit uns bringe.«
»Na, Glückauf! Endlich ein Silberstreif. Das war kein müßiges Versprechen. Sie sollten ein paar Coca-Cola schmeißen. Heute ist Ihr Tag!«
»Sie meinen also, ich sollte das annehmen ...«
»Warum nicht? Wenn die es nicht auf die Preise draufschlagen, wer verliert dabei etwas?«
»Er sagte, ich solle es Marullo nicht mitteilen, sonst würde der meinen, ich bekäme mehr.«
»Ja, das würde er meinen. Was ist mit Ihnen los, Hawley? Sind Sie plemplem? Mir scheint, das ist die Beleuchtung. Sie sehen grün aus? Sie denken doch nicht daran, das abzulehnen?«
»Ich mußte mir die größte Mühe geben, daß ich ihm keinen Tritt in den Hintern versetzte.«
»Ach, so steht's nun einmal. Sie leben in der Dinosaurierepoche.«
»Er sagte, alle täten das.«
»Soweit sie es kriegen. Nicht allen wird das geboten. Sie gehören zu den Glücklichen.«
»Es ist unehrenhaft.«
»Wieso denn? Wer hat einen Schaden? Ist es gesetzwidrig?«
»Sie meinen, Sie würden es annehmen?«
»Annehmen? Betteln würde ich darum. In meinem Gewerbe sind alle Schlupflöcher verstopft. In einer Bank ist so gut wie alles, was man anstellen kann, gesetzwidrig, es sei denn, man ist Präsident. Ich verstehe Sie nicht. Was machen Sie für Fisimatenten deswegen? Wenn Sie es dem Burschen Alfio wegnähmen, würde ich sagen, es sei nicht ganz anständig, aber das tun Sie doch nicht. Sie tun denen einen Gefallen, und da tun die Ihnen einen Gefallen. Seien Sie nicht verrückt. Sie haben an Frau und Kinder zu denken. Kinder aufziehen wird nicht billiger.«
»Es wäre mir lieb, wenn Sie jetzt gingen.«
Joey stellte die halb geleerte Flasche hart auf die Theke. »Mr. Hawley – nein,

Mr. Ethan Allen Hawley«, sagte er kühlen Tones, »wenn Sie meinen, ich würde etwas Unehrenhaftes tun oder Sie dazu verführen, so etwas zu tun — dann können Sie hingehen und sich aufhängen.« Damit stapfte er zum Lagerraum.

»Ich hab' das doch nicht so gemeint. Wirklich nicht. Wahrhaftig nicht, Joey. Mir ist nur heute allerhand in die Glieder gefahren, und zudem ist heute ein gräßlicher Feiertag — gräßlich.«

Morphy stockte. »Was meinen Sie damit? Ach so, ich weiß. Jaja, ich weiß schon. Glauben Sie mir, daß ich es weiß?«

»Jedes Jahr, von meiner Kinderzeit an, wird es nur noch ärger damit, vielleicht, weil ich immer mehr die Bedeutung erkenne; ich höre jene tiefeinsamen Worte: *lama sabachthani.*«

»Ich weiß ja, Ethan, ich weiß doch. Es ist ja beinahe vorbei — schon beinahe vorbei, Ethan. Denken Sie nicht mehr an das, was ich da herausgepoltert habe, bitte.«

Die eherne Feuerglocke ertönte — ein einziges Mal schlug sie an.

»Es ist jetzt vorüber«, sagte Joey. »Ist alles vorüber — für ein Jahr.« Damit machte er sich still durch den Lagerraum davon und schloß leise die Tür.

Ethan zog die Rollvorhänge auf und öffnete den Laden wieder. Aber das Geschäft blieb gering: ein paar Kinder holten eine Flasche Milch oder einen Laib Brot; ein kleines Hammelkotelett und eine Dose Erbsen für Miss Borcher zum warmen Abendessen — das war alles. Die Leute gingen einfach nicht auf die Straße. Während der halben Stunde vor sechs Uhr, in der Ethan alles zum Ladenschluß zurechtmachte, kam keine Menschenseele. Er schloß also ab und wollte schon weggehen, als ihm die Waren für die eigene Haushaltung einfielen; er mußte noch einmal aufschließen, alles in zwei große Tüten packen und wieder zuschließen.

Er hatte eigentlich zur Bucht hinuntergehen und die grauen Wogen zwischen den Pfahlrosten des Kais betrachten, den Seewasserduft riechen und zu einer Möwe sprechen wollen, die mit dem Schnabel zum Wind auf einer Vertäuungsboje stand. Aber die schweren Eßwarentüten für die Feiertage verleideten ihm den Spaziergang. So ging er abgespannt über die High Street und schlug langsam den Weg der Elm Street entlang zum alten Haus der Hawleys ein.

Zweites Kapitel

Mary kam vom Herd her und nahm ihm eine der großen Tüten ab. »Hab' dir so viel zu erzählen. Ich kann's nicht abwarten.« Sie gab ihm einen Kuß und fragte: »Was ist denn los?«

»Bißchen müde.«

»Aber du hattest doch drei Stunden lang geschlossen.«
»Menge zu tun.«
»Hoffentlich bläst du nicht Trübsal.«
»Es ist ein trübseliger Tag.«
»Es war ein wunderbarer Tag. Warte, bis du gehört hast.«
»Wo sind die Kinder?«
»Oben beim Radio. Sie haben dir auch etwas mitzuteilen.«
»Unangenehmes?«
»Warum sagst du das?«
»Ich weiß nicht.«
»Dir ist nicht gut.«
»Zum Donnerwetter, ja.«
»Mit all den schönen Sachen – werde ich für unser Teil bis nach dem Essen warten. Wirst du dich wundern!«
Allen und Mary Ellen kamen die Treppe heruntergebraust und stürzten in die Küche. »Er ist daheim«, sagte sie.
»Papa, hast du Peeks im Laden?«
»Wenn du die Haferflocken meinst, Allen, gewiß.«
»Bring doch mal welche mit. Die mit dem Mauskopf auf dem Karton zum Ausschneiden.«
»Bist du nicht ein wenig zu alt für so was?«
Ellen fiel ein: »Man schickt den Kartondeckel ein nebst zehn Cent und bekommt so ein Ding zum Bauchreden samt Anweisung. Gerade haben wir's am Radio gehört.«
»Sagt doch Vater, was ihr vorhabt«, meinte Mary.
»Also, wir wollen beim ›Ich-Liebe-Amerika‹-Wettbewerb mitmachen. Erster Preis: eine Reise nach Washington, Besuch beim Präsidenten – mit Eltern –, und ein Haufen anderer Preise noch.«
»Großartig«, sagte Ethan. »Und wie ist es? Was muß man machen?«
»Für die Hearst-Zeitungen«, schrie Ellen. »In ganz Amerika. Man schreibt einen Artikel, warum man Amerika liebt. Sämtliche Gewinner werden am Fernsehen auftreten.«
»Na, wie wär' das?« sagte Allen. »Nach Washington fahren, im Hotel wohnen, ins Theater gehen, den Präsidenten kennenlernen . . .«
»Und was wird aus eurem Lernen? Der Schule?«
»Es ist ja diesen Sommer. Die Preisträger werden am vierten Juli bekanntgegeben.«
»Na, ist ja alles schön und gut. Liebst du wirklich Amerika, oder liebst du Preise?«
»Aber, Vater«, sagte Mary, »verdirb ihnen doch nicht die Freude.«
»Papi, wo meinst du, könnten wir nachschlagen?«

»Nachschlagen?«
»Natürlich, was andere Leute darüber gesagt haben ...«
»Dein Urgroßvater hatte einige sehr gute Bücher. Sie sind droben auf dem Dachboden.«
»Zum Beispiel?«
»Nun, zum Beispiel, Reden von Lincoln, von Daniel Webster und Henry Clay. Du kannst auch mal in Thoreau oder Walt Whitman hineinschauen. Oder Emerson ... Auch bei Mark Twain. Alle droben auf dem Dachboden.«
»Hast du sie gelesen, Papi?
»Großvater las mir manchmal daraus vor.«
»Du könntest uns doch bei den Artikeln behilflich sein.«
»Dann wären es doch nicht eure Artikel.«
»Okay«, sagte Allen. »Bitte vergiß nicht ein paar Peeks-Kartons heimzubringen.«
»Ich werde mir Mühe geben.«
»Dürfen wir ins Kino gehen?«
»Ich dachte doch, ihr würdet die Ostereier färben«, sagte Mary. »Ich koche sie jetzt. Ihr könnt sie nach dem Essen auf die Sonnenveranda hinausbringen.«
»Dürfen wir auf den Dachboden gehn und die Bücher anschauen?«
»Wenn ihr danach das Licht abdreht. Einmal hat's eine ganze Woche lang gebrannt. Du hast es angelassen, Ethan.«
Als die Kinder draußen waren, sagte sie: »Bist du nicht erfreut darüber, daß sie bei dem Wettbewerb mittun?«
»Natürlich, wenn sie es richtig anfangen.«
»Ich kann's gar nicht erwarten, dir etwas mitzuteilen: Margie hat mir heute in den Karten gelesen; dreimal, denn so was habe sie noch nicht gesehen, sagte sie. Dreimal! Ich sah selbst, wie die Karten zum Vorschein kamen.«
»Ach, du lieber Gott!«
»Höre erst, dann wirst du weniger mißtrauisch sein. Du spottest immer über große dunkle Fremde. Du errätst nicht, um was es sich handelt. Nun willst du raten?«
»Mary, ich möchte dich warnen«, sagte Ethan.
»Mich warnen? Ei, du weißt ja überhaupt nichts. Mein Vermögen bist du.«
Er murmelte etwas in bitterem, herbem Ton vor sich hin.
»Was sagtest du?«
»Ich sagte: ›Magere Aussichten.‹«
»Das denkst *du.* Aber die Karten denken anders. Dreimal hat sie sie gelegt.«
»Karten denken?«
»Die wissen Bescheid. Sie hat mir die Karten gelesen, und es drehte sich alles um dich. Du wirst einer der bedeutendsten Männer der Stadt werden. Höchst bedeutend und einflußreich. Und es wird nicht mehr lange dauern, bis es so-

weit ist. Sehr bald wird das sein. Die eine Karte, die sie aufschlug, zeigte Geld und noch einmal Geld. Du wirst ein reicher Mann werden.«
»Liebes Herz, laß mich dich warnen, ich bitte dich darum«, sagte Ethan.
»Du wirst eine Anlage machen.«
»Womit?«
»Nun, ich dachte an das Geld von meinem Bruder.«
»Nein!« rief er aus. »Das rühre ich nicht an. Das ist dein Geld und bleibt dein Geld. Hast du dir das ausgedacht oder hat sie ...«
»Sie hat überhaupt nichts davon erwähnt. Und die Karten auch nicht. Du wirst im Juli etwas anlegen, und von da an wird eins das andere geben – immer eins nach dem andern. Klingt das nicht schön? So sagte sie: ›Dein Vermögen ist Ethan! Er wird ein sehr reicher Mann werden, vielleicht der reichste in der Stadt.‹«
»Der Teufel soll sie holen! Sie hat kein Recht ...«
»Ethan!«
»Weißt du, was sie tut? Weißt du, was du tust?«
»Ich weiß, daß ich eine gute Ehefrau bin und sie eine gute Freundin ist. Ich möchte mich nicht herumstreiten, wenn die Kinder zuhören können. Margie Young-Hunt ist die beste Freundin, die ich habe. Ich weiß, daß du sie nicht leiden kannst. Ich denke mir, daß du eifersüchtig auf meine Freundinnen bist, jawohl, das denke ich. Der Nachmittag machte mich so glücklich, und du willst mir nun alles verderben. Das ist nicht nett von dir.« Marys Gesicht bekam rote Flecken vor Ärger und Enttäuschung; daß ihren Tagträumen ein Hemmschuh angelegt werden solle, machte sie geradezu rachsüchtig.
»Du sitzt bloß da«, brach sie aus, »Herr Siebengescheit, und reißt die Menschen herunter. Du meinst, Margie habe das alles erfunden. Das ist nicht wahr. Ich habe die Karten selbst dreimal geschnitten. Aber selbst wenn sie es getan hätte, so hätte sie es lediglich getan, um gütig, freundschaftlich und hilfsbereit zu sein. Sag mir einmal, Herr Siebengescheit, ob du einen unliebsamen Beweggrund findest.«
»Ich wollte, ich wüßte einen«, sagte er. »Es kann aus reiner Bosheit geschehen sein. Sie hat keinen Mann und keine Tätigkeit. Vielleicht war es Bosheit.«
Mary senkte die Stimme zu einem höhnischen Zischen: »Du redest von Bosheit, du, der du Bosheit nicht merken würdest, wenn sie dir ins Gesicht schlüge. Du weißt ja nicht, was Margie durchzumachen hat. Die Männer hier in der Stadt sind dauernd hinter ihr her. Bedeutende Leute, verheiratete Männer, die ihr zuflüstern und zusetzen. Manchmal weiß sie nicht, was sie anfangen, an wen sie sich wenden soll. Deshalb braucht sie eine Freundin, eine weibliche Freundin wie mich. Ach, sie hat mir Sachen erzählt – von Männern – du würdest es nicht glauben ... Manche von ihnen tun sogar nach außenhin so, als könnten sie sie nicht leiden, und dann schleichen sie

sich heimlich zu ihr, rufen sie an und wollen Rendezvous ausmachen – scheinheilige Brüder, die ständig Moral predigen und dann so etwas tun. Du willst von Bosheit reden.«

»Hat sie Namen genannt?«

»Nein, das hat sie nicht getan, und das ist ein weiterer Beweis. Margie will niemanden kränken, selbst die nicht, die sie gekränkt haben. Aber von einem sagte sie, daß ich es von dem nicht glauben würde. Sie sagte, ich würde graue Haare bekommen, wenn ich es erführe.«

Ethan holte tief Atem, hielt ihn an und gab ihn als gewaltigen Seufzer wieder von sich.

»Ich möchte wissen, wer das ist«, sagte Mary. »Dem Ton nach, in dem sie es sagte, müßte es jemand sein, den wir gut kennen und von dem wir es nicht glauben könnten.«

»Aber unter gewissen Umständen würde sie es sagen«, sagte Ethan leise.

»Nur wenn sie dazu gezwungen würde. Das hat sie selbst gesagt. Nur wenn sie müßte, wenn ihre Ehre, ihr guter Ruf – nur, du verstehst ... Wer, meinst du, könnte es sein?«

»Mir scheint, ich weiß es.«

»Du weißt es? Also: wer?«

»Ich.«

Sie sperrte den Mund auf. »Ach, du Narr«, sagte sie. »Wenn ich nicht aufpasse, fängst du mich immer wieder. Na, ist immer noch besser als Trübsal blasen.«

»Eine schöne Bescherung. Mann bekennt Fleischessünde mit bester Freundin der Frau. Wird höhnisch ausgelacht.«

»Sprich nicht so häßliches Zeug.«

»Der Mann hätte wohl ableugnen sollen. Dann hätte ihm seine Frau wenigstens die Ehre des Argwohns angetan. Liebes Herz, ich schwöre dir bei allem, was heilig ist, daß ich, weder mit Worten noch mit Taten, bei Margie Young-Hunt eine Annäherung versucht habe. Wirst du nun glauben, daß ich schuldig bin?«

»Du?«

»Du meinst, ich sei nicht fein, nicht begehrenswert genug, mit anderen Worten, du meinst, ich könnte dabei nicht ans Ziel kommen?

»Du weißt, ich habe Scherze gern. Aber das ist keine Sache, über die man scherzt. Hoffentlich sind die Kinder nicht über die Koffer geraten da droben. Sie räumen nie wieder etwas ein.«

»Ich mache noch einen Versuch, mein schönes Weibchen. Eine gewisse Dame, Anfangsbuchstaben M. Y.-H., hat mir, aus nur ihr selbst bekannten Gründen, Fallen gestellt, mich umringt mit Fallen. Es besteht ernstlich die Gefahr, daß ich in eine oder mehrere von ihnen falle.«

»Warum denkst du nicht an deine Zukunft, dein Vermögen? Die Karten sprechen vom Monat Juli; dreimal haben sie davon gesprochen – ich habe es selbst gesehen. Du wirst Geld bekommen, ganze Haufen von Geld. Denke daran.«
»Liebst du das Geld so sehr, mein Baumwollschwänzchen?«
»Ob ich das Geld liebe? Was soll denn das heißen?«
»Begehrst du Geld so sehr, daß du sogar Nekromantie, Thaumaturgie, Wudu oder weiß ich was für dunkle Zauberkünste für gerechtfertigt hältst?«
»Ob ich Geld liebe? Nein, ich liebe es nicht. Aber ich liebe auch Sorgen nicht. Ich möchte im Stande sein, hier in dieser Stadt den Kopf hochzutragen. Ich mag nicht, daß die Kinder sich schämen, weil sie nicht so gut angezogen sind wie andere Kinder. Ich möchte meinen Kopf hochtragen können.«
»Und Geld wäre eine Stütze für deinen Kopf?«
»Es würde das spöttische Lächeln von den Gesichtern der hochnäsigen Snobs vertreiben.«
»Niemand lächelt spöttisch über Hawley.«
»Das meinst *du*! Du siehst es nur nicht.«
»Wahrscheinlich weil ich nicht danach suche.«
»Du willst mir wohl deine vornehmen Hawleys an den Kopf werfen.«
»Nein, mein Herz. Das ist keine starke Waffe mehr.«
»Na, da bin ich aber froh, daß du das auch schon gemerkt hast. In dieser Stadt, wie in jeder anderen auch, bleibt auch ein Hawley, der Ladenschwengel ist, ein Ladenschwengel.«
»Wirfst du mir mein Mißgeschick vor?«
»Nein, das tue ich selbstverständlich nicht. Aber ich werfe dir vor, daß du dahockst und dich darin aalst. Du könntest dich herausarbeiten, wenn du nicht deine altmodischen snobistischen Vorstellungen hättest. Alle lachen sie über dich. Ein vornehmer Herr ohne Geld ist nichts als ein Stromer.« Es war ihr, als platze etwas in ihrem Schädel, als sie dieses Wort ausgesprochen hatte. Sie schwieg beschämt.
»Verzeih«, sagte Ethan. »Du hast mich allerhand gelehrt – dreierlei wohl, mein Hasenpfötchen. Dreierlei wird nie geglaubt: das Wahre, das Wahrscheinliche und das Logische. Ich weiß jetzt, wo ich das Geld herkriege zur Grundlage für mein Vermögen.«
»Woher?«
»Ich raube eine Bank aus.«
Die kleine Stoppuhr am Herd fing an, in langsamen Abständen zu bimmeln.
»Geh, hol die Kinder«, sagte Mary. »Das Essen ist fertig. Sag ihnen, sie sollen das Licht abdrehen.«
Sie lauschte auf seinen Schritt.

Meine Frau, meine Mary, fällt in Schlaf, wie eine Schranktür ins Schloß fällt. Wie oft habe ich das mit Neid beobachtet! Ihr reizender Körper dreht und windet sich einen Augenblick lang, als wenn er sich einem Kokon anpasse. Sie seufzt noch einmal, und wenn sie damit fertig ist, schließen sich ihre Augen, und ihre Lippen verziehen sich mühelos zu dem weisen, fernen Lächeln, das auf denen der griechischen Gottheiten liegt. Die ganze Nacht über bleibt dieses Lächeln um ihren Mund, ihr Atem schnurrt im Kehlkopf: es ist kein Schnarchen, sondern ein Schnurren wie das eines Kätzchens. Einen Augenblick lang erhöht sich ihre Temperatur sprunghaft, so daß ich ihr Glühen neben mir im Bett spüre, dann sinkt sie wieder ab, und Mary ist nicht mehr da. Wo sie hin ist, weiß ich nicht. Sie sagt, sie träume nicht. Aber sie muß doch wohl. Es bedeutet nur, daß ihre Träume sie nicht behelligen oder so sehr, daß sie sie vor dem Erwachen vergißt. Sie schläft gern, und der Schlaf nimmt sie gern auf. Ich wollte, es wäre so bei mir. Ich kämpfe gegen den Schlaf an und sehne mich gleichzeitig nach ihm.

Ich habe schon manchmal gedacht, das komme daher, daß meine Mary weiß, sie werde ewig leben, sie werde von diesem Leben so leicht in ein anderes übertreten, wie sie vom Schlaf- in den Wachzustand hinübergleitet. Sie weiß das mit ihrem ganzen Körper, und zwar so vollkommen, daß sie so wenig mehr daran denkt wie daran zu atmen. So hat sie Zeit zum Schlafen, Zeit zum Ausruhen, Zeit zu einer kleinen Unterbrechung der Existenz.

Ich dagegen trage in meinen Knochen und meinen Geweben das Wissen darum, daß ich eines Tages, früher oder später, zu leben aufhören werde, und so kämpfe ich gegen den Schlaf an und ersehne ihn zugleich, ja, versuche ihn mit List herbeizuführen. Der Augenblick des Einschlafens ist für mich eine heftige Pein, eine Folterqual. Ich weiß das, weil ich schon in dieser Sekunde aufgewacht bin und den niederschmetternden Schlag noch gespürt habe. Einmal eingeschlafen, geht es bei mir höchst geschäftig zu. Meine Träume drehen sich um die Probleme des Tages, doch hochgetrieben bis zum Widersinn, ein wenig wie tanzende Männergestalten, die Hörner und Tiermasken tragen.

Nach Zeit gerechnet schlafe ich viel weniger als Mary. Sie sagt, sie brauche viel Schlaf, und ich gebe zu, ich brauche weniger, aber ich glaube das keineswegs. In einem Körper ist nur ein bestimmter Vorrat von Energie vorhanden, der selbstverständlich durch Nahrungsmittel vermehrt wird. Man kann ihn rasch aufbrauchen, so wie manche Kinder Zuckerzeug hinunterschlingen, oder ihn langsam auswickeln. Immer gibt's ein kleines Mädchen, das einen Teil seiner Süßigkeiten aufhebt und somit noch etwas davon hat, wenn die gierigen Schlinger längst mit den ihren zu Rande sind. Ich denke schon, daß meine Mary viel länger leben wird als ich. Sie wird sich ein bißchen Leben für

später aufgespart haben. Wenn man genauer zusieht, findet man, daß Frauen meistens länger leben als Männer.
Karfreitag hat mich immer verstört. Selbst als Kind war ich an diesem Tag von tiefem Leid beschwert, nicht über die qualvolle Kreuzigung, sondern weil ich die entsetzliche Verlassenheit des Gekreuzigten nachfühlte. Und niemals habe ich es verloren, dieses Leid, in mich gesenkt durch das Matthäus-Evangelium, das mir meine Tante Deborah in ihrem abgehackten, knappen Neu-England-Tonfall vorlas.
In diesem Jahr war es vielleicht noch schlimmer als sonst. Wir nehmen ja die Erzählung in uns auf und identifizieren uns mit ihr. Heute unterrichtete mich Marullo, so daß ich es zum erstenmal begriff, über das Wesen des Geschäftslebens. Gleich danach wurde mir das erste Schmiergeld angeboten. Das klingt sonderbar für einen Menschen in meinem Alter, aber ich entsinne mich keines anderen Falls. Ich muß über Margie Young-Hunt nachdenken. Ist sie von Bösem? Worauf zielt sie ab? Ich verstehe, daß sie mir etwas verheißen und mir gedroht hat, für den Fall, daß ich es ausschlage. Kann ein Mensch sein Leben zu Ende denken, oder muß er einfach so hinleben?
So viele Nächte habe ich wach gelegen und das leise Schnurren meiner Mary neben mir gehört. Wenn man in die Finsternis starrt, schwimmen einem bald rote Flecken vor den Augen, und die Zeit wird einem lang. Mary liebt ihren Schlaf so sehr, daß ich mir Mühe gegeben habe, sie darin zu beschützen, selbst wenn der elektrische Kitzel auf meiner Haut brennt. Sie wacht auf, wenn ich das Bett verlasse. Das macht ihr Sorge. Da ihre einzige Erfahrung der Schlaflosigkeit aus Zeiten der Krankheit herrührt, meint sie, mir fehle etwas.
In dieser Nacht aber mußte ich aufstehen und ausgehen. Ihr Atem schnurrte sanft, und ich konnte das »antike« Lächeln um ihren Mund gewahren. Vielleicht träumte sie von großem Vermögen, von dem Geld, das ich verdienen würde. Mary will stolz sein können.
Es ist merkwürdig, daß man sich einbildet, man könne an einem besonderen Ort besser denken. Ich habe einen solchen, ein Plätzchen, das ich immer hatte, aber ich weiß, denken ist dort nicht meine Beschäftigung, sondern empfinden, erproben, erinnern. Es ist ein sicheres Plätzchen; jeder muß ein solches haben, wenn ich auch noch niemanden darüber sprechen gehört habe.
Eine geheime, stille Regung weckt den Schläfer oftmals auf, wenn eine bewußte alltägliche Handlung das nicht tut. Ich hege auch die Überzeugung, daß der Geist im Schlaf in das Denken anderer Menschen hineinwandert. Ich brachte mich dazu, das Badezimmer aufsuchen zu müssen, und als es soweit war, stand ich auf und ging hin. Danach ging ich, meine Kleider auf dem Arm, lautlos die Treppe hinunter und zog mich in der Küche an.
Mary sagt, ich nehme immer teil an anderer Leute Sorgen, die gar nicht vorhanden sind. Vielleicht ist dem so; aber ich sah im Geist ein kleines Dramo-

let sich in der trüb beleuchteten Küche abspielen: Mary aufwachend und mit besorgtem Gesicht im ganzen Haus nach mir suchend. Deshalb schrieb ich auf einen Bestellzettel ein paar Worte: »Herzblatt, ich hatte keine Ruhe. Bin spazierengegangen. Komme bald wieder.« Ich denke, ich habe den Zettel genau in die Mitte des Küchentischs gelegt, so daß, wenn der Lichtschalter an der Wand gedreht wurde, der Zettel zuallererst gesehen werden müsse.

Darauf öffnete ich sachte die Hintertür und prüfte die Luft. Sie war kalt, roch nach Rauhreif. Ich schlug einen schweren Mantel um mich und zog eine gestrickte Matrosenmütze tief über die Ohren herunter. Die elektrische Küchenuhr schnarrte Viertel drei. Seit elf Uhr hatte ich, rote Flecken im Dunkel sehend, wach gelegen.

Unser New Baytown ist ein wohlansehnliches Städtchen, ein altes Städtchen, eines der ersten klar und bestimmt als solches geformtes Stadtgebilde in Amerika. Die ersten Siedler und meine Vorfahren waren, soviel ich weiß, Nachkommen jener unsteten, verräterischen, streitsüchtigen, geldgierigen Seefahrer, die dem Europa unter Elisabeth Kopfzerbrechen bereiteten, unter Cromwell auf eigene Faust nach Westindien segelten und sich schließlich, versehen mit Freibriefen des zurückgekehrten Karl Stuart, an der Nordküste festsetzten. Mit viel Erfolg verbanden sie ihr Puritaner- mit Piratentum, welch beide, wenn man auf den Grund geht, gar nicht so sehr voneinander verschieden waren. Beide hatten eine starke Abneigung gegen Widerspruch sowie ein begierig umherschweifendes Auge für anderer Leute Besitztum. Wo die beiden sich verschmolzen, brachten sie ein hartgesottenes, dem Aussterben trotzendes Gelichter hervor. Ich weiß Bescheid über sie, weil mein Vater mich darüber ins Bild setzte. Mein Vater war ein sanfter, wohlunterrichteter, schlechtberatener, manchmal höchst geistreicher Narr. Ganz allein gelang es ihm, alles zu verlieren: Land, Geld, Ansehen und Zukunft; er büßte tatsächlich ungefähr alles ein, was die Allens und Hawleys in mehreren Jahrhunderten aufgehäuft hatten, alles bis auf die Namen, für die allein mein Vater einiges Interesse hegte. Mein Vater gab mir »Erbschaftslektionen«, wie er das nannte. Daher weiß ich soviel über die alten Knaben. Daher kommt es auch wohl, daß ich Angestellter bei einem sizilianischen Grünkrämer in einem Häusergeviert bin, das einst den Hawleys gehörte. Was uns zugrunde gerichtet hat, das waren weder eine Depression noch sonstwie schlechte Zeiten.

Daß ich all das hier erzählt habe, kommt davon, daß ich von New Baytown sagte, es sei ein wohlansehnliches Städtchen. Ich bog von der Elm Street rechts statt links ein und ging rasch die Porlock Street hinauf, die eine schiefe Parallelstraße zur High Street ist.

Wee Willie – der winzige Willie –, wie unser kleiner dicker Polizeiwachtmeister genannt wurde, döste sicher auf der High Street im Polizeiwagen, und ich hatte keine Lust, die halbe Nacht mit ihm hinzubringen. »Was tust du so spät noch auf, Eth? Hast dir wohl ein bißchen was hinter die Binde gegossen?« Wee Willie fühlt sich immer einsam und redet gern, und hinterher redet er über das, worüber er geredet hat. Allerhand kleine, aber unliebsame Skandale wurden durch Willies Einsamkeit hervorgerufen.

Der Tagespolizist ist Stonewall Jackson Smith. Die Reminiszenz an den berühmten General der Konföderierten im Bürgerkrieg ist kein Spitzname. Er wurde auf Stonewall Jackson getauft, und das unterscheidet ihn immerhin von allen andern Smiths. Ich weiß nicht, warum Stadtpolizisten immer Gegensätze sein müssen, aber es ist durchwegs der Fall. Stoney Smith würde nicht verraten, welcher Wochentag es ist, es sei denn, daß er vor Gericht unter Eid aussagen müßte. Oberwachtmeister Smith steht dem Polizeibetrieb der Stadt vor, und zwar setzt er sich ganz dafür ein, studiert alle Neuerungen und hat bei der FBI – der Bundeskriminalbehörde – seine Ausbildung erhalten. Er ist meines Erachtens ein so tüchtiger Polizeimensch, wie sich nur einer finden läßt, ein großgewachsener, ruhiger Mann mit Augen, aus denen es wie Metall funkelt. Wer ein Verbrechen zu begehen vorhat, sollte sich vor ihm hüten.

All das kam davon, daß ich zur Porlock Street hinüberging, um einer Unterhaltung mit Wee Willie auszuweichen. An der Porlock Street stehen die schönsten Häuser von New Baytown. Im frühen neunzehnten Jahrhundert besaßen wir hier ja über hundert Walfängerboote. Wenn die Schiffe nach ein- oder zweijähriger Fahrt, die sie bis in die Antarktis oder ins Chinesische Meer geführt hatte, heimkehrten, dann waren sie reich mit Tran und andern Schätzen beladen. In den fremden Häfen, die sie angelaufen hatten, hatten sie allerhand aufgeschnappt: Sachen wie Gedanken. Deshalb sieht man noch heute so viele Chinoiserien in den Häusern an der Porlock Street. Manche dieser alten Schiffskapitäne, die zugleich die Eigner des Fahrzeugs waren, hatten einen guten Geschmack. Sie ließen es sich etwas kosten, englische Architekten nach Amerika zu holen, um ihre Häuser von ihnen bauen zu lassen. Deshalb sieht man in der Porlock Street so viele, nach der damaligen englischen Mode mit ihrer Vorliebe für klassischen Stil errichtete Baulichkeiten. Aber bei all ihren fächerförmigen Oberlichtfenstern, ihren kanelierten Säulen und Pfeilern vergaßen sie nie, auf dem Dach noch den Umgang mit Geländer anzubringen, der »Witwengang« genannt wurde. Dessen Zweck war nämlich, den zu Hause gebliebenen treuen Ehefrauen Gelegenheit zu geben, von dort oben nach den heimkehrenden Schiffen Ausschau zu halten, was manche Gattin denn wohl auch tat.

Meine Familie, die Hawleys sowie die Phillips', die Elgars und die Bakers waren älter. Sie blieben steif und fest in der Elm Street, und ihre Häuser mit ihren spitzen Dächern und übereinandergreifenden Plankenwänden galten als frühamerikanisch. So ist denn auch mein Haus, das alte Hawleysche Haus. Und die riesigen Ulmen sind so alt wie die Häuser.

Porlock Street hat noch seine Laternen aus der Gaszeit behalten, aber es sind jetzt elektrische Lampen darin. Im Sommer kommen Touristen daher, um die Architektur zu betrachten und das zu genießen, was sie den »Charme der alten Welt« nennen. Warum muß Charme eigentlich zur »alten Welt« gehören?

Ich vergaß ganz zu erwähnen, wie die Vermonter Allens sich mit den Hawleys verschwägert haben. Es geschah das kurz nach der Revolution. Ich könnte es natürlich genau feststellen. Auf dem Dachboden droben muß eine diesbezügliche Aufzeichnung zu finden sein. Als mein Vater starb, war meine Mary der Hawleyschen Familiengeschichte ziemlich überdrüssig, und ich konnte es ihr nachfühlen, als sie vorschlug, man solle den ganzen Kram auf dem Dachboden verstauen. Ja, man kann wohl der Familiengeschichte anderer Leute recht überdrüssig werden. Mary ist ja nicht einmal in New Baytown geboren. Sie entstammt einer Familie irischer Abkunft, ist aber nicht katholisch. Das betont sie immer. Sie seien eine Ulsterfamilie, wie sie das nennt. Sie selbst stammt aus Boston.

Nein, auch das stimmt nicht. Ich trieb sie in Boston auf. Ich sehe uns noch, jetzt vielleicht deutlicher als damals: den nervösen, verschüchterten Leutnant Hawley auf Wochenendurlaub und das sanfte, blütenwangige süßduftende herzige Mädchengeschöpf. Ach, wie ernst wir waren, wie tödlich ernst. Es war ja Krieg, und ich würde fallen, und sie war darauf gefaßt, meinem heldenhaften Andenken ihr Leben zu weihen. Es war einer der Millionen Träume, die eine Million feldgrüner Uniformen und bunter Baumwollkleidchen träumten. Und es hätte sehr wohl mit dem üblichen »Lieber-Hans«-Brief enden können, nur mit dem Unterschied, daß sie ihr Leben ihrem Krieger weihte. Ihre in ihrer Standhaftigkeit süßen Briefe folgten mir überallhin; ihre runde, klare Handschrift mit dunkelblauer Tinte auf hellblauem Papier war unverkennbar, so daß meine ganze Kompanie ihre Briefe erkannte und jeder meiner Leute sich damit sonderbar freute für mich. Selbst wenn ich Mary nicht hätte heiraten wollen, so hätte mich ihre beharrliche Treue dazu gezwungen, schon damit das Weltideal der lieben, treuen Frau aufrechterhalten bliebe.

Sie hat nicht geschwankt, als sie von der Bostoner irischen Mietskaserne in das alte Hawleysche Haus in der Elm Street verpflanzt wurde. Und sie hatte auch nicht geschwankt in der schweren Zeit, als es mit meinem Geschäft allmählich bergab ging, nicht bei der Geburt unserer Kinder noch während der lähmenden Tage meines langen Angestelltendaseins. Sie ist ein Mensch, der warten kann, das erkenne ich jetzt. Aber ich nehme an, sie ist mit der Zeit doch schließlich des Wartens müde geworden. Bisher hat noch nie das rohe Eisen ihrer Wünsche durchgeschimmert, denn Mary ist keine Spötterin, und Schmähung ist kein Werkzeug für sie. Sie hatte viel zuviel damit zu tun, in allen möglichen Lebenslagen den Kopf oben zu behalten. Daß das Gift zum Ausbruch kam, schien nur deshalb bemerkenswert, weil das bisher nicht der Fall gewesen war. Wie lebendig die Bilder sich gestalteten zum Hallen der knirschenden Schritte auf der bereiften nächtlichen Straße ...

Es besteht kein Grund dafür, sich als verstohlener Schleicher vorzukommen, wenn man in der Vorfrühe durch New Baytown spaziert. Wee Willie macht wohl seine Witzchen darüber, aber die meisten Leute, die mich um drei Uhr morgens nach der Bucht gehen sehen, nehmen an, ich ginge zum Angeln, und denken nicht weiter darüber nach. Bei uns hat man alle möglichen Theorien über den Fischfang; einzelne davon werden so geheimgehalten, als ob es alte Familienrezepte wären, und derlei wird geachtet und gilt als achtenswert. Das Licht der Straßenlaternen machte den weißen Rauhreif auf den Rasenstücken und Gehsteigen erschimmern, gleich Millionen von Diamantsplittern. Solcher Reif gibt jede Fußspur wieder. Aber ich sah keine vor mir. Seit meiner Kinderzeit verspüre ich stets eine seltsame Erregung, wenn ich auf frisch gefallenem, noch spurenlosem Schnee oder Reif gehe. Es ist, als sei man der erste Mensch in einer neuen Welt, eine tiefe, befriedigende Empfindung der Entdeckung von etwas Sauberem, Neuem, Unverbrauchtem, Unbeschmutztem. Die üblichen Nachtgeschöpfe, die Katzen, laufen nicht gern auf Rauhreif. Ich erinnere mich, daß ich einmal zu einem Stelldichein barfuß auf einem bereiften Weg gegangen bin und daß ich meinte, meine Füße seien in Brand geraten. Jetzt aber, in Gummischuhen und dicken Strümpfen, brachte ich der glitzernden Unberührtheit die ersten Wunden bei.

Wo die Porlock die Torquay Street kreuzt, da wo die Fahrradfabrik ist, war der reine Reif von langen Spuren schleppender Füße durchzogen. Der ruhelose, unstete Geist Danny Taylor hatte sich woanders hinbegeben wollen, sich hingeschleppt und dann wieder woanders sein wollen. Jede Stadt hat wohl so einen Danny Taylor ... Ach, wie viele Häupter der Stadt wiegten sich langsam hin und her bei diesem Namen; gute Familie, alte Familie. Letzter des Geschlechts, gute Erziehung. Hatte er nicht etwelche Unannehmlichkeiten auf der Marine-Akademie? Warum reißt er sich nicht zusammen? Er säuft sich zu Tode, und das ist gar nicht recht, denn Danny ist ein Gentleman. Es ist eine Schande, um Geld für Schnaps zu betteln. Es ist nur ein Trost, daß seine Eltern nicht mehr leben und das nicht sehen können. Das würde sie in den Tod treiben; aber sie sind bereits verstorben. Doch ganz New Baytown spricht darüber.

Für mich ist Danny ein Gegenstand herben Leids und daraus entspringend eines Schuldbewußtseins. Ich müßte imstande sein, ihm zu helfen. Ich habe es versucht; aber er wollte sich nicht helfen lassen. Danny steht mir so nahe wie ein Bruder – ich besaß nie einen –, er ist ebenso alt wie ich, ist mit mir aufgewachsen und erzogen; er hat dasselbe Körpergewicht und dieselbe Körperkraft wie ich. Vielleicht kommt das Schuldbewußtsein daher, daß ich meines Bruders Hüter sein sollte, ihn aber nicht behütet habe. Mit einem Gefühl, daß Entschuldigungen – selbst triftige – im tiefsten Grunde keine Erleichterung schaffen. Die Taylors sind eine ebenso alte Familie wie die Hawleys oder die Bakers. Aus meinen Kinderjahren kann ich mich keines Picknicks, keines Zirkusbesuchs, keines Wettbewerbs, keines Weihnachtsfestes entsinnen, ohne daß Danny mir so nahe gewesen wäre wie mein rechter Arm. Wenn wir zusammen aufs College gegangen wären, dann wäre es vielleicht nicht dahin gekommen. Ich bezog Harvard, schwelgte in Sprachen, tauchte unter in Humaniora, vergrub mich ins Alte, Schöne, Dunkle, saugte mich voll mit Wissen, das zur Führung eines Kramladens, wie es sich herausstellte, völlig nutzlos ist. Und immer hatte ich gewünscht, daß Danny mich auf dieser glanzvollen, aufregenden Pilgerfahrt begleite. Aber Danny war zum Seefahren geschaffen. Schon als wir noch Kinder waren, war es bestimmt, geplant und verwirklicht, daß er die Marine-Akademie beziehen solle. Jedesmal wenn wir einen neuen Kongreßabgeordneten bekamen, fädelte Dannys Vater das ein.

Drei Jahre lang war er dort mit allen Ehren gewesen, dann wurde er hinausgeworfen. Das habe seinen Eltern den Tod gegeben, hieß es in der Stadt, aber es tötete auch Danny so gut wie ganz. Nichts war von ihm geblieben als dieses schlurfend herumgeschleppte Leidwesen, das Gebettel um ein paar Groschen für einen Liter Fusel.

Danny ist jetzt ein Nachtwandler, ein Frühmorgenmensch, ein einsames, sich dahinschleppendes Wesen. Wenn er einen um einen Vierteldollar für Schnaps anbettelt, dann liegt in seinen Augen gleichzeitig eine Bitte um Verzeihung, weil er sich nicht verzeihen kann. Er schläft in einer Hütte hinter der Schiffswerft, wo früher die Bootsbauer Wilbur ihre Werkstätten hatten. Ich bückte mich über seine Spuren, um zu erkennen, ob er auf seine Behausung zu- oder von ihr weggehe. Nach der Richtung seiner im Reif schlurfenden Füße war er von daheim weggegangen, und so konnte ich ihm jede Minute begegnen. Wee Willie würde ihn nicht verhaften und einsperren. Wozu nützte das?

Wohin ich meine Schritte lenken würde, das war nicht fraglich. Das hatte ich gesehen, empfunden und gerochen, ehe ich noch vom Bett aufgestanden war. Mit dem Alten Hafen ist es schon seit langem vorbei. Nachdem der neue Wellenbrecher und der Städtische Landesteg errichtet waren, sickerte immer mehr Sand und Schlamm herein und machte den einst so großartigen, vom Whitsun Reef geschützten Ankerplatz immer seichter. Da wo einst Fleete und Seilerstätten, Lagerhäuser und ganze Familien von Böttchern gewesen waren, die die Fässer für den Walfischtran herstellten, und Kais, über die Walfängerbotte ihre Kettenstege und ihre Gallionsfiguren hinausragen lassen konnten. Es waren durchwegs mit Raasegeln getakelte Dreimaster; der Kreuzmast trug viereckige Segel sowie Spier- und Gaffelbaum; Schiffe mit großem Tiefgang, die dafür gebaut waren, daß sie jahrelang bei jedem Wetter seetüchtig blieben.

Der fliegende Klüverbaum war eine besondere Spiere, und der doppelte Stampfstock am Bugspriet diente ebenfalls als Blinderaa.

Ich besitze einen Stahlstich vom Alten Hafen mit Schiffen dicht bei dicht; auch einige verblichene Fotografien auf Zinkblech, aber in Wirklichkeit bedarf ich deren nicht. Ich kenne den Hafen und kenne die Schiffe. Großvater hat mir mit seinem Spazierstock aus Narwalhorn alles in den Sand gezeichnet und mir die Nomenklatur eingebleut, indem er mit seinem Stock bei jedem Ausdruck auf einen von der Flut abgewetzten Stumpen eines zum früheren Hawley-Quai gehörigen Pfostens hieb. Den feurigen Greis mit der weißen Schifferfräse liebte ich so sehr, daß es mir schier weh tat.

»Also schön«, pflegte er mit einer Stimme zu sagen, die auf der Kommandobrücke die Benützung des Sprachrohrs überflüssig machte, »jetzt zähle die Vollschiff-Takelung auf; aber laut. Geflüster ist mir zuwider.«

Und dann zählte ich auf, und bei jedem Wort schlug er mit dem Narwalstock den Takt auf den Pfosten. »Fliegender Klüver« (Peng), »Außenklüver« (Peng), »Innenklüver . . . Klüver« (Peng-Peng).

»Lauter! Du flüsterst ja.«

»Vorder-Skys'l, Vorder-Royals'l, Vorder-Brams'l, Vorder-Ober-Brams'l, Vorder-Unter-Brams'l . . .« und so weiter und jedesmal ein Schlag mit dem Spazierstock.

»Großmast! Laut!«

»Groß-Skys'l« (Peng).

Zuweilen jedoch, mit seinem zunehmenden Alter, wurde er müde. Dann rief er: »Beleg den Großmast! Komm zum Besan. Los! Laut!«

»Aye, aye, Sir. Besan-Skys'l, Besan-Royals'l, Besan-Ober-Brams'l, Besan-Unter-Brams'l, Bagien-Raa . . .«

»Und?«

»Besanbaum.«

»Takelung?«

»Spiere und Gaffel.«

Und: Peng-peng-peng dröhnten die Hiebe mit dem Narwalstock auf dem vom Seewasser zerfressenen Pflock.

Je mehr sein Gehör nachließ, desto heftiger warf er allen Leuten vor, daß sie flüstern. »Wenn etwas stimmt, oder wenn's auch nicht stimmt, aber euch ernst damit ist, dann sagt's laut heraus«, pflegte er einen anzuschreien.

Gegen das Ende seiner Tage wurde zwar sein Gehör immer schlechter, nicht aber sein Gedächtnis. Er konnte einem die Tonnage und die Geschichte eines jeden Schiffes herzählen, so schien es, das jemals aus der Bucht ausgefahren war, und dazu, was für Fracht es heimbrachte, wie sie verteilt wurde, und das Merkwürdige dabei war, daß die großen Tage des Walfangs schon fast vorbei waren, als er Kapitän wurde. Petroleum nannte er »Stinköl« und

Petroleumlampen »Stinkfunzeln«. Als dann das elektrische Licht aufkam, machte er nicht viel davon her. Sein Tod erschütterte mich nicht. Der Alte hatte mir seinen Tod ebenso eingebleut wie die Schiffe und ihre Takelung.
Am Rand des verschlammten und versandeten Alten Hafens, genau da wo der Hawley-Quai gewesen war, besteht noch das Steinfundament. Es reicht hinunter bis zum Ebbeniveau, und die Flutwellen bespülen sein viereckiges Mauerwerk. Drei Meter etwa von seinem Ende entfernt befindet sich ein kleiner, etwa ein Meter zwanzig breiter, ebenso hoher und ein Meter fünfzig tiefer Durchlaß. Seine Decke ist gewölbt. Es war früher wohl einmal ein Abzugskanal, aber der Eingang auf der Landseite ist mit Sand und Felsbrocken vermauert. Das ist mein Plätzchen, ein Plätzchen, wie jeder eines braucht. Wenn man drinnen ist, kann man nur von der See her gesehen werden. Im Alten Hafen ist nichts mehr vorhanden als ein paar windschiefe, klapprige Hütten von Muschelsammlern. Im Winter stehen sie meist leer; aber die Muschelsammler sind ohnehin eine stille Sippschaft. Den ganzen Tag über reden sie kaum eine Silbe und laufen mit gesenkten Köpfen und gebückten Schultern herum.
Auf dieses Plätzchen nun strebte ich jetzt wieder zu. Ich hatte dort die Nacht vor dem Einrücken zum Militär verbracht, ebenso die Nacht, bevor ich mit meiner Mary getraut wurde, und die Nacht, bevor sie unter so vielen Schmerzen Ellen zur Welt brachte. Ich fühlte mich gedrungen, dort hinzugehen, mich da hineinzusetzen, die kleinen Wellen gegen das Gestein plätschern zu hören und hinauszublicken auf die wie Zähne einer Säge gezackten Whitsunfelsen. Im Bett liegend und den Tanz der roten Flecken beobachtend, sah ich es vor mir, mein Plätzchen, und wußte, ich müsse mich dort niederlassen. Bei großen Veränderungen treibt es mich immer dorthin.
Der South Devon läuft die Küste entlang, und es sind Lampen auf den Strand zu gerichtet, die brave Leute aufgestellt haben, um Liebesleute vor Unannehmlichkeiten zu bewahren. Die müssen sich woanders hinbegeben. Laut einer Verordnung der Stadtverwaltung sollte Wee Willie allstündlich die Gegend abpatrouillieren. Am Strand war nicht eine Seele, keine Seele wahrhaftig, und das war merkwürdig, denn sonst sind so gut wie dauernd Leute da, die zum Fischen gehen, beim Fischen sind oder vom Fischen kommen. Ich bückte mich über den Rand, fand den herausragenden Stein und kroch in die kleine Höhle. Kaum hatte ich mich darin niedergelassen, als ich Wee Willies Wagen vorbeifahren hörte. Es war also das zweite Mal, daß ich ihm ausgewichen und damit nicht gezwungen war, die Nacht mit ihm zu verbringen.
Es hört sich ungemütlich und dumm an, daß man mit untergeschlagenen Beinen in einer Nische hockt wie ein nadelbeschauender Buddha, aber irgendwie hat sich der Stein mir oder habe ich mich ihm angepaßt. Ich war dort so oft, daß mein Gesäß sich nach dem Gestein geformt hat. Daß sich das blöd anhört,

ist mir einerlei. Es ist zuweilen ein großes Vergnügen, blöd zu sein, so wie Kinder, die »Denkmalstellen« spielen und sich dabei totlachen. Manchmal auch unterbricht das Blödsein den regelmäßigen Fortgang und erlaubt einem, einen neuen Anfang zu machen. Wenn ich in Sorge bin, dann spiele ich den Blöden, damit meine Liebste nicht mit der Besorgnis angesteckt wird. Sie ist mir noch nicht auf diese Schliche gekommen, oder vielleicht doch? Dann werde ich es nie erfahren. Es gibt so vieles, was ich über meine Mary nicht weiß, unter anderem: wieviel sie über mich weiß. Über das Plätzchen weiß sie wohl nicht Bescheid. Wie sollte sie auch? Ich habe nie mit jemandem darüber gesprochen. Es hat bei mir keinen Namen, ich nenne es eben nur »das Plätzchen« – auch weder Ritual noch sonstiger Formelkram ist dabei. Es ist ein Fleckchen, wo man sich etwas überlegen und über allerhand nachgrübeln kann. Kein Mensch weiß ja in Wirklichkeit etwas von seinen Nebenmenschen. Er kann höchstens annehmen, sie glichen ihm. Wie ich da nun so an meinem Plätzchen saß, vom Wind geschützt, unterm Schein der Wachlampen die Flut, schwarz unterm schwarzen Himmel, herankriechen sah, fragte ich mich, ob alle Menschen so ein Plätzchen haben, ob sie eines brauchen, ob sie eines wollen und keines haben. Ich habe hin und wieder Augen gesehen, in denen ein wahnwitziger Tierblick von einem Bedürfnis nach einem stillen, verborgenen Plätzchen lag, wo das Erschauern der Seele abklingen könnte, wo ein Mensch allein, er selbst, für sich ist und sich darüber klarwerden kann. Natürlich kenne ich die Theorien von der Rückkehr zum Mutterschoß und vom Willen zum Tode; sie mögen auf gewisse Leute zutreffen, auf mich jedoch nicht oder höchstens als leichte Mittel und Wege etwas auszudrücken, was nicht leicht ist. Alles was im Plätzchen vor sich geht, nenne ich »Klarwerden«. Andere Leute würden es vielleicht Gebet nennen, aber vermutlich kommt das aufs gleiche hinaus. Ich glaube nicht, daß es Denken ist. Wenn ich mir selbst ein Bild davon machen möchte, so wäre es das eines nassen Lakens, das in einem sanften Wind hin und her flattert, getrocknet und gebleicht wird. Was geschieht, ist mir recht, ob es nun gut oder schlecht ist.

Vielerlei Dinge waren zu bedenken, und sie hüpften und winkten wie Kinder in der Schule, die sich dem Lehrer bemerkbar machen wollen. Da vernahm ich auf einmal das stotternde Keuchen des Außenbordmotors eines Fischerboots. Sein Positionslicht bewegte sich in südlicher Richtung über die Whitsunfelsen hinaus. Ich mußte alles beiseite schieben, bis das Boot mit seinen roten und grünen Lichtern sicher in die Fahrrinne eingeschwenkt war; es mußte ein hiesiges Boot sein, da es die Einfahrt so leicht gefunden hatte. Es warf im seichten Wasser Anker, und zwei Mann kamen im Beiboot an Land. Kleine Wellchen streiften den Strand, und die aufgescheuchten Möwen machten sich gemächlich daran, auf den Vertäubojen rückwärtige Standorte zu beziehen.

Item: es galt nun über Mary, meine Liebste, nachzudenken, die mit geheimnisvollem Lächeln um die Lippen daheim schlief. Ich hoffte, sie würde nicht aufwachen und nach mir suchen. Aber wenn sie das tat, würde sie mir das je erzählen? Das bezweifle ich. Meines Erachtens erzählt Mary sehr wenig, dem Anschein zum Trotz, als erzähle sie alles. Dann war das mit dem Vermögen zu überlegen. Wollte Mary ein Vermögen für sich, oder wollte sie es um meinetwillen? Daß es nur ein Schwindelvermögen war, das Margie Young-Hunt aus mir unbekannten Gründen vorgespiegelt hatte, machte keinen Unterschied. Ein Schwindelvermögen war ebenso gut wie jedes andere, und es ist möglich, daß bei allen Vermögen etwas Schwindel dabei ist. Jeder Mann mit leidlichem Verstand kann Geld verdienen, wenn es ihm darauf ankommt. In Wirklichkeit hat er meistenteils den Wunsch nach Frauen, Kleidern oder Bewunderung, und das lenkt ihn vom Gelderwerb ab. Die großen Finanzgenies wie Morgan und Rockefeller ließen sich nicht ablenken. Auf was sie ausgingen, war Geld, schlechtweg nur Geld. Was sie dann später damit anfingen, das steht auf einem andern Blatt. Ich hatte immer die Empfindung, sie hätten Angst bekommen vor den Geistern, die sie gerufen hatten, und versucht, sich von ihnen loszukaufen.

Item: betreffs Geld. Mary verstand darunter neue Vorhänge und gesicherte Ausbildung der Kinder und daß sie den Kopf ein wenig höher tragen und auf mich stolz sein könnte, statt sich meiner ein bißchen schämen zu müssen. Sie hatte das im Zorn gesagt, aber es war so.

Item: hatte ich den Wunsch nach Geld? Nun, nein. Etwas in mir verabscheute mein Dasein als Kramladenangestellter. Im Heer brachte ich es bis zum Hauptmann, aber ich weiß, wieso ich ins Offizierskorps aufgenommen wurde. Auf Grund meiner Familie und Beziehungen. Um meiner schönen Augen willen bin ich nicht ausgesucht worden, aber ich wurde ein guter Offizier. Doch wenn ich wirklich das Befehlen gemocht, wenn es mir Vergnügen gemacht hätte, andern Menschen meinen Willen aufzuzwingen und sie nach meiner Pfeife tanzen zu lassen, so wäre ich ja wohl beim Heer geblieben und jetzt wahrscheinlich schon Oberst. Aber das war nicht der Fall. Ich wollte nur, daß es so rasch wie möglich damit Schluß war. Es heißt, ein guter Soldat kämpft eine Schlacht, aber keinen Krieg. Das tun nur die Zivilisten.

Item: Marullo hatte mir hinsichtlich Geschäft die Wahrheit gesagt; Geschäft war das Verfahren Geld zu verdienen. Joey Morphy meinte das auch, ebenso Mr. Baker und der Handelsreisende. Warum brachte mich das so auf und hinterließ einen Geschmack wie von einem faulen Ei? Bin ich denn ein so braver, so gütiger, so gerechter Mensch? Ich glaube das nicht. Bin ich so stolz? Nun, daran ist etwas. Bin ich faul, zu faul, um mich in etwas verwickeln zu lassen? Es ist da ein schrecklicher Haufen untätiger Gutmütigkeit vorhanden, die nichts ist als Faulheit, die keine Schererei, keine Verwirrung und keine Anstrengung wünscht.

Lange bevor es hell wird, macht sich stets ein Duft, eine Ahnung von Dämmerung geltend. Das lag jetzt in der Luft; ein Nachlassen des Windes; ein neuer Fixstern oder Planet erhellte gen Osten hin den Horizont. Ich müßte eigentlich wissen, was für ein Stern das ist; doch ich weiß es nicht. Der Wind frischt in der falschen Dämmerung auf oder legt sich. Das tut er wirklich. Und dann muß ich bald heimgehen. Der neue Stern ging zu spät auf, um vor dem Sonnenaufgang noch viel bestellen zu können. Wie heißt das Sprichwort? »Die Sterne geben eine Richtung, aber keinen Befehl.« Nun, ich habe gehört, daß viele seriöse Finanzleute zu Astrologen gehen, um sich von ihnen beim Aktienkaufen beraten zu lassen. Weist die Richtung der Sterne auf eine Hausse? Werden die Aktien von American Telegraph and Telephone von den Sternen beeinflußt? Ein müßiges, boshaftes Frauenzimmer schlägt schicksalverkündende Karten auf, die sie zudem noch selbst zurechtgesteckt hat. Geben Karten auch Richtung, aber nicht Befehl? Nun, die Karten gaben mir mitten in der Nacht die Richtung nach meinem Plätzchen an und brachten mich dazu, daß ich einem Gegenstand, den ich verabscheute, mehr Nachdenken widmete, als ich eigentlich wollte. Immerhin ist das schon allerhand Richtunggeben. Könnten sie mich dahin richten, daß ich so viel Geschäftsverstand aufbrächte, wie ich nie hatte, daß ich einen mir bisher fremden Erwerbssinn entwickelte? Daß ich wünschte, was ich nie gewünscht hatte? Es gibt die Fresser und die Gefressenen. Das ist ein schöner Grundsatz für den Anfang. Sind die Fresser unmoralischer als die Gefressenen? Am Ende aller Enden werden sie alle gefressen – alle –, alle verschlungen von der Erde, selbst die leidenschaftlichsten und die gerissensten.

Die Hähne auf Clam Hill krähten schon längere Zeit. Ich hatte es gehört und doch nicht gehört. Ich wäre gern geblieben, um die Sonne genau hier aufgehen zu sehen.

Ich sagte vorhin, mit dem Plätzchen sei kein Ritual verbunden gewesen. Nun, das ist nicht völlig wahr. Irgendwann bei jedem Besuch, baute ich zu meiner Herzensfreude den Alten Hafen im Geist wieder auf: die Kais, die Lagerhäuser, den Mastenwald mit seinem Unterholz von Tauwerk und Segeltuch. Und meine Ahnen, meine Blutsvorfahren, die Jungen auf dem Deck, die Erwachsenen in der Takelung, die Gereiften auf der Kommandobrücke. Da gab es kein dummes Zeug von Madison Avenue oder über zuviel abgeschnittene Blätter beim Blumenkohl. Damals hatte ein Mann noch Würde, noch Format. Man vermochte frei zu atmen.

Das waren Reden, die mein Vater führte, der Narr. Der alte Käpt'n erinnerte sich an Streitigkeiten über Anteile, an Haarspaltereien mit Lieferanten, an Mißtrauen gegen jede Planke und jedes Kielschwein, die Prozesse, jawohl, und an Mord und Totschlag. Wegen Weibern, aus Abenteuer- und Ruhmsucht? Nein, keineswegs. Wegen Geld. Es war eine seltene, seltsame Partnerschaft, sagte er, die länger als nur für eine Reise vorhielt, jedesmal gefolgt von hitzigen Fehden, die noch fortgeführt wurden, wenn die Ursache längst vergessen war.

Eine bestimmte Verbitterung gab es, die der alte Käpt'n nicht vergessen, ein Verbrechen, das er nie vergeben konnte. Er hat mir davon wohl viele Male erzählt, wenn wir am Rand des Alten Hafen saßen oder standen. Wir verbrachten dort ziemlich viele Stunden, er und ich. Ich erinnere mich, wie er mit dem Narwalstock deutend sagte:

»Siehst du draußen am Whitsun Reef den dritten Felsen? Hast du ihn? Nun ziehe von da eine Linie zur Spitze von Porty Point bei Flut. Siehst du die dort? Nun – eine halbe Kabellänge weiter draußen, wenn du die Linie verlängerst, da liegt sie oder zumindest ihr Kiel.«

»Die ›Belle-Adair‹?«

»Ja, die ›Belle-Adair‹.«

»Unser Schiff.«

»Halb. Wir standen ja auf Halbpart. Vor Anker brannte sie ab, bis zur Wasserlinie brannte sie aus. Ich habe nie an einen Unglücksfall geglaubt.«

»Du meinst, sie wurde in Brand gesteckt?«

»Jawohl.«

»Aber – aber so etwas kann man doch nicht tun.«

»Ich könnte es nicht.«

»Wer hat's denn getan?«

»Weiß ich nicht.«

»Und warum?«

»Versicherung.«

Mein Vater hat mir erzählt, daß er nie mehr mit Käpt'n Baker gesprochen habe. Er habe dies jedoch nicht auf dessen Sohn, Mr. Barker Baker, übertragen. Das hätte er sowenig getan, wie daß er ein Schiff in Brand gesteckt hätte.

Großer Gott, ich muß ja nach Hause. Beinahe im Laufschritt eilte ich gedankenlos die High Street hinauf. Es war noch ziemlich dunkel, doch ein Streifen Helligkeit lag am Rand der See und gab den Wellen eine eisengraue Färbung. Ich ging um das Kriegerdenkmal herum und am Postamt vorbei. In einem Torweg stand – wie ich das von ihm gewöhnt war – Danny Taylor, die Hände in den Taschen, den Kragen seines zerlumpten Mantels hochgeschlagen und seine alte Jagdmütze mit den Ohrenklappen heruntergezogen. Vor Kälte und Schwäche war sein Gesicht blaugrau.

»Eth«, sagte er, »verzeih, wenn ich dich belästige. Verzeih. Ich muß einen Rachenputzer zu mir nehmen. Du weißt, ich würde dich nicht darum angehen, wenn ich nicht müßte.«

»Ich weiß. Das heißt: ich weiß nicht, aber ich glaube dir.« Ich reichte ihm einen Dollarschein. »Genügt das?«

Seine Lippen zitterten wie die eines Kindes, das gerade in Tränen ausbrechen will. »Dank dir, Eth«, sagte er. »Ja – das wird mich über den ganzen Tag wegbringen und vielleicht die Nacht auch noch.« Beim bloßen Gedanken daran begann sein Aussehen schon besser zu werden.
»Danny, du mußt das sein lassen. Meinst du, ich bin so vergeßlich? Du warst mein Bruder, Danny. Du bist es noch. Ich werde das menchenmögliche tun, um dir zu helfen.«
In seine mageren Wangen kam ein wenig Farbe. Er warf einen Blick auf den Geldschein in seiner Hand, und es war, als hätte er einen ersten Schluck Schnaps zu sich genommen. Darauf sah er mich mit einem kalten, harten Blick an.
»Erstens geht das, zum Donnerwetter, niemand was an. Und zweitens hast du keinen Heller, Eth. Du bist ebenso dran wie ich, bloß auf eine andere Art.«
»Hör mich an, Danny.«
»Wozu? Ei, ich bin besser dran als du. Ich habe meinen Notpfennig. Erinnerst du dich an unsern Landsitz?«
»Wo das Haus niedergebrannt ist? Wo wir im Kellerloch spielten?«
»Richtig. Du erinnerst dich genau. Das gehört mir.«
»Das könntest du verkaufen, Danny, und ganz neu anfangen.«
»Ich will es nicht verkaufen. Die Grafschaftsregierung zwackt alle Jahr ein Stück davon ab für die Steuern. Das große Wiesenland ist aber noch mein.«
»Warum willst du das nicht verkaufen?«
»Weil es mein Eigen ist. Weil es Daniel Taylor darstellt. Solange ich es besitze, kann mir kein Schweinehund sagen, was ich zu tun habe, und kein Saukerl kann mich zu meinem eigenen Besten einsperren. Verstanden?«
»Höre, Danny . . .«
»Ich will nichts hören. Wenn du meinst, der Dollar da gibt dir das Recht, mir Predigten zu halten . . . Hier, nimm ihn wieder.«
»Behalt ihn.«
»Gemacht. Du weißt ja nicht, worüber du redest. Du warst niemals ein – Trinker. Ich erzähl' dir ja auch nicht, wie man Schinken einwickelt, nicht? Jetzt geh deiner Wege. Und ich klopfe an ein Fenster und laß mir einen Rachenputzer geben. Und vergiß nicht: Ich bin besser dran als du. Ich bin kein – Angestellter.«
Er drehte sich um und verbarg den Kopf in der Ecke der geschlossenen Tür, wie ein Kind, das die Welt wegschafft, indem es die Augen davon abwendet. Und er blieb so, bis ich resigniert weiterging.
In seinem Auto, das vor dem Hotel stand, fuhr Wee Willie aus dem Halbschlaf hoch und kurbelte das Fenster herunter.
»Mor'n, Ethan«, sagte er. »Bist du so früh auf oder noch so spät draußen?«
»Beides.«

»Mußt ja wohl ein dolles Stück aufgegabelt haben.«

»Unbedingt, Willie, eine Houri.«

»Aber Ethan, du wirst mir doch nicht sagen wollen, du gibst dich mit Straßenmädchen ab.«

»Ich schwöre es.«

»Man kann nichts mehr glauben. Ich wette, du warst fischen. Was macht die Gesponsin?«

»Schläft.«

»Werd' ich auch tun, wenn ich erst abgelöst bin.«

Ich ging weiter, ohne ihn darauf aufmerksam zu machen, daß er das schon die ganze Zeit getan habe. Ich ging leise die Hintertreppe hinauf und drehte die Küchenlampe an. Mein Zettel lag etwas links von der Mitte auf dem Tisch. Ich hätte schwören mögen, daß ich ihn genau in der Mitte gelassen hatte.

Ich stellte den Kaffee auf, setzte mich und wartete darauf, daß er durchlief. Er hatte gerade angefangen aufzuwallen, als Mary herunterkam. Wenn mein Schätzchen aufwacht, sieht es wie ein kleines Mädchen aus; man würde nicht glauben, daß sie die Mutter von zwei Bälgern ist. Und ihre Haut hat einen so lieblichen, feinen Geruch, wie frisch geschnittenes Gras, der traulichste, tröstlichste Duft, den ich kenne.

»Was tust du denn so früh auf?«

»Das kannst du wohl fragen. Nimm bitte zur Kenntnis, daß ich den größten Teil der Nacht auf war. Schau dir meine Gummischuhe dort bei der Tür an. Fühl sie mal an, wie naß sie sind.«

»Wo warst du denn?«

»Drunten an der See ist eine kleine Höhle, mein zerzaustes Entchen. Dahinein bin ich gekrochen und habe über die Nacht gegrübelt.«

»Nun – halt mal . . .«

»Und habe einen Stern gesehen, der stieg aus dem Meer auf, und da er niemanden gehörte, nahm ich ihn als unsern Stern in Anspruch. Ich habe ihn gezähmt und dann wieder zurückgeschickt, damit er fetter werde.«

»Du tust wieder mal blöd. Meiner Ansicht nach bist du eben aufgestanden und hast mich dabei aufgeweckt.«

»Wenn du mir nicht glaubst, dann frag Wee Willie. Mit dem habe ich mich unterhalten. Kannst auch Danny Taylor fragen. Dem hab' ich einen Dollar gegeben.«

»Das hättest du nicht tun sollen. Er wird sich bloß betrinken.«

»Das weiß ich. Nichts anderes wollte er ja. Wo kann unser Stern schlafen, mein süßes Farnkräutchen?«

»Riecht der Kaffee nicht gut? Ich bin froh, daß du wieder blödelst. Es ist schrecklich, wenn du finsterer Laune bist. Tut mir leid wegen der Sache mit dem Vermögen. Du sollst nicht glauben, ich sei nicht zufrieden.«

»Zerbrich dir nicht den Kopf darüber; es steht in den Karten geschrieben.«

»Was?«

»Spaß beiseite: Ich werde ein Vermögen verdienen.«

»Ich weiß nie, was du wirklich denkst.«

»Das ist die größte Schwierigkeit, wenn man die Wahrheit sagt. Darf ich die Kinder ein bißchen verhauen zur Feier des Vortags der Auferstehung? Ich verspreche dir, daß ich ihnen nicht die Knochen breche.«

»Ich habe mir noch nicht einmal das Gesicht gewaschen. Ich konnte mir ja nicht denken, wer da in der Küche herumrumort.«

Als sie ins Badezimmer hinaufgegangen war, nahm ich meinen Zettel weg und steckte ihn in die Tasche. Ich wußte immer noch nicht, woran ich war. Weiß ein Mensch je etwas vom andern? Kennt er nur den äußersten Rand eines Nebenmenschen? Wer bist du innerlich? Mary — hörst du? Wer bist du innerlich?

Viertes Kapitel

Dieser Samstagvormittag schien nach einem bestimmten Muster zu verlaufen. Ich möchte wissen, ob das bei allen Tagen so ist. Es war ein Tag der Zurückgezogenheit. Das leise, graue Geflüster Tante Deborahs wurde mir gegenwärtig. »Jawohl, Jesus ist tot. Es ist der einzige Tag von allen Tagen der Welt, da Er tot ist. Und alle Männer und Frauen sind ebenfalls tot. Jesus ist in der Hölle. Aber morgen. Warte nur bis morgen. Dann wirst du etwas erleben.«

Ich erinnere mich nicht mehr sehr deutlich an sie, so wie man sich nicht an jemanden erinnert, den man aus zu großer Nähe sieht. Doch sie las mir die Heilige Schrift vor wie eine Zeitung, und wahrscheinlich war sie auch so etwas für sie, wie etwas das ewig sich abspielen wird, aber immer neu und aufregend bleibt. Jede Ostern erstand Jesus wahrhaft wieder auf von den Toten; ein stets erwarteter, doch immer wieder neuer Ausbruch. Für meine Tante war das nicht vor zweitausend Jahren gewesen, sondern begab sich am heutigen Tage. Und etwas von dieser Anschauung hat sie in mich eingepflanzt.

Ich kann mich nicht entsinnen, daß ich je den Wunsch gehabt hätte, den Laden aufzumachen. Ich glaube, ich verabscheute jeden träg daherschleichenden Morgen. Aber an diesem Tag verlangte es mich hinzugehen. Ich liebe meine Mary von ganzem Herzen, in gewisser Hinsicht mehr als mich selbst, aber es ist doch richtig, daß ich ihr nicht immer mit voller Aufmerksamkeit zuhöre. Wenn sie mir die Chronik von Kleidern, Gesundheitszuständen und Gesprächen erzählt, an denen sie Gefallen und Aufklärung gefunden hat, dann höre ich überhaupt nicht hin, so daß sie manchmal ausruft: »Aber das mußt du doch wissen! Ich erinnere mich ganz genau, daß ich dir das am Donnerstagmorgen gesagt habe.« Ohne jeden Zweifel hat sie das auch getan. Sie hat's mir erzählt. Auf gewissen Gebieten erzählt sie mir immer alles.

An jenem Morgen hörte ich nicht nur nicht zu, ich wollte davon weg. Vielleicht wollte ich selbst sprechen, hatte aber nichts zu sagen, denn, um ihr Gerechtigkeit widerfahren zu lassen: sie hört mir auch nicht zu, was manchmal ganz gut ist. Sie horcht auf Töne und Tonfälle, und daraus schließt sie auf meinen Gesundheitszustand und meine Stimmung, ob ich müde bin oder vergnügt. Und das ist ein ebenso gutes Verfahren wie jedes andere auch. Wenn ich es recht bedenke, so hört sie mir deshalb nicht zu, weil ich nicht zu ihr spreche, sondern zu einem verborgenen Zuhörer in meinem Innern. Und sie spricht auch nicht wirklich zu mir. Aber natürlich ist das anders, wenn es sich um die Kinder oder um sonstige kritische Themata handelt.

Ich habe so oft darüber nachgedacht, wie die Aussage sich mit dem Wesen des Zuhörers verändert. Von dem, was ich spreche, ist vieles an Tote gerichtet, wie meine gute Tante Deborah oder der alte Käpt'n. Ich streite mich oft mit ihnen herum. Ich erinnere mich, wie ich einst nach einem ermüdenden, staubgrauen Kampf den alten Käpt'n angeschrien habe. »Muß ich?«, und er ganz deutlich erwiderte: »Natürlich mußt du. Und flüstere nicht.« Er diskutierte nie, niemals. Er sagte nur, ich müsse, und dann tat ich es. Dabei ist weder etwas Mystisches noch etwas Mysteriöses.

Was das reine Erzählen angeht, das eine andere Art der fragenden Aussage ist, so dienen mir dafür meine stummen, aber ausdrucksvollen Büchsen und Flaschen im Laden ausgezeichnet. Ebenso jedes Tier und jeder Vogel, die bei mir vorbeikommen. Sie widersprechen nicht und sagen nichts weiter.

Mary sagte: »Du willst doch nicht schon gehen? Du hast noch eine halbe Stunde Zeit. Das kommt davon, wenn man so früh aufsteht.«

»Muß einen ganzen Schwarm von Kisten aufmachen«, erwiderte ich, »und alles auf die Regale verteilen, ehe ich den Laden öffne. Da sind schwerwiegende Entscheidungen zu treffen. Kann man Gurken und Tomaten in dasselbe Regal stellen? Kriegen Büchsenaprikosen Streit mit Pfirsichen? Du weißt doch, wie wichtig es bei einem Kleid ist, die Farben aufeinander abzustimmen.«

»Du mußt über alles Witze machen,« sagte Mary. »Aber mir ist's recht. Ist immer noch besser als Brummen. Die meisten Männer sind brummig.«

Ich war tatsächlich zu früh dran. Rot-Baker war noch nicht auf seinem Morgenspaziergang. Nach diesem Hund – wie übrigens nach jedem – kann man seine Uhr stellen. Seinen gewichtigen Rundgang begann er erst genau in einer halben Stunde. Joey Morphy dagegen nicht; der zeigte sich nicht. Die Bank wurde auch noch nicht aufgemacht, was aber nicht bedeutete, daß Joey nicht an seinen Büchern arbeitete. In der Stadt war es sehr still, aber es waren natürlich eine Menge Leute über das Oster-Wochenende verreist. Mit dem vierten Juli und dem Labor Day waren das die bedeutendsten Ferientage. Die Leute verreisten, selbst wenn sie keine Lust dazu hatten. Ich glaube, selbst die Spatzen von der Elm Street waren verreist.

Ich begegnete Stonewall Jackson Smith auf dem Dienstgang. Er hatte gerade in der Kaffeestube von Foremaster eine Tasse Kaffee getrunken. Er war so mager und schmächtig, daß seine Pistolen und Handschellen übergroß wirkten. Seine Mütze trägt er immer verwegen aufs Ohr geschoben, und er stochert sich mit einer zugespitzten Gänsefeder in den Zähnen.

»Viel zu tun, Stoney. Langer schwerer Tag zum Geldverdienen.«

»Hä?« machte er. »Kein Mensch in der Stadt«, mit dem Unterton, der besagte: ich wollte, ich wäre auch nicht da.

»Gibt's Mordtaten, Stoney, oder sonstige schauerliche Vergnügungen?«

»Nichts los; ganz still«, sagte er. »Ein paar Lausbuben haben einen Wagen an der Brücke kaputtgefahren. Aber, zum Teufel, es war ihr eigener Wagen. Der Richter wird sie die Reparaturen an der Brücke bezahlen lassen. Haben Sie von dem Bankraub in Floodhampton gehört?«

»Nein.«

»Auch nicht im Fernsehen?«

»Wir haben noch keins. Haben die viel erwischt?«

»Angeblich dreizehntausend. Gestern gerade vor Ladenschluß. Drei Kerle. Alarm in vier Staaten. Willie ist draußen auf der Überlandstraße und guckt sich die Augen aus dem Kopf.«

»Der schläft genug.«

»Der schon, aber ich nicht. Ich war die ganze Nacht draußen.«

»Glauben Sie, daß man sie kriegt?«

»Ach, ich denke schon. Wenn's um Geld geht, ist das meistens der Fall. Die Versicherungsgesellschaften stochern dauernd. Die lassen nicht locker.«

»Stoney, Sie sollten sich mal etwas um Danny Taylor kümmern. Er sieht furchtbar schlecht aus. Er muß krank sein.«

»Kommt auf meine Zeit an«, sagte Stoney. »Aber ich werde schon mal hingehn. Ist eine Schande. Anständiger Kerl. Anständige Familie.«

»Es geht mir sehr nahe. Ich hab' ihn gern.«

»Tja, mit dem ist nichts anzufangen. Es gibt Regen, Eth. Willie wird nicht gern naß.«

Zum erstenmal, soweit ich mich entsinnen kann, ging ich mit Freude in die Gasse hinein und öffnete ich die Tür mit Erregung. Der Kater saß wieder vor der Tür und wartete. Ich kann mich keines Morgens erinnern, daß dieser magere, gerissene Kater nicht an der Hintertür gewartet und versucht hätte hindurchzuschlüpfen und daß ich es unterlassen hätte, ihm ein Stück Holz an den Kopf zu werfen oder ihn sonstwie fortzuscheuchen. Ich spreche von einem Kater, weil seine Ohren von Balgereien zerfetzt waren. Sind Katzen seltsame Tiere oder ähneln sie uns so, daß wir sie possierlich finden wie die Affen? Es mag sechs- oder achthundertmal gewesen sein, daß dieser Kater versucht hat einzudringen, ohne daß es ihm je gelungen ist.

»Du wirst noch mal eine grausame Überraschung erleben«, sagte ich zu dem Kater. Er saß da, den Schwanz um sich geringelt, dessen Ende zwischen seinen Vorderpfoten auf und nieder wippte. Ich ging in den dunklen Laden, nahm eine Dose Milch vom Gestell, stieß ein Loch hinein und ließ die Milch in eine Tasse laufen. Diese brachte ich dann in den Lagerraum und stellte sie dicht vor die etwas offengelassene Tür. Der Kater beobachtete mich mit ernsthafter Miene, warf einen Blick auf die Milch und – ging weg, um dann über den Zaun hinter der Bank zu springen.

Während ich ihm noch nachschaute, kam Joey Morphy, den Schlüssel zur Hintertür der Bank in der Hand, durch die Gasse daher. Er sah schmuddelig und übernächtigt aus, als sei er nicht ins Bett gekommen.

»Hei, Mr. Hawley.«

»Ich dachte doch, bei Ihnen sei heute geschlossen.«

»Bei mir ist nie geschlossen, scheint's. In den Büchern ist ein Fehler von sechsunddreißig Dollar. Habe bis Mitternacht geschuftet.«

»Zuwenig?«

»Nein, zuviel.«

»Na, dann ist's ja gut.«

»Das ist gar nicht gut. Ich muß den Fehler finden.«

»Sind die Banken so ehrlich?«

»Jawohl. Die Banken sind ehrlich, nur gewisse Menschen sind es nicht. Wenn ich auch nur ein bißchen Feiertag genießen soll, dann muß ich den Fehler finden.«

»Wenn ich nur etwas von dem Geschäft verstünde!«

»Alles, was ich darüber weiß, kann ich Ihnen in einem einzigen Satz mitteilen? Geld schafft Geld.«

»Das nützt mir wenig.«

»Mir auch nicht viel. Aber ich kann immerhin Rat geben.«

»Zum Beispiel?«

»Zum Beispiel: nie das erste Angebot annehmen, oder: wenn einer etwas verkaufen will, so hat er einen Grund dafür, ebenso der Wert eines Gegenstandes richtet sich danach, wer ihn haben will.«

»Das ist wohl ein Schnellkurs?«

»Jawohl, aber all das besagt nichts ohne den ersten Satz.«

»Geld schafft Geld?«

»Das schaltet eine Menge von uns aus.«

»Es gibt doch Leute, die Geld borgen?«

»Jaja, das schon. Aber dazu muß man Kredit haben, und das ist auch eine Art Geld.«
»Mir scheint, ich bleibe gescheiter beim Kolonialwarenhandel.«
»Scheint mir auch. Haben Sie über die Bank in Floodhampton gehört?«
»Stoney hat mir davon erzählt. Komisch, gerade gestern sprachen wir darüber. Entsinnen Sie sich?«
»Ich habe einen Freund dort. Drei Kerle. Der eine soll mit Akzent gesprochen und einer soll gehinkt haben. Drei Kerle. Werden sicher geklappt. Vielleicht in einer, vielleicht in zwei Wochen.«
»Wird schwerhalten.«
»Ach, ich weiß nicht. Die Burschen sind nicht schlau. Gegen Nicht-Schlausein gibt's ein Gesetz.«
»Tut mir leid wegen gestern.«
»Ach, denken Sie nicht mehr dran! Ich rede zuviel. Das ist auch so eine goldene Regel: nicht reden. Ich werde das nie lernen. Hören Sie mal, Sie sehen gut aus.«
»Sollte ich eigentlich nicht. Hab' nicht viel geschlafen.«
»Ist jemand krank?«
»Nein. Es gibt eben solche Nächte.«
»Als ob ich das nicht wüßte . . .«
Ich fegte den Laden aus, zog die Rollvorhänge hoch und wußte nicht, ob ich es gern tat oder ungern. Joeys Regeln gingen mir immer im Kopf herum. Ich besprach das alles mit meinen Freunden auf den Regalen. Laut oder leise? Ich weiß es nicht.
»Verehrte Versammlung«, sagte ich, »wenn es so einfach ist, warum betreiben es dann nicht mehr Leute? Wieso macht so ziemlich ein jeder die gleichen Fehler immer und immer wieder? Vielleicht ist die eigentliche, die grundlegende Schwäche eine Form von Güte. Marullo sagte: Geld hat kein Herz. Ist es dann nicht an dem, daß jede Güte bei einem Geldmenschen eine Schwäche darstellt? Wie bringt man anständige, ordentliche Burschen dazu, in einem Krieg Menschen abzuschlachten? Nun, es ist von Vorteil, wenn der Feind anders aussieht oder anders spricht. Wie ist's aber dann bei Bürgerkriegen? Nun bei unserm hieß es, die Yankees fräßen kleine Kinder und die Rebellen ließen die Gefangenen verhungern. Das ist auch ganz vorteilhaft dafür. Ich komme gleich auf euch zu sprechen, in Scheiben geschnittene rote Rüben und Büchsenpilzchen. Ich weiß, ihr wollt, daß ich von euch spreche. Das wollen alle. Ich bin gleich soweit. Nun, wenn die Denkgesetze die Dinggesetze sind, dann sind auch die Moralgesetze relativ samt Sitte und Sünde, in einem relativen Weltall sind auch sie relativ. Es muß so sein. Man kommt nicht drumherum. – Ihr Haferflocken mit dem Mickymausbild auf der Schachtel und einem Bauchrednerapparat als Etikett und zehn Cent. Ich muß euch mit heim-

nehmen, jetzt aber haltet mal still und hört zu. Was ich der lieben Mary im Scherz erzählt habe, stimmt. Meine Ahnen, die hochverehrten Schiffsreeder und Kapitäne, hatten bestimmt den Auftrag, während der Revolution und dann wieder im Krieg 1812, den feindlichen Seehandel zu stören und Kauffahrteischiffe aufzubringen. Das war höchst patriotisch und tugendhaft. Die Briten aber waren Piraten und behielten, was ihnen in die Hände fiel. So begann es mit dem Familienvermögen, das meinem Vater durch die Finger lief. Daher kam das Geld, das neues Geld heckte. Wir können stolz darauf sein.«

Ich holte einen Karton mit Tomatenpüree, riß ihn auf und verteilte die reizenden, schlanken Döschen auf ihren leer gebliebenen Platz. »Vielleicht wißt ihr das nicht«, sprach ich dann weiter, »weil ihr etwas wie Ausländer seid. Geld hat nicht nur kein Herz, sondern auch keine Ehre und kein Gedächtnis. Geld wird von selbst ehrenwert, wenn man es eine Zeitlang im Besitz hat. Ihr braucht nicht zu glauben, daß ich das Geld verunglimpfen will. Ich bewundere es sehr. Meine Herren, darf ich einige Neulinge unserer Gemeinschaft vorstellen. Ich stelle sie hierher neben euch Catsups. Macht es diesen Butterbrotgürkchen heimisch in ihrem neuen Aufenthalt. Sie sind geborene New Yorker, dort in Scheiben geschnitten und in Flaschen gefüllt. Ich sprach mit meinen Freunden hier gerade vom Geld Eine eurer feinsten Familien – oh, ihr kennt schon den Namen! Jedermann in aller Welt kennt ihn, meine ich. Nun, ihr erster großer Schritt war, daß sie den Briten Fleisch lieferten, während unser Vaterland mit den Briten im Krieg lag; ihr Geld wird ebenso hoch geachtet wie das anderer Leute und ihre Familie ebenfalls. Nehmen wir eine andere Dynastie, die der wohl allergrößten Bankiers. Ihr Gründer kaufte der Armeeverwaltung dreihundert Gewehre ab, die von dieser als bedenklich schadhaft ausgeschieden worden waren; deshalb bekam er sie sehr billig: zu fünfzig Cent pro Stück vielleicht. Als bald darauf General Frèmont seinen heldenhaften Zug nach Westen antrat, kaufte er diese Gewehre unbesehen zu zwanzig Dollar das Stück. Ob sie in den Händen der Soldaten zerplatzt sind, davon wurde nie etwas berichtet. Das war Geld, das Geld heckte. Es kommt nicht darauf an, wie man dazu kommt, wenn man nur dazu kommt und es so verwendet, daß es sich vermehrt. Ich bin nicht zynisch. Unser Herr und Meister, Marullo mit dem antiken römischen Namen, hat vollkommen recht. Wo es sich um Geld handelt, da sind die gewöhnlichen Verhaltensregeln auf Urlaub. Warum rede ich zu euch? Zu Kolonialwaren? Vielleicht weil ihr verschwiegen seid. Ihr gebt meine Worte nicht weiter oder klatscht darüber. Über Geld zu sprechen ist unzart und unfein nur, wenn man welches hat. Die armen Leute sind davon fasziniert. Aber seid ihr nicht auch der Ansicht, daß jemand, der sich aktiv mit Geld befaßt, dessen Natur, Charakter und Tendenzen kennen sollte? Ich fürchte, nur wenige Menschen, entweder große Künstler oder große Geizkragen, ›interessieren‹ sich für Geld an sich.«

Es hatte sich inzwischen ein ganzer Stoß leerer Kartons aufgehäuft. Ich trug sie in den Lagerraum, wo sie hergerichtet und aufgehoben werden sollten. Viele Kunden tragen gern ihre Einkäufe darin heim, und außerdem: »Das spart Tüten, Jungchen«, würde Marullo sagen.

Da haben wir wieder das »Jungchen«. Es liegt mir nichts mehr daran. Er soll mich nur »Jungchen« nennen und mich auch für ein »Jungchen« halten. Während ich die Kartons aufstapelte, wurde an die Straßentür gehämmert. Ich zog meine alte große silberne Eisenbahneruhr und sah darauf, daß ich zum erstenmal im Leben nicht Schlag neun den Laden aufgeschlossen hatte. Es war gut ein Viertel nach neun. Die Diskussion mit den Büchsen und Flaschen hatte mich aufgehalten. Durch die mit Eisenstangen versehene Glastür konnte ich erkennen, daß es Margie Young-Hunt war. Ich hatte sie nie richtig angesehen, sie nie genau betrachtet. Darum vielleicht hatte sie sich aufs Kartenschlagen verlegt, bloß damit sie sicher sein konnte, ich wisse von ihrer Existenz. Ich schlug die Türflügel zurück.

»Ich wollte Sie nicht aus dem Bau locken«, sagte sie.

»Aber ich bin zu spät dran.«

»So?«

»Unbedingt. Es ist schon nach neun.«

Sie schwänzelte herein. Hübsch rund trat ihr Hintergestell hervor, dessen beide Teile mit jedem Schritt abwechselnd auf und nieder hüpften. Auch ihre Vorderfront war gut ausgestattet: sie bedurfte keiner stärkeren Unterstreichung. Es war alles da. Ich sah sie wohl eigentlich zum erstenmal richtig an. Ihre Züge waren regelmäßig, die Nase war ein bißchen lang, die Lippen wirkten, mittels des Stifts verbreitert, voller, als sie von Natur waren, zumal die untere. Ihr Haar zeigte eine satt kastanienbraune Färbung, so wie es in der Natur nicht vorkommt, aber hübsch. Ihr Kinn, tief gekerbt, wirkte zerbrechlich, aber die Wangen zeigten eine kräftige Muskulatur, und die Backenknochen waren sehr breit. Ihre Augen waren von jener Farbe, die mit dem jeweiligen Licht von nußbraun zu blau und stahlgrau wechselt. Sie ließ jetzt ihre Blicke herumflitzen, auf mich, auf die Waren, dann wieder auf mich. Ich dachte mir, sie müsse eine scharfe Beobachtungsgabe und ein starkes Erinnerungsvermögen besitzen.

»Ich hoffe, Sie haben nicht wieder so ein Anliegen wie gestern.«

Sie lachte. »Nein, nein ... Einen Geschäftsreisenden habe ich nicht alle Tage. Diesmal ist mir tatsächlich der Kaffee ausgegangen.«

»Das geht den meisten Leuten so.«

»Wie meinen Sie das?«

»Nun, die ersten zehn Leute kommen morgens immer, weil sie keinen Kaffee mehr haben.«

»Ist das wahr?«

»Unbedingt. Hören Sie, ich wollte Ihnen noch danken dafür, daß Sie mir den Reisenden geschickt haben.«
»Das hatte er im Sinn gehabt.«
»Aber Sie haben ihn darauf gebracht. Was für 'ne Sorte Kaffee?«
»Ist egal. Ich mache aus jeder Sorte jämmerlichen Kaffee.«
»Messen Sie richtig ab?«
»Natürlich, aber er wird doch immer jämmerlich. Kaffee ist nicht – beinahe hätte ich gesagt: nicht mein Kaffeehaus.«
»Versuchen Sie mal diese Mischung hier.« Ich nahm eine Büchse vom Regal, und als sie danach griff – bloß bei dieser kleinen Gebärde –, bewegte, verschob sich jeder Teil ihres Körpers. Jeder meldete sich gewissermaßen lautlos: Hier bin ich, das Bein; hier ich, der Schenkel; keines schöner als ich, der weiche Unterleib. Alles war neu, noch nie gesehen. Es verschlug mir den Atem. Mary sagt, Frauen können Zeichen geben wie herausgehängte Signalflaggen, wenn es ihnen darauf ankommt. Falls das stimmt, dann verfügte Margie über einen Signalapparat, der von den in spitzen Lacklederschuhen steckenden Zehen bis zur weichen Welle ihres kastanienbraunen Haares reichte.
»Ihre schlechte Laune scheinen Sie überwunden zu haben.«
»Ja, gestern hatte ich sie ganz arg. Ich weiß nicht, wovon sie kommt.«
»Das kenne ich. Bei mir kommt sie manchmal aus den ungewöhnlichsten Gründen.«
»Sie haben da was Schönes angestellt mit Ihrer Wahrsagerei.«
»Sind Sie böse darüber?«
»Nein. Ich möchte bloß wissen, wie Sie das gemacht haben.«
»Sie glauben nicht an so was?«
»Darum geht es nicht. Sie haben mit einigen Sachen den Nagel auf den Kopf getroffen. Dinge, die ich gedacht, und solche, die ich getan habe.«
»Zum Beispiel?«
»Nun, zum Beispiel, daß es Zeit sei, daß es anders wird.«
»Sie meinen, ich hätte die Karten zurechtgesteckt, wie?«
»Das ist gleichgültig. Wenn Sie es getan haben – was hat Sie dazu veranlaßt? Haben Sie daran gedacht?«
Sie schaute mir voll in die Augen, mißtrauisch, prüfend, fragend. »Ja-a«, sagte sie leise. »Ich meine, nein. Daran habe ich nicht gedacht. Wenn ich sie zurechtgesteckt habe, warum? Was hat mich dazu veranlaßt?«
Mr. Baker steckte den Kopf zur Tür herein. »Mor'n, Margie«, sagte er. »Ethan, haben Sie sich meinen Vorschlag überlegt?«
»Selbstverständlich. Und ich möchte mit Ihnen sprechen.«
»Jederzeit, Ethan.«
»Nun, während der Woche kann ich nicht weggehen. Sie wissen ja, Marullo ist kaum je hier. Sind Sie morgen zu Hause?«

»Nach der Kirche bestimmt. Gute Idee. Sie kommen mit Mary um vier Uhr. Während die Damen sich über die Osterhüte aussprechen, machen wir uns dünn und ...«
»Ich muß Sie hunderterlei fragen. Ich glaube, ich muß mir alles aufschreiben.«
»Ich stehe Ihnen mit allem, was ich weiß, zur Verfügung. Also auf Wiedersehen. Morgen, Margie.«
Als Baker draußen war, sagte Margie: »Sie gehen ja gleich fest ins Zeug.«
»Wohl nur eine Vorübung. Hören Sie mal ... Wissen Sie, was interessant wäre? Wie wär's, wenn Sie die Karten einmal mit verbundenen Augen oder ähnlich umdrehten und dann sähen, wie nahe das Ergebnis dem gestrigen kommt.«
»Nein«, sagte sie. »Dabei käme nichts heraus. Wollen Sie mich verulken, oder sind Sie wirklich dafür?«
»Wie ich die Sache ansehe, kommt es nicht auf den Glauben an. Ich glaube nicht an außersinnliche Wahrnehmungen, nicht an den Blitz oder an die Wasserstoffbombe, ja nicht einmal an Veilchen oder Fischschwärme – aber ich weiß, es gibt sie. Ich glaube nicht an Gespenster, aber ich habe sie gesehen.«
»Jetzt machen Sie aber Ulk.«
»Keineswegs.«
»Es scheint, als seien Sie nicht mehr derselbe.«
»Bin ich auch nicht. Vielleicht ist das niemand auf längere Zeit.«
»Wie kommt das, Eth?«
»Das weiß ich nicht. Vielleicht daher, daß ich es satt habe, Angesteller im Kolonialwarenladen zu sein.
»Es ist auch an der Zeit.«
»Haben Sie Mary wirklich gern?«
»Unbedingt. Warum fragen Sie?«
»Sie scheinen nicht zum gleichen – nun, Sie sind so verschieden von ihr.«
»Ich verstehe, was Sie meinen. Aber ich habe sie wirklich gern. Ich habe sie lieb.«
»Ich auch.«
»Glückspilz.«
»Ich weiß, daß ich das bin.«
»Ich meinte Mary. Na, ich gehe jetzt und mache mir meinen jämmerlichen Kaffee. Das mit dem Kartenschlagen werde ich mir überlegen.«
»Je eher, desto besser, bevor es sich abkühlt.«
Sie tänzelte hinaus; ihre niedlichen Hinterbacken hüpften wie Gummibälle. Nie hatte ich diese Frau bisher gesehen. Ich möchte wissen, wieviel Menschen ich in meinem Leben angesehen, aber nie gesehen habe. Man kriegt Angst, wenn man daran denkt. Wenn zwei Menschen einander treffen, dann wird ein jeder durch den andern verändert, so daß also zwei neue Menschen da

sind. Vielleicht bedeutet das – verflucht, ist das verwickelt! Ich kam mit mir selbst überein, daß ich über dergleichen nachdenken wolle, wenn ich nachts nicht schlafen kann. Pünktlich aufzuschließen vergessen, machte mir angst. Das ist wie sein Taschentuch auf dem Schauplatz eines Mordes liegenlassen oder die Brille, wie jene Dingsda in Chikago. Was soll das heißen? Was für ein Verbrechen? Was für ein Mord?

Gegen Mittag machte ich vier mit Käse und Schinken, Kopfsalat und Mayonnaise belegte Brote. Kopfsalat und Käse, wer heirat', dem vergehn die Späße.

Zwei der Brote und eine Flasche Coca-Cola brachte ich an die Hintertür der Bank und reichte sie Joey. »Haben Sie den Fehler gefunden?«

»Noch nicht. Dabei müssen Sie wissen: ich bin ganz nah dran, aber ich bin wie blind.«

»Lassen Sie's doch bis Montag gut sein.«

»Kann ich nicht. Wir Bankmenschen sind eine närrische Sippschaft.«

»Wenn man zuweilen an etwas nicht denkt, dann fällt es einem von selbst ein.«

»Weiß ich. Dank für die Sandwiches.« Er warf einen Blick zwischen die Brotscheiben, um festzustellen, daß auch sicher Kopfsalat und Mayonnaise darauf war.

Zweierlei begab sich an diesem Nachmittag – dem Ostersamstag-Nachmittag –, zwei Dinge, die mir zumindest bewiesen, daß mit mir tief drunten gewisse unterseeische Veränderungen vorgingen. Ich meine, daß ich gestern – oder an jedem Gestern vorher – nicht getan hätte, was ich nun tat. Es ist, als wenn man Tapetenmuster ansieht. Mir scheint, ich hatte ein neues Muster entrollt.

Zunächst einmal stellte sich Marullo ein. Er litt schwer unter seiner Arthritis. Dauernd beugte er die Arme wie ein Gewichtheber.

»Wie geht's Geschäft?«

»Mäßig, Alfio.« Ich hatte ihn bisher noch nie beim Vornamen genannt.

»Kein Mensch in der Stadt . . .«

»Sagen Sie nur ›Jungchen‹ zu mir.«

»Ich denke, du hast das nicht gern.«

»O doch, Alfio.«

»Alles verreist.« Seine Schultern müssen ihn gebrannt haben, als wenn heißer Sand in seinen Gelenken gewesen wäre.

»Wie lange ist es her, daß Sie von Sizilien gekommen sind?«

»Sehr lange. Siebenundvierzig Jahre. «

»Waren Sie jemals wieder dort?«

»Nein.«

»Warum fahren Sie nicht mal zum Besuch hin?«

»Wozu? Alles ist verändert.«

»Macht Sie das nicht neugierig?«
»Nicht sehr.«
»Leben dort noch Verwandte von Ihnen?«
»Natürlich. Ein Bruder von mir und seine Kinder, die auch schon Kinder haben.«
»Ich könnte mir doch denken, daß Sie die einmal sehen möchten.«
Er blickte mich an, etwa so, nehme ich an, wie ich Margie angeschaut hatte: als ob er mich zum erstenmal sähe.
»Worauf willst du denn hinaus, Jungchen?«
»Es tut mir weh, wenn ich Sie mit dieser Arthritis sehe. In Sizilien ist's doch warm, meine ich. Da vergingen Ihre Schmerzen vielleicht.«
Er warf mir einen argwöhnischen Blick zu. »Was ist denn mit dir los?«
»Wie meinen Sie das?«
»Du wirkst so anders.«
»Ach, ich habe ein bißchen gute Neuigkeiten bekommen.«
»Du willst doch nicht kündigen?«
»Nicht gleich. Wenn Sie eine Reise nach Italien machen wollen, könnte ich Ihnen versprechen, daß ich noch bliebe.«
»Was denn für gute Neuigkeiten?«
»Kann ich Ihnen noch nicht verraten. Es steht so ...« Ich drehte den Handteller nach oben und wieder nach unten.
»Geld?«
»Kann sein. Sehn Sie mal, Sie sind doch reich genug. Warum gehen Sie nicht heim nach Sizilien und zeigen dort, wie ein reicher Amerikaner aussieht? Saugen Sie sich mit Sonne voll. Ich nehme mich schon des Ladens an. Das wissen Sie doch.«
»Du willst nicht kündigen?«
»Zum Donnerwetter, nein. Sie kennen mich doch gut genug, um zu wissen, daß ich Sie nicht sitzenlasse.«
»Du hast dich verändert, Jungchen. Wieso das?«
»Ich habe es Ihnen ja gesagt. Gehen Sie, schaukeln Sie die Bambinos.«
»Ich gehöre nicht mehr dorthin«, sagte er. Aber ich wußte, daß ich ein Samenkorn gelegt hatte zu etwas – ein richtiges Samenkorn. Und ich wußte auch, daß er heute spät in der Nacht herkommen würde, um die Bücher nachzuprüfen. Er ist ein mißtrauischer Hund.
Kaum war er gegangen, als – nun, genau wie gestern – der Reisende von B.B.D. und D. eintrat. »Nicht von wegen Geschäft«, sagte er. »Ich bleibe übers Wochenende in Montauk. Wollte bloß mal vorsprechen.«
»Freut mich, daß Sie da sind«, sagte ich. »Ich wollte Ihnen das da zurückgeben.« Damit hielt ich ihm die Brieftasche mit dem herausragenden Zwanzigerschein vor die Nase.

»Zum Donnerwetter, ist ja nur aus Freundschaft. Ich habe Ihnen doch gesagt, ich komme nicht von Geschäfts wegen.«
»Nehmen Sie das zurück!«
»Was ist los? Sind Sie böse?«
»Natürlich nicht.«
»Also warum?«
»Nehmen Sie's.«
»Herrje, hat Ihnen Wayland ein besseres Angebot gemacht?«
»Nein.«
»Wer denn? Die verdammten Rabattfirmen?«
Ich schob ihm die Zwanzigdollarnote in die Obertasche mit dem spitz herausragenden Ziertaschentuch. »Die Brieftasche werde ich behalten. Die ist hübsch«, sagte ich.
»Hören Sie. Ich kann Ihnen kein anderes Angebot machen, ehe ich nicht mit dem Hauptbüro gesprochen habe. Schließen Sie nicht ab, sagen wir, bis Dienstag. Ich rufe Sie an. Wenn ich sage: Hier ist Hugh, dann wissen Sie, wer da ist.«
»Sie werfen bloß Ihr Geld in den Automaten.«
»Schön, aber halten Sie mir's offen, bitte.«
»Gut denn, es bleibt offen«, sagte ich. »Angeln Sie?«
»Bloß nach Weiberchen. Ich versuchte, die leckere Margie da mit hinauszunehmen. Sie wollte aber nicht. Hätte mir beinahe den Kopf abgerissen. Ich verstehe die Weiber nicht.«
»Ja, die werden immer merkwürdiger.«
Er blickte sorgenvoll drein. »Tun Sie nichts, bis Sie von mir hören«, sagte er.
»Herrje, und ich hatte gedacht, ich habe es mit einem Landjungen zu tun.«
»Ich hintergehe meinen Herrn und Meister nicht.«
»Quatsch. Sie haben nur den Preis steigern wollen.«
»Wenn Sie unbedingt darüber reden müssen: Ich habe einfach ein Schmiergeld zurückgewiesen.«
Mir scheint, das beweist, daß ich anders war als er. Der Bursche fing an, mich mit Respekt zu betrachten, und das gefiel mir. Sehr gut sogar. Der Kerl hatte gedacht, ich sei wie er, nur noch gerissener.
Gerade als ich den Laden schließen wollte, rief Mary an. »Ethan«, sagte sie, »werde nicht böse . . .«
»Worüber, mein Blumenpfötchen?«
»Nun, sie ist doch so allein – und da dachte ich – kurz, ich habe Margie zum Essen eingeladen.«
»Warum denn nicht?«
»Du bist nicht böse?«
»Zum Donnerwetter, nein.«

»Fluche nicht. Morgen ist Ostern.«
»Dabei fällt mir ein. Bügle dein hübschestes Kleid aus. Wir gehen um vier Uhr zu Bakers.«
»In ihr Haus?«
»Ja, zum Tee.«
»Du bist nicht böse wegen Margie?«
»Ich liebe dich«, sagte ich.
Es ist so. Wirklich. Und ich erinnere mich, daß ich dachte, was für ein Teufelskerl ein Mann werden könne.

Fünftes Kapitel

Als ich die Elm Street hinaufgegangen und auf den aus eingegrabenen Ballaststeinen gebildeten Fußweg eingebogen war, blieb ich stehen und betrachtete das alte Haus. Es wirkte anders. Es wirkte als mir gehörig. Nicht Mary, nicht dem Vater, auch nicht dem alten Kapitän, sondern mir. Ich konnte es verkaufen, niederbrennen oder behalten.
Ich war erst zwei Stufen der Hintertreppe hinaufgegangen, als die Drahttür aufflog und Allen, herausstürmend, mir zuschrie: »Wo ist der Peeks? Hast du mir den Peeks nicht mitgebracht?«
»Nein«, sagte ich, und – Wunder über Wunder – er heulte weder über den schmerzlichen Verlust, noch wandte er sich an seine Mutter, um sich bestätigen zu lassen, daß ich es ihm versprochen hatte.
Er sagte nur: »Ach!« und ging ruhig seiner Wege.
»Guten Abend«, rief ich ihm nach, da blieb er stehen und sagte »guten Abend«, als wenn es ein fremdsprachiges Wort wäre, das er gerade gelernt habe.
Mary kam in die Küche hinaus. »Du hast dir die Haare schneiden lassen«, sagte sie. Wenn ich irgendwie befremdlich aussehe, dann schreibt sie das entweder einem Fieber oder einem Haarschnitt zu.
»Nein«, sagte ich, »das ist nicht der Fall.«
»Na, ich habe geschafft wie wild, um das Haus fertig zu kriegen.«
»Fertig? Wozu?«
»Ich hab's dir doch gesagt. Margie kommt zum Essen.«
»Das weiß ich. Aber wozu all das festliche Getue? «
»Es ist eine Ewigkeit her, daß wir niemanden zu Tisch hatten.«
»Richtig. Das ist allerdings richtig.«
»Ziehst du deinen schwarzen Anzug an?«
»Nein, meinen grauen; der ist noch sehr anständig.«
»Warum nicht den schwarzen?«

»Ich will die Bügelfalten schonen zum morgigen Kirchgang.«
»Ich kann ihn dir morgen früh wieder bügeln.«
»Ich zieh' den grauen an; einen schöneren Anzug gibt's in der ganzen Grafschaft nicht.«
»Kinder«, rief sie, »rührt mir ja nichts an! Ich habe die Schüsselchen mit den Nüssen hingestellt. Du willst also nicht den schwarzen anziehen?«
»Nein.«
»Margie wird auf Teufel komm raus angezogen sein.«
»Margie gefällt der graue.«
»Woher weißt du das?«
»Sie hat's mir gesagt.«
»Das ist nicht wahr.«
»Schreibe darüber einen Brief an die Zeitung.«
»Mach keine Witze. Du wirst bestimmt nett zu ihr sein?«
»Ich werde ihr sogar den Hof machen.«
»Du ziehst doch wohl lieber den schwarzen an – wenn sie einmal kommt.«
»Schau, mein Blumenmädchen, als ich heimkam, war es mir ganz egal, was ich anziehe. Binnen zwei Minuten hast du es mir unmöglich gemacht, etwas anderes anzuziehen als den alten grauen.«
»Aus purer Gemeinheit?«
»Unbedingt.«
»Ach!« machte sie im selben Ton wie vorhin ihr Sohn Allen.
»Und was gibt's zum Essen? Ich möchte eine Krawatte anziehen, die zum Fleischgang paßt.«
»Hühnerbraten. Riechst du das nicht?«
»Ja, ich glaube schon. Mary – ich . . .« Aber ich sprach nicht weiter. Was hätte es für einen Sinn gehabt? Gegen einen Nationalinstinkt kann man sich nicht auflehnen. Sie war natürlich zum »Billigen Hühnertag« in »Spare-im-richtigen-Moment«-Laden gewesen. Der ist billiger als Marullo. Natürlich bekomme ich alles zum Engrospreis, und ich habe Mary soundso viele Male erklärt, was es mit den Schleuderpreisen der Kettenläden auf sich hat. Der billige Köder lockt die Leute an, dann nehmen sie noch eine Menge Sachen mit, die keineswegs billig sind, bloß weil sie sie gerade vor den Augen haben. Jedermann weiß das, und jedermann fällt darauf herein.
Mary sagte: »Ich hoffe, du denkst nicht, ich hätte eine Untreue begangen.«
»Liebes Herz, was kann wegen eines Hühnchens Tugend oder Sünde sein?«
»Es war entsetzlich billig.«
»Dann hast du meines Erachtens weise, ich meine: weiblich gehandelt.«
»Du willst mich verulken.«
In meinem Zimmer wartete Allen auf mich. »Darf ich dein Tempelritterschwert ansehen?« fragte er.

»Gewiß. Es ist in der Ecke des Wandschranks.«
Er hatte genau gewußt, wo es war. Während ich mir die Kleider vom Leib zog, holte er es aus dem Lederkasten, zog es aus der Scheide, hielt die silberglänzende Klinge hoch ins Licht und schaute in den Spiegel, um seine ritterliche Pose zu bewundern.
»Wie steht's mit dem Aufsatz?«
»Hä?«
»Du wolltest wohl sagen: ›Wie bitte, Vater.‹«
»Jawohl, Vater.«
»Ich fragte, wie es mit dem Aufsatz steht.«
»Ach, sehr gut.«
»Du willst ihn also machen?«
»Unbedingt.«
»Unbedingt?«
»Unbedingt, Vater.«
»Du kannst dir auch den Hut ansehen. Er ist dort in der großen Lederschachtel auf dem Bord. Die Feder ist ein bißchen vergilbt.«
Ich stieg in die alte breite Wanne mit den Löwenfüßen. Früher machte man die Badewannen so groß, daß man darin schwelgen konnte. Ich bürstete mir Marullo und den ganzen Tag von der Haut und rasierte mich in der Badewanne, ohne in einen Spiegel zu sehen, indem ich die Bartstoppeln mit den Fingerspitzen abfühlte. Männiglich wird zugeben, daß das der richtiggehende Stil eines dekadenten Römers ist.
Zum Frisieren jedoch benutzte ich den Spiegel. Ich hatte seit längerer Zeit mein Gesicht nicht gesehen. Es ist durchaus möglich, sich jeden Tag zu rasieren, ohne wirklich das Gesicht zu betrachten, zumal wenn man nicht viel dafür übrig hat. Schönheit reicht nur bis just unter die Haut, und Schönheit muß auch von innen kommen. Nicht daß ich ein häßliches Gesicht hätte. Aber es ist mir einfach uninteressant. Ich zog ein paar Grimassen; sie waren weder edel noch bedrohlich, weder stolz noch komisch. Es war immer wieder das gleiche Gesicht, das Gesichter schnitt.
Als ich wieder mein Zimmer betrat, hatte Allen den Tempelritter-Federhut auf dem Kopf, und ich muß sagen: Wenn ich ebenso albern darin aussehe, dann muß ich meine Würde niederlegen. Die lederne Hutschachtel stand offen auf dem Fußboden. Ihr Inneres aus Pappdeckel ist mit Samt ausgeschlagen, und sie sieht aus wie ein umgestülpter Haferbreinapf.
»Ich möchte wissen, ob man die Straußenfeder wieder bleichen kann oder ob ich eine neue anschaffen muß.«
»Wenn du eine neue kaufst, kann ich dann die hier haben?«
»Warum nicht? Wo ist eigentlich Ellen? Ich vermisse ihr jugendlich kreischendes Organ.«

»Sie schreibt an ihrem ›Ich liebe Amerika‹-Aufsatz.«
»Und du?«
»Ich denke noch darüber nach. Bringst du ein paar Peeks mit?«
»Ich werd's wahrscheinlich wieder vergessen. Komm doch mal am Laden vorbei, und nimm dir selbst ein paar mit.«
»Okay. Hättest du etwas dagegen, wenn ich dir eine Frage stellte – Vater?«
»Ich würde mich geschmeichelt fühlen.«
»Hat uns früher die High Street zwei Häusergevierte weit gehört?«
»Jawohl.«
»Und wir besaßen Walfängerschiffe?«
»Jawohl.«
»Nun, warum heute nicht mehr?«
»Wir haben sie verloren.«
»Wieso das?«
»Einfach hui, und weg waren sie.«
»Du machst doch einen Scherz.«
»Ein verflixt ernster Scherz, wenn man ihn seziert.«
»In der Schule haben wir einen Frosch seziert.«
»Amüsant für euch. Aber nicht für den Frosch. Welche von diesen Prachtkrawatten soll ich anziehen?«
»Die blaue«, sagte er gleichgültig. »Hör mal, wenn du angezogen bist, kannst du – eh – hast du Zeit, mal auf den Dachboden zu kommen?«
»Wenn's wichtig ist, nehme ich mir die Zeit.«
»Kommst du?«
»Schön ich komme.«
»Also, ich gehe hinauf und drehe das Licht an.«
»In ein paar zum Krawattenbinden benötigten Minuten bin ich bei dir.«
Seine Schritte klangen hohl auf der unbelegten Dachbodentreppe.
Wenn ich beim Binden einer Schleife denke, dann hat sie die Neigung, sich im Kreis zu bewegen, aber wenn ich meine Finger tun lasse, was sie wollen, dann bringen sie die Sache tadellos zustande. Ich beauftragte also meine Finger und dachte über den Dachboden des alten Hawleyschen Hauses nach, meines Hauses, über meinen Dachboden. Der ist kein finsteres, von Spinnweben durchzogenes Gefängnis für zerbrochenen und ausrangierten Kram. Er hat Fenster mit kleinen Scheiben, die so alt sind, daß das Licht wie durch Lavendel fällt und davor alles schwimmt und schwankt wie eine durch Wasser gesehene Welt. Die dort aufgestapelten Bücher sind nicht zum Fortwerfen oder zum Verschenken an das Seemannsheim bestimmt. Sie stehen bequem und wohlgeordnet auf ihren Regalen und warten darauf, wieder entdeckt zu werden. Und die Sessel, einzelne altmodisch, andere mit geplatztem Polster, sind breit und weich. Hier liegt auch kein Staub. Wenn Hausputz ist, dann

wird auch der Dachboden geputzt, und da er meistens abgeschlossen ist, dringt der Staub nicht ein. Ich erinnere mich, wie ich als Kind zwischen den Bücherschätzen herumgeklettert und -gekrochen bin, wie ich zusammengerollt in einem großen weitbauchigen Sessel gelegen habe, überstrahlt von dem durchs Fenster fallenden Lavendellicht. Da konnte ich die großen, mit der Axt zugehauenen Balken betrachten, die das Dach trugen; konnte sehen, wie sie ineinander verkeilt und mit Eichendübeln zusammengehalten waren. Wenn der Regen aufs Dach rauscht, ist hier ein lauschiges, sicheres Plätzchen. Und dann die Bücher, vom Licht beschienen, die Bilderbücher für Kinder und Erwachsene; alle reich illustriert: Gustave Dorés Hölle mit Dantes Strophen wie viereckige Backsteine dazwischen; die herzzerreißenden Märchen Hans Christian Andersens, die blutrünstige Gewaltsamkeit und Grausamkeit der Brüder Grimm; die »Morte d'Arthur« mit den Zeichnungen von Aubrey Beardsley.

Ich entsinne mich, daß ich bei mir dachte, welch ein weiser Mann Hans Christian Andersen sei. Der König erzählte seine Geheimnisse in einen Brunnen hinein, und da waren sie sicher. Ein Mensch, der Geheimnisse oder Geschichten erzählt, muß bedenken, wer sie hören oder lesen wird, denn eine Geschichte hat so viele Lesarten, wie sie Leser hat. Jeder entnimmt ihnen, was er braucht oder begreift, und verändert sie so nach seinem eigenen Maßstab. Es gibt Leute, die picken einzelne Teile heraus und lassen den Rest fallen, andere zwängen die Geschichte durch das Netzwerk ihrer Vorurteile, wieder andere verleihen ihnen die Farben ihres eigenen Entzückens. Eine Erzählung muß Berührungspunkte mit dem Leser haben, damit er sich darin zu Hause fühlt. Nur dann nimmt er Wunder auf. Die Geschichte, die ich Allen erzähle, muß anders gebaut sein als die gleiche Geschichte, wenn ich sie meiner Mary erzähle, und wieder anders gestaltet, um für Marullo zu passen, wenn er sie anhört.

Ich bin der Ansicht, wir alle, oder doch der größte Teil von uns, sind Mündel jener Wissenschaft des neunzehnten Jahrhunderts, das allem die Existenz absprach, was sich nicht messen oder erklären ließ. Das, was sich von uns nicht erklären ließ, existierte ruhig weiter, wenn auch ohne unseren Segen. Wir sahen nicht, was wir nicht erklären konnten, und so wurde inzwischen ein großer Teil der Welt Kindern und Unmündigen, Schwachsinnigen, Narren und Mystikern überlassen, die sich mehr für das, was ist, interessierten als dafür, warum es ist. So viele alte, schöne Dinge sind in der Rumpelkammer der Welt verstaut, weil wir sie nicht um uns haben wollen und uns nicht trauen, sie fortzuwerfen.

Ein einziges Licht ohne Schirm hing von einem Dachbalken herab. Der Boden des Estrichs besteht aus handbehauenen Fichtenbrettern, zwanzig Zoll breit und zwei Zoll dick, die genügend stark sind, um die wohlgeordneten Stapel von Koffern und Kisten, in Zeitungspapier gewickelte Lampen, Vasen und alle möglichen sonstigen ausgeschiedenen Dekorationsstücke zu tragen. Und das Licht schien weich auf die Generationen von Büchern in offenen Bücherschränken, alle sauber abgestaubt. Meine Mary ist eine strenge, unnachgiebige Staubjägerin und ist ordentlich wie ein Kompaniefeldwebel. Die Bücher sind nach Größe und Farbe aufgestellt.

Allen legte seine Stirn auf die Oberkante eines Büchergestells und blickte auf die Bücher hinunter. Seine rechte Hand lag auf dem Knauf des Tempelritter-Schwertes, das er, mit der Spitze nach unten, wie einen Spazierstock hielt.

»Du stellst da eine Allegorie, mein Sohn: Jugend, Krieg und Wissen.«

»Ich wollte dich fragen – du hast gesagt, es seien Bücher da, wo man Stoff finden könne.«

»Was für Stoff?«

»Patriotischen Schmus, für den Aufsatz.«

»Aha, patriotischen Schmus. Na, wie wär's damit? ›Ist Leben so teuer oder Friede so süß, um sie zu erkaufen durch Ketten und Knechtschaft? Da sei Gott der Allmächtige vor! Ich weiß nicht, welchen Weg andere Menschen einschlagen mögen, doch mir gib Freiheit oder gib mir Tod!‹«

»Großartig! Das ist das Richtige!«

»Jawohl. In jenen Zeiten gab es Riesen auf Erden.«

»Ich wollte, ich hätte damals gelebt. Piratenschiffe! Junge, Junge! Bummbumm! Streicht die Flagge! Töpfe voll Gold und Damen in Seide und Geschmeide. Unbedingt hätte ich damals leben mögen. Von unseren Vorfahren waren welche dabei. Das hast du selbst gesagt.«

»Ja, sie trieben vornehme Seeräuberei – Kaperei nannte man das. Es dürfte jedoch nicht so reizend gewesen sein, wie es aus der Ferne klingt. Bei Salzfleisch und Schiffszwieback. Damals gab es auf Erden auch Skorbut.«

»Das wäre mir egal. Ich würde das Gold packen und heimbringen. Aber jetzt darf man das wohl nicht mehr.«

»Nein. Jetzt ist das größer aufgezogen und besser organisiert. Man nennt das jetzt Diplomatie.«

»In unserer Schule ist einer, der hat schon zwei Preise beim Fernsehen gewonnen, einmal fünfzig und einmal zweihundert Dollar. Was sagst du dazu?«

»Der muß ja gescheit sein.«

»Der? Keineswegs. Ist ein Trick, sagt er. Den muß man lernen, und dann muß man noch einen Spezialdreh haben.«

»Einen Spezialdreh?«

»Ja – etwa, daß man Krüppel ist oder seine alte Mutter mit Froschzucht ernähren muß. Das sichert einem die Teilnahme der Hörerschaft, und da wird man ausgewählt. Der hat eine Zeitschrift, in der alle Wettbewerbe im ganzen Land stehen. Könnt' ich so eine bekommen, Papa?«

»Na, Seeräuberei gibt's nicht mehr, aber der Trieb dazu scheint mir noch vorhanden zu sein.«
»Was meinst du damit?«
»Daß man etwas für nichts kriegt! Daß man reich werden will, ohne sich anzustrengen.«
»Kann ich die Zeitschrift bekommen?«
»Ich hatte gedacht, das sei in Verruf seit den ›Doppelt-oder-nichts‹-Skandalen.«
»Aber nein, zum Teufel — ich wollte sagen: nein, Vater. Es ist bloß ein bißchen umgedeichselt worden. Ich möchte mir zu gern auch eine Scheibe abschneiden von der Ausbeute.«
»Jawohl, Beute ist es, nicht wahr?«
»Geld ist Geld, gleichviel, wie man dazu gekommen ist.«
»Der Ansicht bin ich nicht. Das Geld hat keinen Schaden davon, wie es erworben wird, aber dem, der es erwirbt, schadet es.«
»Ich verstehe nicht, wieso. Es ist doch nicht gesetzwidrig. Ei, einige von den größten Leuten im Lande ...«
»Mußt du denn reich sein, Allen? Mußt du unbedingt?«
»Meinst du, das Leben macht mir Spaß ohne Motorrad? Mindestens zwanzig Buben kenn' ich, die Motorräder haben. Und, was meinst du, wie das ist, wenn die Familie von einem nicht einmal ein Auto hat, geschweige einen Fernsehapparat?«
»Ich bin zutiefst erschüttert.«
»Du weißt nicht, wie das ist, Papa. Kürzlich hab' ich in der Schule mal einen Aufsatz über meinen Urgroßvater gemacht, der Walfängerkapitän war.«
»War er ja auch.«
»Die ganze Klasse hat sich gewälzt vor Lachen. Sie nennen mich jetzt bloß noch ›Walfisch‹. Wie würde dir das gefallen?«
»Recht schlecht.«
»Es wäre ja alles nicht so schlimm, wenn du Rechtsanwalt wärst oder bei einer Bank oder dergleichen. Weißt du, was ich mit dem ersten Batzen von dem Beutegeld, das ich gewinne, mache?«
»Nein. Was denn?«
»Ich kaufe dir ein Auto, damit du dir nicht so jämmerlich vorkommst, wenn du siehst, daß alle andern Leute eins haben.«
»Danke dir, Allen«, sagte ich. Meine Kehle war trocken.
»Na, ist schon gut. Ich kriege ja sowieso noch keinen Führerschein.«
»Da in der Kiste findest du sämtliche großen Reden, die bei uns gehalten wurden, Allen. Hoffentlich liest du ein paar davon.«
»Mach' ich. Ich muß ja.«
»Sicher. Na, Weidmannsheil!«

Mir die Lippen netzend ging ich still die Treppe hinunter. Allen hatte recht: ich kam mir jämmerlich vor.

Als ich mich im großen Sessel unter der Leselampe niedergelassen hatte, kam Mary und brachte mir die Zeitung.

»Was für ein tröstliches Wesen du bist, mein Mauseschwänzchen.«

»Der Anzug steht dir wirklich gut.«

»Du bist eine gute Verliererin und eine gute Köchin.«

»Und die Krawatte paßt gut zu deinen Augen.«

»Du hast irgend etwas in petto. Das merke ich. Ich mache einen Handel mit dir: Geheimnis gegen Geheimnis.«

»Aber ich habe doch gar keins«, sagte sie.

»Dann erfinde eins.«

»Das kann ich nicht. Los, Ethan, rück mit deinem heraus.«

»Hören keine ohrenspitzenden Kinder zu?«

»Nein.«

»Nun – Margie Young-Hunt – kam heute in den Laden. Der Kaffee sei ihr ausgegangen, sagte sie. Mir scheint, sie ist in mich verschossen.«

»Los, erzähle doch!«

»Nun, wir sprachen von Wahrsagen und Kartenlegen, und ich sagte, es wäre interessant, es noch einmal zu machen und zu sehen, ob dasselbe herauskommt.«

»Aber nein! Das hast du gesagt?«

»Jawohl. Und sie sagte: ›Ja, das wäre sicher interessant.‹«

»Aber du magst doch solche Sachen nicht.«

»O ja, wenn was Gutes dabei herauskommt.«

»Meinst du, sie wird das heute abend machen?«

»Wenn du für das, was ich denke, einen Penny anlegen willst, nun: meines Erachtens kommt sie deshalb.«

»Aber nein. Ich hatte sie darum gebeten.«

»Nachdem sie dir das suggeriert hatte.«

»Du magst sie nicht.«

»Im Gegenteil – ich fange an, sie sehr zu mögen und sehr hoch zu achten.«

»Wenn ich bloß immer wüßte, wann du Ulk machst!«

Da kam Ellen herein, sehr still, so daß man nicht sagen konnte, ob sie gelauscht hatte, aber ich vermutete es doch stark. Ellen ist ein Mädchen, wie es im Buch steht, dreizehn überdies, lieb und schwermütig, lustig und zart, ja verzärtelt, wenn's nötig ist. Sie ist in dem Stadium, da der Teig sich zu setzen beginnt. Sie kann hübsch sein oder auch nicht. Sie lehnt sich gern an; sie lehnt sich an mich, haucht mich an, aber ihr Atem ist süß wie Kuhatem. Sie faßt einen auch gern an.

Jetzt lehnte sie sich an die Armstütze meines Sessels, und ihre magere Schulter

berührte meine. Einen ihrer rosigen Finger ließ sie meinen Rockärmel entlanglaufen bis zu den Härchen am Handgelenk, und das kitzelte. Die blonden Härchen auf ihrem Arm glänzten im Lampenlicht wie Goldstaub.
»Nagellack«, sagte ich.
»Mama erlaubt's, wenn's nur rosa ist. Deine Nägel sind rauh.«
»So . . .«
»Aber sie sind sauber.«
»Ich habe sie gebürstet.«
»Ich kann schmutzige Nägel nicht leiden wie die von Allen.«
»Vielleicht kannst du Allen überhaupt nicht leiden, mit allem Drum und Dran.«
»Jawohl.«
»Warum bringst du ihn nicht um?«
»Du bist ja blöd.« Sie kraulte mir mit den Fingern hinterm Ohr. Sie dürfte einige kleine Buben bereits ziemlich aufregen.
»Ich höre, du arbeitest an deinem Aufsatz.«
»Der Mistfink hat's dir gesagt.«
»Wird's gut?«
»Jaja, sehr gut. Wenn's fertig ist, gebe ich's dir zum Lesen.«
»Ehrt mich. Ich sehe, du hast dich für den Anlaß in Staat geworfen.«
»Das alte Fähnchen da? Mein neues Kleid hebe ich mir für morgen auf.«
»Gute Idee. Da sind Jungens dabei.«
»Ich kann Jungens nicht leiden. Ich hasse Jungens.«
»Ich weiß schon. Feindschaft ist die Devise. Ich mag sie auch nicht sehr. Nun, rück mal ein bißchen ab. Ich möchte die Zeitung lesen.«
Sie trat zurück mit einer beleidigten Gebärde wie ein Filmstar von 1920 und revanchierte sich sofort. »Wann wirst du endlich reich werden?«
Ja, die wird noch manchem Mann arg zu schaffen machen. Am liebsten hätte ich sie gepackt und übers Knie gelegt, aber das wäre genau das gewesen, was sie gewollt hatte. Ich glaube bestimmt, daß sie sich die Augen geschminkt hatte. In ihren Blicken lag etwas wie Mitleid, wie man es in Pantheraugen findet.
»Nächsten Freitag«, beantwortete ich ihre Frage.
»Nun, mir wär's lieb, wenn du dich ein bißchen damit beeilen würdest. Ich habe es satt, arm zu sein.«
Damit schlüpfte sie flink hinaus. Sie horcht auch an Türen. Ich liebe sie, und das ist recht merkwürdig, weil sie all das ist, was ich bei andern verabscheue — und ich bete sie an.
Mit dem Zeitunglesen wurde es nichts. Kaum hatte ich das Blatt aufgeschlagen, da kam Margie Young-Hunt. Sie war aufgetakelt — vom Friseur. Ich nehme an, Mary weiß, wie das gemacht wird; ich weiß es nicht.

Die kaffeebedürftige Margie vom Vormittag war auf mich eingestellt wie eine Bärenfalle. Am gleichen Abend nun nahm sie Mary aufs Korn. Wenn ihr Gesäß auch nun hüpfte, ich sah es jedenfalls nicht. Wenn unter ihrem adretten Kleid sich etwas befunden haben sollte, so war es verborgen. Sie betrug sich als tadelloser Gast – vor der andern Frau –, sie war aufmerksam, bezaubernd, höflich, rücksichtsvoll, bescheiden. Mich behandelte sie, als wenn ich seit dem Vormittag um vierzig Jahre älter geworden wäre. Was für ein wunderbares Wesen so eine Frau ist! Ich vermag ihr Tun zu bewundern, auch wenn ich den Grund nicht begreife.

Während Margie und Mary die übliche freundliche Litanei herunterleierten: »Was hast du denn mit deinem Haar gemacht?« – »Mir gefällt's ...« – »Das ist deine Farbe. So solltest du es immer tragen« – harmlose Verständigungssignale von Frauen untereinander –, mußte ich an die weiblichste Frauenanekdote denken, die ich je gehört habe. »Was hast du denn mit deinem Haar gemacht? Es sieht ja aus wie eine Perücke.« – »Es ist auch eine Perücke.« – »So ... Das merkt man aber nicht.«

Vielleicht sind diese Reaktionen tiefer, als wir wissen oder wissen dürfen.

Das Essen verlief unter einer Folge von Ausrufen über die Vortrefflichkeit des Hühnchens und Gegenbehauptungen, daß es kaum zu essen sei. Ellen betrachtete den Gast mit scharf aufzeichnenden Blicken, jede Einzelheit der Frisur und des Make-up wurde dem Gedächtnis einverleibt. Ich merkte jetzt, wie früh sie mit dieser minuziösen Prüfung beginnen, die dann die Grundlage dessen bildet, was sie ihre Intuition nennen. Ellen wich meinen Augen aus. Sie wußte, daß sie mir einen tödlichen Streich versetzt hatte, und sie erwartete meine Rache. Nun, schön, meine wildwüchsige Tochter, ich werde mich schon rächen, und zwar auf die grausamste Art, die du dir vorstellen kannst. Mit Vergessen.

Das Essen war gut, zu fett und reichlich sogar, wie es bei Einladungen sein muß, ein ganzer Berg von Gerichten, die sonst nicht auf den Tisch kommen. Und hinterher Kaffee, den es für gewöhnlich auch nicht bei uns gibt.

»Hält Sie das nicht wach?«

»Nichts hält mich wach.«

»Nicht einmal ich?«

»Ethan!«

Und dann der stille, tödliche Kampf um das Geschirr. »Laßt mich helfen.«

»Ausgeschlossen. Du bist der Gast.«

»Na, dann laßt mich wenigstens etwas hinaustragen.«

Mary suchte mit den Augen die Kinder, und ihre Blicke waren wie aufgepflanzte Bajonette. Die Kinder wußten, was nun kam, aber sie waren wehrlos dagegen. »Das machen immer die Kinder«, sagte Mary. »Sie tun das zu gern. Und sie machen es ausgezeichnet. Ich bin ordentlich stolz auf sie.«

»Das ist aber nett. Das erlebt man nicht mehr häufig.«
»Ich weiß schon. Wir schätzen uns auch sehr glücklich, daß sie so gern helfen.«
Ich vermochte die Gedanken in ihren Kinderköpfen zu lesen, die dort wie gefangene Frettchen nach einem Ausweg suchten: irgend etwas anzustellen, Übelkeit vorzuschützen, das schöne alte Geschirr fallen zu lassen. Mary mußte auch ihre üblen Absichten erkannt haben, denn sie sagte: »Das bemerkenswerteste dabei ist, daß sie nie etwas zerbrechen, nicht einmal ein Glas anstoßen.«
»Nun«, sagte Margie, »das ist ein Segen für euch. Wie habt ihr ihnen das beigebracht?«
»Gar nicht. Das ist natürliche Veranlagung bei ihnen. Es gibt eben Leute, die sind einfach von Natur ungeschickt. Nun, Ellen und Allen sind von Natur mit den Händen geschickt.«
Ich warf einen Blick auf die beiden Kinder, um zu sehen, wie sie das aufnähmen. Sie wußten, sie waren gefangen. Sie fragten sich wohl, ob Margie Young-Hunt es auch wisse. Sie suchten immer noch nach einem Fluchtweg aus der Falle. Ich ließ die Klappe gänzlich zufallen, indem ich sagte:
»Natürlich hören sie gern Komplimente darüber. Aber wir halten sie auf. Wenn wir sie nicht bald damit anfangen lassen, dann versäumen sie das Kino.«
Margie war gnädig genug, nicht zu lachen, und Mary warf mir einen raschen Blick der Bewunderung zu. Die Kinder hatten nicht einmal gebeten, ins Kino gehen zu dürfen.
Selbst wenn Halbwüchsige keinen Laut von sich geben, ist es stiller, wenn sie weg sind. Es ist, als siede immer die Luft um sie herum. Als sie hinausgegangen waren, schien das ganze Haus aufzuatmen und sich zur Ruhe zu setzen. Kein Wunder, daß Poltergeister nur in Häusern mit heranwachsenden Kindern umgehen.
Wir drei bewegten uns nun vorsichtig um das Thema herum, das, wie jeder von uns wußte, jetzt aufs Tapet kommen mußte. Ich ging zum Schränkchen mit der Glastür und entnahm ihm drei langstielige lilienförmige, noch von Gott weiß wann aus England stammende Kelche. Aus einer mit Korbgeflecht umwickelten, dunklen, vor Alter farblos gewordenen Doppelflasche schenkte ich ein. Dabei sagte ich:
»Echter Jamaica-Rum. Die Hawleys waren Seeleute.«
»Muß sehr alt sein«, sagte Margie Young-Hunt.
»Älter als Sie und ich und mein Vater.«
»Das wird dir in den Kopf gehen«, sagte Mary. »Na, das ist ja ein besonderer Abend! Ethan holt das nur zu Hochzeits- und Leichenfeiern heraus. Hältst du es heute für richtig, mein Lieber? So kurz vor Ostern, meine ich?«
»Zum Abendmahl wird auch nicht Coca-Cola getrunken.«

»Mary, so vergnügt habe ich deinen Mann noch nie gesehen.«
»Das kommt von der Zukunft, die du ihm aus den Karten gelesen hast«, sagte Mary. »Das hat ihn über Nacht verwandelt.«
Was für ein erschreckendes Ding ist doch der Mensch, welch ein Gehäufe von Meßgeräten, Zifferblättern und Registrierapparaten, und bloß ein paar davon vermögen wir abzulesen, und das vielleicht nicht einmal richtig. Eine Stichflamme sengenden, glühenden Schmerzes schoß in meinen Eingeweiden hoch, bis sie gerade an der Stelle unter den Rippen stach und riß. In meinen Ohren brauste es wie von einem riesigen Wind und trieb mich dahin wie ein hilfloses Schiff, das schon entmastet war, bevor es noch die Segel hatte reffen können. Ich hatte einen bitteren Salzgeschmack im Mund und sah vor mir einen auf- und abwogenden Raum. Alle Warnungssignale schrien: Gefahr! Schiffbruch! Untergang! Es packte mich, als ich hinter den Stühlen meiner Damen vorbeikam; ich krümmte mich vor zitternder Todesangst – und dann war es auf einmal ebenso plötzlich vorbei.
Ich richtete mich auf und ging weiter, und die beiden hatten nicht einmal etwas davon bemerkt. Ich verstehe, daß Menschen einmal glaubten, der Teufel könne von ihnen Besitz ergreifen. Ich weiß nicht bestimmt, ob ich nicht selbst daran glaube. Besitz! Besessenheit! Das gärende Erstehen von etwas Fremdem, gegen das jeder Nerv sich wehrt, doch unterliegt und sich geschlagen gibt, um mit dem Eindringling Frieden zu schließen. Vergewaltigung – das ist das Wort, wenn man an den Klang eines Wortes denken mag, das von blauer Flamme umrandet ist wie ein Bunsenbrenner.
Da schlug die Stimme meiner Liebsten an mein Ohr: »Es kann wirklich nichts schaden, wenn man nette Sachen zu hören bekommt.«
Ich machte einen Versuch mit meiner Stimme: sie tönte kräftig und gut. »Ein wenig Hoffnung, selbst hoffnungslose Hoffnung, schadet nie«, sagte ich und stellte die Flasche wieder ins Schränkchen. Darauf ging ich zu meinem Stuhl zurück, trank ein halbes Glas von dem alten, starkduftenden Rum, setzte mich nieder, schlug die Beine übereinander und verschränkte die Finger in meinem Schoß.
»Ich begreife ihn nicht«, sagte Mary. »Immer war ihm Wahrsagerei zuwider, machte er Witze darüber. Ich begreife es einfach nicht.«
Meine Nervenenden bebten wie dürres, windüberwehtes Wintergras, und meine verschränkten Finger waren vom Zusammenpressen weiß geworden.
»Ich werde es Mrs. Young – eh – Margie zu erklären versuchen«, sagte ich. »Mary entstammt einer vornehmen, aber armen irischen Familie.«
»So arm waren wir wieder auch nicht.«
»Nun, Mary ist fromm, oder sollte es doch sein – ihre Großmutter war eine gute Christin, nicht wahr, Mary?«
Mir schien, in meiner Liebsten erwuchs leichte Feindseligkeit. Ich fuhr fort:

»Aber sie hatte keine Bedenken, an Feen zu glauben, obschon die strenge, unnachgiebige christliche Theologie die Vermischung von beidem nicht zuläßt.«
»Aber das ist doch etwas anderes.«
»Natürlich, mein Schatz. So ungefähr alles ist anders. Kann man Unglauben hegen gegen etwas, worüber man nichts weiß?«
»Paß auf«, sagte Mary. »Er wird dich in einer Wortfalle fangen.«
»Aber nicht doch. Ich weiß nichts von Wahrsagerei. Wie kann ich dann nicht daran glauben? Ich glaube, daß es dergleichen gibt, denn es kommt vor.«
»Aber du glaubst nicht daran, daß es zutrifft.«
»Zutreffend ist jedenfalls, daß sich Millionen von Menschen wahrsagen lassen und dafür bezahlen. Das genügt, daß man sich dafür interessiert, nicht?«
»Aber du ...«
»Halt! Es handelt sich nicht darum, daß ich nicht daran glaube, sondern daß ich nichts davon weiß. Das ist nicht ein und dasselbe. Ich weiß nicht, was zuerst kommt: die Wahrheit oder die Wahrsagerei.«
»Ich glaube, ich weiß, was er meint.«
»So?« Mary schien davon nicht erbaut.
»Angenommen, der Wahrsager ahnte Dinge, die sich ohnehin ereignen mußten. Meinen Sie das?«
»Das ist etwas anderes. Aber wie können die Karten davon wissen?«
Ich sagte: »Die Karten können sich ja nicht einmal bewegen, ohne daß jemand sie aufschlägt.«
Margie sah mich nicht an, aber ich wußte, sie spürte Marys wachsendes Unbehagen und wollte wissen, wie sie sich verhalten solle.
»Könnten wir nicht einmal eine Probe vornehmen?« fragte ich.
»Nun, das ist eine komische Sache. Proben scheinen von diesen Dingen übelgenommen zu werden, und dann bleiben sie aus. Aber ein Versuch kann ja nicht schaden. Wie denken Sie sich solch eine Probe?«
»Sie haben Ihren Rum noch nicht berührt.«
Die beiden Frauen hoben ihre Gläser zugleich, nippten daran und stellten sie wieder hin. Ich trank meines aus und holte die Flasche wieder heraus.
»Ethan, hältst du das für richtig?«
»Jawohl, mein Liebchen.« Ich goß mein Glas voll. »Warum kann man die Karten nicht mit verbundenen Augen umschlagen?«
»Weil sie gelesen werden müssen.«
»Wie wär's, wenn Mary oder ich sie umschlüge und Sie läsen sie?«
»Zwischen dem Leser und den Karten muß eigentlich eine nahe Beziehung bestehen, aber ich weiß nicht – wir können's jedenfalls versuchen.«
»Wenn wir es überhaupt machen, so sollten wir es richtig machen, das ist meine Meinung«, sagte Mary. So ist sie immer. Veränderungen mag sie

nicht, das heißt: kleine Veränderungen. Mit großen wird sie besser fertig als irgendwer; sie gerät aus dem Häuschen bei einem Schnitt in den Finger, aber vor einer abgeschnittenen Kehle benähme sie sich wohl ruhig und praktisch.
Etwas verstimmt, weil ich Mary doch gesagt hatte, wir hätten das bereits erörtert, sagte ich: »Wir haben darüber heute früh gesprochen.«
»Ja, als ich hinkam, um Kaffee zu holen. Ich habe darüber den ganzen Tag nachgedacht. Ich habe die Karten mitgebracht.«
Mary hatte die Neigung, Eifer mit Zorn und Zorn mit Gewalttätigkeit zu verwechseln, und vor Gewalttätigkeit hat sie eine Heidenangst. Diese Angst hatten ihr ein paar trunksüchtige Onkels beigebracht. Es ist wirklich eine Schande. Ich merkte, wie ihre Angst wuchs.
»Machen wir keine Dummheiten damit«, sagte ich. »Spielen wir lieber eine Partie Cassino.«
Margie verstand meine Taktik. »Mir ist's recht«, sagte sie.
»Meine Zukunft ist ausgemacht. Ich werde ein reicher Mann. Lassen wir's dabei bewenden.«
»Siehst du, ich habe es dir gesagt: er glaubt nicht daran. Er führt einen an der Nase herum, und dann will er nicht mitmachen. Ganz verrückt macht er mich manchmal.«
»Ich? Du läßt so etwas nie merken. Du bist stets mein liebes, süßes Frauchen.«
Ist es nicht seltsam, wie man zuweilen Strömungen und Gegenströmungen spürt – nicht immer, aber zuweilen. Mary gebraucht ihren Verstand nicht, um systematisch zu denken, aber vielleicht macht sie eben dies aufnahmefähiger für Eindrücke. Eine Spannung entwickelte sich im Zimmer. Es schoß mir durch den Kopf, sie sei wohl nicht mehr auf dem allerbesten Freundschaftsfuß mit Margie.
»Ich möchte wirklich wissen, wie das mit den Karten zugeht«, sagte ich. »Ich bin darin ganz unwissend. Ich hörte nur immer, daß die Zigeuner so was machen. Sind Sie eine Zigeunerin? Ich habe, glaub' ich, noch nie eine kennengelernt.«
»Ihr Mädchenname war russich«, sagte Mary, »aber sie stammt aus Alaska.«
Daher also die breiten Backenknochen.
Margie sagte: »Ich habe dir bisher immer etwas verheimlicht, aus einer Art Schuldbewußtsein, Mary, nämlich wieso wir nach Alaska kamen.«
»Das hat früher den Russen gehört. Wir haben es ihnen abgekauft«, sagte ich.
»Ja, aber wußten Sie, daß es eine Strafkolonie war, wie Sibirien, nur für noch schlimmere Verbrechen?«
»Was für Verbrechen?«
»Die allerschlimmsten. Meine Urgroßmutter war zur Verschickung nach Alaska verurteilt wegen Hexerei.«
»Was hat sie denn gemacht?«

»Sie hat Stürme entfacht.«
Ich lachte. »Ich merke, Sie kommen auf natürliche Weise dazu.«
»Stürme zu entfachen?«
»Nein, Karten zu lesen – aber das ist vielleicht ein und dasselbe.«
»Du machst einen Scherz«, sagte Mary. »Das ist nicht wahr.«
»Es mag ein Scherz sein, aber wahr ist es, Mary. Das war einst das schlimmste Verbrechen, schlimmer als Mord. Ich habe noch die Akten – allerdings sind sie in russischer Sprache.«
»Kannst du russisch sprechen?«
»Nur noch ein klein wenig.«
»Vielleicht ist Hexerei immer noch das schlimmste Verbrechen«, sagte ich.
»Siehst du, was ich meine?« sagte Mary. »Er springt von einer Seite auf die andere. Man weiß nie, was er wirklich denkt. In der vorigen Nacht ist er – ist er vor Tagesanbruch aufgestanden, um einen Spaziergang zu machen.«
»Ich bin ein Schurke«, sagte ich. »Ein ausgemachter, unverbesserlicher Schuft.«
»Nun, ich möchte gern sehen, wie Margie die Karten umschlägt – aber so, wie sie will, ohne daß du dich einmischst. Wenn wir andauernd schwätzen, dann kommen die Kinder heim, und wir können das nicht mehr machen.«
»Entschuldigt einen Moment«, sagte ich und ging ins Schlafzimmer hinauf. Das Schwert lag auf dem Bett und die Hutschachtel offen auf dem Fußboden. Ich ging ins Badezimmer und ließ die Spülung in der Toilette an. Das Wasser kann man im ganzen Haus rauschen hören. Dann befeuchtete ich einen Lappen mit kaltem Wasser und drückte ihn auf die Stirn, besonders fest auf die Augen. Es war, als wölbten sich diese unter einem inneren Druck vor. Das kalte Wasser tat mir gut. Ich setzte mich auf den Toilettendeckel und drückte mein Gesicht auf den nassen Waschlappen, den ich frisch anfeuchtete, sobald er warm geworden war. Dann ging ich wieder zum Schlafzimmer, nahm den Tempelritterhut mit der Straußenfeder aus der Schachtel, setzte ihn auf und stieg so die Treppe hinunter.
»Ach, du Narr«, sagte Mary. Aber sie machte ein frohes und erleichtertes Gesicht.
»Kann man Straußenfedern bleichen?« fragte ich. »Die da ist gelb geworden.«
»Ich glaube schon. Fragen Sie mal bei Schultz.«
»Montag bringe ich sie hin.«
»Margie soll die Karten schlagen«, sagte Mary. »Ich sähe das zu gern.«
Ich hängte den Federhut über den Knopf des Treppenpfostens; man meinte, ein betrunkener Admiral stehe da (falls es so etwas gibt).
»Hole den Kartentisch, Eth.«
Ich holte den zusammengelegten Tisch aus dem Wandschrank auf dem Korridor und klappte die Beine auf.

»Margie möchte einen geraden Stuhl.«
Ich brachte ihr den Stuhl vom Eßtisch. »Was haben wir zu tun?«
»Konzentrieren«, sagte Margie.
»Worauf?«
»So sehr es geht, auf nichts. Die Karten sind in meiner Handtasche da drüben auf dem Diwan.«
Ich hatte mir Wahrsagekarten immer als schmierig, fett und abgegriffen vorgestellt; diese aber waren sauber und glänzten, als ob sie mit Plastik überzogen wären. Sie waren länger und schmaler als Spielkarten sonst, und es waren ihrer auch mehr als zweiundfünfzig.
Margie saß kerzengerade am Tisch und legte sie fächerförmig aus: grellbunte Bilder und verzwickte Farben- und Zahlenfolgen. Sie hatten französische Namen: *l'empereur, l'ermite, le chariot, la justice, le mât, le diable* ... Erde, Sonne, Mond und Sterne; die Farben waren Schwerter, Becher, Stäbe, Geld; wenigstens nehme ich an, daß *denier* Geld bedeuten sollte, aber das Symbol dafür war geformt wie eine heraldische Rose, und jede Farbe hatte ihren *roi*, ihre *reine* und ihren *chevalier*. Dann sah ich fremde, wahrlich befremdende Karten: einen vom Blitz gespaltenen Turm, ein Glücksrad, einen an den Füßen aufgehängten Mann am Galgen, genannt *le pendu*, und den Tod – *la mort* –, einen Knochenmann mit der Sense.
»Ein bißchen düster«, sagte ich. »Bedeuten die Bilder all das, was sie zeigen?«
»Das kommt darauf an, in welcher Verbindung sie fallen. Wenn sie mit dem Oberteil nach unten fallen, dann verkehrt sich ihre Bedeutung ins Gegenteil.«
»Bestehen denn Varianten der Bedeutung?«
»Jawohl. Das ist eben Sache der Auslegung.«
Im Augenblick, da Margie die Karten in der Hand hatte, wurde sie steif und förmlich. Vom Lampenlicht bestrahlt verrieten ihre Hände, was ich schon vorher gemerkt hatte: daß sie älter war, als sie aussah.
»Wo haben Sie das gelernt?« fragte ich.
»Ich pflegte früher meiner Großmutter zuzusehen, und späterhin fing ich selbst damit an, als Kunststück bei Gesellschaften. Wahrscheinlich um die Aufmerksamkeit der Leute auf mich zu lenken.«
»Glauben Sie denn daran?«
»Das weiß ich nicht. Manchmal kommen erstaunliche Dinge dabei heraus. Ich weiß nicht.«
»Könnten die Karten ein Instrumentarium für die Konzentration sein – zur Betätigung seelischer Kräfte?«
»Manchmal meine ich, es sei dem so. Wenn ich merke, daß ich einer Karte einen Wert beilege, den sie bisher nicht gehabt hatte.« Wie selbständige Lebewesen waren ihre Hände, mit denen sie die Karten mischte und schnitt, noch einmal mischte und schnitt, bis sie mir sie zum Schneiden hinreichte.

»Für wen soll ich lesen?«
»Für Ethan«, rief Mary aus. »Wir wollen mal sehen, ob es mit dem von gestern zusammenstimmt.«
Margie betrachtete mich. »Helles Haar«, sagte sie, »blaue Augen. Sind Sie unter vierzig?«
»Gerade.«
»Stab-König.« Sie holte ihn aus dem Spiel heraus. »Das sind Sie.« Es war das Bild eines Königs mit Krone und Hermelin, der ein großes rot-und-blaues Zepter trug; darunter stand gedruckt »*Roi de bâton*«. Mit dem Bild nach oben legte sie die Karte auf und mischte die übrigen wieder. Dann drehte sie die Karten geschwind um und sprach dazu in leierndem Ton. Eine Karte auf meine: »Das deckt Sie ...« Eine kreuzweise über meine: »Das kreuzt Sie.« Und noch eine obendrauf: »Das krönt Sie.« Eine daruntergeschoben: »Das ist Ihr Fundament. Das ist vor, das ist hinter Ihnen.« Sie hatte auf dem Tisch ein Kreuz aus Karten gelegt. Dann schlug sie rasch vier nebeneinander links von dem Kreuz auf und sagte: »Sie selbst, Ihr Haus, Ihre Hoffnungen, Ihre Zukunft.« Die letzte Karte war der verkehrt aufgehängte Mann, *le pendu*, doch von mir aus gesehen, hing er richtig.
»So weit, was meine Zukunft angeht.«
»Es kann auch Heil bedeuten«, sagte sie. Ihr Zeigefinger zog die Linie ihrer Unterlippe nach. Mary fragte: »Ist Geld da?«
»Jawohl, ist da«, sagte sie geistesabwesend. Und plötzlich raffte sie die Karten zusammen, mischte sie ein übers andere Mal und legte sie dann, immer ihre Formeln murmelnd, wieder aus. Sie schien nicht die einzelnen Karten zu prüfen, sondern die ganze Gruppe auf einmal zu betrachten; in ihren verschleierten Augen lag ein fernschweifender Blick.
Hübsches Kunststück, dachte ich, ein Schlager für Damenkränzchen, aber auch anderwärts. So muß die Priesterin des Delphischen Orakels ausgesehen haben: kühl, beherrscht, verwirrend. Wenn man Menschen in fast atemloser, längere Zeit erwartungsvoller Gespanntheit halten kann, dann glauben sie alles: es bedarf dazu keiner schauspielerischen Technik, sondern nur des richtigen Zeitsinns. Diese Frau da verwendet ihre Begabung an Handlungsreisende. Aber was wollte sie von uns beziehungsweise von mir? Mit einmal nahm sie die Karten wieder zusammen, klopfte sie gerade und legte sie in die rote Schachtel, auf der gedruckt stand: *I. Muller & Cie, Fabrique de Cartes.*
»Es geht nicht«, sagte sie. »Kommt zuweilen vor.«
Mary fragte ganz außer Atem: »Hast du etwas gesehen, was du nicht sagen willst?«
»Ach, ich werd's doch sagen. Als Kind sah ich einmal, wie eine Schlange, eine Klapperschlange aus dem Felsengebirge, die Haut wechselte. Nun, während ich die Karten anblickte, verschwanden sie, und ich sah die Schlange wie-

der, die ihre Haut wechselte, die eine verstaubt und zerfetzt und die andere frisch und neu. Nun, denkt euch das aus.«

Ich sagte: »Das klingt wie ein Trancezustand. Haben Sie das schon früher gehabt?«

»Dreimal bisher.«

»Hat es damals irgendeine Bedeutung gehabt?«

»Nicht daß ich wüßte.«

»Immer die Schlange?«

»O nein! Auch anderes. Aber ebenso verrückt.«

Mary meinte begeistert: »Vielleicht ist das ein Symbol für den Schicksalsweg, der Ethan bevorsteht.«

»Ist er eine Klapperschlange?«

»Ach, ich weiß, was du meinst.«

»Das macht mich kribbelig«, sagte Margie. »Früher einmal hatte ich Schlangen ganz gern, aber als ich groß war, verabscheute ich sie. Sie machen mir Gänsehaut. Ich werde jetzt aber gehen.«

»Ethan kann dich heimbringen.«

»Das kann ich nicht annehmen.«

»Aber mit dem größten Vergnügen.«

Margie lächelte Mary zu und sagte: »Behalte ihn nur hier bei dir. Du weißt nicht, was das heißt, wenn man keinen hat.«

»Dummes Zeug«, sagte Mary. »Du brauchst bloß den Finger krumm zu machen, und du hast einen Mann.«

»Ja, das tat ich früher. Dabei kommt nichts heraus. Wenn sie so leicht daherkommen, dann sind sie nicht wert, daß man sich mit ihnen abgibt. Halt ihn zu Hause. Es könnte ihn dir eine wegschnappen.« Ebenso flink, wie sie redete, fuhr sie in ihren Mantel. »Reizendes Abendessen. Ich hoffe, ich werde wieder bei euch eingeladen. Tut mir leid wegen der Wahrsagerei, Ethan.«

»Sehen wir Sie morgen in der Kirche?«

»Nein. Ich fahre heute abend nach Montauk.«

»Aber es ist kalt und feucht.«

»Ich habe die Vormittage an der See da oben sehr gern. Gute Nacht.«

Sie war draußen, ehe ich ihr noch die Tür aufmachen konnte, so rasch, als ob sie verfolgt werde.

Mary sagte: »Ich wußte nicht, daß sie heute da hinausfährt.«

Ich konnte ihr aber nicht sagen: sie auch nicht.

»Ethan, was hältst du von dem, was sie vorhin gewahrsagt hat?«

»Sie hat doch gar nichts gesagt.«

»O ja. Du vergißt, daß sie sagte, es gäbe Geld. Aber was hältst du sonst davon? Mir scheint, sie hat etwas gesehen, was sie nicht mitteilen wollte. Etwas, das ihr Angst einjagte.«

»Vielleicht hat sie noch die Schlange im Kopf gehabt.«
»Du meinst doch nicht, daß das eine – Bedeutung hatte?«
»Mein Honigkipfelchen, hinsichtlich Wahrsagen bist du sachverständig. Woher soll ich das wissen?«
»Nun, jedenfalls bin ich froh, daß du sie nicht verabscheust. Ich dachte, das tätest du.«
»Ich bin ein Heimtücker«, sagte ich. »Ich verberge meine Gedanken.«
»Nicht vor mir doch. Die sehen anscheinend wieder das ganze Programm zweimal an.«
»Wie bitte?«
»Ich meine die Kinder. Das tun sie immer. Aber das mit dem Geschirr hast du großartig gemacht.«

Sechstes Kapitel

Die Erfahrung hat mich gelehrt, eine Entscheidung für spätere Erwägung aufzuschieben. Wenn ich dann eine gewisse Zeit habe vergehen lassen, ohne das Problem ins Auge zu fassen, fand ich es auf einmal eines schönen Tages beendigt, gelöst, das Urteil gefällt. Das dürfte bei jedermann so sein, aber ich bin nicht imstande, mich darüber zu vergewissern. Es ist so, als ob in den dunklen, verlassenen Höhlen der Seele ein unkenntliches Gericht zusammengetreten sei und die Entscheidung gefällt habe. Dieses verborgene, schlaflose Gebiet in mir habe ich mir immer vorgestellt als ein schwarzes, tiefes, wellenloses Gewässer, einen Zeugungsort, von dem nur wenige Gestaltungen je zur Oberfläche gelangen. Oder es ist vielleicht eine große Bibliothek, worin alles aufgezeichnet liegt, was sich mit Lebewesen jemals ereignet hat, bis hinunter zum ersten Augenblick, da sie zu leben begannen.
Gewisse Menschen, nehme ich an, haben näheren Zugang zu diesem Ort als andere. Poeten, zum Beispiel. Als ich einmal eine Marschorder, aber keinen Wecker hatte, dachte ich mir ein Verfahren aus, um ein Signal abzulassen und Antwort zu erhalten. Wenn ich nachts im Bett lag, stellte ich mir vor, ich stünde am Rand des schwarzen Gewässers und hielte einen weißen Stein in der Hand, einen kreisrunden Stein. Auf diesen schreibe ich mit kohlschwarzen Buchstaben »vier Uhr«, ließe ihn dann ins Wasser fallen, sähe zu, wie er, immer sich drehend, sänke, bis er verschwunden war. Das bewährte sich: um vier Uhr auf die Sekunde erwachte ich. Später brachte ich es damit so weit, daß ich mich zehn Minuten vor oder ein Viertel nach vier wecken lassen konnte. Und es hat nie versagt. Manchmal aber taucht auch ein befremdliches, zuweilen abscheuliches Etwas auf und wälzt sich an die Oberfläche: eine Seeschlange oder ein Kraken aus den tiefsten Tiefen.

Es ist erst ein Jahr her, daß Marys Bruder Dennis in unserem Haus an einer Schilddrüseninfektion starb; die Krankheit jagte ihm Angst und Schrecken durchs Gebein: er wurde heftig und bekam Wutanfälle. Sein gutmütiges irisches Pferdegesicht nahm teuflische Züge an. Ich half mit, ihn niederzuhalten, ihn während seiner Todesphantasien zu beschwichtigen und zu beruhigen. Das ging so eine Woche lang, bis seine Lungen sich zu füllen anfingen. Ich wollte nicht, daß Mary ihn sterben sähe. Sie hatte nie den Tod eines Menschen mitangesehen, und wenn sie nun diesem beiwohnte, würde für sie, davon war ich überzeugt, die liebende Erinnerung an den gütigen Menschen, der ihr Bruder war, ausgelöscht werden. Da, während ich bei ihm am Bett saß, tauchte auf einmal aus meinem dunklen Gewässer ein Ungetüm auf. Haß gegen ihn packte mich. Ich hatte den Wunsch, ihn umzubringen, ihm die Gurgel durchzubeißen. Meine Kiefermuskeln krampften sich zusammen, und ich glaube, ich fletschte die Zähne, wie ein Wolf, der sein Opfer anfallen will.

Als es vorüber war, bekannte ich, von entsetzlichem Schuldgefühl gepackt, dem alten Doktor Peele, der den Totenschein ausstellte, was in mir vorgegangen war.

»Meines Erachtens ist das gar nicht so ungewöhnlich«, sagte er, »ich habe das schon auf manchen Gesichtern gesehen; doch die wenigsten Leute geben es zu.«

»Aber wie kommt denn das? Ich hatte ihn doch gern.«

»Vielleicht ein Atavismus«, meinte er, »ein Rückfall in die Zeit des Rudels, da ein krankes oder verwundetes Mitglied eine Gefahr bedeutete. Gewisse Tiere und die meisten Fische zerreißen und fressen ihre geschwächten Geschwister.«

»Aber ich bin doch weder Tier noch Fisch.«

»Nein, gewiß nicht. Aber vielleicht empfinden Sie es gerade darum als fremd. Aber es ist vorhanden. All das gibt es.«

Ein braver alter Mann, der Doktor Peele, ein müder alter Mann. Seit fünfzig Jahren hat er uns alle zur Welt bringen und zu Grab legen geholfen.

Zuweilen verkehrt sich ein Mensch glatt in sein Gegenteil, so daß man zu sagen versucht ist: »Das kann er doch nicht tun. Das paßt doch gar nicht zu seinem Charakter.« Aber vielleicht trifft das nicht zu. Vielleicht ist es nur ein anderer Gesichtswinkel, oder es kann sein, daß der Druck von oben und von unten seine Gestalt verändert haben. Im Krieg erlebt man dergleichen oft: ein Feigling wird zum Helden, und ein tapferer Mann bricht im Feuer zusammen. Oder man liest im Morgenblatt von einem anständigen, gutmütigen Familienvater, der auf einmal seine Frau und seine Kinder mit dem Beil niederhaut. Ich glaube eigentlich, daß ein Mensch sich immerzu wandelt. Aber in bestimmten Augenblicken wird die Veränderung sichtbar. Wenn ich tief genug hinuntergraben wollte, würde ich die Samenkörner zu meiner Wandlung wohl bis zur Geburt, ja darüber hinaus verfolgen können. In jüngster Zeit haben viele kleine Dinge angefangen, das Bild größer zu formen. Es ist, als ob Ereignisse und Erlebnisse mich in eine Richtung drängten und stießen, die meiner normalen oder derjenigen, die ich für meine normale hielt, entgegengesetzt ist, die Richtung eines Angestellten im Kolonialwarenladen, des Gescheiterten, des Mannes ohne Hoffnung und Tatkraft, der gehemmt ist durch die Verpflichtungen zur Ernährung und Bekleidung seiner Familienangehörigen, eingezäunt von Gewohnheiten und Anschauungen, die ich für moralisch, ja tugendhaft hielt.

Natürlich wußte ich über das Bescheid, was um mich herum vorging. Marullo brauchte mir das nicht zu sagen. Man kann nicht in einer Stadt von der Größe New Baytowns leben, ohne das zu erfahren. Ich machte mir nicht viel Gedanken darüber. Richter Dorcas ließ Verkehrsstrafzettel gegen kleine Gefälligkeiten unter den Tisch fallen. Der Bürgermeister, dem eine Baumaterialienfirma gehörte, lieferte der Stadt Material, für das zum Teil gar kein Bedürfnis vorlag, zu übersetzten Preisen. Wenn eine neue, gepflasterte Straße angelegt wurde, dann stellte sich in der Regel heraus, daß Mr. Baker und Marullo sowie ein halbes Dutzend anderer führender Geschäftsleute die betreffenden Liegenschaften aufgekauft hatten, ehe der Plan noch veröffentlicht gewesen war. Das waren nichts als naturgegebene Tatsachen, ich hatte jedoch stets gemeint, es seien keine meiner Natur gegebene Tatsachen. Marullo, Mr. Baker, der Reisende, Margie Young-Hunt und Joey Morphy hatten mich alle zusammen geschubst und gedrängt, so daß »ich ein bißchen Zeit erübrigen mußte, um darüber nachzudenken«.

Meine Liebste schlief mit dem »antiken« Lächeln um die Lippen und ihrem Kätzchenschnurren. Eine zusätzliche Wärme lag noch über ihr, der warme Schein von Behagen und Getrostheit, den sie nach dem Liebesakt zeigt, Ausdruck ruhevoller Befriedigung.

Nach dem Herumwandern in der gestrigen Nacht hätte ich eigentlich schläfrig sein müssen. Aber das war nicht der Fall. Ich habe beobachtet, daß ich selten schläfrig bin, wenn ich weiß, daß ich lang in den Morgen hinein schlafen kann. Die roten Pünktchen schwammen mir vor den Augen, und die Straßenlaterne warf die Schatten der kahlen Ulmenäste auf die Zimmerdecke, wo sie langsam sich hin- und herwiegende Figuren bildeten; denn der Frühlingswind wehte. Das Fenster stand halb offen, und die weißen Vorhänge bauschten und wölbten sich wie Segel eines vor Anker liegenden Bootes. Mary muß unbedingt weiße Vorhänge haben und sie oft waschen. Sie geben ihr die Empfindung von Schicklichkeit und Sicherheit. Sie tut, als wenn sie sich ärgere, wenn ich sie damit aufziehe, das komme von ihrem irischen Spitzenvorhanggemüt.

Ich fühlte mich ebenfalls wohl und befriedigt; doch während sich Mary kopfüber in den Schlaf versenkte, hatte ich keine Lust einzuschlafen. Ich wollte das Wohlgefühl, in dem ich mich befand, ganz auskosten. Ich wollte über den »Ich-liebe-Amerika«-Wettbewerb nachdenken, an dem sich meine Sprößlinge beteiligten. Doch nach diesen und andern Überlegungen wollte ich erwägen, was mit mir vorging und wie ich mich dazu verhalten solle, und so nahm ich natürlich das letzte zuerst vor und stellte fest, daß das dunkle Gericht bereits die Entscheidung für mich getroffen hatte. Da war es nun: vorgezeichnet und gewiß. Es war wie wenn man für einen Wettlauf trainiert, sich vorbereitet hat und schließlich, die Fußspitzen in den Vertiefungen, am Start steht. Da hat man keine Wahl mehr; wenn der Pistolenschuß knallt, dann läuft man. Ich fand mich startbereit, nur auf den Schuß wartend. Und anscheinend war ich der letzte, der es zu wissen bekam. Den ganzen Tag über hatten Leute gesagt, ich sähe gut aus, womit sie meinten, ich sähe anders aus, selbstbewußter, jedenfalls verändert. Der Reisende hatte am Nachmittag geradezu bestürzt dreingeschaut. Marullo hatte mich mit Mißtrauen betrachtet. Und Joey hatte das Bedürfnis verspürt, sich für etwas zu entschuldigen, was ich getan hatte. Dann Margie Young-Hunt ... Die war vielleicht die schärfste mit ihrem Klapperschlangentraum. Irgendwie war sie in mich eingedrungen und hatte etwas Sicheres entdeckt, ehe ich noch meiner Sache sicher war. Und das Symbol dafür war eine Klapperschlange. Ich merkte, wie ich ins Dunkel hineinschmunzelte. Und dann hatte sie in der Verwirrung sich des ältesten Kniffs bedient: der Drohung mit Untreue, ein in anlaufende Hochflut geworfener Köder, um herauszufinden, was für Fische darin sich nährten. An das geheime Raunen ihres verborgenen Körpers erinnerte ich mich nicht, nein, ich sah nur das Bild ihrer verkrümmten Hände, die Alter, Nervosität und jene Grausamkeit verrieten, die einen Menschen überkommt, wenn er die Herrschaft über die Situation verloren hat.

Manchmal hätte ich gern über die Natur der Nachtgedanken Bescheid gewußt. Sie sind nächstverwandt mit den Träumen. Zuweilen vermag ich ihnen die Richtung zu geben, zu andern Zeiten jedoch machen sie sich selbständig und brausen über mich hin wie wilde, unbändige Rosse.

Danny Taylor stellte sich ein. Ich hatte nicht an ihn denken wollen, um nicht traurig zu werden, aber er stellte sich gleichwohl ein. Ich mußte einen Kniff benutzen, den mich ein alter Haudegen von Feldwebel gelehrt hatte, und der immer wirkt. Es war da einmal ein Tag und eine Nacht und noch ein Tag im Krieg, alles in einem Stück, eine einzige Einheit, deren Teile ungefähr all die dreckigen Scheußlichkeiten darstellten, die sich bei diesem elenden Handwerk ergeben können. Ich weiß nicht, ob ich mir während dieses Zeitablaufs der ganzen Qual bewußt war, denn ich hatte viel zu tun und war unsäglich müde. Doch später kam diese Einheit von Tag, Nacht und Tag

immer wieder in meine Nachtgedanken hinein, bis ich fast in jenen Wahnzustand geriet, den man heute Abgekämpftheit nennt und der früher Granatenschock hieß. Ich bediente mich aller möglichen Kniffe, um nicht daran denken zu müssen, aber immer wieder kroch mir die Vorstellung davon in die Gedanken. Ich wartete schon immer den ganzen Tag darauf, daß es mich im Dunkeln überfiel. Als ich einmal vor lauter Whisky das heulende Elend bekommen hatte, vertraute ich mich meinem Kompaniefeldwebel an, einem alten Berufssoldaten, der Kriege mitgemacht hatte, von denen wir nicht einmal mehr wissen, daß sie stattgefunden haben. Hätte er alle seine Ordensbänder getragen, so wäre auf seinem Waffenrock kein Platz für die Knöpfe mehr gewesen. Mike Pulaski hieß er, ein Polacke aus Chikago. Zum Glück war er ziemlich betrunken, sonst hätte er wohl den Mund gehalten aus der rein instinktiven Scheu vor dem Fraternisieren mit einem Offizier.
Er hörte mich an, wobei er immer auf einen Punkt zwischen meinen Augen starrte. »Jaja«, sagte er schließlich. »Das kenne ich. Man versucht, sich das aus dem Kopf zu schlagen. Das verfängt nicht. Was Sie tun müssen, das ist so etwas wie es gutzuheißen.«
»Wie meinen Sie das, Mike?«
»Machen Sie sich darauf gefaßt, es dauert ein bißchen lang ... Sie fangen beim Anfang an und rufen sich so viel ins Gedächtnis zurück, wie Sie irgend können, ganz bis zum Ende. Jedesmal wenn es wiederkommt, machen Sie es so, von Anfang an bis zum Schluß. Ziemlich bald wird es dann müde und Teile davon verschwinden, und nach gar nicht langer Zeit verschwindet es gänzlich.«
Ich versuchte das, und es wirkte tatsächlich. Wenn Danny Taylor mir nachts erschien, behandelte ich ihn nach dem Verfahren von Feldwebel Mike.
Als wir kleine Buben waren, von gleichem Alter, gleichem Maß, gleichem Gewicht, pflegten wir in das Getreide- und Futtermittelgeschäft auf der High Street zu gehen und uns auf die Waage zu stellen. Wenn ich in der einen Woche einmal ein halb Pfund mehr wog, so holte mich Danny in der nächsten Woche ein. Wir gingen zusammen angeln, jagen und schwimmen und — mit denselben Mädchen. Dannys Familie war wohlhabend, wie die meisten alten Familien von New Baytown. Das Haus der Taylors ist das weiße mit den hohen, kannelierten Säulen in der Porlock Street. Früher hatten die Taylors auch ein Landhaus, etwa drei Meilen von der Stadt entfernt.
Die Gegend um die Stadt herum besteht völlig aus welligem Hügelland, von Waldung, niederem Nadelholz, zum Teil auch von nachgepflanzten Eichen, Hickory und ein paar Zedern bewachsen. Früher, lange vor meiner Geburt, waren die Eichen die reinen Ungetüme; so gewaltig waren sie, daß die Kiele, Spanten und Planken für die in der Stadt gebauten Schiffe in geringer Entfernung von den Werften zurechtgeschnitten werden konnten; und das ging so

lange, bis kein Holz mehr da war. In dieser überall gewellten Gegend besaßen die Taylors einstmals ein Haus, das inmitten eines großen Wiesenplans stand, des einzigen ebenen Stück Landes auf Meilen in der Runde. Es muß einmal der Boden eines Binnensees gewesen sein, denn es war flach wie ein Tisch und von niedrigen Hügeln umgeben. Vor etwa sechzig Jahren brannte das Haus der Taylors ab und wurde nicht wieder aufgebaut. Als Buben fuhren Danny und ich oft mit unseren Rädern hinaus, spielten in den steinernen Kellern und errichteten uns eine Jagdhütte aus den Backsteinen vom alten Fundament. Die Gartenanlage muß herrlich gewesen sein. Wir konnten Baumalleen und Reste von gestutzten Hecken und Rabatten zwischen dem Gewucher des wieder vorgedrungenen Waldes erkennen. Hier und da stand auch noch ein Stück Steinbalustrade, und einmal fanden wir sogar eine Faunsbüste samt einem hohen, sich verjüngenden Sockel. Die Figur war aufs Gesicht gefallen, Hörner und Bart bohrten sich in den lehmigen Sand. Wir stellten sie wieder auf, reinigten sie und hielten sie eine Zeitlang in Ehren, aber zuletzt gewann doch die Gier nach Geld und Frauen die Oberhand; wir schafften die Figur auf einem Karren nach Floodhampton und verkauften sie dort an einen Trödler um fünf Dollar. Es muß ein gutes, wahrscheinlich antikes Stück gewesen sein.

Danny und ich waren Freunde, wie es sich für Buben gehört, daß sie Freunde haben. Schließlich traf seine Zulassung zur Marine-Akademie ein. Ich sah ihn dann einmal in Uniform, aber danach jahrelang nicht mehr. New Baytown war und ist eine enge Kleinstadt, wo die Leute dicht aufeinanderhocken. Jedermann wußte, daß Danny aus der Akademie exmittiert worden war, aber niemand sprach darüber. Die Taylors starben aus, nun, ebenso wie die Hawleys ausstarben. Von diesen bin ich der einzige noch Lebende, und natürlich ist noch mein Sohn Allen da. Danny kam erst wieder heim, als alle seine Verwandten tot waren, und er kam als Säufer zurück. Zuerst versuchte ich, ihm beizustehen, aber er wollte mich nicht haben. Er wollte niemand um sich haben. Trotz alledem waren wir eng, ja sehr eng befreundet.

Ich ging das alles durch, alles, woran ich mich erinnern konnte, bis zu dem frühen Morgen, an dem ich ihm den Dollar gab, damit er sich Vergessenheit antrinken konnte.

Der Aufbau meiner Veränderung ließ sich erkennen: der vielfache Druck von außen, der Wunsch Marys, die Gelüste Allens, der Ärger Ellens, die Hilfe Mr. Bakers. Erst zuallerletzt, wenn alles aufgerichtet und vorbereitet ist, setzt das Denken ein Dach auf den Bau und bringt Worte zur Erklärung und Rechtfertigung an. Wenn mein bescheidenes, nicht enden wollendes Angestelltendasein keine Tugend, sondern lediglich moralische Faulheit war? Zu jedem Erfolg bedarf es der Kühnheit. Vielleicht war ich bloß schüchtern, ängstlich, bange vor den Folgen, mit einem Wort: faul. Erfolgreiche Geschäftsführung ist in unserm Städtchen keine verwickelte oder zwielichtige Sache; der Erfolg ist auch nicht weit her, denn seine Nutznießer haben ihrer Tätigkeit künstliche Grenzen gesetzt. Sie begehen nur kleine Verbrechen, und so bleibt auch ihr Erfolg klein. Wenn die Stadtverwaltung und der Geschäftsbetrieb von New Baytown jemals einer eingehenden Durchleuchtung unterworfen würde, dann käme heraus, daß hundert Gesetzes- und tausend Moralvorschriften verletzt worden sind, aber alles nur mit kleinen, geringfügigen Unterschleifen. Ein Teil der Zehn Gebote wurde abgeschafft, der Rest beibehalten. Wenn einer von unsern erfolgreichen Herren das erreicht hatte, was er brauchte oder wollte, dann bekleidete er sich wieder mit der Toga der Tugend, so leicht wie man ein Hemd wechselt; und soweit man erkennen konnte, erwuchs ihm aus seinen Verstößen kein Schaden, immer vorausgesetzt, daß er nicht ertappt wurde. Dachte einer von denen darüber nach? Ich weiß es nicht. Und wenn kleine Verbrechen ohne weiteres vergeben werden konnten, warum dann nicht ein rasches, scharfes, kühnes? Ist Mord mittels langsamen, stetigen Drucks weniger Mord als ein rascher, gnädiger Messerstich? Ich hatte kein schlechtes Gewissen wegen der Deutschen, die ich im Krieg ums Leben brachte. Für eine begrenzte Zeitspanne habe ich gewiß alle Sittengesetze beiseite geschoben, nicht bloß einige. Konnten sie nicht wiederaufgenommen werden, sobald das Ziel erreicht war? Es kann kein Zweifel darüber bestehen, daß Geschäftemachen eine Art Krieg ist. Warum dann nicht einen totalen Krieg im Streben nach Frieden führen? Mr. Baker und seine Freunde haben meinen Vater nicht erschossen, sie berieten ihn nur, und als sein Bau zusammenstürzte, beerbten sie ihn. Ist das nicht auch eine Art Mord? Ist irgendeines der großen Vermögen, die wir bewundern, ohne Rücksichtslosigkeit zustande gekommen? Ich kann mich an keines erinnern.

Und wenn ich die Sittengesetze eine Zeitlang beiseite schieben würde, dann würde ich gewiß Narben davontragen, aber wären sie schlimmer als die Narben des Mißerfolgs, die ich trage? Überhaupt am Leben zu sein, heißt Narben haben.

Diese ganze Fragestellung war die Wetterfahne auf dem First des Gebäudes von Unrast und Unzufriedenheit. Es ließ sich tun, denn es war schon getan worden. Aber wenn ich diese Tür öffnete, würde ich sie je wieder schließen können? Ich wußte es nicht. Ich konnte es nicht wissen, bevor ich sie geöffnet hatte ... Wußte Mr. Baker das? Hatte Mr. Baker überhaupt einen Gedanken daran gewandt? Der alte Käpt'n glaubte, die Bakers hätten die »Belle-Adair« in Brand gesteckt wegen der Versicherung. Konnte das und meines Vaters Mißgeschick der Grund sein, daß Mr. Baker mir helfen wollte? Waren das seine Narben?

Was sich da begab, ließ sich vergleichen damit, wie ein großes Schiff von einer Menge kleiner Schlepper hin- und hergezogen und -geschoben wird, um eine

Wendung zu vollführen. Wenn diese dann mittels der Schlepper und der Strömung gelungen ist, muß es auf einen neuen Kurs gehen und seine Maschinen anlaufen lassen. Auf der Kommandobrücke, die das Gehirn des Schiffes ist, drängen sich die Fragen auf: Schön, ich weiß, wohin ich fahren will. Aber: Wie komme ich hin? Wo lauern Klippen? Wie wird das Wetter sein?
Ein unheilvolles Riff kannte ich: Geschwätzigkeit. So viele verraten sich, bevor sie verraten werden, durch Sehnsucht nach Ruhm, selbst nach dem Ruhm der Bestrafung.
Ich rief dem alten Käp'tn zu: »Soll ich diesen Kurs einschlagen? Ist es ein guter Kurs? Wird er mich ans Ziel bringen?«
Aber zum erstenmal weigerte er sich, mir einen Befehl zu geben: »Das mußt du selbst herausbekommen. Was für den einen gut ist, ist für den andern schlecht. Erst hinterher merkst du das ...«
Der alte Hund hätte mir damals vielleicht helfen können, aber das hätte wahrscheinlich keinen Unterschied gemacht. Kein Mensch will ja Rat, sondern nur – Bestärkung.

Siebentes Kapitel

Als ich erwachte, war meine gute verschlafene Mary schon aufgestanden und in die Küche gegangen; Kaffee und Speck waren aufgesetzt: ihr Duft drang mir bereits in die Nase. Und einen schöneren Tag für die Auferstehung hätte man schwerlich finden können, einen so grünen, blauen und gelben Tag. Vom Schlafzimmerfenster aus konnte ich sehen, daß alles in Auferstehung begriffen war, Gras und Kräuter und Bäume.
Ich zog meinen Weihnachtsschlafrock und meine Geburtstagspantoffeln an. Im Badezimmer fiel mir Allens Haarfixativ in die Hand, ich strich mir davon auf den Schädel, so daß meine Haare, nachdem ich sie gekämmt und gebürstet hatte, dicht an der Kopfhaut lagen wie eine Kappe.
Das Ostersonntagfrühstück ist stets eine Orgie von Eiern und Pfannkuchen und gebratenem Speck, der sich um alles herumringelt. Ich schlich mich leise an Mary heran, tätschelte ihre seidenumhüllte Kehrseite und sagte: »*Kyrie eleison.*«
»Ach«, rief sie aus. »Ich habe dich nicht kommen gehört.« Sie betrachtete den Schlafrock mit dem Paisleymuster. »Hübsch«, sagte sie. »Du trägst ihn nicht genug.«
»Ich hatte keine Zeit dazu, keine Zeit dazu«, sagte ich.
»Na, er ist aber hübsch«, sagte sie.
»Muß er auch. Du hast ihn ja ausgewählt. Können denn die Kinder bei diesen herrlichen Düften weiterschlafen?«

»Aber nein, Sie sind draußen und verstecken Eier. Ich möchte eigentlich wissen, was Mr. Baker von uns will.«
Immer wieder bin ich verdutzt über ihre Gedankensprünge. »Mr. Baker ... Mr. Baker ... Ach so, der will mir wohl zu den Anfängen meines Vermögens verhelfen.«
»Hast du ihm denn etwas gesagt? Von den Karten?«
»Selbstverständlich nicht, mein Herz. Aber vielleicht hat er's erraten.« Ernster fuhr ich fort: »Hör mal, mein Käsetörtchen, du meinst, ich hätte großen Geschäftsverstand, wie?«
»Was soll das heißen?« Dabei drehte sie einen Pfannkuchen um.
»Mr. Baker ist der Ansicht, ich solle deines Bruders Hinterlassenschaft anlegen.«
»Nun, wenn Mr. Baker ...«
»Halt mal! Ich möchte das aber nicht. Es ist dein Geld und deine Sicherung.«
»Versteht Mr. Baker von dergleichen mehr als du oder nicht, mein Lieber?«
»Davon bin ich noch gar nicht so überzeugt. Ich weiß bloß, daß mein Vater sich einbildete, er versteht etwas. Und daher bin ich heute Angestellter von Marullo.«
»Ich meine aber doch, Mr. Baker ...«
»Willst du dich von mir führen lassen, mein Herzblatt?«
»Nun, natürlich ...«
»In allem und jedem?«
»Willst du wieder blödeln?«
»Ich bin todernst – todernst.«
»Schön, ich glaube es dir. Aber du kannst nicht herumlaufen und Mr. Baker mit Zweifel betrachten. Ei, er ist – er ist ...«
»Er ist Mr. Baker. Wir werden anhören, was er zu sagen hat, und dann ... Ich möchte immer noch, daß das Geld da bleibt, wo es ist: auf der Bank.«
Da kam Allen wie von einer Schleuder geschossen zur Hintertür hereingesaust und keuchte: »Marullo ... Marullo ist draußen. Will dich sprechen.«
»Ja, was denn ...« sagte Mary.
»Nun, bitte ihn herein.«
»Habe ich getan. Er will dich aber draußen sprechen.«
»Ethan, was kann denn das sein? Du kannst nicht im Schlafrock hinausgehen. Es ist Ostersonntag.«
»Allen«, sagte ich, »sage Mr. Marullo, ich sei nicht angezogen. Sag ihm, er solle später wiederkommen. Aber wenn es eilig sei, dann könne ich vorn an die Haustür kommen, falls er mich allein sprechen will.« Allen sauste ab.
»Ich habe keine Ahnung, was er will. Vielleicht ist im Laden eingebrochen worden.«
Allen kam wieder angesaust. »Er geht herum nach vorn.«

»Na, mein Lieber, nun laß dir doch von ihm nicht dein Frühstück verderben ... Hast du gehört?«

Ich ging durchs Haus und machte die Vordertür auf. Marullo stand auf der Veranda. Er hatte seinen besten schwarzen Anzug an, für die Ostermesse, nebst der dicken goldenen Uhrkette. In der Hand hatte er seinen schwarzen Hut. Er grinste nervös wie ein Hund, der etwas angestellt hat.

»Treten Sie ein.«

»Nein«, sagte er. »Ich habe nur ein Wort zu sagen. Ich habe gehört, daß dir der Bursche ein Schmiergeld angeboten hat.«

»Ja, und?«

»Ich habe auch gehört, daß du ihn rausgeworfen hast.«

»Wer hat Ihnen das gesagt?«

»Darf ich nicht sagen.« Er grinste wieder.

»Nun, und was weiter? Wollen Sie vielleicht sagen, ich hätte es annehmen sollen?«

Er trat einen Schritt vor und schüttelte mir, sie zweimal sehr förmlich auf und ab schwenkend, die Hand. »Bist ein braver Bursche«, sagte er.

»Vielleicht hat er mir bloß nicht genug angeboten.«

»Mach keine Witze. Bist ein braver Bursche. Weiter nichts. Bist ein braver Bursche.« Er langte in seine aufgeschwollene Seitentasche und brachte daraus eine Tüte zum Vorschein. »Da, nimm das.« Er klopfte mir auf die Schulter, machte dann verlegen und verwirrt kehrt und lief davon. Auf seinen kurzen Beinen stampfte er weg; feuerrot wölbte sich sein dicker Nacken über den Rand des steifen weißen Kragens.

»Was war denn?«

Ich schaute in die Tüte hinein: farbige Zuckerostereier. Davon hatten wir ein ganzes großes Glasgefäß voll im Laden. »Hat er für die Kinder mitgebracht«, sagte ich.

»Marullo? Der hat etwas mitgebracht? Nicht zu glauben.«

»Tja, aber es ist so.«

»Wieso auf einmal? Nie hat er dergleichen getan.«

»Es scheint, er hat mich einfach ins Herz geschlossen.«

»Gibt's vielleicht etwas, wovon ich nichts weiß?«

»Mein Entenblütchen, es gibt acht Millionen Sachen, von denen kein Mensch etwas weiß.« Die Kinder standen an der offenen Hintertür und schauten herein. Ich reichte ihnen die Tüte. »Ein Geschenk von einem Verehrer. Aber macht euch erst nach dem Frühstück dran.«

Als wir zum Kirchgang angezogen waren, sagte Mary: »Ich möchte bloß wissen, was das alles bedeutet.«

»Das mit Marullo? Ich muß gestehen, mein Herz, daß ich das auch wissen möchte.«

»Aber eine Tüte billiges Zuckerzeug ...«
»Seine Frau ist tot. Er hat weder Kind noch Kegel. Er wird alt. Vielleicht – nun, vielleicht fühlt er sich einsam.«
»Das war doch bisher nie der Fall. Du solltest ihn um Gehaltsaufbesserung ersuchen, solange er sich einsam fühlt. Bei Mr. Baker schneit er nicht herein. Die Geschichte macht mich nervös.«
Ich putzte mich heraus wie die Lilien auf dem Felde: anständiger schwarzer Anzug, der für Beerdigungen; Hemd und Kragen so weiß gestärkt, daß sie das Sonnenlicht ins Angesicht der Sonne zurückwarfen; himmelblaue Krawatte mit diskreten Tüpfelchen.
Von wem hatte Marullo das gehört? Es konnte nur der Mr. Bugger – oder wie er hieß – gewesen sein, der es Mrs. Young-Hunt mitgeteilt, die es Mr. Marullo weitergesagt hatte. Ich traue dir nicht, Margie Young – ich traue Ihnen nicht, Mrs. Young. Das summte mir im Kopf herum, während ich im Garten nach einer weißen Blume für mein österliches Knopfloch fahndete. In dem aus dem Fundament und dem abschüssigen Kellereingang gebildeten Winkel ist ein geschütztes Plätzchen, wo die Erde vom Zentralheizungsofen gewärmt und gleichzeitig jedem verirrten Strahl der Wintersonne ausgesetzt ist. Da wuchsen weiße Veilchen, die sich vom Friedhof, wo sie die Gräber meiner Vorfahren überwucherten, hierher versamt hatten. Ich pflückte von den kleinen Blütchen mit den Löwengesichtern für mein Knopfloch und noch ein Dutzend für meine Herzallerliebste, fügte sie zu einem Sträußchen zusammen und umhüllte die Stengel fest mit einem Stück Alupapier aus der Küche.
»Ach, die sind aber reizend«, sagte Mary. »Einen Augenblick – ich hole nur eine Nadel, dann stecke ich sie an.«
»Es sind die ersten – die allerersten, mein Sahnenhühnchen. Ich bin dein Sklave. Christ ist erstanden. Alles ist gut in der Welt.«
»Blödele nicht über heilige Dinge, mein Lieber.«
»Was hast du denn nur mit deinem Haar gemacht?«
»Gefällt's dir?«
»Ausgezeichnet. Mach's nur immer so.«
»Ich war nicht überzeugt, daß es dir gefallen würde. Margie sagte, du würdest es überhaupt nicht merken. Warte nur, wenn ich der sage, du habest es gemerkt.« Sie setzte eine Schüssel voll Blumen auf den Kopf, das alljährliche Frühlingsopfer für die Göttin Ostara. »Gefällt's dir?«
»Ausgezeichnet.«
Nun wurden die Sprößlinge einer eingehenden Besichtigung unterzogen: Ohren, Nasenlöcher, Schuhputz, währenddessen sie keine Minute Ruhe gaben, sondern sich dauernd sträubten. Allen hatte seine Haare so fest geklebt, daß er kaum blinzeln konnte. Die Absätze seiner Schuhe waren nicht geputzt, da-

gegen hatte er mit unendlicher Sorgfalt eine Strähne seines Haares dazu gebracht, daß sie sich rollte und überschlug wie ein Wellenkamm.
Ellen war der Backfisch, wie er im Buche steht. Alles Sichtbare war in bester Ordnung. Ich versuchte wieder mein Glück bei ihr. »Ellen«, sagte ich, »du hast eine andere Frisur. Sie steht dir gut. Mary, mein Herz, gefällt sie dir?«
»Jaja, sie fängt an, eitel zu werden«, sagte Mary.
In feierlichem Aufzug erreichten wir die Elm Street, bogen dann in die Porlock ein, wo sich unsere Kirche befindet, unsere alte Kirche mit dem weißen Turm, genau kopiert nach Christopher Wren. Wir gehörten zum immer mehr anschwellenden Strom der Kirchgänger; sämtliche Frauen bewunderten gegenseitig ihre Hüte.
»Ich habe mir einen Osterhut ausgedacht«, sagte ich. »Eine einfache nach hinten gesetzte Dornenkrone in Gold mit echten Rubinentröpfchen an der Stirnseite.«
»Ethan!« sagte Mary in strengem Ton. »Wenn dich jemand hört!«
»Jaja, ich glaube auch, das würde nicht gut aufgenommen.«
»Ich finde das abscheulich von dir«, sagte Mary, und das war auch meine Ansicht, schlimmer als abscheulich sogar. Aber ich legte mir die Frage vor, wie Mr. Baker darauf reagieren würde, wenn man Bemerkungen über seine Frisur machte.
Unsere Familienbächlein vereinigten sich also mit andern Zuflüssen, wir tauschten gravitätische Begrüßungen aus; die Wässerlein wurden zum Strom, der sich in die Thomaskirche ergoß.
Wenn der Moment gekommen ist, daß ich meinen Sohn in die Mysterien des Lebens einweihen muß – die er zweifellos längst kennt –, darf ich nicht vergessen, ihn über Haare aufzuklären. Mit einem liebenswürdigen Wort dafür ausgestattet, wird er so weit gehen, wie sein sinnenfreudiges Herz begehrt. Ich muß ihn jedoch warnen. Er kann ihnen Tritte oder Schläge geben, sie hinwerfen, herumstoßen und knuffen, aber niemals – niemals! – darf er es wagen, ihre Frisur zu zerraufen. Mit diesem Wissen kann er König werden.
Die Bakers stiegen gerade vor uns die Treppe hinauf; auch mit ihnen tauschten wir würdevolle Begrüßungen aus. »Wir sehen Sie ja zum Tee bei uns.«
»Ach ja, gewiß. Recht herzliche Osterwünsche allerseits.«
»Ist das wirklich Allen? Ist der aber gewachsen. Und Mary Ellen ... Jaja, man kann kaum mehr mit ihnen Schritt halten, so schießen sie in die Höhe.«
Zu einer Kirche, in der man aufgewachsen ist, hat man ein besonders herzliches Verhältnis. Ich kannte in der Thomaskirche jedes verborgene Winkelchen, jeden geheimen Duft. In diesem Becken bin ich getauft, an diesem Geländer konfirmiert worden; auf diesem Gestühl haben die Hawleys seit Gott weiß wie lang gesessen, was hier nicht bloß eine Redensart ist. Die Heiligkeit des Gotteshauses muß sich mir tief eingeprägt haben, denn ich entsinne mich

jeder Entheiligung, und es gab deren viele. Ich finde wohl noch jede Stelle, wo ich mit einem Nagel meine Initialen eingekratzt habe. Als Danny Taylor und ich mit einer Nadel ein besonders unanständiges Wort ins Gebetbuch stachen, wurden wir von Pfarrer Wheeler erwischt und bestraft, aber dann mußten alle Gebet- und Gesangbücher nachgesehen werden, um festzustellen, ob in ihnen nicht auch dergleichen zu finden sei.

In dem Chorherrngestühl unter der Kanzel passierte einmal etwas Entsetzliches. Ich war Chorknabe, im Spitzenhemd und in kräftigem Sopran schmetternd, trug ich das Kreuz. Eines Tages nun zelebrierte der Bischof das Hochamt; er war ein lieber alter Herr, haarlos wie eine abgesottene Zwiebel, aber für mich strahlte er vor Heiligkeit. So kam es, daß ich, benommen von Inbrunst, als ich nach dem Umgang das Kreuz in seine Tülle steckte, vergaß, den Messingriegel vorzulegen, der es darin festhielt. Während der Verlesung des zweiten Bibeltextabsatzes sah ich zu meinem Schrecken, wie das schwere Metallkreuz auf einmal schwankte und gleich danach auf das kahle Haupt des frommen Mannes niederkrachte. Der Bischof stürzte zusammen, wie ein vom Schlächterbeil getroffenes Rind. Ich mußte mein Chorhemd an einen Jungen abgeben, der viel schlechter sang als ich. »Stinkfuß« Hill hieß er. Er ist jetzt an irgendeiner Universität im Westen Anthropologe. Dieser Zwischenfall scheint mir zu beweisen, daß es nicht auf die gute oder böse Absicht ankommt. Etwas anderes, ob man's nun Glück oder Schicksal oder sonstwie nennt, lenkt das Geschehen.

Wir blieben den ganzen Gottesdienst hindurch sitzen und vernahmen die gute Nachricht, daß Christus in Wahrheit erstanden sei. Dabei laufen mir immer die Schauer übers Rückgrat. Lauteren Herzens nahm ich das Abendmahl. Allen und Mary Ellen waren noch nicht konfirmiert; sie wurden recht unruhig, und es bedurfte allerhand fester Blicke, daß sie mit ihrem Gezappel aufhörten. Wenn Marys Augen böse dreinschauen, dann durchdringen sie sogar den Stahlpanzer des Jugendgemüts.

Im alles überströmenden Sonnenschein schüttelten wir dann Hände, begrüßten Leute, schüttelten andere Hände und drückten der gesamten Nachbarschaft unsere Glückwünsche aus. Alle, die wir beim Hereinkommen gesprochen hatten, grüßten wir wieder beim Hinausgehen – es war wie eine Fortsetzung der Liturgie, eine fortgesetzte Litanei in Form guter Manieren, eine ständige stumme Bitte, be- und geachtet zu werden.

»Guten Morgen. Wie geht's Ihnen an diesem schönen Tag?«

»Danke sehr, ausgezeichnet. Wie geht's Ihrer Mutter?«

»Sie wird alt – jawohl, wird alt – sie spürt die Schmerzen und Stiche des Alters. Ich werde ihr berichten, daß Sie sich nach ihr erkundigt haben.«

Vor uns ging durch den Sonnenschein Mr. Baker, der sorgfältig den Rissen im Pflaster auswich. Amelia, seine Gattin, ein kleines Frauchen mit Vogelaugen, trippelte, eifrig bemüht, mit seinem unregelmäßigen Gang Schritt zu halten, neben ihm her.

Mein Sohn Allen und seine Schwester gingen nebeneinander, gaben sich jedoch Mühe, den Eindruck zu erwecken, als ob sie einander völlig fremd wären. Sie verachtet ihn wohl, und er verabscheut sie. Das kann ihr ganzes Leben lang so bleiben, während sie es hinter einer Rosenwolke von liebevollen Worten zu verbergen lernen. Gib ihnen ihr Mittagessen, meine Schwester, mein Weib — ihre harten Eier und ihre Gürkchen, ihre Nußbutterbrote mit Marmelade, ihre nach dem Faß schmeckenden rotbäckigen Äpfel, und laß sie in die Welt hinaus, daß sie sich vermehren.

Das tat Mary denn auch. Sie gingen beide mit ihren Frühstückstüten weg, jedes in seine eigene Welt.

»Hat dir der Gottesdienst gefallen, Liebling?«

»Ach ja, er gefällt mir immer. Aber du — manchmal frage ich mich, ob du gläubig bist — nein, es ist mir Ernst damit. Nun deine Witze — manchmal . . .«

»Rück näher zu mir, mein leckeres Liebchen.«

»Ach, deine Witze . . .«

»Wenn es wärmer wäre, könnte ich dich in ein Ruderboot tragen, und wir würden am Wellenbrecher vorbeifahren und Goldbarsche angeln.«

»Wir gehen doch zu Bakers. Weißt du, ob du kirchengläubig bist, Ethan? Warum gibst du mir immer so alberne Namen? Du nennst mich kaum je bei meinem Vornamen.«

»Das geschieht zur Vermeidung von Wiederholung und Langeweile, aber in meinem Herzen erklingt dein Name wie eine Glocke. Ob ich gläubig bin? Welch eine Frage! Hebe ich jeden leuchtenden Satz des nicäischen Glaubensbekenntnisses, der geladen ist wie eine Handgranate, hoch und prüfe ihn? Nein. Das ist nicht nötig. Es ist ein eigen Ding darum, Mary. Wenn mein Gemüt und mein Leib noch so strohtrocken wären an Glauben, so würden mir doch die Worte: ›Der Herr ist mein Hirte. Mir wird nichts mangeln. Er weidet mich auf grüner Aue, stets den Magen umdrehen, mein Herz höher klopfen lassen und eine Flamme in meinem Hirn entzünden.«

»Ich verstehe das nicht.«

»Mein braves Mädchen, ich auch nicht. Sagen wir, ich sei, als Säugling, da meine Knochen noch weich und dehnbar waren, in ein kreuzförmiges Kästchen gesteckt worden und sei dadurch gestaltet worden. Als ich dann aus dem Kästchen ausbrach, so wie ein Küken die Eierschale durchbricht und herausschlüpft, hatte ich, was doch wohl nicht verwunderlich ist, die Form des Kreuzes angenommen. Hast du nie bemerkt, daß junge Hühner eine ungefähre Eiform aufweisen?«

»Du redest so schreckliches Zeug daher, auch zu den Kindern.«

»Sie zu mir auch. Erst gestern abend hat Ellen mich gefragt: ›Papa, wann werden wir reich?‹ Ich sagte ihr jedoch nicht, was ich weiß: ›Wir werden bald reich werden, und du, die du die Armut so schlecht verträgst, wirst den Reichtum ebenso schlecht vertragen.‹ Und das stimmt auch. In der Armut ist sie neidisch. Im Reichtum wird sie wohl snobistisch werden. Geld heilt die Krankheit nicht, sondern nur die Symptome.«

»So sprichst du über deine eigenen Kinder. Was magst du über mich sagen?«

»Ich sage, du bist ein Segen Gottes, ein geliebtes Wesen, ein Glanz in meinem nebligen Dasein.«

»Das hört sich an, als ob du betrunken wärst – jedenfalls berauscht.«

»Das bin ich auch.«

»Nein, das ist nicht der Fall. Das würde ich riechen.«

»Du riechst es ja, mein Herzblatt.«

»Was ist denn über dich gekommen?«

»Ach, das weißt du doch, nicht? Eine Wandlung. Eine ungestüme, stürmische Wandlung. Du spürst nur ihre äußersten Wellen.«

»Du machst mir Sorge, Ethan. Wirklich. Du bist so wild.«

»Entsinnst du dich meiner Auszeichnungen?«

»Deiner Orden – vom Krieg her?«

»Sie wurden mir verliehen für meine Wildheit – meine Wüstheit. Kein Mensch auf Gottes Erdboden hatte jemals weniger Mord im Sinn als ich. Aber dann wurde wieder ein Kasten hergestellt und ich hineingestopft. Die Zeit, der Augenblick erforderte, daß ich Menschenwesen hinschlachtete, und das tat ich denn.«

»Das geschah in Kriegszeiten und für dein Vaterland.«

»Irgendwelche Zeiten sind immer. Bisher habe ich meine eigenen noch umgangen. Ich war ein verflucht guter Soldat, potztausend, geschickt, flink, unbarmherzig, ein tüchtiges Gerät für die Kriegszeit. Vielleicht vermöchte ich ein so leistungsfähiges Gerät auch für die heutige Zeit zu werden.«

»Jetzt trage ich aber das Essen auf.«

»Bin nicht hungrig, nach diesem Wirbelsturm von einem Frühstück.«

»Nun, du wirst schon etwas knabbern können. Hast du den Hut von Mrs. Baker gesehen? Den muß sie aus New York haben.«

»Und was hat sie mit ihrem Haar gemacht?«

»Hast du das auch bemerkt? Es hat fast die Farbe von Erdbeeren.«

»›Um eine Leuchte zu sein den Heiden und der Ruhm der Kinder Israels.‹«

»Warum will Margie eigentlich in dieser Jahreszeit nach Montauk hinauf?«

»Sie hat die Morgenfrühen gern.«

»Sie ist keine Frühaufsteherin. Ich ziehe sie immer deswegen auf. Und findest du das nicht sonderbar, daß Marullo Zuckereier mitbringt?«

»Willst du zwischen diesen beiden Begebnissen – daß Margie früh aufsteht und Marullo Eier mitbringt – einen Zusammenhang feststellen?«

»Ach, sei nicht blöd.«
»Bin ich gar nicht. Dieses eine Mal bin ich es nicht. Wenn ich dir ein Geheimnis anvertraue, versprichst du, es nicht zu verraten?«
»Das ist doch wieder ein Witz.«
»Nein.«
»Schön, ich verspreche es.«
»Ich glaube, Marullo gedenkt eine Reise nach Italien zu machen.«
»Woher weißt du das? Hat er's dir gesagt?«
»Das nicht. Aber ich reime mir das aus gewissen Anzeichen zusammen.«
»Dann wirst du doch allein im Laden bleiben. Du mußt jemand zu deiner Hilfe haben.«
»Ich werde schon damit fertig.«
»Du tust jetzt schon so gut wie alles. Du mußt dir eine Hilfskraft besorgen.«
»Denke daran – die Sache ist noch nicht sicher und ein Geheimnis.«
»Ach, ich vergesse nie, was ich einmal versprochen habe.«
»Aber du wirst Anspielungen machen.«
»Auch das nicht, Ethan.«
»Weißt du, was du bist. Ein liebes kleines Häschen mit Blumen auf dem Kopf.«
»Nimm dir selbst etwas in der Küche. Ich muß mich ein bißchen frisch machen.«
Als sie gegangen war, streckte ich mich in meinem Sessel aus und hörte an mein inneres Ohr die Worte tönen: »Herr, jetzt lässest du deinen Diener mit Frieden in die Grube fahren ...« Und der oder jener soll mich holen, wenn ich nicht auf der Stelle einschlief. Just da im Wohnzimmer stürzte ich von einem Felsen herunter ins Dunkel. Das passiert mir nicht häufig. Und da ich vorher an Danny Taylor gedacht hatte, träumte ich von ihm. Wir waren weder klein noch groß, sondern erwachsen und befanden uns auf dem flachen trockenen Seeboden mit den alten Hausfundamenten und dem Kellerloch. Es war Frühsommer, denn es fiel mir auf, wie vollsaftig die Blätter und daß die Grashalme so schwer waren, daß sie sich unter ihrem eigenen Gewicht beugten; es war so ein Tag, an dem man sich auch voller Saft und Überschwang fühlt. Dann ging er hinter einen Wacholderstrauch, gerade und schlank wie eine Säule. Ich vernahm seine Stimme, doch die Worte etwas verschwommen und geschwollen, wie unter Wasser gesprochen. Dann war ich bei ihm, da zerschmolz er und seine Figur zerlief. Mit meinen Handflächen versuchte ich, ihn nach oben glattzustreichen, so wie man feuchtes Zement glattstreicht, das zerläuft, doch es gelang mir nicht. Sein Wesen zerrann mir zwischen den Fingern. Es heißt, ein Traum daure nur einen Augenblick lang. Dieser jedoch dauerte und dauerte, und je mehr ich mich abmühte, desto mehr schmolz Danny dahin.

Als mich Mary aufweckte, keuchte ich vor Anstrengung. »Frühlingsfieber«, sagte sie. »Das ist das erste Anzeichen. Als ich im Wachsalter war, schlief ich so viel, daß meine Mutter den Arzt holen ließ. Sie meinte, ich hätte die Schlafkrankheit, aber es kam eben nur vom Wachsen im Frühling.«
»Ich hatte einen Alptraum am hellichten Tag. Ich möchte niemandem diesen Traum wünschen.«
»Geh jetzt hinauf, wasch dir das Gesicht ab und frisiere dich. Du siehst müde aus, mein Lieber. Dir fehlt doch nichts? Es wird langsam Zeit, daß wir aufbrechen. Du hast zwei Stunden geschlafen. Du hast es wohl dringend nötig gehabt. Ich möchte wissen, was der Mr. Baker auf dem Herzen hat.«
»Das wirst du schon erfahren, mein Herz. Und versprich mir, daß du genau zuhörst.«
»Aber vielleicht möchte er mit dir allein sprechen. Geschäftsleute haben es nicht gern, wenn Damen zuhören.«
»Nun, da machen wir nicht mit. Ich möchte, daß du dabei bist.«
»Du weißt, ich habe keine Erfahrung in Geschäften.«
»Das weiß ich – aber es ist dein Geld, über das er sprechen wird.«

Leute wie die Bakers kann man nur verstehen, wenn man sie von Geburt an kennt. Bekanntschaft, ja Freundschaft, das ist etwas ganz anderes. Ich verstehe sie, weil die Hawleys und die Bakers nach Geblüt, Ursprungsort, Erfahrung und Schicksalsvergangenheit einander glichen. Das schafft etwas wie einen Kern, der mit Wall und Graben gegen Außenseiter abgeschirmt ist. Als mein Vater unser Vermögen verlor, wurde ich nicht völlig aus dieser Gemeinschaft verstoßen. Als ein Hawley bin ich für die Bakers immer noch, und zwar wohl auf Lebenszeit, empfangsfähig, weil sie sich mit mir verwandt fühlen. Aber ich bin ein armer Verwandter. Wenn ein Patrizier kein Geld hat, hört er mit der Zeit auf, ein Patrizier zu sein. Ohne Geld wird mein Sohn Allen mit den Bakers nicht mehr verkehren, und sein Sohn wird ein Außenseiter sein, wie immer sein Name und seine Herkunft sein mögen. Wir sind Gutsbesitzer ohne Land, Generäle ohne Truppen, Kavallerie zu Fuß geworden. Wir können nicht weiterbestehen. Vielleicht war das einer der Gründe, wieso der Wandel in mir Platz griff. Ich wünsche Geld nicht um seiner selbst willen, habe das nie gewünscht. Allein Geld ist notwendig, um meinen Platz in einer Klasse beizubehalten, an die ich gewöhnt bin und in der ich mich wohl fühle. All das muß sich an dem dunklen Ort unter meiner Bewußtseinsschwelle herausgebildet haben. Es tauchte nicht als Gedanke, sondern als Überzeugung auf.
»Guten Tag«, sagte Mrs. Baker. »Ich freue mich sehr, daß Sie kommen konnten. Sie haben uns vernachlässigt, Mary. Ist doch ein herrlicher Tag, nicht? Hat Ihnen der Gottesdienst gefallen? Für einen Geistlichen ist er doch wirklich ein interessanter Mann.«

»Wir sehen Sie tatsächlich nicht oft genug«, sagte Mr. Baker. »Ich erinnere mich noch, wie Ihr Großvater in dem Sessel hier saß und berichtete, wie die gemeinen Spanier die ›Maine‹ versenkten. Er verschüttete seinen Tee, nur war es kein Tee. Der alte Käpt'n Hawley pflegte seinen Rum mit einem Spritzer Tee zu versetzen. Er war ein Streithammel, manche Leute hielten ihn für geradezu händelsüchtig.«

Ich merkte, das Mary zuerst bestürzt, dann aber erfreut war über die warme Aufnahme. Sie wußte natürlich nicht, daß ich sie zu einer reichen Erbin hatte avancieren lassen. Der Ruf von Vermögen macht fast ebenso gesellschaftsfähig wie das Vermögen selbst.

Mrs. Baker, die infolge eines nervösen Ticks mit dem Kopf zuckte, goß Tee in Tassen, die so dünn und zerbrechlich waren wie Blütenblätter der Magnolie. Mr. Baker rührte nachdenklich mit dem Löffel in seiner Tasse. »Ich weiß nicht, ob ich eigentlich den Tee oder die Zeremonie um ihn herum liebe«, sagte er. »Ich mag alle Zeremonien, selbst die albernen.«

»Ich glaube, ich verstehe das«, sagte ich. »Heute morgen fühlte ich mich beim Gottesdienst wohl, weil er keine Überraschungen bot. Ich wußte die Worte, bevor sie ausgesprochen wurden.«

»Während des Krieges, Ethan – hören Sie zu, meine Damen, und besinnen Sie sich, ob Sie sich an einen ähnlichen Fall erinnern können –, während des Krieges war ich Sachberater im Kriegsministerium. Ich verbrachte einige Zeit in Washington.«

»Ich mochte das gar nicht«, sagte Mrs. Baker.

»Nun, es fand da ein großer militärischer Tee statt, eine richtige Abfütterung, fünfhundert Gäste. Die ranghöchste Dame war die Frau eines Fünf-Stern-Generals; die nächsthöhere die Frau eines Generalleutnants. Die Gastgeberin, die Frau Minister, bat die Fünf-Stern-Dame, den Tee, und die Drei-Stern-Dame, den Kaffee einzuschenken. Nun, die höchstkommandierende Dame weigerte sich, weil – ich zitiere ihre eigenen Worte –: ›Weil jedermann weiß, daß Kaffee einen höheren Rang einnimmt als Tee.‹ Nun, haben Sie so was schon einmal gehört?« Er lachte vor sich hin. »Es ergab sich schließlich, daß Whisky den allerhöchsten Rang einnimmt.«

»Es herrschte eine solche Unruhe dort«, sagte Mrs. Baker. »Die Leute wurden versetzt, ehe sie feste Gewohnheiten oder Manieren annehmen konnten.«

Mary erzählte ihre Geschichte von dem irischen Tee in Boston, wo das Wasser in runden Kesseln über offenem Feuer gekocht und mit Messingkellen herausgeschöpft wurde.

Zu einer ernsthaften Besprechung oder Handlung gehören bestimmte rituelle Präliminarien, und je heikler die Sache ist, desto länger und leichter muß zur Einleitung gesungen werden. Jede Person muß ein Federchen oder einen bunten Flicken beitragen. Wenn Mary und Mr. Baker nicht an der ernsten Angelegenheit teilgehabt hätten, so würden sie längst einen Gedankenaustausch nach eigenem Muster aufgenommen haben. Mr. Baker hatte Wein auf den Boden der Unterhaltung gegossen, ebenso meine Mary, und sie war erfreut und erregt über die Aufmerksamkeit, die sie gefunden hatte. Es war nun noch an Mrs. Baker und mir, etwas beizusteuern, und ich fand es nur richtig, daß ich zuletzt drankam.

Mrs. Baker nahm also das Wort, indem sie, gleich den andern bisher, ebenfalls von der Teekanne ausging. »Ich erinnere mich noch der Zeit, da es Dutzende von Teesorten gab«, äußerte sie heiter. »Ja, damals hatte jeder und jede ein eigenes Rezept für so ungefähr alles; ich glaube es gab kein Gras und kein Kraut, kein Blatt und keine Blume, aus der nicht irgendeine Art Tee gebraut wurde. Jetzt gibt es nur noch zwei Sorten: indischen und chinesischen Tee, und chinesischen auch nicht mehr viel. Erinnern Sie sich an Farnkraut- und Kamillentee, an Orangenblätter und -blüten? Und an Cambric?«

»Was ist Cambric?« fragte Mary.

»Heißes Wasser und heiße Milch zu gleichen Teilen. Die Kinder trinken das sehr gern. Es schmeckt nicht wie Milch und Wasser.« Soweit Mrs. Baker.

Nun kam ich an die Reihe, und ich beabsichtigte, einige vorsichtig stilisierte, unverbindliche Bemerkungen über die Bostoner Tea Party zu machen, aber man kann ja nicht immer seine Absichten ausführen. Statt dessen hörte ich mich zu meiner eigenen Überraschung sagen:

»Nach der Kirche machte ich ein Schläfchen. Da träumte ich von Danny Taylor. Es war ein schrecklicher Traum. Sie erinnern sich an Danny.«

»Armer Kerl«, sagte Mr. Baker.

»Wir standen früher miteinander wie Brüder, ja enger als Brüder. Ich hatte keinen Bruder. Ich möchte gewiß nicht näher darauf eingehen, aber ich habe doch die Empfindung, ich müßte meines Bruders Danny Hüter sein.«

Mary ärgerte sich über mich, weil ich vom Thema der Unterhaltung abgeschweift war. Sie rächte sich gleich ein bißchen, indem sie sagte: »Ethan gibt ihm Geld. Ich halte das nicht für richtig. Er benutzt es bloß dazu, um sich zu betrinken.«

»Nun, nun . . .«, machte Mr. Baker.

»Ich gebe ihm ganz wenig – hie und da einmal einen Dollar. Was kann er mit einem Dollar anders anfangen als sich betrinken? Mit einem anständigen Betrag vermöchte er sich vielleicht aufzuraffen.«

»Das dürfte niemand wagen«, rief Mary aus. »Das wäre sein Tod. Nicht wahr, Mr. Baker?«

»Armer Kerl«, sagte Mr. Baker wieder. »Die Taylors waren eine ausgezeichnete Familie. Es geht mir sehr nah, ihn in dieser Verfassung zu sehen. Aber Mary hat recht. Er würde sich wahrscheinlich zu Tode saufen.«

»Das tut er sowieso. Aber vor mir ist er sicher. Ich kann ihm keinen anständigen Betrag zukommen lassen.«

»Es ist das Prinzip«, sagte Mr. Baker.

Mrs. Baker steuerte eine weibliche Bosheit bei: »Er sollte in einer Anstalt sein, wo man ihn betreut.«

Alle drei waren ärgerlich über mich. Ich hätte bei der Bostoner Tea Party bleiben sollen.

Seltsam, wie der Geist umherschweift, wie er mit einem Blindekuh und andere Streiche spielt, wenn es gerade darauf ankäme, daß er seine ganze Aufmerksamkeit verwendete, um einen Weg durch das Minenfeld der verborgenen Pläne und eingegrabenen Hindernisse zu finden. Ich hatte Verständnis für das Haus der Baker und für das Haus der Hawley, die dunklen Wände und Vorhänge, die traurig-düsteren Gummipflanzen, die nie ein Sonnenstrahl traf; die Bildnisse und Stiche und sonstigen Erinnerungen, Geschirr und Schnitzwerk, aus Stoff und Holz, die ihm Wirklichkeit und Dauer verleihen. Stühle sind Veränderungen des Stils und der Form unterworfen, doch Truhen und Tische, Bücherschränke und Schreibtische verbinden mit einer gediegenen Vergangenheit. Hawley – das war mehr als eine Familie; es war ein Haus. Deshalb hielt der arme Danny so fest am Wiesenland der Taylor. Ohne das war keine Familie mehr da, ja über kurz oder lang nicht einmal mehr ein Name.

Nach Ton, Tonfall und Wunsch hatten die drei, die hier saßen, ihn abgeschrieben. Es mag Leute geben, die ein Haus und eine Geschichte brauchen, um sich zu vergewissern, daß sie vorhanden sind. Das Band ist, im besten Fall, ein recht dünnes. Im Laden war ich eine gescheiterte Existenz, ein Angestellter; in meinem Haus war ich Hawley, es mußte also auch mit mir unsicher bestellt sein. Baker konnte Hawley seine Unterstützung anbieten. Ohne mein Haus wäre ich auch abgeschrieben gewesen. Es galt nicht von Mann zu Mann, sondern von Haus zu Haus. Die Abschiebung Danny Taylors aus dem Bereich des Wirklichen verdroß mich sehr, aber ich konnte sie nicht aufhalten. Und dieser Gedanke schärfte und stählte mich. Baker versuchte Hawley aufzuwerten zwecks Beteiligung Bakers an Marys angeblicher Erbschaft. Jetzt war ich am Rande des Minenfelds. Mein Herz verhärtete sich gegen meinen selbstlosen Wohltäter. Ich spürte, wie es hart, mißtrauisch und bedrohlich wurde. Und mit dieser Einstellung kam die Kampflust und kamen die Gesetze der beherrschten Wildheit, deren oberstes lautet: die beste Verteidigung ist der Angriff.

Ich sagte: »Mr. Baker, wir brauchen nicht die Antezedentien durchzugehen. Sie wissen besser als ich, auf welche Weise mein Vater das Hawleysche Vermögen einbüßte. Ich war damals im Feld. Wie ist es geschehen?«

»Es lag nicht an seinen Absichten, sondern an seinen Urteilen . . .«

»Ich weiß, er war weltfremd – aber wie ist es denn zugegangen?«

»Nun, es war eine Zeit wilder Kapitalsanlagen. Und er legte wild drauflos sein Geld an.«
»Wurde er von jemandem beraten?«
»Er steckte Geld in Rüstungswerte, mit denen es schon vorbei war. Als dann die Verträge gestrichen wurden, verlor er sein Geld.«
»Sie waren damals in Washington. Wußten Sie Bescheid über die Verträge?«
»Nur ganz allgemein.«
»Aber immerhin so weit, daß Sie nichts investierten.«
»Nein, ich investierte nicht.«
»Gaben Sie meinem Vater Ratschläge hinsichtlich der Anlagen?«
»Ich war doch in Washington.«
»Aber Sie wußten, daß er den Hawleyschen Besitz belieh, um Geld für die Anlagen zu bekommen?«
»Ja, das wußte ich.«
»Haben Sie ihm davon abgeraten?«
»Ich war doch in Washington.«
»Aber Ihre Bank kündigte die Hypothek.«
»Banken haben keine Wahl, Ethan. Das wissen Sie auch.«
»Jawohl, das weiß ich auch. Aber es ist ein Jammer, daß Sie ihn nicht beraten konnten.«
»Das sollten Sie ihm nicht zur Last legen, Ethan.«
»Da ich nun Bescheid weiß, tue ich das nicht. Ich tadle ihn deswegen nicht, aber ich hatte nie recht gewußt, was eigentlich geschehen war.«
Vermutlich hatte Mr. Baker sich eine bestimmte Einleitung zurechtgelegt. Da ihm die Gelegenheit dazu genommen worden war, mußte er sich seinen nächsten Zug überlegen. Er hüstelte, putzte sich die Nase mit einem Papiertaschentuch, das er umständlich aus einem flachen Päckchen zog, holte ein zweites Blättchen davon heraus und wischte sich damit die Augen und dann mit einem dritten die Brillengläser. Jeder Mensch hat seine eigene Methode, um Zeit zu gewinnen. Ich kannte einen Mann, der fünf Minuten brauchte, um seine Pfeife zu stopfen und in Brand zu setzen.
Als er endlich fertig war, sagte ich: »Ich weiß, ich habe an sich kein Recht, Sie um Hilfe anzugehen. Doch Sie selbst haben die lange Partnerschaft unserer beiden Familien zur Sprache gebracht.«
»Wackere Leute«, sagte er. »Durchwegs Männer von ausgezeichnetem Urteil, konservativer Gesinnung . . .«
»Doch wohl nicht blind, Mr. Baker. Ich nehme an, daß sie den Kurs, für den sie sich einmal entschieden hatten, auch durchhielten.«
»Ja, das taten sie.«
»Selbst wenn es dazu kam, einen Feind zu versenken oder — ein Schiff in Brand zu stecken?«

»Sie handelten natürlich im Auftrag.«
»Soviel ich weiß, wurden sie im Jahre 1801 darüber vernommen, was den Begriff des Feindes ausmache.«
»Nach einem Krieg gibt es immer solche Wiederherstellungsverfahren.«
»Gewiß. Aber ich will nicht alte Abrechnungen wieder als Gesprächsstoff aufnehmen. Offen gesagt, Mr. Baker, ich möchte – meinem Schicksal eine bessere Wendung geben.«
»Gut gesprochen, Ethan. Eine Zeitlang glaubte ich, Sie hätten den überkommenen Hawleyschen Charakterzug verloren.«
»Das war auch der Fall, oder vielleicht habe ich nichts zu seiner Entwicklung getan. Sie haben mir Ihre Hilfe angeboten. Wo soll ich anfangen?«
»Die Schwierigkeit ist, daß Sie zum Anfangen Kapital benötigen.«
»Das weiß ich. Doch wenn ich etwas Kapital hätte, wo sollte ich dann anfangen?«
»Das dürfte die Damen langweilen«, sagte er nun, »gehen wir doch in die Bibliothek.«
»Ich wollte Mary gerade bitten«, sagte Mrs. Baker aufstehend, »mir beim Aussuchen von Tapeten zum großen Schlafzimmer behilflich zu sein. Die Muster sind oben, Mary.«
»Ich möchte, daß Mary zuhört ...«
Doch, wie ich mir gedacht hatte, trat sie auf die Seite der Bakers. »Ich verstehe nicht die Bohne von Geschäften«, sagte sie, »aber von Tapeten verstehe ich immerhin etwas.«
»Aber, liebes Kind, es geht doch dich an.«
»Ich werde bloß verwirrt davon, Ethan, das weißt du doch.«
»Vielleicht werde ich noch verwirrter ohne dich, liebes Kind.«
Die Sache mit den Tapeten hatte vermutlich Mr. Baker mit seiner Frau abgekartet. Ich kann mir nicht denken, daß er seine Frau die Tapeten auswählen läßt. Die dunkle, geometrische Tapete des Zimmers, in dem wir saßen, hatte bestimmt keine Frau ausgesucht.
Als die beiden Frauen das Zimmer verlassen hatten, sagte Baker: »Tja, Ethan, Ihr Problem heißt Kapital. Aber Ihr Haus ist unbelastet. Sie können eine Hypothek darauf aufnehmen.«
»Das tue ich nicht.«
»Nun, ich kann dem meine Achtung nicht versagen, aber das ist die einzige Bürgschaft, über die Sie verfügen. Da ist allerdings noch Marys Geld. Es ist nicht viel, aber mit Geld kann man weiteres Geld erlangen.«
»Ich möchte ihr Geld nicht angreifen. Das soll ihr als Sicherung bleiben.«
»Es liegt auf einem Gemeinschaftskonto und bringt gar nichts.«
»Nehmen wir einmal an, ich überwinde meine Bedenken. Was hätten Sie dann im Sinn?«

»Haben Sie eine Ahnung, wieviel Marys Mutter besitzt?«
»Nein, aber es dürfte recht ansehnlich sein.«
Er putzte wieder mit großer Sorgfalt seine Brillengläser. »Was ich Ihnen nun sage, muß unter uns bleiben.«
»Selbstverständlich.«
»Zum Glück weiß ich, daß Sie kein Schwätzer sind. Kein Hawley war das je, mit Ausnahme vielleicht Ihres Vaters. Nun, als Geschäftsmann ist es mir bekannt, daß New Baytown sich ausdehnen wird. Es hat alles, was seine Entwicklung gewährleistet: einen Hafen, Strandflächen, Binnenlandgewässer. Wenn seine Entwicklung einmal beginnt, wird nichts sie aufhalten können. Ein guter Geschäftsmann ist es seiner Vaterstadt schuldig, zu ihrer Entwicklung beizutragen.«
»Und daran zu verdienen.«
»Natürlich.«
»Wieso hat sie sich bisher nicht entwickelt?«
»Ich dächte doch, daß Sie das wissen – wegen der Reaktionäre im Stadtrat. Die leben ja nur in der Vergangenheit und halten den Fortschritt auf.«
Ich habe immer mit Interesse gehört, wie philanthropisch das Geldverdienen sein kann. Wenn man ihm die Hüllen seines Fortschrittssinns und seiner Sorge um das Gemeinwohl abstreifte, stand Mr. Baker genau da, wie und wo er hingehörte. Er und einige andere, sehr wenige andere, würden die jetzige Stadtverwaltung unterstützen, bis sie allen Boden, der Zukunftsaussichten bot, aufgekauft oder ein Vorkaufsrecht darauf hatten. Dann würden sie den Stadtrat und den Bürgermeister vor die Tür setzen und dem Fortschritt die Herrschaft überlassen, und erst dann würde sich zeigen, daß jeder Weg und Steg, über die er seinen Einzug halten konnte, in ihrem Besitz war. Aus reiner Gutmütigkeit war er gewillt, mich mit einem kleinen Anteil einsteigen zu lassen. Ich weiß nicht, ob er die Absicht gehabt hatte, mir den Fahrplan mitzuteilen oder nicht, oder ob seine Begeisterung die Oberhand in ihm gewann, jedenfalls ergab es sich aus der allgemeinen Sachlage. Die städtischen Wahlen erfolgen immer am 7. Juli. Bis dahin mußte die fortschrittlich gesinnte Partei das Räderwerk der Entwicklung beherrschen.
Es gibt wohl niemanden auf der Welt, der nicht Freude daran hat, Rat zu erteilen. Da ich ein leichtes Widerstreben beibehielt, wurde mein Lehrer ungestümer und ging mehr ins einzelne.
»Ich muß darüber nachdenken, Mr. Baker«, sagte ich. »Was für Sie ein leichtes ist, ist für mich ein Buch mit sieben Siegeln. Und ich muß es natürlich auch mit Mary besprechen.«
»Nun, das halte ich für falsch«, sagte Mr. Baker. »Der Unterrock spielt heutzutage bereits eine zu große Rolle im Geschäftsleben.«
»Aber es handelt sich doch hier um Marys Erbschaft.«

»Das Beste, was Sie für sie tun können, ist, für sie ein Stück Geld verdienen. So mögen es die Frauen lieber.«
»Ich hoffe, Sie halten mich nicht für undankbar, Mr. Baker. Ich denke langsam. Ich muß es mir nur reiflich überlegen. Haben Sie gehört, daß Marullo nach Italien will?«
Bakers Blick wurde schärfer. »Für dauernd?«
»Nein, nur einmal zum Besuch.«
»Nun, hoffentlich trifft er eine Anordnung zu Ihren Gunsten, für den Fall, daß ihm etwas zustößt. Er ist kein Jüngling mehr. Hat er ein Testament gemacht?«
»Ich weiß nicht.«
»Wenn da eine Sippschaft seiner italienischen Verwandten einzöge, dann würden Sie womöglich Ihre Stelle verlieren.«
Ich flüchtete mich in den Schutz schwankender Unbestimmtheit. »Sie haben mir da eine Menge Stoff gegeben, den ich verdauen muß«, sagte ich. »Aber könnten Sie mir nicht vielleicht eine Andeutung machen, wann Sie anfangen werden.«
»Ich kann Ihnen soviel sagen: die Erschließung hängt sehr stark von der Transportfrage ab.«
»Nun, die großen Ausfallstraßen werden weiter ausgebaut.«
»Damit hat's noch gute Weile. Die Leute mit den Geldmitteln, die wir heranziehen wollen, die kommen im Flugzeug an.«
»Und wir haben keinen Flughafen.«
»Richtig.«
»Außerdem haben wir kein zu einem Flughafen geeignetes Gelände, wenn wir nicht ganze Hügel abtragen wollen.«
»Eine teure Angelegenheit. Die Arbeitslöhne wären unerschwinglich.«
»Wie ist also Ihr Plan?«
»Ethan, Sie müssen mir vertrauen und mir verzeihen. Im Augenblick kann ich Ihnen darüber nichts sagen. Aber ich verspreche Ihnen, daß ich, falls Sie etwas Kapital aufbringen, dafür sorgen werde, daß Sie von Anfang an mit hineingenommen werden.«
»Nun, das dürfte mehr sein, als ich verdiene.«
»Die alten Familien müssen zusammenhalten.«
»Gehört Marullo zu der Gruppe?«
»Wo denken Sie hin? Der geht seinen eigenen Weg mit seinen eigenen Leuten.«
»Die kommen gut vorwärts, nicht?«
»Besser, als ich es für gesund halte. Ich sehe es nicht gern, daß diese Ausländer sich überall einschleichen.«
»Und am siebenten Juli ist der Stichtag.«

»Hab' ich das gesagt?«
»Nein. Ich habe das nur so geraten.«
»Scheint mir auch so.«
Da kam Mary von der Tapetenauswahl zurück. Wir entledigten uns der üblichen Höflichkeitspflichten und machten uns langsam auf den Heimweg.
»Netter hätten sie gar nicht sein können. Was hat er denn gesagt?«
»Immer die alte Leier. Ich solle dein Geld dazu verwenden, um einen Anfang zu machen. Aber ich tue es nicht.«
»Ich weiß, du denkst dabei an mich, mein Lieber. Aber ich sage dir: wenn du diesem Rat nicht folgst, bist du ein Esel.«
»Es ist mir nicht wohl dabei, Mary. Nimm an, er hat unrecht. Dann bist du ohne Schutz.«
»Ich sage dir nur soviel, Ethan: wenn du es nicht tust, dann tue ich es. Ich nehme das Geld und übergebe es ihm. Das tue ich wirklich und wahrhaftig.«
»Laß es mich noch überlegen. Ich möchte dich nicht in Geschäftssachen verwickeln.«
»Das brauchst du nicht. Das Geld liegt auf Gemeinschaftskonto. Du weißt, was die Prophezeiung gesagt hat.«
»Ach, du mein Gott — das jetzt auch noch.«
»Nun, ich glaube daran.«
»Wenn ich dein Geld verliere, dann bekommst du einen Haß auf mich.«
»Aber nicht doch! Ich verstehe nicht, wieso ein bißchen Geld etwas verderben soll. Gar nicht arg viel Geld — nur gerade genug.«
»Ach, mein Königstöchterlein«, sagte ich, »das gibt's nicht: gerade genug Geld. Es gibt nur zweierlei: Kein Geld oder nicht genug Geld.«
»Aber das ist nicht wahr.«
»Das ist wahr. Erinnerst du dich an den Millionär in Texas, der kürzlich starb? Er lebte in einem Hotelzimmer aus einem Handkoffer. Er hinterließ kein Testament, keine Erben, aber er hatte nicht genug Geld. Je mehr man hat, desto weniger hat man genug.«
Mary sagte spöttisch: »Du hältst es wohl für sündig, daß ich mir neue Wohnzimmervorhänge und einen Boiler wünsche, der groß genug ist, daß vier Leute am gleichen Tag baden können und ich noch Geschirr spülen kann.«
»Ich sprach nicht von Sünde, du Dummchen. Ich stellte eine Tatsache fest, ein Naturgesetz.«
»Mir scheint, du hast keinen Respekt vor der menschlichen Natur.«
»Nicht die menschliche Natur, Marychen, *die* Natur. Eichhörnchen speichern zehnmal soviel Haselnüsse auf, wie sie je fressen können. Wenn sich der Hamster den Magen zum Platzen angefüllt hat, dann lädt er sich noch die Backentaschen voll. Und wieviel von dem Honig, den die fleißigen Bienlein sammeln, verzehren die fleißigen Bienlein?«

Wenn Mary verwirrt oder verdutzt ist, dann spritzt sie Zorn um sich herum wie ein Tintenfisch Tinte und versteckt sich hinter der von ihr aufgerührten dunklen Wolke.

»Das ist ekelhaft von dir«, rief sie aus. »Du gönnst niemandem ein bißchen Glück.«

»Mein Herz, das ist es nicht. Wovor ich Angst habe, das ist, im Gegenteil, eine verzweifelte Unglückseligkeit, die wahnwitzige Unruhe, die Geld mit sich bringt, die falsche Herablassung, den Neid.«

Unbewußt mußte sie die gleiche Angst gehegt haben. Sie wurde ausfällig gegen mich, sie suchte nach einer verwundbaren Stelle und bohrte, als sie sie gefunden hatte, mit spitzigen Worten darin herum. »Sieh mal an, da ist ein Handlungsgehilfe in einem Kramladen ohne einen Heller, der besorgt ist darüber, wie schlimm das sein mag, wenn er reich würde! Du tust, als ob du, sobald du es nur wünschtest, ein Vermögen ergattern könntest.«

»Ich glaube auch, daß ich das kann.«

»Wie?«

»Darüber zerbreche ich mir eben den Kopf.«

»Du weißt nicht, wie, sonst hättest du es längst getan. Du bluffst nur. Du bluffst immer.«

Die Absicht zu verletzen, macht einen rasend. Ich spürte, wie die Hitze in mir wuchs. Häßliche, gehässige Worte kamen mir hoch wie Gift. Da sagte Mary: »Schau, da läuft's! Hast du es gesehen?«

»Was? Wo?«

»Glatt am Baum vorbei und in unsern Garten.«

»Was denn, Mary? Sag mir's doch! Was hast du gesehen?«

Im Zwielicht sah ich ihr Lächeln, das unglaubliche weibliche Lächeln. Es gilt als Weisheit, doch das ist es nicht, vielmehr ein Verständnis, das Weisheit überflüssig macht.

»Du hast gar nichts gesehen, Mary.«

»Ich habe ein Eichhörnchen gesehen – aber es ist weggesprungen.«

Ich legte meinen Arm um sie und drehte sie um. »Komm, spazieren wir einmal um den Block herum, bevor wir zu Bett gehen.«

Wir schlenderten durch den Tunnel der Nacht. Wir fingen nicht wieder zu sprechen an; wir bedurften dessen nicht.

Achtes Kapitel

Mit Eifer und Begeisterung machte ich als Knabe Jagd auf kleines Getier. Kaninchen und Eichhörnchen, kleine Vögel, später auch Enten und Wildgänse fielen meinem Jagdeifer zum Opfer, stürzten von Bäumen oder aus der Luft herunter, wirre, verzerrte Häufchen aus Knochen, Blut, Pelz und Federn. Etwas wie eine Schöpfungswut machte sich da geltend, jedoch ohne Haß, ohne Grimm, ohne Schuldgefühl. Der Krieg dämmte meine Zerstörungslust ein; es ging mir damit wohl so wie einem Kind, das sich an Zuckerzeug überfressen hat. Ein Flintenknall war für mich nicht mehr ein Aufschrei wilder Glückseligkeit.

Jetzt im Vorfrühling machte ein umherhüpfendes Kaninchenpaar täglich seine Aufwartung in unserm Garten. Am besten schmeckten ihnen Marys Nelken, die sie mit Stumpf und Stiel auffraßen.

»Du mußt mir die vom Hals schaffen«, sagte Mary.

Ich holte meine, von Schmierfett starrende Zwölfkalibrige hervor, fand auch ein paar alte, aufgequollene Patronen mit Schrotladung. Am Abend setzte ich mich auf die Hintertreppe, und als die Kaninchen ein gutes Ziel boten, knallte ich sie beide mit einem einzigen Schuß nieder. Ihre pelzigen Überreste begrub ich dann unter dem großen Fliederbusch, wobei mir recht elend zumute war.

Es war einfach so, daß ich an Töten nicht mehr gewöhnt war. Ein Mensch gewöhnt sich ja an alles, an Schlachten und Beerdigen, ja sogar an Henken und Köpfen. Aufs Rad flechten und mit glühenden Zangen zwicken wird zu einem Beruf wie jeder andere, wenn man erst daran gewöhnt ist.

Als die Kinder zu Bett gegangen waren, sagte ich: »Ich gehe noch ein Weilchen spazieren.«

Mary fragte nicht wohin und warum, wie sie es noch vor einigen Tagen getan haben würde, sondern nur:

»Kommst du spät heim?«

»Nein, nicht spät.«

»Ich bleibe nicht auf. Ich habe Schlaf«, sagte sie.

Mir war immer noch jämmerlich zumute von der Kaninchengeschichte. Es ist für einen Menschen ja wohl nur natürlich, daß er, wenn er etwas vernichtet hat, sich bemüht, das Gleichgewicht wiederherzustellen, indem er etwas erschafft. Aber war es das, was mich antrieb?

Ich tappte zu der stinkigen Hundehütte, in der Danny hauste. Neben seinem Feldbett stand auf einer Untertasse eine angezündete Kerze.

Danny ging es miserabel: er war blau, hager und krank; seine Haut hatte die Farbe von Zinnguß. Es fehlte nicht viel, daß einem übel wurde von dem Gestank in der schmutzigen Höhle und angesichts des unter einer verdreckten Steppdecke liegenden schmutzstarrenden Mannes. Seine offenen Augen glotzten gläsern. Ich erwartete jeden Augenblick, er werde zu delirieren anfangen. Es gab mir daher einen Schock, als er klar und in seinem persönlichen Tonfall zu sprechen begann. »Was willst du hier, Eth?«

»Ich will dir helfen.«

»Du hast Besseres zu tun.«
»Du bist krank.«
»Meinst du, ich weiß das nicht? Ich weiß es am allerbesten.« Er griff hinter die Bettstelle und brachte eine noch etwa zu einem Drittel volle Flasche Old Forester zum Vorschein. »Willst du 'nen Schluck?«
»Nein, Danny. Aber das ist teurer Whisky.«
»Ich habe Freunde.«
»Wer hat dir den gegeben?«
»Das geht dich nichts an, Eth.« Er trank einen Schluck und behielt ihn bei sich, was ihm einen Augenblick lang nicht leichtfiel. Dann gewann er wieder etwas Farbe. »Mein Freund wollte mit mir über Geschäfte sprechen«, sagte er lachend, »aber ich wurde ohnmächtig, bevor er damit zu Rande kam. Er wußte nicht, wie schnell das geht. Möchtest du etwa Geschäftliches mit mir besprechen, Eth? Dann kann ich gleich wieder ohnmächtig werden.«
»Hast du noch ein Fünkchen Gefühl für mich, Danny? Von Vertrauen? Von – nun ja, Gefühl?«
»Aber selbstverständlich. Doch wenn man der Sache auf den Grund geht, so bin ich ein Säufer, und ein Säufer hat am stärksten ein Gefühl für Schnaps.«
»Wenn ich das Geld dazu aufbrächte, würdest du dich dann einer Kur unterziehen?«
Es war erschreckend, wie rasch er normal, heiter und – er selbst geworden war. »Ich kann wohl sagen, daß ich das tun würde. Aber du kennst Säufer nicht. Ich würde das Geld nehmen und es versaufen.«
»Nun, wenn ich es direkt an die Anstalt zahlen würde oder sonstwohin?«
»Ich würde mit den besten Vorsätzen hingehen, und nach ein paar Tagen würde ich ausbrechen. Du kannst einem Säufer nicht trauen, Eth. Das begreifst du eben nicht. Gleichviel, was ich tun oder sagen würde – ich würde ausbrechen.«
»Möchtest du denn nicht davon erlöst sein, Danny?«
»Ich glaube nicht. Ich nehme an, du weißt, was ich möchte.«
Er setzte die Flasche wieder an, und wieder erstaunte mich die Raschheit der Wirkung. Er wurde nicht nur wieder der alte, mir vertraute Danny, sondern seine Sinne und sein Wahrnehmungsvermögen waren schärfer geworden, so klarsichtig sogar, daß er meine Gedanken zu lesen vermochte.
»Das hält nur kurze Zeit an«, sagte er, »trau dem Frieden nicht. Alkohol stimuliert erst, dann deprimiert er. Hoffentlich bleibst du nicht so lange da, daß du es miterlebst. Ich glaube allerdings nicht, daß es gleich eintreten wird. Wenn ich auf bin, kommt es nie vor.« Dann ließ er seine feuchten, im Kerzenlicht glänzenden Augen auf mir ruhen und sagte: »Ethan, du hast dich erboten, mir eine Kur zu zahlen. Du hast doch gar nicht das Geld dazu, Ethan.«

»Ich könnte es bekommen. Mary hat etwas von ihrem Bruder geerbt.«

»Und das würdest du mir geben?«

»Ja.«

»Selbst wenn ich dir sage, du sollst kein Vertrauen zu einem Säufer haben? Selbst wenn ich dir versichere, ich würde dein Geld nehmen und dir dann das Herz schwermachen?«

»Du machst mir jetzt das Herz schwer, Danny. Ich habe von dir geträumt. Wir waren draußen, auf dem alten Landsitz – entsinnst du dich?«

Er hob wieder die Flasche und stellte sie dann ab. Dabei sagte er: »Nein, noch nicht – noch nicht, Eth. Eth, traue nie – niemals einem Säufer. Wenn er – wenn ich – gräßlich – wie tot daliege – dann ist immer noch ein verborgener, schlauer Verstand bei der Arbeit, und der ist nicht freundlich gesinnt. Soeben, gerade soeben, in diesem Augenblick, bin ich ein Mann, der dein Freund war. Ich log dich an, als ich sagte, ich sei ohnmächtig gewesen. Ach, ich war schon ohnmächtig, aber ich wußte Bescheid über die Flasche.«

»Halt mal –«, sagte ich, »bevor du weitersprichst, sonst sieht es aus – nun, sonst könntest du mich vielleicht verdächtigen. Es war doch Baker, der die Flasche gebracht hat, nicht?«

»Ja.«

»Du solltest etwas unterschreiben?«

»Ja. Aber ich wurde ohnmächtig.« Er kicherte in sich hinein, setzte die Flasche wieder an die Lippen, doch im Kerzenlicht sah ich, daß er nur einen Tropfen in den Mund fließen ließ.

»Das ist eine von den Sachen, die ich dir mitteilen wollte, Danny. Er wollte doch die alte Liegenschaft?«

»Ja.«

»Wie kommt das, daß du sie noch nicht verkauft hast?«

»Das habe ich dir schon gesagt. Solange ich sie habe, bin ich ein Gentleman, wenn ich mich auch nicht als solcher betrage.«

»Verkaufe sie nicht, Danny. Halte daran fest.«

»Was kümmert dich das? Warum nicht?«

»Um deines Stolzes willen.«

»Es ist mir keinerlei Stolz mehr geblieben, nur noch Standesbewußtsein.«

»O ja, Stolz hast du noch. Als du mich um Geld batest, schämtest du dich. Das bedeutet doch Stolz.«

»Nein. Ich hab's dir ja gesagt. Das war eine List. Säufer sind schlau, sage ich dir. Es machte dich verlegen, und du gabst mir den Dollar, weil du meintest ich schäme mich. Aber ich wollte bloß einen Schnaps.«

»Verkaufe nicht, Danny. Die Liegenschaft ist wertvoll. Baker weiß das. Etwas Wertloses kauft er nicht.«

»Was ist so wertvoll daran?«

»Es ist die einzige Stelle, die annähernd genug ebenen Boden für einen Flugplatz aufweist.«

»Aha.«

»Wenn du festbleibst, so kann das für dich einen völligen Neubeginn bedeuten, Danny. Halt daran fest. Du könntest die Kur machen, und wenn du sie hinter dir hast, besitzt du einen schönen Sparbatzen.«

»Aber keine Bleibe. Ich sollte es doch lieber verkaufen und versaufen. ›Die Wiege stürzt ab, wenn bricht der Ast / Und dann fällt auch das Kind samt der andern Last‹«, trällerte er mit schriller Stimme und lachte. »Möchtest du vielleicht das Anwesen, Eth? Bist du deswegen hergekommen?«

»Was ich will, ist, daß es dir gutgeht.«

»Mir geht's ganz gut.«

»Ich möchte es dir erklären, Danny. Wenn du ein gewöhnlicher Strolch wärst, Danny, dann hättest du die Freiheit zu tun, was dir beliebt. Aber du besitzt etwas, was eine fortschrittlich gesinnte Gruppe von Bürgern begehrt und braucht.«

»Das Taylorsche Wiesenland. Und ich halte daran fest. Ich bin auch ein fortschrittlich gesinnter Mann.« Er warf einen liebevollen Blick auf die Flasche.

»Danny, ich sagte dir schon: es ist der einzige geeignete Platz für einen Flughafen. Es ist eine Schlüsselstellung. Sie müssen ihn haben, sonst müssen sie die Hügel einebnen lassen, und das können sie nicht erschwingen.«

»Ich habe sie also beim Kragen, und ich werde ihnen schon den Hals zusammenschnüren.«

»Du vergißt, Danny, daß ein Mann mit Besitz ein kostbares Gefäß ist. Ich habe bereits gehört, es wäre wohl das beste, wenn man dich in eine Anstalt steckte, wo du die Pflege hättest, die du brauchst.«

»Das werden sie nicht wagen.«

»O ja — sie werden schon, und werden sich dabei höchst tugendhaft vorkommen. Du weißt doch, wie so etwas gemacht wird. Das Gericht wird dich für geschäftsunfähig erklären und dich entmündigen. Ich kann mir auch schon denken, wen es als Vormund bestellen wird. All das läuft natürlich ins Geld, und so muß dein Besitz versteigert werden, um die Kosten aufzubringen, und ich kann mir auch denken, wer gleich da sein wird, um ihn zu erwerben.«

Seine Augen glänzten, und er hörte mit offenem Munde zu. Dann aber wandte er den Blick ab und sagte:

»Du willst mir Angst einjagen, Eth. Da hast du dir einen schlechten Moment ausgesucht. Komm mal morgens in der Frühe, wenn mir kalt ist und die Welt grün wie Erbrochenes aussieht. Gerade jetzt — jetzt verfüge ich über die Kraft von zehn Männern, weil ich meine Flasche habe.« Er schwenkte sie wie ein Schwert, und seine Augen wurden zu kleinen Schlitzen, aus denen es im Kerzenlicht funkelte. »Hab' ich dir schon mal gesagt, Eth? — bestimmt hab'

ich es dir schon gesagt: Säufer haben eine besonders üble Art von Intelligenz.«
»Aber ich habe dir doch gesagt, was passieren wird.«
»Darin bin ich ganz deiner Ansicht. Ich weiß, daß das richtig ist. Aber statt mir Furcht einzujagen, hast du den Kobold in mir geweckt. Wer sich einbildet, ein Trinker sei wehrlos, der ist verrückt. Ein Trinker ist ein ganz besonderes Vehikel mit besonderen Fähigkeiten. Ich kann mich wehren, und gerade jetzt habe ich, wie es scheint, Lust dazu.«
»Brav! Brav! Das höre ich gern.«
Er richtete den Hals der Whiskyflasche auf mich und zielte, als wenn es der Lauf einer Flinte mit Korn und Kimme wäre. »Du würdest mir Marys Geld leihen?«
»Jawohl.«
»Ohne Sicherheit?«
»Jawohl.«
»Wo du weißt, daß es mit der Rückzahlung wie eins zu tausend steht?«
»Jawohl.«
»So ein Säufer hat widerwärtige Seiten. Eth, ich glaube dir nicht.« Er fuhr sich mit der Zunge über die trockenen Lippen. »Würdest du mir das Geld einhändigen?«
»Wann immer du willst.«
»Ich habe dir abgeraten.«
»Ich tue es trotzdem.«
Diesmal setzte er die Flasche an den Mund und kippte sie. Als er sie wieder absetzte, waren seine Augen noch glänzender, aber sein Blick war kalt und unpersönlich wie ein Schlangenblick. »Kannst du das Geld diese Woche bekommen, Eth?«
»Ja.«
»Mittwoch?«
»Ja.«
»Hast du jetzt ein paar Dollar bei dir?«
Ich hatte gerade noch einen Dollarschein, ein Fünfzig-, ein Fünfundzwanzigcentstück, zwei Zehner, einen Nickel und drei Kupferstücke. Ich schüttete ihm alles in die ausgestreckte Hand.
Er trank danach die Flasche aus und warf sie auf den Boden. »Aus irgendeinem Grund habe ich dich nie für gescheit gehalten, Eth. Bist du dir darüber im klaren, daß eine gründliche Kur an tausend Dollar kosten würde?«
»Na, schön.«
»Das ist ja lustig. Ed. Das ist kein Schach, das ist Poker. Poker spielte ich früher sehr gut, zu gut sogar. Du setzt darauf, daß ich mein Wiesenland als Bürgschaft stelle. Und du setzt darauf, daß für tausend Dollar Schnaps mich umbringen und dir damit ein Flughafen in den Schoß fällt.«

»Das ist widerwärtig, was du daherredest.«
»Ich habe dich ja gewarnt, daß ich widerwärtige Seiten habe.«
»Kannst du dir nicht vorstellen, daß ich es so meine, wie ich es sage?«
»Nein. Aber laß es dabei ... Erinnerst du dich, wie ich in den alten Zeiten war? Meinst du, ich erinnere mich nicht daran, wie du warst? Du bist immer noch der Bub mit dem inwendigen Richter. Okay. Ich kriege wieder Durst. Die Flasche ist leer. Ich gehe aus. Mein Preis ist tausend Dollar.«
»Schön.«
»Bar am Mittwoch.«
»Ich bringe das Geld.«
»Keine Abrechnung, keine Unterschrift, kein gar nichts. Und glaube ja nicht, daß du dich meiner aus den alten Zeiten entsinnst, Eth. Meine Freundin hier hat alles verändert. Ich pfeife auf Treue und Anstand. Du erntest nichts als herzhaftes Gelächter.«
»Ich möchte dich nur bitten, einmal den Versuch zu machen.«
»Gern. Das verspreche ich dir. Aber ich habe dich hoffentlich davon überzeugt, was das Versprechen eines Trunkenbolds wert ist. Bring bloß das Geld. Bleib solange du willst. Mein Haus ist dein Haus. Ich gehe jetzt. Wiedersehen Mittwoch, Eth.« Er stemmte sich von der alten Militärbettstelle hoch, warf die Steppdecke zurück und ging schwankenden Schritts hinaus. Der Reißverschluß seiner Hose war nicht zugezogen.
Ich blieb noch eine Weile sitzen und sah zu, wie das Wachs von der Kerze auf die Untertasse tropfte. Alles was Danny gesagt hatte, stimmte, außer dem, was er für den Zweck meines Einsatzes hielt. Er hatte sich nicht sehr verändert. Irgendwo in den Trümmern steckte noch Danny Taylor. Ich liebte Danny, und ich war bereit zu tun, was er von mir verlangte. Von fern hörte ich ihn mit seiner hellen, hohen Falsettstimme singen:
»Fahr zu, liebes Bootchen, mit eilenden Schwingen,
›Vorwärts!‹ schallt der Matrosen Schrei!
Den Königsjüngling, den echten, zu bringen
Übers Meer hinweg zum Eiland Skye.«

Nachdem ich so eine Weile mutterseelenallein gesessen hatte, blies ich die Kerze aus und machte mich auf den Heimweg.
In der High Street stand der Polizeiwagen; Willie schlief diesmal nicht.
»Mir scheint, du treibst dich jetzt viel außer Hause herum, Eth«, sagte er.
»Du weißt doch, wie es ist.«
»Jaja, klar. Frühling. Junge Leute sticht der Hafer.«
Mary schlief, ein Lächeln um die Lippen, doch als ich neben sie ins Bett schlüpfte, wachte sie halb auf. Ich fühlte mich elend; das Elend saß mir, kalt und schmerzend, im Magen. Mary drehte sich um und nahm mich an ihren

warmen, nach Gras duftenden Körper. Ich bedurfte ihrer sehr. Ich wußte, der elende Zustand würde nachlassen, aber jetzt im Augenblick bedurfte ich ihrer dringend. Ich weiß nicht, ob sie wirklich wach geworden war, aber selbst im Schlaf weiß sie noch um meine Bedürfnisse.
Später erwachte sie dann richtig und sagte: »Du bist wohl hungrig.«
»Ja, Helena.«
»Was möchtest du denn?«
»Ein Brot mit Zwiebeln – nein, zwei Brote mit Zwiebeln, aber Schwarzbrot.«
»Da muß ich auch eins essen, damit ich dich aushalte.«
»Möchtest du denn keins?«
»Aber natürlich.«
Sie tappte die Treppe hinunter und kam bald wieder herauf mit belegten Broten, einem Pappgefäß voll Milch und zwei Gläsern.
Die Zwiebeln waren furchtbar heiß. »Mary, mm – aa ...«, fing ich an.
»Iß erst mal deinen Mund leer.«
»War das dein Ernst, daß du nichts von Geschäft hören willst?«
»Tja ...«
»Nun, ich habe einen Fingerzeig. Ich brauche tausend Dollar.«
»Etwas von dem, was dir Mr. Baker gesagt hat?«
»Gewissermaßen. Aber auch privat.«
»Nun, dann schreibe einen Scheck aus.«
»Nein, mein Herz, ich brauche das Geld bar. Du mußt es holen. Und bei der Bank kannst du ein Wort fallenlassen, du müßtest neue Vorhänge oder Teppiche oder sonst etwas kaufen.«
»Aber das ist doch nicht der Fall.«
»Du wirst schon noch.«
»Ist es ein Geheimnis?«
»Du hast doch gesagt, du wolltest es so haben.«
»Ja – schon ... Jawohl. Es ist besser so. Das ist eine brennend heiße Zwiebel. Wird das Mr. Baker recht sein?«
»Wenn er es täte, dann schon.«
»Wann brauchst du es?«
»Morgen.«
»Ich kann die Zwiebel da nicht essen. Ich rieche ja wohl auch schon stark genug.«
»Bist mein süßes Frauchen.«
»Ich komme nicht über den Marullo weg.«
»Wie meinst du das?«
»Hierherzukommen und Zuckerzeug mitzubringen.«
»Gottes Wege sind wundersam.«

»Lästere nicht. Ostern ist noch nicht vorbei.«
»O ja. Es ist ein Uhr fünfzehn.«
»Großer Gott! Wir müssen schlafen.«
»›Ja da liegt's.‹ Hamlet – Shakespeare.«
»Du mußt über alles einen Witz machen.«
Aber es war kein Witz. Der elende Zustand hielt an, es schmerzte immer weiter; zuweilen fragte ich mich: Warum tut's mir denn weh? Der Mensch kann sich an alles gewöhnen; aber es braucht Zeit. Vor längerer Zeit hatte ich einmal eine Stelle, wo ich Nitroglyzerin in eine Dynamitfabrik fahren mußte. Die Bezahlung war hoch, weil es sich um gefährliches Material handelte. Zuerst ängstigte ich mich bei jedem Schritt, den ich machte, aber nach einer Woche etwa war es eine Tätigkeit wie jede andere geworden. Ich habe mich sogar daran gewöhnt, Verkäufer in einem Kramladen zu sein. Alles, woran man gewöhnt ist, hat etwas Erquickliches, im Gegensatz zu allem, wo das nicht der Fall ist.
Während ich im Dunkel lag und mir die roten Pünktchen vor den Augen schwammen, erforschte ich mich selbst hinsichtlich dessen, was man Gewissensfragen nennt, aber ich konnte keinen wunden Punkt finden. Ich fragte mich, ob ich, nachdem ich meinen Kurs gestellt hatte, die Richtung wechseln oder gar das Steuer um neunzig Grad herumwerfen könne, und ich kam zu dem Schluß, ich könne das, aber ich wollte es nicht.
Ich besaß eine neue Dimension, und das faszinierte mich. Es war, als hätte ich eine bisher unbenutzte Gruppe von Muskeln entdeckt oder als sei der Kindertraum, daß ich fliegen könne, wahr geworden. Ich vermag mir häufig Ereignisse, Szenen, Unterhaltungen wieder vorzuspielen und aus dieser Wiederholung Einzelheiten herauszufinden, die mir bei der ersten Vorstellung entgangen waren.
Mary fand Marullos Besuch mit den Zuckereiern sonderbar, und ich habe Zutrauen zu ihrer Beurteilung. Ich hatte gemeint, er habe damit seinen Dank dafür ausdrücken wollen, daß ich ihn nicht hintergangen hatte. Marys Frage jedoch veranlaßte mich, etwas noch einmal in Betracht zu ziehen, was mir zwar bekannt, aber von mir übersehen worden war. Marullo bedankte sich nicht für Vergangenes, er bestach für Zukünftiges. Ich war für ihn nur insofern interessant, als ich ihm von Nutzen sein konnte. Ich ging in Gedanken noch einmal seine geschäftlichen Unterweisungen und sein Gerede über Sizilien durch. Er hatte irgendwie seine Sicherheit eingebüßt. Er wollte etwas von mir oder brauchte etwas. Es gab ein Mittel, das festzustellen. Wenn ich etwas von ihm verlangte, das er mir für gewöhnlich abschlagen, aber nun bewilligen würde, dann wüßte ich, daß er aus dem Gleichgewicht geraten und in tiefen Nöten ist. Ich schob Marullo beiseite und ging zu Margie über. »Margie, ich träume dauernd von dir, ich würde alles darum geben, um . . .«

Ich spielte mir die Szenen mit Margie wieder vor gegen den Hintergrund der mit tanzenden Pünktchen übersäten Zimmerdecke, wobei ich mich bemühte, nichts hinzuzufügen, was nicht wirklich vorgekommen war. Lange Zeit hindurch, zwei Jahre wohl, war eine Mrs. Young-Hunt, Freundin meiner Frau, teilweise Gegenstand der Unterhaltungen gewesen, auf die ich nicht hinhörte. Dann war plötzlich Margie Young-Hunt aufgetaucht und schließlich Margie. Sie muß schon vor dem Karfreitag zuweilen in den Laden gekommen sein, ich konnte mich jedoch nicht daran erinnern. Es ist möglich, daß sie mich vorher nicht mehr wahrgenommen hatte als ich sie. Doch von diesem Augenblick an war sie gegenwärtig – eine Figur, die Bewegung schuf, die einen aufrüttelte. Was wollte sie? War es reiner Unfug einer Frau, die nichts zu tun hatte? Oder ging sie nach einem bestimmten Plan vor? Es schien mir, als habe sie sich mir vorführen, mich ihrer bewußt werden lassen wollen. Ich hatte den Eindruck, daß sie das zweite Kartenschlagen in gutem Glauben begonnen und die Absicht gehabt hatte, die Veranstaltung in der üblichen Weise glatt berufsmäßig abzuwickeln. Dann aber war etwas eingetreten, was dem zuwiderlief. Weder Mary noch ich hatten etwas geäußert, was bei ihr eine Spannung hätte hervorrufen können. Hatte sie wirklich die Erscheinung der Schlange gesehen? Das wäre die einfachste und wohl auch die richtige Erklärung. Vielleicht hatte sie wirklich etwas wie einen sechsten Sinn und vermochte in die Seele anderer Menschen einzudringen. Daß sie mich inmitten einer Umwandlung erwischt hatte, machte mir dies wahrscheinlich; es konnte aber auch Zufall gewesen sein. Aber was hatte sie veranlaßt, gegen ihre ursprüngliche Absicht, nach Montauk zu fahren, sich zu dem Geschäftsreisenden zu gesellen, bei Marullo aus der Schule zu plaudern? Ich glaubte nicht recht daran, daß sie ohne Absicht etwas ausschwatzte. Irgendwo in den Bücherkisten auf dem Dachboden lag eine Lebensgeschichte von – war es Bering? Nein, Baranow, Alexander Baranow, der russische Gouverneur von Alaska um 1800 herum. Vielleicht war da etwas darüber zu finden, daß Alaska ein Verbannungsort für Hexen war. Die Geschichte war zu unwahrscheinlich, als daß sie erfunden sein konnte. Ich mußte das nachschlagen. Vielleicht, ging es mir durch den Kopf, konnte ich mich hinaufschleichen, ohne Mary zu wecken.

Da hörte ich ein Knarren auf den alten eichenen Treppenstufen; dann noch einmal und zum drittenmal, so daß ich erkannte, daß es nicht von einer durch den Temperaturwechsel hervorgerufenen Ausdehnung des Holzgebälks kam. Es mußte Ellen sein, die schlafwandelte.

Natürlich liebe ich meine Tochter, aber zuweilen erschreckt sie mich, denn sie scheint von Geburt an gescheit, aber zugleich ebenso eifersüchtig wie liebevoll zu sein. Stets war sie eifersüchtig auf ihren Bruder, und manchmal kommt es mir vor, als sei sie auch eifersüchtig auf mich. Es schien mir, daß ihre Beschäftigung mit sexuellen Dingen sehr früh begonnen habe. Vielleicht merken

Väter das immer. Schon als ganz kleines Kind war ihre unverhohlene Neugier für männliche Geschlechtsteile bestürzend. Dann trat sie in die Periode des sich verborgen vollziehenden Übergangs ein. Das war nicht die engelhaft-unschuldige Backfischzeit, wie die Magazine sie schildern. Das Haus kochte nur so vor Nervosität, die Wände zitterten vor Ungemach. Ich habe einmal gelesen, daß geschlechtsreif werdende Mädchen im Mittelalter als Hexen verdächtigt wurden, und es ist mir gar nicht so sicher, daß nicht etwas daran war. Eine Zeitlang hatten wir etwas im Haus, was wir scherzhaft einen Poltergeist nannten. Bilder fielen von der Wand, Geschirr krachte auf den Fußboden. Auf dem Dachboden wurden schwere Schritte und im Keller dumpfes Fallen hörbar. Was es damit auf sich hatte, weiß ich nicht, aber es rief meine Neugierde so weit hervor, daß ich Ellen beobachtete und ihr Kommen und Gehen überwachte. Sie war wie eine Nachtkatze. Ich überzeugte mich davon, daß sie keine Schuld hatte an den dumpfen Geräuschen, dem Fallen und Stampfen, aber ich stellte doch fest, daß dergleichen nie auftrat, wenn sie nicht zu Hause war.

Ich erinnere mich, als Kind gehört zu haben, daß es im alten Hawleyschen Haus spuke, daß darin seit Menschengedenken der Geist eines unserer puritanischen Piratenahnen umgehe, der aber, allen diesbezüglichen Berichten zufolge, ein hochanständiges Gespenst war, das stöhnend auf und ab wandelte, wie es sich gehörte. Unter seinem unsichtbaren Gewicht knarrten die Treppenstufen, und wenn im Hause ein Tod bevorstand, dann klopfte es an die Wand, alles gebührlich und taktvoll. Der Poltergeist dagegen war eine ganz andere Nummer: boshaft, ja bösartig, schadenfroh und rachsüchtig. Wertlose Sachen beschädigte er nie. Auf einmal blieb er weg. Ich hatte eigentlich nie recht an ihn geglaubt. Er war ein Familienscherz, aber dagewesen muß er sein, das beweisen die beschädigten Bilder und das zerbrochene Porzellan.

Als er verschwunden war, fing Ellen an schlafzuwandeln, wie sie das jetzt tat. Ich hörte ihren langsamen, aber sicheren Schritt die Treppe herunterkommen. Zu gleicher Zeit seufzte neben mir Mary tief und murmelte etwas. Und ein leichter Wind sprang auf und setzte die Schatten der belaubten Äste in Bewegung.

Ich schlüpfte leise aus dem Bett und in meinen Bademantel, denn, wie jedermann, glaubte ich, man dürfe Schlafwandler nicht erschrecken und aufwecken. Das klingt, als ob ich meine Tochter nicht gern hätte. Aber so ist es nicht: ich liebe sie sogar, doch ich habe ein bißchen Angst vor ihr, weil ich sie nicht verstehe.

Wenn man auf unserer Treppe dicht an der Wand entlanggeht, dann knarren die Stufen nicht. Ich entdeckte das, als ich während meiner Jünglingsjahre von meinen Liebesstreifzügen durch die äußersten Randbezirke der Stadt heimkehrte. Dieser Erfahrung bediene ich mich heute noch, wenn ich Mary

nicht stören will. So auch jetzt: lautlos ging ich, zur Sicherheit mit den Fingern die Wand entlangfahrend, die Treppe hinunter. Ein trüber, durchbrochener Lichtschein drang von der Seite der Straßenlaterne herein und zerstreute sich abseits vom Fenster zu einem Halbdunkel. Doch ich vermochte Ellen zu sehen. Etwas wie ein Glanz ging von ihr aus, wahrscheinlich von ihrem weißen Nachthemd. Ihr Gesicht lag im Schatten, doch ihre Arme und Hände fingen Licht auf. Sie stand an dem Glasschrank, worin die wertlosen Familienschätze aufbewahrt wurden: die Pottwale und vollständigen Boote mit Rudern, Fanggerät und Mannschaft, im Bug vorn der Harpunierer – alles aus Fischbein geschnitzt –, dann gebogene Walroß-Stoßzähne; ein kleines Modell der »Belle-Adair«, von Firnis glänzend, doch die gerefften Segel und das Takelwerk vergilbt und verstaubt. Ferner kleine Stücke »Chinoiserie«, die die alten Kapitäne aus dem Orient mitgebracht, nachdem sie die chinesischen Gewässer von Pottwalen leergefangen hatten; kleine und kleinste Gegenstände aus Ebenholz und Elfenbein: lachende und ernsthafte Götter, heitere und schmutzige Buddhas, Blumen aus Rosenquarz, Speckstein, auch einige aus Jade, jawohl, aus echtem Jade, hauchdünne, lichtdurchlässige, reizende Schalen. Einiges davon mochte wertvoll sein – etwa die plumpen kleinen Pferde, die jedoch voll Leben waren –, aber wenn sie wirklich Wert hatten, so war das eine reine Zufallssache, denn woher sollten diese Seefahrer und Walfänger gewußt haben, was gut oder schlecht sei? Oder wußten sie es vielleicht doch?
Der Schrank war immer das Heiligtum meiner »parenti« gewesen: römische Masken der Ahnen oder die Laren und Penaten bis zu dem Stein, der vom Mond gefallen war. Wir besaßen sogar ein Alräunchen, ein vollendetes kleines Männlein, das dem im Sterben verspritzten Samen eines Gehenkten entsprossen war; auch eine richtiggehende – allerdings jetzt bereits etwas verschlissene – Meerjungfrau, die geschickt hergestellt war, indem man den Oberkörper eines Affen mit dem Hinterteil eines Fisches zusammengenäht hatte. Das Gebilde war mit der Zeit zusammengeschrumpft, und die Nähte traten hervor, aber das kleine Gebiß grinste einen noch immer wild an.
Ich nehme an, daß jede Familie über ein Zauberding verfügt, einen sich vererbenden Gegenstand, der auf Generation um Generation eine anfeuernde, tröstende, begeisternde Wirkung ausübt. In unserer Familie war es ein – ja, wie soll ich es beschreiben? – eine Art kleiner Hügel aus durchsichtigem Gestein, vielleicht Quarz oder Jade oder gar Speckstein. Er war kreisförmig, hatte vier Zoll Durchmesser und anderthalb Zoll an der abgerundeten Spitze. Auf seiner Oberfläche war eine endlos sich verschlingende Form eingegraben, die sich zu bewegen schien und doch nirgends hingelangte. Sie lebte, hatte aber weder Kopf noch Schwanz, weder Anfang noch Ende. Der Stein war poliert, wirkte aber beim Anfassen nicht glatt, sondern leicht klebrig wie Fleisch und immer warm. Man konnte hinein- aber nicht hindurchblicken.

Ich nehme an, daß irgendein alter Seemann meines Geschlechts ihn von China mitgebracht hatte. Es war ein Zauberding; es anzuschauen, es zu berühren, damit über die Wange zu fahren oder es mit den Fingern zu liebkosen, tat wohl.

Dieses seltsame Zauberding also hauste in dem Glasschrank. Als Kind, Jüngling und Mann durfte ich es berühren, in die Hand nehmen, aber nicht wegbringen. Seine Farbe, seine Zusammensetzung, seine Beschaffenheit wechselten je nach meinen Bedürfnissen. Einmal bildete ich mir ein, es sei eine weibliche Brust. Später vielleicht erschien es als Gehirn, ja als Rätsel, das hauptlose, endlose, sich bewegende Ding, die Frage, die ganz in sich selbst beruht, die keiner Antwort zu ihrer Vernichtung, noch des Anfangs oder Endes zu ihrer Begrenzung bedarf.

Der Glasschrank hatte von der Kolonialzeit her ein Messingschloß mit einem eckigen Schlüssel dazu, der immer im Schloß steckte.

Dieses Zauberding hatte nun meine schlafwandelnde Tochter in der Hand und liebkoste es, als wenn es ein Lebewesen wäre. Sie preßte es an ihre noch ungeformte Brust, hielt es unter dem Ohr an ihre Wange, schmiegte es an sich wie ein saugendes Hündchen und summte dazu einen langen Singsang, der wie ein Stöhnen der Lust und Sehnsucht klang. Ellen neigte zu Zerstörungswut. Ich hatte daher zuerst gefürchtet, sie könne im Sinn haben, den Gegenstand zu zertrümmern oder zu verstecken, aber nun sah ich, daß er in ihren Händen Mutter, Geliebter und Kind in einem war.

Ich überlegte, wie ich sie aufwecken könne, ohne sie zu erschrecken. Aber warum eigentlich Schlafwandler aufwecken? Aus Angst, sie würden sich weh tun? Ich habe nie gehört, daß ein Mensch in diesem Zustand zu Schaden gekommen wäre, außer eben, wenn man ihn aufweckte. Weswegen sollte ich also eingreifen? Es war ja kein Alpdruck voll Schmerz und Angst, sondern eher lustvolle, dem wachen Verstand nicht zugängliche Vorstellung. Welche Veranlassung hatte ich, hier den Spielverderber zu machen? So zog ich mich denn leise zurück und setzte mich in meinen Sessel.

Das dämmerige Zimmer schien von funkelnden Lichtstäubchen zu wimmeln, die umherschwirrten wie Mückenwolken. Sie waren wohl nicht wirklich vorhanden, sondern nur ein von meiner Müdigkeit hervorgerufenes Geprickel meines Augenwassers, sie machten sich jedoch stark bemerkbar und wirkten wie echt. Ebenso echt schien auch der Glanz, der von meiner Tochter Ellen ausging, nicht nur von ihrem weißen Gewand, sondern ebenso auch von ihrer Haut. Ich konnte ihr Gesicht erkennen, was in dem dunklen Zimmer eigentlich nicht hätte möglich sein sollen. Es schien mir keineswegs ein Jungmädchengesicht zu sein, es wirkte aber auch nicht alt, sondern reif, rund, fertig geformt. Ihre Lippen waren fest geschlossen, was sonst nicht der Fall war.

Nach einiger Zeit legte Ellen den Talisman sicher und genau auf seinen Platz zurück, schloß dann die Glastür des Schranks und drehte den Schlüssel im Schloß. Darauf kehrte sie sich um, ging an meinem Sessel vorbei und die Treppe hinauf. Zweierlei mag ich mir dabei eingebildet haben: einmal, daß sie nicht wie ein Kind, sondern wie eine vollerwachsene Frau daherschritt, und zum andern, daß der Glanzschein während des Gehens von ihr wich. Diese beiden Dinge können reine Eindrücke, meinem Gehirn entsprungene Einbildungen sein, aber auf das dritte trifft das nicht zu, nämlich daß keinerlei Knarren von Holz hörbar wurde, während sie die Treppe hinaufging. Sie muß dicht an der Wand entlanggegangen sein.

Nach einigen Minuten folgte ich ihr und fand sie, ordentlich zugedeckt, fest schlafend in ihrem Bett. Sie atmete durch den Mund, und ihr Gesicht war das eines Kindes.

Einem inneren Zwang nachgebend ging ich darauf wieder hinunter, schloß den Glasschrank auf und nahm den Zauberstein heraus. Er war noch warm von Ellens Körper. Wie ich in meiner Kinderzeit getan hatte, so zog ich jetzt die endlos fließende Form mit dem Zeigefinger nach und fand etwas wie Tröstung, die davon ausging. Ich fühlte mich dadurch Ellen eng verbunden. Hatte der Stein sie auch mir nahegebracht – den Hawleys?

Neuntes Kapitel

Am Montag beging der treulose Frühling einen Rückfall in den Winter; kalter Regen setzte ein und ein rauher, böiger Wind, der die zarten Blätter der allzu vertrauensvollen Bäume zerfetzte. Die frechen, gefräßigen Spatzen, die gemeint hatten, sich der Völlerei ergeben zu können, wurden, herumgewirbelt wie Lappen, von ihrer Flugrichtung und ihrem Ziel abgebracht und schimpften erbost auf das unbeständige Wetter.

Auf seinem Rundgang begegnete und begrüßte ich Mr. Rot-Baker, dessen Schwanz, vom Wind zur Seite geblasen, flatterte wie eine Kriegsflagge. Der gute alte Bekannte blinzelte schief gegen den Regen an. Ich sagte zu ihm: »Von heute an können wir nur noch an der Oberfläche befreundet sein, aber ich halte es nur für angemessen, wenn ich Ihnen sage, daß unsere lächelnden Mienen einen heftigen Widerstreit, einen, wie ich sagen möchte, Interessenkonflikt verdecken.« Ich hätte daran noch weitere Ausführungen schließen können, er war jedoch eifrig darauf bedacht, seine Geschäfte zu erledigen und unter Dach und Fach zu kommen.

Joey war pünktlich. Vielleicht hatte er auf mich gewartet, wahrscheinlich sogar. »Ein saumäßiger Tag«, sagte er. Sein imprägnierter seidener Regenmantel flatterte und klatschte um seine Beine. »Ich höre, Sie sind mit meinem Chef in gesellschaftlichen Verkehr getreten.«

»Ich brauchte einen Rat. Er gab mir auch Tee.«
»Das tut er gern.«
»Sie wissen, wie das mit Ratschlägen ist. Man will eigentlich nur solche, die mit dem übereinstimmen, was man ohnehin möchte.«
»Das klingt nach Kapitalsanlage.«
»Meine Mary will allerhand neue Möbel. Wenn eine Frau etwas will, dann verkleidet sie das zunächst einmal als gute Kapitalsanlage.«
»Das tun nicht nur Frauen«, sagte Joey. »Das tue ich selbst.«
»Nun, es ist ihr Geld. Sie will die Geschäfte nach Gelegenheitskäufen abklappern.«
An der Ecke der High Street sahen wir, wie das Blechschild von Rapps Spielwarenladen sich losriß; es klapperte und schepperte mit einem Radau wie ein Autozusammenstoß auf dem Pflaster dahin.
»Sagen Sie mal, ich hörte, Ihr Chef will eine Reise nach seiner Heimat Italien machen.«
»Ich weiß nichts darüber. Kommt mir immerhin merkwürdig vor, daß er noch nie hingereist ist. Die Familien dort halten doch kolossal zusammen.«
»Haben Sie Zeit für eine Tasse Kaffee?«
»Ich müßte eigentlich erst ausfegen. Am heutigen Vormittag nach den Feiertagen dürfte es viel zu tun geben.«
»Ach, kommen Sie! Auf ins große Leben! Der persönliche Freund von Mr. Baker kann ja wohl die Zeit für eine Tasse Kaffee erübrigen.« Er sagte das nicht so schnöde, wie es klingen mag. Er vermochte alles unschuldig und wohlwollend vorzubringen.
In all den Jahren war ich noch nie auf eine Tasse Kaffee am Morgen in den Foremaster Grill gegangen, als einziger Mensch in der ganzen Stadt vermutlich. Es war ein Brauch, eine Gewohnheit; man ging dorthin wie in einen Klub. Wir kletterten auf die hohen Stühle an der Theke, und Miß Lynch, mit der ich zur Schule gegangen war, schob uns zwei Tassen Kaffee hin, ohne einen Tropfen auf die Untertasse zu verschütten. Neben der Tasse stand ein winziges Rahmkännchen, und Miß Lynch ließ zwei in Papier gewickelte Zuckerstücke auf uns zurollen wie aus dem Würfelbecher, so daß Joey ausrief: »Doppelsechser!«
Miß Lynch – Miß Lynch. Das »Miß« gehörte jetzt zu ihrem Namen, ja zu ihrer Person. Sie wird das wohl nie wieder loskriegen. Ihre Nase wird von Jahr zu Jahr röter. Aber das kommt von der Stirnhöhle, nicht vom Schnaps.
»Mor'n, Ethan«, sagte sie. »Feierst du etwas?«
»Er hat mich hergeschleppt«, sagte ich und fügte – gewissermaßen, um ein Experiment mit Liebenswürdigkeit zu machen – hinzu: »Annie.«
Ihr Kopf fuhr herum, als hätte hinter ihr eine Pistole geknallt; dann aber, als

sie es richtig erfaßt hatte, lächelte sie und, es ist kaum zu glauben, sah aus wie in der fünften Klasse trotz roter Nase und allem andern.

»Freut mich, dich zu sehen, Ethan«, sagte sie und wischte sich die Nase mit einer Papierserviette ab.

»Als ich es hörte, war ich erstaunt«, sagte Joey. Er zupfte an dem Papier des Zuckerwürfels. Seine Nägel waren manikürt. »Man setzt sich etwas in den Kopf, es wird zur fixen Idee, und dann meint man, es sei wahr. Man kriegt einen richtigen Schreck, wenn's dann nicht stimmt.«

»Ich weiß gar nicht, wovon Sie reden.«

»Mir scheint, ich auch nicht. Der Teufel hol die Papierhüllen da. Warum kann der Zucker nicht lose in einer Schale dastehen?«

»Wahrscheinlich weil dann mehr genommen würde.«

»Kann sein. Ich kannte einen Kerl, der lebte eine Zeitlang nur von Zucker. Er ging in ein Automatenrestaurant, gab zehn Cent für eine Tasse Kaffee aus, trank die Hälfte davon und füllte die Tasse dann mit Zucker. Zumindest ist er nicht verhungert.«

Wie stets ging es mir durch den Kopf, ob der »Kerl« nicht Joey selbst gewesen sei, dieser sonderbare, zähe, alterslose Mann mit den manikürten Fingern. Er war meines Erachtens ein recht wohlerzogener Mensch, aber nur in seiner Denkweise, seiner Denktechnik. Seine Bildung verbarg sich hinter einem Unterweltjargon, einer Sprache des aufgeweckten, harten, frechen Ungebildeten. »Nehmen Sie deshalb nur ein Stück Zucker?« fragte ich.

Er grinste. »Jeder hat seine Theorie«, sagte er. »Einerlei, wie herunter einer ist, er hat seine Theorie, wieso er heruntergekommen ist. Theorie kann einen auf den Holzweg führen, weil man ihm allen Wegweisern zum Trotz folgt. Das hat mich wohl über Ihren Chef irregeführt.«

Es war lange her, daß ich außer dem Hause Kaffee getrunken hatte. Er war nicht sehr gut. Er schmeckte gar nicht nach Kaffee, aber er war heiß, und da ich mein Hemd damit bespritzt hatte, kann ich auch sagen, daß er braun war.

»Mir scheint, ich weiß nicht, was Sie meinen.«

»Ich habe versucht, herauszufinden, woher mir der Gedanke gekommen ist. Vermutlich daher, daß er sagt, er sei vierzig Jahre hier. Fünfunddreißig oder siebenunddreißig Jahre, schön, aber nicht vierzig.«

»Mir scheint, ich bin immer noch nicht schlauer.«

»Das wäre also 1920. Immer noch nicht bedappelt? Nun, am Bankschalter muß man die Leute rasch beurteilen, Scheckschwindler, Sie wissen ja. Da bekommt man bald ein von selbst funktionierendes System. Man denkt gar nicht mehr nach; es schnappt einfach ein — und man kann sich irren. Vielleicht ist er wirklich im Jahre 1920 gekommen. Ich könnte mich irren.«

Ich trank meine Kaffeetasse leer. »Zeit zum Ausfegen«, sagte ich.

»Sie halten mich auch zum Narren«, sagte Joey. »Wenn Sie Fragen stellen würden, würde ich wohl schwer zum Antworten zu bringen sein. Da Sie das nicht tun, muß ich es Ihnen sagen. Neunzehnhunderteinundzwanzig kam das erste Einwanderungsnotgesetz.«

»Na und?«

»1920 konnte er noch hereinkommen. 1921 wohl schon nicht mehr.«

»Na und?«

»Also kam er – sagt mir mein wieselflinker Verstand – nach 1921 durch die Hintertür herein. Er kann somit nicht heimfahren, weil er keinen Paß zur Rückkehr nach Amerika bekommt.«

»Herrgott, ich bin froh, daß ich kein Bankbeamter bin.«

»Wahrscheinlich würden Sie ein besserer sein, als ich es bin. Ich spreche zu viel. Wenn er also nach Italien fährt, dann bin ich durchaus im Unrecht. Halt – ich zahle schon. Der Kaffee ist meine Sache.«

»'dieu, Annie«, sagte ich.

»Komm doch mal wieder, Eth. Kommst nie her.«

»Jaja, ich werde schon kommen.«

Als wir die Straße überquerten, sagte Joey: »Verraten Sie bitte Ihrem hochgeborenen Chef nicht, daß ich ihn verdächtigt habe, deportationsreif zu sein.«

»Warum sollte ich das tun?«

»Warum habe ich es getan? Was ist in dem Schmuckkasten da?«

»Ein Tempelritterhut. Die Feder ist vergilbt. Ich will mal sehen, ob man sie nicht bleichen kann.«

»Gehören Sie dazu?«

»Ist in der Familie erblich. Wir waren Freimaurer, bevor George Washington noch Großmeister wurde.«

»War er das? Gehört Mr. Baker dem auch an?«

»Ja, es ist auch in seiner Familie erblich.«

Wir schwenkten in unsere Hintergasse ein. Joey fischte in seiner Tasche nach dem Schlüssel; dabei sagte er: »Ach, deshalb wird bei uns der Kassenschrank so feierlich eröffnet wie eine Logensitzung. Fehlen bloß noch die Kerzen. Es ist wie eine heilige Handlung.«

»Joey«, sagte ich, »Sie haben heute lauter Mist im Kopf. Der Osterputz hat bei Ihnen nicht gewirkt.«

»In acht Tagen weiß ich Bescheid«, sagte er. »Nein, ganz im Ernst. Um Schlag neun Uhr stehen wir unbedeckten Hauptes vor dem Allerheiligsten. Dann schnappt das auf Zeit eingestellte Schloß, Pater Baker beugt die Knie und öffnet den Safe, während wir uns alle tief verbeugen vor dem großen Gott Mammon.«

»Sie reden Quatsch, Joey.«

»Kann sein. Der Teufel hole das alte Schloß da. Man könnte es mit einem Eispickel aufkriegen, aber nicht mit dem Schlüssel.« Er schwenkte den Schlüssel

hin und her und versetzte der Tür dann einen Fußtritt, worauf sie endlich aufging. Darauf entnahm er seiner Rocktasche ein Stück Kleenexpapier und stopfte es in das Gehäuse des Schnappschlosses.
Ich wollte gerade fragen: Ist das nicht gefährlich?, als er meiner Frage zuvorkam und sagte: »Das verdammte Ding geht nicht von selbst auf. Natürlich sieht Baker nach Öffnung des Safes nach, ob abgeschlossen ist. Bitte verraten Sie dem Marullo nichts von meinem schmutzigen Verdacht. Er ist ein zu solventer Kunde.«
»Okay, Joey«, sagte ich, drehte mich nach meiner Tür auf der andern Seite der Gasse um, spähte umher nach der Katze, die immer herein wollte; aber sie war nicht da.
Von innen wirkte der Laden verändert, wie neu auf mich. Ich sah Dinge, die ich bisher nie gesehen hatte, und sah Dinge, die mir früher Sorge und Ärger bereitet hatten. Nun, warum nicht? Tritt mit neuen Augen oder auch nur neuen Linsen an die Welt heran, und im Handumdrehen ist eine neue Welt da.
Das leckende Ventil des alten Reservoirs in der Toilette zischte leise. Marullo ließ es nicht reparieren, weil kein Wassermesser vorhanden war und niemand sich darum kümmerte. Ich ging nach vorn durch den Laden und nahm ein Zweipfundgewicht von der altmodischen Waage. Damit ging ich wieder in die Toilette und befestigte es über dem Holzgriff an der Kette. Das Wasser floß und floß. Dann ging ich wieder nach vorn in den Laden und lauschte auf das Geplätscher und Gesprudel in der Toilettenschüssel. Es ist das ein unverwechselbarer Laut. Dann brachte ich das Gewicht wieder zur Waage und setzte mich auf meinen Platz am Pult hinter der Theke. Meine Gemeinde auf den Regalen stand in Erwartung da. Arme Teufel, sie konnten nicht davonlaufen. Ich bemerkte besonders das Mickey-Maus-Porträt, das von seinem Karton auf dem Gestühl der Frühstücksnährmittel herunterlächelte. Das erinnerte mich an mein Allen gegebenes Versprechen. Mit der ausziehbaren Greifzange, die zum Fassen von Gegenständen auf den obersten Borden dient, holte ich einen Karton herunter und verstaute ihn unter meinem Mantel im Lagerraum. Als ich wieder auf meiner Kanzel saß, lächelte die nächste Mickey-Maus in der Reihe auf mich hernieder.
Ich langte dann hinter die Konservenbüchsen und holte das graue Leinensäckchen mit dem Kleingeld für die Registrierkasse hervor. Dabei fiel mir etwas ein, und ich langte weiter nach hinten, bis meine Hand den alten, eingefetteten 38-Kaliber-Revolver berührte, der seit Menschengedenken dalag. Ich zog die Waffe heraus. Sie war ursprünglich mit Silber beschlagen gewesen; aber der größte Teil davon war abgeblättert. Ich machte sie auf und sah, daß die Patronen von Grünspan überzogen waren. Die Trommel war so mit altem Fett verschmiert, daß sie sich nur schwer drehen ließ. Ich nahm das übelberufene, wohl auch gefährliche Ding heraus und legte es in die Schublade unter

der Registrierkasse; darauf band ich mir eine frische Schürze um die Taille und schlug den Rand säuberlich um, um die Bänder zu verbergen.

Gibt es jemanden, der sich noch nicht gewundert hätte über die Entscheidungen, Handlungen und Feldzüge der Mächtigen dieser Erde? Sind sie aus Vernunft geboren und von Tugend diktiert, oder können einzelne davon Erzeugnisse von Zufällen, Tagträumen, Einbildungen, der Geschichten, die wir uns selbst erzählen, sein? Ich weiß genau, wie lange ich selbst ein eingebildetes Spiel spielte, da ich weiß, daß es mit Joeys Vorschriften für einen erfolgreichen Bankraub begann. Mit einer kindischen Freude, der sich Erwachsene sonst nicht hingeben, dachte ich seine Worte durch. Es war ein Spiel, das mit dem Leben im Laden parallel lief, und alles, was passierte, schien in dem Spiel seinen Platz zu finden. Die leckende Toilette, der Mickey-Maus-Kopf, den Allen wollte, die Erzählung von der Öffnung des Safes, das in das Hintertürschloß gesteckte Kleenexpapier. Stückchen für Stückchen dehnte sich das Spiel aus, doch bis zum heutigen Morgen nur im Geist. Das Anbinden des Gewichtsteins an der Toilettenkette war der erste physische Beitrag, den ich zu dem Phantasieballett lieferte. Das Herausholen der alten Pistole war der zweite. Nun begann ich mir Gedanken zu machen über die Zeiteinteilung. Das Spiel nahm auch an Genauigkeit zu.

Ich trage immer noch die große silberne Eisenbahneruhr meines Vaters mit ihren dicken Zeigern und großen schwarzen Ziffern bei mir; ein wundervoller Zeitweiser, wenn auch keine Schönheit. Heute früh steckte ich sie in meine Hemdtasche, bevor ich mich ans Ausfegen des Ladens machte. Ich sah dann öfter darauf, um die Zeit festzustellen, so daß ich fünf Minuten vor neun die Straßentür aufgemacht und gerade die ersten wohlabgewogenen Besenstriche auf dem Trottoir ausgeführt hatte. Erstaunlich, wieviel Schmutz sich über ein Wochenende ansammelt; und da es geregnet hatte, war der Schmutz zu Schlamm geworden.

Welch ein fabelhaftes Präzisionsinstrument ist doch unsere Bank, nicht minder als meines Vaters Eisenbahneruhr. Fünf Minuten vor neun tauchte Mr. Baker von der Elm Street her auf. Harry Robbit und Edith Alden müssen aufgepaßt haben. Sie kamen aus dem Foremaster Grill heraus und schlossen sich Mr. Baker in der Straßenmitte an.

»Morgen, Mr. Baker«, rief ich. »Mor'n, Edith, Mor'n Harry.«

»Guten Morgen, Ethan. Dafür werden Sie wohl einen Schlauch benötigen.« Sie traten in die Bank.

Ich lehnte meinen Besen an die Ladentür, nahm das Gewicht von der Waage, ging hinter die Registrierkasse, zog die Schublade auf und spielte rasch, aber genau die ganze Pantomime herunter. Ich ging zum Lagerraum, hängte das Gewicht an die Toilettenkette, krempelte meine Schürze hoch und steckte sie in das um die Hüfte geschlungene Bändel, zog meinen Regenmantel an, ging zur Hintertür und öffnete diese einen Spalt. Als der schwarze Minutenzeiger meiner Uhr die Zwölf erreichte, fing die Turmuhr auf dem Feuerwehrhaus zu schlagen an. Ich zählte acht Schritte über die Gasse und dann im Geist noch zwanzig Schritte. Ich bewegte meine Hand, doch nicht meine Lippen – setzte zehn Sekunden aus, bewegte dann wieder meine Hand. All dies sah ich im Geist; ich zählte, während meine Hände gewisse Bewegungen ausführten, zwanzig Schritte, rasch, aber genau bemessen. Ich schloß die Gassentür, zog meinen Regenmantel aus, ließ die Schürze wieder herunter, nahm das Gewicht von der Kette weg und stellte die Wasserspülung ab, ging zurück zur Theke, zog die Schublade heraus, öffnete meine Hutschachtel, schloß sie wieder und schnallte sie zu, ging zur Eingangstür, nahm meinen Besen und sah auf die Uhr. Es war zwei Minuten und zwanzig Sekunden nach neun; recht gute Zeit, doch mit etwas Übung konnte sie wohl unter zwei Minuten hinuntergedrückt werden.

Ich hatte das Trottoir erst halb gekehrt, als Oberwachtmeister Stoney vom Foremaster Grill her über die Straße kam.

»Mor'n, Eth«, sagte er. »Geben Sie mir rasch ein halb Pfund Butter, ein Pfund Speck, eine Flasche Milch und ein Dutzend Eier. Meiner Frau ist alles ausgegangen.«

»Na, ist ja klar. Wie steht's sonst?« sagte ich, suchte die Waren zusammen und ließ einen Papiersack aufschnappen.

»Okay«, sagte Stoney, »bin schon mal dagewesen, vor einer Minute, hörte aber, daß Sie auf dem Lokus waren.«

»Ich werde eine Woche brauchen, um all die harten Eier loszuwerden.«

»Sehr richtig«, sagte Stoney. »Da muß man eben laufen.«

Das war also in Ordnung.

Als er sich zum Fortgehen anschickte, sagte er: »Was ist mit Ihrem Freund Danny Taylor?«

»Ich weiß nicht ... Hat er etwas angestellt?«

»Nein ... Sah recht gut aus, ziemlich sauber sogar. Ich saß im Wagen. Er wollte von mir seine Unterschrift beglaubigt haben.«

»Wozu?«

»Weiß ich nicht. Hatte zwei Papiere in der Hand; ich konnte aber nur die Rückseite sehen.«

»Zwei Papiere?«

»Jawohl, zwei. Er unterschrieb zweimal, und ich beglaubigte zweimal.«

»War er nüchtern?«

»Schien so. Seine Haare waren geschnitten, und er hatte eine Krawatte an.«

»Ich wollte, ich könnte das glauben, Herr Oberwachtmeister.«

»Ich auch. Armer Bursche ... Na, ich muß heim.« Er machte sich im Geschwindschritt davon. Seine Frau ist zwanzig Jahre jünger als er.

Und ich machte mich wieder daran, das Trottoir vom ärgsten Schmutz zu säubern.
Mir war elend zumute. Das erstemal ist es wohl immer schwer.
Ich hatte richtig geahnt, daß es heute viel Kundschaft geben würde. Es schien, als ob in allen Haushaltungen alles ausgegangen sei. Und da die Anlieferung von Obst und Gemüse erst gegen Mittag bei uns erfolgte, war der Verkauf ziemlich mäßig. Aber selbst wegen des wenigen, was sie nahmen, hielten mich die Kunden dauernd auf dem Trab.
Gegen zehn kam Marullo daher, und – Wunder über Wunder! – er half sogar mit, wog ab, wickelte ein und ließ das Geld in der Registrierkasse klingeln. Es war lange her, daß er nicht mehr im Laden mitgeholfen hatte. Meistenteils kam er hereingeschlendert, schaute sich um und schlenderte wieder hinaus. Doch nun half er die Kisten und Kasten aufzumachen, sobald die frische Ware eintraf. Es kam mir vor, als sei ihm nicht ganz behaglich zumute und als betrachte er mich prüfend, wenn ich nicht hinschaute. Wir hatten keine Zeit zur Unterhaltung, aber ich spürte seine Blicke auf mir. Ich dachte, er sei darüber im Bilde, daß ich das Schmiergeld ausgeschlagen hatte. Vielleicht hatte Joey recht. Eine gewisse Sorte Menschen forscht nach den unredlichen Gründen, wenn sie von jemandem gehört haben, daß er sich redlich verhalten habe. Diese Einstellung – »Was hat er davon?« – muß besonders stark ausgebildet sein bei Menschen, die ihr Leben wie eine Pokerkarte spielen. Bei diesem Gedanken mußte ich in mich hineinlachen.
Gegen elf Uhr kam meine Mary in einem neuen bedruckten Baumwollkleid herein. Hübsch und glücklich sah sie aus; sie war ein bißchen atemlos, als hätte sie gerade etwas Erfreuliches, aber Gefährliches unternommen – und das hatte sie auch. Sie reichte mir ein starkes braunes Kuvert.
»Ich dachte, du hättest das wohl gern«, sagte sie. Marullo lächelte sie mit dem strahlenden Vogellächeln zu, das sie immer bei Leuten aufsetzt, die sie eigentlich nicht leiden kann. Und Marullo mochte sie nicht und traute ihm auch von Anfang an nicht. Ich schob das auf die bekannte Tatsache, daß eine Ehefrau den Chef oder die Sekretärin ihres Mannes nie leiden kann.
Ich sagte: »Danke dir, Liebes. Du bist sehr zuvorkommend. Es tut mir leid, daß ich dich nicht sofort zu einer gemütlichen Bootsfahrt auf dem Nil einladen kann.«
»Du hast wirklich viel zu tun«, sagte sie.
»Jaja, ist dir nicht auch etwas ausgegangen?«
»Natürlich. Hier, da ist die Liste. Bitte bring das am Abend mit. Ich weiß, du hast jetzt keine Zeit, das alles zusammenzuholen.«
»Aber keine harten Eier . . .«
»Nein, mein Lieber, ein ganzes Jahr lang nicht mehr.«
»Die Osterhasen waren wahrhaftig sehr fleißig.«

»Margie will uns heute zum Abendessen ins Foremaster einladen. Sie sagt, sie habe uns noch nie bewirten können.«

»Fein«, sagte ich.

»Sie sagt, ihre Wohnung sei zu klein.«

»Ach, nein ...«

»Ich halte dich von der Arbeit ab«, sagte sie.

Marullos Augen hingen an dem braunen Kuvert in meiner Hand. Ich steckte es unter der Schürze in meine Tasche. Er wußte, daß es ein Bankkuvert war. Und ich merkte, daß seine Gedanken auf der Jagd waren wie Terrier hinter Ratten an einem Müllabladeplatz.

Mary sagte: »Mr. Marullo, ich hatte bisher leider keine Gelegenheit, Ihnen für das Zuckerzeug zu danken. Die Kinder waren begeistert.«

»Wollte nur fröhliche Ostern wünschen«, sagte Marullo. »Nun, Sie wie Frühling angezogen.«

»Oh, danke sehr. Bin auch naß geworden. Ich dachte, der Regen sei vorbei, aber er fing wieder an.«

»Nimm meinen Regenmantel, Mary.«

»Ich denke nicht daran. Ist nur ein kleiner Schauer jetzt. Geh, bedien deine Kunden.«

Es wurde immer schlimmer. Mr. Baker schaute einmal herein; als er die Schlange der wartenden Leute sah, ging er wieder weg, nachdem er mir noch zugerufen hatte: »Ich komme später wieder.«

Und immer noch kamen Leute, bis kurz vor zwölf Uhr, und da, wie das meistens der Fall ist, hörte plötzlich mit einem Schlag der Zustrom auf. Die Leute saßen beim Mittagessen. Zum erstenmal seit dem frühen Morgen verlangte niemand etwas.

Ich trank noch etwas Milch aus dem Pappgefäß, das ich aufgemacht hatte. Alles, was ich aus dem Laden entnahm, schrieb ich auf und zog es von meinem Gehalt ab. Marullo ließ mir alles zum Engrospreis. Das macht schon allerhand aus. Ohne das hätten wir von meinem Gehalt kaum leben können. Er lehnte sich mit dem Rücken gegen die Theke und kreuzte die Arme; auf die Dauer tat ihm das weh, und so steckte er die Hand in die Taschen, bis ihm auch diese Haltung Schmerzen verursachte.

»Ich bin wirklich zufrieden, daß Sie mitgeholfen haben«, sagte ich. »Einen solchen Andrang habe ich noch nicht erlebt. Aber die Leute können ja wohl nicht bloß von übriggebliebenem Kartoffelsalat leben.«

»Du arbeitest brav, Jungchen.«

»Ich arbeite halt.«

»Nein, die Leute kommen wieder, sie haben dich gern.«

»Sie sind einfach an mich gewöhnt. Weil ich schon ewig da bin.« Dann versuchte ich eine ganz kleine Stichprobe. »Ich wette, Sie freuen sich auf die

heiße sizilianische Sonne. In Sizilien ist's heiß. Ich war dort während des Krieges.«
Marullo blickte zur Seite. »Ich bin noch nicht fest entschlossen.«
»Warum nicht?«
»Nun, ich bin so lange weg von dort – vierzig Jahre. Ich kenne dort niemanden mehr.«
»Sie haben doch Verwandte.«
»Die kennen mich auch nicht.«
»Ich ginge gern mal auf Ferien nach Italien – ohne Flinte und Tornister. Vierzig Jahre – das ist allerdings eine lange Zeit. In welchem Jahr sind Sie denn herübergekommen?«
»Neunzehnhundertzwanzig – ja, so lang ist's her.«
Joey scheint also den Nagel auf den Kopf getroffen zu haben. Bankiers, Polizisten und Zöllner haben wohl eine Nase für so etwas. Eine andere kleine, genauere Probemöglichkeit fiel mir ein. Ich zog die Schublade auf, nahm den alten Revolver heraus und warf ihn auf den Ladentisch. Marullo legte die Hände auf den Rücken und sagte: »Was hast du denn da, Jungchen?«
»Ich dachte gerade, daß Sie sich einen Waffenschein dafür besorgen müßten, falls Sie noch keinen haben. Das Gesetz ist sehr streng in dieser Hinsicht.«
»Wo hast du denn den her?«
»Lag die ganze Zeit hier herum.«
»Hab' ihn nie gesehen. Gehört mir auch nicht. Ist wohl deiner?«
»Nein, nein. Hab' ihn bisher auch nie gesehen. Er muß aber doch jemandem gehören. Da er nun mal so lange hier ist, sollten Sie sich jedenfalls einen Waffenschein besorgen. Gehört er denn wirklich nicht Ihnen?«
»Ich sagte dir doch, daß ich ihn nie gesehen habe. Schießgewehre hab' ich nicht gern.«
»Merkwürdig. Ich hatte gemeint, alle großen Mafiabonzen wären verliebt in Schußwaffen.«
»Was soll das heißen: Mafiabonzen? Du meinst, ich gehöre zur Mafia?«
Ich wollte mit einem Scherz die Sache ins Harmlose umbiegen: »Soweit ich gehört habe, sind alle Sizilianer Mitglieder der Mafia.«
»Das ist Blödsinn. Ich weiß nicht einmal, was das ist.«
Ich warf die Waffe wieder in die Schublade. »Man lernt doch nie aus«, sagte ich. »Nun, ich will das Ding bestimmt nicht. Ich werde es Stoney übergeben, und ihm dabei sagen, ich sei zufällig darauf gestoßen.«
»Tu das nur«, sagte Marullo. »Ich habe das Ding niemals gesehen. Ich will es nicht. Es gehört mir nicht.«
»Na, gut«, sagte ich. »Raus mit ihm!«
So einen Waffenschein bekommt man nicht so einfach; da muß man allerhand Papiere beibringen; beinahe soviel wie für einen Reisepaß.

Mein Chef war kribblig. Vielleicht waren zuviel Kleinigkeiten zu schnell hintereinander auf ihn eingestürmt.
Da kam das ältliche Fräulein Elgar, die königliche Prinzessin von New Baytown, stramm vorm Wind, den Klüver gesetzt, hereingesegelt. Zwischen Miß Elgar und der Welt befanden sich zwei Scheiben aus Plexiglas mit viel Luft dazwischen. Sie trat in Verhandlungen über ein Dutzend Eier mit mir ein. Da sie mich schon als kleinen Buben gekannt hatte, nahm sie mich heute noch dafür. Ich konnte erkennen, daß sie ebenso erstaunt wie erfreut darüber war, daß ich ihr bei der Bezahlung richtig herauszugeben vermochte.
»Danke schön, Ethan«, sagte sie. Dabei fuhren ihre Blicke über die Kaffeemühle und Marullo hin, beiden die gleiche Beachtung schenkend. »Wie geht's deinem Vater, Ethan?«
»Gut, Miß Elgar«, sagte ich.
»Sei so gut und grüße ihn von mir.«
»Gern, Ma'am. Sehr gern, Ma'am.«
Ich fühlte mich nicht bewogen, ihren Zeitsinn zu berichtigen. Es wird erzählt, sie ziehe jeden Sonntagabend die Standuhr ihres Großvaters auf, obschon sie seit Jahren elektrisch betrieben wird. Es wäre vielleicht gar nicht das Schlimmste, wenn man so bei aufgehobener Zeit lebte, an einem Nachmittag, der nie zu Ende ginge. Miß Elgar nickte der Kaffeemühle freundlich zu, bevor sie langsam den Laden verließ.
»Nicht richtig im Oberstübchen«, sagte Marullo und bohrte den Zeigefinger in die Schläfe.
»Tut ja niemandem weh.«
»Dein Vater ist tot. Warum sagst du ihr nicht, daß er tot ist?«
»Wenn sie es mir glaubte, würde sie es vergessen. Sie erkundigt sich immer nach ihm. Es ist noch gar nicht so lange her, daß sie aufgehört hat, sich nach meinem Großvater zu erkundigen. Sie sei seine Freundin gewesen, die alte Ziege, wird erzählt.«
»Nicht richtig im Oberstübchen«, wiederholte Marullo. Aber aus irgendeinem Grund hatte er, angesichts des befremdlichen Zeitgefühls der alten Dame, Halt gewonnen. Es ist nicht leicht, zu beurteilen, wie simpel oder wie kompliziert ein Mensch ist. Wenn man zu sicher wird, irrt man sich in der Regel. Aus lauter Gewohnheit und Erfahrung hatte Marullo meines Erachtens seine Beziehung zu Mitmenschen auf drei Verhaltensweisen beschränkt: Befehl, Schmeichelei und Kauf. Alle drei mußten oft genug wirksam sein, um ihm zu erlauben, sich auf sie zu verlassen. Im Verkehr mit mir war ihm die erste abhanden gekommen.
»Bist ein braves Jungchen«, sagte er jetzt. »Bist auch ein guter Freund.«
»Mein Großvater, der alte Käpt'n, sagte immer: ›Wenn du einen Freund behalten willst, stelle ihn nie auf die Probe.‹«

»Sehr gescheit.«
»War auch ein gescheiter Mann.«
»Den ganzen Sonntag über habe ich nachgedacht, Jungchen; sogar in der Kirche habe ich nachgedacht.«
Ich wußte, daß er sich wegen des zurückgewiesenen Schmiergeldes Sorgen gemacht hatte, zumindest hatte ich mir das gedacht.
»Wegen des feinen Geschenks, wie?«
»Jawohl.« Er warf mir einen bewundernden Blick zu. »Bist auch gescheit.«
»Aber nicht gescheit genug, um für mich selbst zu arbeiten.«
»Wie lange bist du jetzt hier – zwölf Jahre?«
»Das ist – zu lange. Zeit, daß man einmal wechselt, meinen Sie nicht?«
»Und hast nie etwas aus der Tageskasse genommen und nie etwas mit nach Hause genommen, ohne es anzuschreiben.«
»Ehrlichkeit ist meines Erachtens der feinste Schwindel.«
»Mach keine Witze. Was ich sage, stimmt. Ich kontrolliere genau, ich weiß Bescheid.«
»Nun, dann heften Sie mir einen Orden an den Rockaufschlag.«
»Alle stehlen ... Die einen mehr, die andern weniger – du jedoch nicht. Ich weiß Bescheid.«
»Vielleicht warte ich darauf, daß ich das Ganze stehlen kann.«
»Mach keine Witze. Was ich sage, das stimmt.«
»Alfio, Sie haben ein Juwel an mir gefunden. Aber putzen Sie es nicht zu eifrig. Sonst schimmert auf einmal der Kleister durch.«
»Warum wirst du nicht Sozius bei mir?«
»Womit? Bei meinem Gehalt?«
»Das werden wir schon irgendwie deichseln.«
»Dann könnte ich Sie nicht mehr bestehlen, ohne mich selbst zu berauben.«
Marullo lachte wohlwollend. »Bist gescheit, Jungchen. Aber du klaust nicht.«
»Sie haben nicht zugehört. Vielleicht gehe ich aufs Ganze.«
»Bist ehrlich, Jungchen.«
»Das habe ich Ihnen doch angedeutet. Wenn ich am ehrlichsten bin, dann glaubt mir niemand. Ich sage Ihnen, Alfio, wenn man seine Absichten verbergen will, muß man die Wahrheit sagen.«
»Was sind das für Redensarten?«
»*Ars est celare artem.*«
Erst bewegte er ein wenig die Lippen, dann brach er in schallendes Gelächter aus: »Hohoho! *Quod erat demonstrandum.*«
»Wollen Sie ein kaltes Coca-Cola?«
»Nicht gut für hier!« sagte er und kreuzte die Unterarme überm Bauch.
»Sie sind noch nicht alt genug, um einen schwachen Magen zu haben; Sie sind noch nicht über fünfzig.«

»Zweiundfünfzig. Und schwacher Magen.«
»Schön«, sagte ich. »Dann sind Sie also mit zwölf Jahren herübergekommen, wenn es 1920 war. Scheint, in Sizilien wird früh mit Latein angefangen.«
»Ich war Chorknabe«, sagte er.
»Ich habe früher auch immer das Kreuz getragen. Ich trinke jetzt ein Coca-Cola, Alfio«, sagte ich, »inzwischen finden Sie heraus, wie ich mich hier einkaufen könnte, dann werde ich es mir überlegen. Aber ich warne Sie: Geld habe ich nicht.«
»Das werden wir schon deichseln.«
»Aber ich bekomme einmal Geld.«
Er heftete den Blick auf mein Gesicht und konnte ihn anscheinend kaum mehr davon wegbekommen. Leise sagte er schließlich: »*Lo credo.*«
Etwas wie Kraftgefühl durchpulste mich. Ich öffnete eine Coca-Cola-Flasche, setzte sie an den Mund und blickte dem braunen Flaschenhals entlang in Marullos Augen.
»Bist ein braves Jungchen«, sagte er, griff nach meiner Hand, schüttelte sie heftig und ging langsam davon.
Unter einer plötzlichen Eingebung rief ich ihm nach: »Was macht Ihr Arm?«
Mit erstauntem Blick drehte er sich um und sagte: »Tut nicht mehr weh.«
Darauf ging er weiter und sagte vor sich hin: »Tut nicht mehr weh.« Plötzlich drehte er sich um und kam aufgeregt zurück: »Du mußt das Geld nehmen«, rief er.
»Was für Geld?«
»Die fünf Prozent.«
»Warum?«
»Du mußt es nehmen. Damit kannst du dich mit kleinen Beträgen in mein Geschäft einkaufen, nur verlange sechs Prozent.«
»Nein.«
»Was heißt: Nein, wenn ich ja sage?«
»Ich brauche es nicht, Alfio. Ich hätte es genommen, wenn ich es brauchte, aber ich brauche es nicht.«
Er stieß einen tiefen Seufzer aus.

Am Nachmittag war nicht so viel zu tun wie am Vormittag, aber ganz leicht war die Arbeit auch nicht. Zwischen drei und vier, in der Regel zwanzig Minuten bis eine halbe Stunde lang – warum, weiß ich nicht – tritt immer eine Flaute ein. Dann wird das Geschäft wieder lebhaft: meist Leute, die von der Arbeit kommen, und Frauen, die in der letzten Minute etwas zum Abendessen zusammenrühren.
Während der flauen Zeit kam heute Mr. Baker herein. Den Käse und die Wurst im Kühlkasten betrachtend, wartete er, bis der Laden von den beiden

letzten Kunden leer war, zwei einfältigen Weibern von jener Kategorie, die nie weiß, was sie will, die alles anfassen und wieder hinlegen und sich der Hoffnung hingeben, die Ware werde ihnen in die Arme springen und darum bitten, gekauft zu werden.
Schließlich waren denn auch diese beiden abgefertigt und weggegangen. Dann fing Mr. Baker an:
»Ethan«, sagte er, »wissen Sie, daß Mary tausend Dollar abgehoben hat?«
»Jawohl, Mr. Baker. Sie hat es mir mitgeteilt.«
»Wissen Sie, wozu sie sie braucht?«
»Natürlich. Sie spricht darüber seit Monaten. Sie wissen, wie die Frauen sind. Die Möbel sind ein bißchen verbraucht, gleich nehmen sie sich vor, es müssen neue herbei, der alte Kram ist einfach unmöglich.«
»Meinen Sie nicht, es sei töricht, das Geld jetzt für derlei Zeug auszugeben? Ich sagte Ihnen gestern, daß sich eine Anfangsanlage machen läßt.«
»Es ist ihr Geld, Mr. Baker.«
»Ich spreche nicht von Börsenspiel, Ethan, sondern von guten, todsicheren Anlagen. Meines Erachtens könnte sie mit diesen tausend innerhalb eines Jahres die Möbel anschaffen und immer noch tausend besitzen.«
»Mr. Baker, ich kann ihr nicht gut verbieten, ihr eigenes Geld anzuwenden, wie sie will.«
»Könnten Sie sie nicht überreden, ihr vernünftig zureden?«
»Das ist mir noch nie eingefallen.«
»Mir ist, als ob ich Ihren Vater höre, Ethan. So ein schlappes Gerede! Ich will Ihnen auf die Beine helfen, da kann ich so schlappes Gerede nicht vertragen.«
»Jaja, Mr. Baker.«
»Und es sieht ganz so aus, als ob sie das Geld nicht hier in der Stadt ausgeben wolle. Nein, sie wird es mit den Rabatthäusern versuchen und bar zahlen. Gott weiß, was sie dann kriegt. Ein hiesiges Geschäft ist vielleicht teurer, ist dafür aber jederzeit zu belangen, wenn es minderwertige Ware liefert. Dagegen sollten Sie Einspruch erheben, Ethan. Schauen Sie, daß sie das Geld wieder auf die Bank legt. Oder sagen Sie ihr, sie soll es mir anvertrauen. Das wird sie nicht bereuen.«
»Das Geld ist ihr von ihrem Bruder vermacht worden, Mr. Baker.«
»Das weiß ich. Ich versuchte ihr vernünftig zuzureden, als sie es abhob. Da sagte sie bloß so ins Blaue hinein, sie wolle sich erst mal umschauen. Kann sie sich nicht umschauen, ohne tausend Dollar in der Tasche? Da müssen Sie mehr Verstand aufbringen, wenn sie keinen hat.«
»Ich habe darin wohl keine Übung mehr, Mr. Baker. Wir besaßen kein Geld, seit wir verheiratet sind.«
»Nun, dann müssen Sie das wieder lernen, und zwar rasch, sonst haben Sie

bald wieder keines. Das gewohnheitsmäßige Geldausgeben ist für manche Frauen etwas wie ein Rauschgift.«

»Mary hat wirklich keine Möglichkeit gehabt, daraus eine Gewohnheit zu machen, Mr. Baker.«

»Nun, dann wird sie's jetzt tun. Lassen Sie sie nur einmal Blut lecken, dann wird sie es mit der Mordlust kriegen.«

»Aber das ist doch nicht Ihr Ernst, Mr. Baker.«

»O ja.«

»Keine Frau ist je sorgsamer mit Geld umgegangen. Sie war ja auch dazu gezwungen.«

Er hatte sich – Gott mochte wissen, warum – in die Hitze hineingeredet. »Über Sie, Ethan, bin ich höchst enttäuscht. Wenn Sie im Leben irgend etwas erreichen wollen, dann müssen Sie vor allem einmal Herr im eigenen Hause sein. Mit der Anschaffung neuer Möbel können Sie noch etwas warten.«

»Ich könnte schon, aber sie kann nicht.« Mir kam der Gedanke, Bankiers hätten vielleicht einen Röntgenblick für Geld, so daß er womöglich durch meine Kleider hindurch das Kuvert sehen könne, das ich bei mir hatte. »Ich werde versuchen, ihr vernünftig zuzureden, Mr. Baker.«

»Wenn sie das Geld nicht bereits ausgegeben hat. Ist sie jetzt daheim?«

»Sie sagte, sie wolle den Bus nach Ridgehampton nehmen.«

»Großer Gott! Hin sind die tausend Dollar!«

»Nun, sie hat doch noch einiges Kapital.«

»Das ist nicht der springende Punkt. Geld ist aller Dinge Anfang.«

»Geld bringt Geld«, sagte ich leise vor mich hin.

»Richtig. Verlieren Sie das aus dem Auge, und Sie sind geliefert, dann bleiben Sie ein Ladenschwengel bis ans Ende Ihres Lebens.«

»Frauen sind sonderbare Geschöpfe, Mr. Baker. Vielleicht hat sie das, was Sie gestern von Geldverdienen gesagt haben, auf den Gedanken gebracht, es sei leicht zu bekommen.«

»Nun, da müssen Sie sie eines Bessern belehren. Denn ohne Geld bekommt man keins.«

»Möchten Sie ein kaltes Coca-Cola, Mr. Baker?«

»Ja, gern.«

Er konnte es nicht aus der Flasche trinken. Ich mußte deshalb ein Paket mit Papierbechern aufmachen. Immerhin kühlte das Getränk ihn ein wenig ab. Er murmelte bloß noch wie abziehender Donner. Er mußte seinen Ärger mit dem Coca-Cola hinunterschlucken, schon weil zwei schwarze Damen den Laden betraten. »Reden Sie mit ihr«, zischte er nur noch wütend, marschierte dann mit großen Schritten hinaus und über die Straße hinüber, um den Heimweg anzutreten. Ich fragte mich, ob er so böse sei, weil er einen Argwohn habe, aber ich konnte mir das eigentlich nicht denken. Nein, mir scheint, er war so böse, weil ihm vorkam, er vermöge nicht mehr richtig zu befehlen. Natürlich kann man fuchsteufelswild werden gegen jemanden, der einen gegebenen Rat nicht befolgen will.

Die schwarzen Damen waren angenehme Kundinnen. Die Farbigen, die in ihrem eigenen Stadtteil wohnen, sind durchwegs sehr nette Leute. Sie kaufen nicht viel bei uns, weil sie ihren eigenen Laden haben; sie kommen nur hie und da zwecks Vergleichung der Preise, um nachzuprüfen, ob sie ihre Rassentreue nicht zu teuer bezahlen müssen. Die beiden Damen erkundigten sich mehr nach den Preisen, als daß sie kauften, was ich durchaus verstand. Es waren überdies hübsche Frauen, mit langen, schlanken, geraden Beinen. Ein Wunder, was ausreichende Ernährung in der Kindheit an Menschenkörpern, aber auch an Menschenseelen, bewirken kann.

Ganz kurz vor Ladenschluß rief ich Mary an. »Mein Taubenflöckchen, ich werde wohl ein bißchen spät kommen.«

»Denke daran, daß wir mit Margie im Foremaster zu Abend essen.«

»Ich denke schon daran.«

»Wieviel später wird's denn werden?«

»Zehn, fünfzehn Minuten. Ich will mal an den Hafen hinuntergehen und den Bagger anschauen.«

»Warum das? «

»Ich gehe damit um, ihn zu kaufen.«

»Ach nein . . .«

»Soll ich Fische mitbringen?«

»Ja, wenn du schöne Flundern siehst. Andere gibt's ja jetzt nicht.«

»Schön, ich werde mich beeilen.«

»Ja, trödle nicht herum. Du mußt baden und dich umziehen. Zum Foremaster – du weißt.«

»Ich werde schon nicht, meine Schöne, meine Holde. Mr. Baker hat mich schön heruntergeputzt, weil ich dich tausend Dollar ausgeben lasse.«

»Ach, der alte Ziegenbock!«

»Mary – Mary . . . Die Wände haben Ohren.«

»Sag ihm, was er dich kann . . .«

»Aber das kann er nicht. Außerdem denkt er, du seist ein Dummchen.«

»Was?«

»Ja, und ich sei ein Schlappschwanz – ein Schlappschwanz – nun, du weißt schon.«

Sie ließ ihr reizendes trillerndes Lachen ertönen, das mir immer eine solche Seelenfreude erregt.

»Komm schnell heim, Liebster«, sagte sie. »Komm schnell heim!«

Wie muß das auf einen Mann wirken? Als ich den Hörer aufhängte, fühlte ich mich schwach und leer, aber doch glücklich, wenn es einen solchen Zustand überhaupt gibt. Ich versuchte mir vorzustellen, wie es gewesen, bevor Mary da war, aber daran erinnerte ich mich nicht; oder wie es ohne sie sein würde, und ich konnte mir das nur als einen trauerumflorten Zustand vorstellen.

Die Sonne war schon hinter die Berge im Westen gesunken, doch eine große, pulverige Wolke fing ihr Licht auf und warf es über den Hafen, den Wellenbrecher und das Meer dahinter, so daß die weißen Wellenkämme wie hellrote Rosen wirkten. Die ins Wasser gesenkten Pfosten des Städtischen Landestegs bestehen aus dreifachen Stämmen, die oben mit Eisenbändern zusammengehalten werden und nach vorn abgeschrägt sind wie Brückenpfeiler, damit im Winter das Eis daran zerbirst. Auf der Spitze eines jeden dieser Pfosten stand regungslos eine Möwe, meist ein Männchen mit fleckenlosem weißem Rumpfgefieder und rein grauen Flügeln. Ich wüßte gern, ob jeder dieser Vögel Besitzer seines Stammplatzes ist, ob er ihm nach Belieben verkaufen oder vermieten kann.

Ein paar Fischerboote waren schon eingelaufen. Ich kenne alle Fischer, habe sie mein Leben lang gekannt. Mary hatte recht. Sie hatten nur Flundern. Ich kaufte vier schöne von Joe Logan und blieb bei ihm stehen, während er mir die Fische ausnahm, wobei sein Messer dem Rückgrat entlangglitt, wie wenn es durch Wasser schnitte.

»Wie geht's deiner Tochter, Joe?« fragte ich.

»Ach, es sieht immer aus, als ob ihr besser würde, und dann schwindet sie wieder hin. Es bringt mich noch um.«

»Das tut mir aber leid.«

»Wenn irgend etwas zu machen wäre . . .«

»Ich weiß . . . Das arme Kind . . . Hier ist eine Tüte. Tu die Fische nur da hinein. Grüß deine Tochter von mir, Joe.«

Er blickte mir lange in die Augen, als erhoffe er sich etwas von mir, eine Arznei oder dergleichen. »Ich richte es ihr gern aus, Eth, ich richte es schon aus.«

Hinter dem Wellenbrecher arbeitete der Grafschaftsbagger. Seine riesige Bohrschraube förderte Schlamm und Muscheln herauf, und die Pumpen drückten die Masse durch Rohre auf Pontons und schleuderten sie hinter die schwarzgeteerten Schotten am Ufer. Die Positionslichter des Baggerschiffs brannten ebenso wie die Ankerlichter, und zwei rote Bälle waren aufgezogen zum Zeichen, daß es in Betrieb war. Ein blasser Koch mit weißer Mütze und Schürze stützte seine Arme auf das Geländer, schaute hinunter in das aufgewühlte Wasser und spuckte ab und zu hinein. Der Wind stand nach dem Land zu. Vom Bagger her brachte er den Gestank von Schlamm, längst verwesten Muscheltieren und welkem Tang zusammen mit dem süßen Duft von Zimmet auf einem frisch gebackenen Apfelkuchen. Die Riesenschraube drehte sich majestätisch beim Ausbaggern der Fahrrinne.

Mit einem rosigen Aufblitzen ihrer Segel fing eine schlanke Jacht den Nachglanz der untergegangenen Sonne ein und verlor ihn wieder beim Wenden. Ich kehrte um, bog links ein, ging am Gebäude des alten Jachtklubs und der Halle der American Legion mit ihren braungestrichenen, neben der Aufgangstreppe aufgestellten Maschinengewehren vorbei.

In der Bootswerft wurde bis tief in die Nacht hinein gearbeitet, um die dort liegenden Fahrzeuge frisch getüncht zur kommenden Sommersaison fertig zu machen. Man war damit durch die ungewöhnliche Kälte des Vorfrühlings in Verzug gekommen.

Ich ging daran vorbei und dann über das von Unkraut überwucherte Stück Land am Rand des Hafens, darauf wieder langsam zurück nach Dannys windschiefer Hütte zu. Obschon er es nicht gern hatte, pfiff ich eine alte Melodie.

Die Hütte war leer, aber ich wußte, so bestimmt, als ob ich ihn sähe, daß Danny im hohen Gras versteckt lag oder vielleicht zwischen den mächtigen viereckigen Holzbalken, die herumlagen. Und da ich wußte, daß er zurückkommen werde, sobald ich mich entfernt hatte, nahm ich das braune Kuvert aus der Tasche, stellte es auf sein schmutziges Bett und ging, ruhig, doch immer noch pfeifend fort. Ich setzte damit nur einen Augenblick lang aus, als ich leise rief: »Leb wohl, Danny, viel Glück.« Weiterpfeifend ging ich zur Porlock Street, über diese hinüber, an den großen Häusern vorbei zur Elm Street und damit zu meinem eigenen – dem Hawleyschen Hause.

Ich traf meine Mary inmitten eines Sturms, sich ruhig und langsam im Kreis drehend, während Trümmer und Windstöße um sie her wirbelten. Die Verheerung leitete sie in weißem Nylonschlüpfer und Pantoffeln; ihr frisch gewaschenes Haar ballte sich um Lockenwickler auf ihrem Kopf wie ein Riesengehäufe von saugenden Würstchen. Ich kann mich nicht entsinnen, wann wir zum letztenmal zum Abendessen im Restaurant ausgewesen waren. Wir konnten es uns nicht leisten und waren daher aus der Übung. Marys wilde Aufregung riß die Kinder mit an die Ränder ihres persönlichen Wirbelsturms. Sie gab ihnen zu essen, wusch sie, gab Befehle aus und nahm sie wieder zurück. In der Küche war das Bügelbrett aufgestellt, und meine in jedem Sinn teuren Kleider hingen gebügelt über Stuhlrücken. Ab und zu hielt Mary in ihrem Hin- und Hergerenne inne, um einem Kleid, das sie zu bügeln im Begriff war, einen Strich mit dem Eisen zu versetzen. Die Kinder waren fast zu aufgeregt, um ihr Essen zu verzehren, aber sie mußten befehlsgemäß.

Ich besitze fünf sogenannte beste Anzüge – eine ansehnliche Zahl immerhin für einen Kramladenverkäufer. Ich fuhr mit den Fingern über sie alle, die da über den Stuhlrücken hingen. Alle hatten sie Namen: Old Blue, Sweet George Brown, Dorian Gray, Burying Black und Dobbin.

»Welchen soll ich anziehen, Kuschelchen?«

»Kuschelchen? So was! Nun es ist nicht offiziell, und es ist Montag abend. Ich würde sagen: Sweet George oder Dorian, jawohl Dorian, das ist offiziell genug, ohne offiziell zu sein.«

»Mit der getüpfelten Schmetterlingsschleife?«

»Natürlich.«

Da unterbrach Ellen: »Aber Papa! Du wirst doch keine kleine Schleife anziehen! Dazu bist du doch zu alt.«

»Keineswegs. Ich bin jung, vergnügt und lebenslustig.«

»Du machst dich lächerlich. Ich bin froh, daß ich nicht mitgehe.«

»Ich auch. Wie kommst du dazu, mich einen alten Knaster zu nennen?«

»Du bist nicht alt, aber zu alt für eine Schleife.«

»Du bist eine ekelhafte kleine Konformistin.«

»Na, wenn du dich unbedingt lächerlich machen willst.«

»Jawohl, das will ich. Mary, willst du das nicht auch?«

»Laß deinen Vater in Ruhe; er muß baden. Ein Hemd habe ich aufs Bett gelegt.«

Allen sagte: »Ich bin halbwegs fertig mit meinem ›Ich-liebe-Amerika‹-Aufsatz.«

»Das ist gut. Denn diesen Sommer werde ich dir Arbeit verschaffen.«

»Arbeit?«

»Im Laden.«

»Ach so . . .« Allen schien nicht allzu begeistert.

Ellen machte den Mund auf, wie um etwas zu sagen, doch als sie sich unserer Aufmerksamkeit vergewissert hatte, schwieg sie. Mary zählte noch einmal die fünfundachtzig Dinge auf, die die Kinder tun und die sie nicht tun sollten, während wir weg waren, und dann ging ich hinauf zu meiner Badewanne.

Als ich später mein liebes, mein einziges blaues Tüpfelschleifchen knüpfte, kam Ellen und lehnte sich an den Türpfosten. »Es wäre gar nicht so schlimm, wenn du jünger wärst«, sagte sie mit ihrer grausamen Weibchenhaftigkeit.

»Na, du wirst ja mal einem glücklichen Ehemann die Hölle heiß machen, liebes Kind.«

»Selbst die Primaner in der High School würden so was nicht tragen.«

»Premierminister Macmillan trägt es.«

»Das ist etwas anderes. Papa, ist das Betrug, wenn man etwas aus einem Buch abschreibt?«

»Erkläre das genauer.«

»Nun, wenn jemand – wenn ich für meinen Aufsatz allerhand einem Buch entnehme – wie ist's damit?«

»Das käme darauf an, wie du das tust.«

»Da muß ich auch sagen: erkläre das näher.«

»Nun, wenn du es zwischen Gänsefüßchen setzt und in einer Fußnote angibst, wer es geschrieben hat, so könnte das dem Zitat Würde und Autorität verleihen. Mir scheint, die Hälfte dessen, was in Amerika geschrieben wird, besteht aus Zitaten, wenn es nicht Anthologien sind. Nun, wie gefällt dir meine Krawatte jetzt?«

»Wenn man aber die Gänsefüßchen nicht setzt . . .«

»Dann ist das Diebstahl, wie jeder andere auch. Du hast das doch nicht getan, wie?«

»Nein.«

»Also, wo hapert's?«

»Kann man deswegen ins Gefängnis kommen?«

»Kann sein – wenn man Geld dafür nimmt. Tu das nicht, Kind. Also, wie gefällt dir meine Krawatte?«

»Ich finde, du siehst einfach unmöglich aus damit.«

»Falls du die Absicht hast, dich wieder zum Gros der Familie zu gesellen, kannst du deinem verflixten Brüderchen ausrichten, ich hätte ihm seine besch . . . eidene Mickey-Maus-Fratze mitgebracht, und er soll sich schämen.«

»Du hörst nie zu; nie hörst du richtig zu.«

»O ja.«

»Nein, das tust du nicht. Es wird dir noch einmal leid tun.«

»Leb wohl, Leda. Grüß mir den Schwan.«

Sie schlenderte träge davon.

Meine Mary war einfach bildschön; bildschön und strahlend sah sie aus. Es war, als sickere von innen her Licht durch ihre Poren. Sie nahm meinen Arm, als wir selbander die Elm Street unter den Laubbogen der Bäume, vom Schein der Straßenlaternen überspielt, entlanggingen, und ich schwöre, daß unsere Beine sich in dem stolzen und doch sanften Schritt bewegten, den Vollblutrennpferde haben, wenn sie zur Startschranke geführt werden.

»Komm mit nach Rom! Ägypten hat nicht Raum genug für dich. Die große Welt ruft.« Sie kicherte. Ich kann beschwören, daß sie kicherte, wie es gerade unserer Tochter angestanden haben würde.

»Wir gehen öfter aus, mein Herz.«

»Wann?«

»Wenn wir reich sind.«

»Wann wird das sein?«

»Bald. Ich werde dich lehren, Schuhe zu tragen.«

»Und du zündest deine Zigarren mit Zehndollarscheinen an?«

»Nein. Mit Zwanzigern.«

»Du gefällst mir.«

»Schockschwerenot, Ma'am! Das hätten Sie nicht sagen sollen. Sie machen mich damit geradezu verlegen.«

Es war noch nicht lange her, daß die Besitzer des Foremaster Grill Erkerfenster nach der Straße zu hatten herrichten lassen, mit kleinen viereckigen Scheiben aus Flaschenglas, um dem Lokal ein altes, historisches Aussehen zu verleihen – was ihnen auch gelungen war –, doch die Gäste, die innen an den Tischen saßen, bekamen verzerrte Gesichter durch die gekrümmten Scheiben. Ein Gesicht wirkte, als ob es bloß aus Kinn bestände, ein anderes war nur noch ein riesiges leeres Auge, aber all das trug zu der Altertümlichkeit und historischen Echtheit des renommierten Foremaster Grills bei, und nicht minder die Geranien und Lobelien in den Kästen an den Fenstern.

Margie, ganz Gastgeberin bis in die Fingerspitzen, erwartete uns. Sie stellte uns ihren Begleiter vor, einen gebügelten und geschniegelten Mr. Hartog aus New York, dem man die Bräunung durch die künstliche Höhensonne ansah. Was man auch zu ihm sagte oder ihn fragte, er antwortete mit einem zustimmenden Lachen. Das war der einzige Beitrag, den er zur Unterhaltung leistete, aber es war keineswegs der schlechteste.

»Guten Tag«, sagte Mary.

Mr. Hartog lachte.

»Hoffentlich wissen Sie, daß Ihre Begleiterin eine Hexe ist«, sagte ich.

Mr. Hartog lachte. Wir waren guter Stimmung.

Margie sagte: »Ich habe einen Tisch beim Fenster bestellt. Der da drüben.«

»Und Extrablumen hast du auch hinstellen lassen, Margie.«

»Mary, ich mußte mich doch für all eure Liebenswürdigkeit revanchieren.«

So ging das zwischen den beiden weiter, auch noch während und nachdem Margie uns hatte Platz nehmen lassen. Bei jedem Satz lachte Mr. Hartog, zweifellos ein geistvoller Mann. Ich schmiedete einen Plan, wie ich ein Wort aus ihm herausbekommen könne, doch erst für später.

Der gedeckte Tisch wirkte vornehm, sehr weiß, und das Silber, das keines war, erschien doppelt und dreifach silbern.

Margie sagte: »Ich bin die Gastgeberin und somit die oberste Befehlsstelle; ich verkünde also: Martinis, ob ihr nun welche wollt oder nicht.«

Mr. Hartog lachte.

Die Martinis kamen, und zwar nicht in kleinen Gläsern, sondern Gefäßen wie Vogelbadewannen, in denen ganze Kringel von Zitronenschale schwammen. Der erste Schluck biß einen wie der Vampyrzahn einer Fledermaus, machte einen aber schmerzunempfindlich, so daß das Getränk danach milde wirkte und, sobald es im Magen angelangt war, geradezu ein Wohlgefühl erregte.

»Wir wollen zwei genehmigen«, sagte Margie. »Das Essen ist hier recht gut, aber doch nicht so gut.«

Darauf erzählte ich, daß ich immer einmal hatte eine Bar aufmachen wollen, wo man stets nur den zweiten Martini bekam. Das würde mir bestimmt ein Vermögen einbringen.

Mr. Hartog lachte, und es erschienen vier weitere Vogelbadewannen auf dem Tisch, während ich noch an meiner ersten Zitronenschale kaute.

Nach dem ersten Schluck seines zweiten Glases entwickelte sich bei Mr. Hartog auf einmal das Sprachvermögen. Er hatte eine leise, vibrierende Stimme, wie ein Schauspieler, Opernsänger oder Reisender für einen Artikel, den kein Mensch braucht. Man könnte sie eine Krankenbettstimme nennen.

»Mrs. Young-Hunt sagt mir, Sie seien hier im Geschäftsleben tätig«, sagte er. »Eine bezaubernde Stadt — so unverdorben.«

Ich wollte ihm gerade über meine »Tätigkeit im Geschäftsleben« Genaueres mitteilen, als Margie den Ball aufnahm und sagte: »Mr. Hawley ist die künftige Großmacht in unserer Grafschaft.«

»So? In welcher Branche sind Sie tätig, Mr. Hawley?«

»In allen«, rief Margie. »Er hat in allem seine Finger, schlechtweg in allem, aber natürlich nicht offen, Sie verstehen.«

Ihre Augen sprühten einen alkoholischen Glanz. Ich schaute Marys Augen an; sie fingen gerade an sich zu verschleiern, woraus ich schloß, daß die beiden andern oder zumindest Margie schon vor unserem Eintreffen einige Gläser zu sich genommen hatten.

»Nun, das erspart mir das Leugnen«, sagte ich.

Mr. Hartog ließ wieder sein Lachen ertönen. »Sie haben eine schöne Frau«, sagte er. »Das ist schon die halbe Schlacht.«

»Es ist die ganze.«

»Ethan, er wird meinen, wir streiten uns.«

»Das tun wir doch auch!« Ich stürzte das halbe Glas hinunter und spürte, wie mir die Hitze in die Augen drang. Ich betrachtete eine der kleinen, aus einem Flaschenboden hergestellten Fensterscheiben. Das Kerzenlicht verfing sich darin und schien sich langsam im Kreis zu drehen. Es war wohl etwas wie Selbsthypnose, denn ich hörte meine Stimme, ich hörte mir selbst wie von außerhalb meiner selbst zu. »Mrs. Margie ist die große Hexe des Orients. Ein Martini ist kein Getränk, sondern ein Zaubersaft.« Ich schaute wie gebannt auf die glitzernde Glasscheibe.

»Ach du meine Güte! Ich dachte immer, ich sei Ozma. War die Hexe des Orients nicht eine böse Hexe?«

»Jawohl.«

Durch das verkrümmte Glas sah ich die Gestalt eines Mannes, der auf dem Gehsteig vorbeikam. Er sah vollkommen formlos und verzerrt aus, aber ich erkannte, daß sein Kopf etwas nach links überhing und daß er ganz sonderbar auf den Außenkanten der Füße ging. Das war Dannys Gewohnheit. Ich sah mich selbst aufspringen und ihm nachlaufen, bis zur Ecke der Elm Street, doch da war er verschwunden, vielleicht war er in den Hintergarten des zweiten Hauses gegangen. Ich rief: »Danny! Danny! Gib mir das Geld zurück. Bitte, Danny, gib es mir wieder! Nimm es nicht. Es klebt Gift daran. Ich habe es vergiftet!«

Ich hörte jemanden lachen. Es war Mr. Hartog.
»Nun, dann wäre ich schon lieber Ozma«, sagte Margie.
Ich wischte mir mit der Serviette die Tränen aus den Augen und erklärte: »Ich sollte das trinken, nicht meine Augen darin baden. Es brennt.«
»Deine Augen sind ganz rot«, sagte Mary.
Ich konnte nicht zur Gesellschaft zurück, aber ich hörte mich selber sprechen und Geschichten erzählen, und ich hörte meine Mary lachen wie Goldglanz, ich nehme also an, daß ich witzig, ja bezaubernd war, aber ich konnte nicht an den Tisch zurückfinden. Meines Erachtens wußte Margie darüber Bescheid. Sie blickte mich dauernd mit versteckt fragenden Augen an, verdammt soll sie sein, die Hexe!
Ich weiß nicht mehr, was es zu essen gab. Ich erinnere mich nur an Weißwein, es mag also Fisch gewesen sein. Das spröde Glas kreiste wie ein Propeller. Kognak gab es auch, also muß ich wohl Kaffee getrunken haben. Und dann war's zu Ende.
Auf der Straße waren Mary und Mr. Hartog vorausgegangen. Da fragte mich Margie: »Wo sind Sie denn hin?«
»Was meinen Sie damit?«
»Sie sind doch weggelaufen. Es war nur ein Teil von Ihnen hier.«
»Hebe dich von hinnen, Hexe!«
»Okay, Brüderchen!«
Auf dem Heimweg suchte ich mit den Augen die im Schatten liegenden Gärten ab. Mary klammerte sich fest an meinen Arm; ihr Gang war ein bißchen wacklig. »So ein schöner Abend«, sagte sie. »Nie in meinem Leben hab' ich mich besser unterhalten.«
»Ja, es war nett.«
»Margie ist die geborene Gastgeberin. Ich weiß nicht, wie ich mich für dieses Abendessen revanchieren soll.«
»Ja, das ist sie.«
»Und du, Ethan. Ich wußte ja, wie komisch du sein kannst; aber du hast uns dauernd zum Lachen gebracht. Mr. Hartog sagte, er habe sich krank gelacht über Mr. Rot-Baker.«
Hatte ich das erzählt? Es muß wohl sein. Ach, Danny, gib das Geld zurück! Bitte!
»Du bist besser als ein ganzes Varieté«, sagte meine Mary. Unter unserer Tür drückte ich sie dann so fest an mich, daß sie wimmerte: »Du bist beschwipst, Lieber. Du tust mir weh. Bitte, wecke die Kinder nicht auf.«
Ich hatte mir vorgenommen, abzuwarten, bis Mary schlief, um mich dann hinauszuschleichen, zu seiner Hütte zu gehen, zu sehen, ob er da sei, ja nötigenfalls die Polizei auf seine Fersen zu bringen. Aber ich wußte Bescheid: Danny war fort. Ich hatte es gewußt. Und so lag ich im Dunkel und sah die

roten und gelben Pünktchen in meinem Augenwasser schwimmen. Ich wußte, was ich getan hatte, und Danny wußte es auch. Ich mußte an meine kleine Kaninchenschlächterei denken.
Man ist wohl nur beim erstenmal so unglücklich. Dem muß man gewachsen sein. Im Geschäftsleben wie in der Politik muß sich der Mann seinen Weg mit Hauen und Stechen durch seine Nebenmenschen bahnen, wenn er König des Berges sein will. Ist er einmal oben, dann kann er großmütig und gütig sein – aber er muß erst hinaufgelangen.

Zehntes Kapitel

Der Flugplatz Templefield liegt nur etwa vierzig Meilen von New Baytown entfernt, eine Strecke, zu der ein Strahlflugzeug knapp fünf Minuten braucht. Immer häufiger und regelmäßiger kommen sie dahergeflogen wie Schwärme tödlicher Stechmücken. Wenn ich sie nur auch so bewundern, ja lieben könnte, wie das mein Sohn Allen tut. Wenn sie nur noch andere Zwecke hätten, dann vermöchte ich mich vielleicht mit ihnen abzufinden, aber ihre einzige Tätigkeit ist, Menschen umzubringen, und davon habe ich die Nase vollbekommen. Ich verstehe nicht – wie Allen das versteht –, sie ausfindig zu machen nach dem Geräusch, das sie verursachen. Sie durchbrechen die Schallgrenze mit einem Knall, daß ich immer meine, die Heizanlage sei in die Luft geflogen. Wenn sie des Nachts über mich hinrasen, drängen sie sich in meine Träume, und ich erwache mit einem kränklich-trübseligen Gefühl, als ob meine Seele ein Geschwür hätte.
In der ersten Morgenfrühe brauste ein Geschwader vorüber, so daß ich mit einem Satz aus dem Schlaf hochfuhr und leicht zitterte. Ihr Geräusch muß mich im Traum an die deutschen 8,8-Allzweckgewehre erinnert haben, die wir so bewunderten und fürchteten.
Mein ganzer Körper prickelte von Angstschweiß, während ich im zunehmenden Morgengrauen dalag und auf das winselnde Geräusch der schlanken, bösartigen Spindeln lauschte, das immer schwächer wurde, um schließlich in der Ferne zu verhallen. Ich bedachte, daß dieses Erschauern unter der Haut eines jeden Menschen auf der Erde sein müsse, nicht in der Seele, nein, tief unter der Haut. Es ist ja nicht so sehr wegen der Düsenmaschinen an sich, sondern um deswillen, was ihre Aufgabe ist.
Wenn ein Zustand oder eine Schwierigkeit ihnen über den Kopf wächst, dann greifen die Menschen zu der Schutzmaßnahme, nicht daran zu denken. Aber dann verlagert es sich nach innen, vermengt sich dort mit einem Haufen anderer vorhandener Dinge, und was herauskommt, ist Unzufriedenheit und Mißmut, Schuldgefühl und ein Drang, etwas festzuhalten – irgend etwas –,

ehe alles dahin ist. Vielleicht befassen sich die Psychoanalytiker am laufenden Band gar nicht mit Komplexen, sondern mit diesen Sprengköpfen, die eines schönen Tages zu Wolkenpilzen werden können. Mir scheint tatsächlich, daß so ungefähr alle Leute, die ich sehe, nervös sind, unstet, etwas zu laut, zu krampfhaft vergnügt wie Menschen, die sich am Silvesterabend einen Rausch angetrunken haben. Alte Freundschaft hin oder her, küß nur deines Nächsten Frau ...

Ich drehte mich zu der meinen um. Sie lächelte nicht im Schlaf. Ihr Mund war nach unten verzogen, und um ihre schief geschlossenen Augen lagen müde Falten; es fehlte ihr also etwas, denn so sieht sie nur aus, wenn ihr etwas fehlt. Sie ist die gesündeste Frau auf der Welt, bis ihr etwas fehlt – was nicht oft der Fall ist –, aber dann ist sie die kränkste Frau der Welt.

Ein weiterer Schwarm von Strahlflugzeugen knallte durch die Schallmauer. Vielleicht eine halbe Million Jahre haben wir Zeit gehabt, um uns an das Feuer zu gewöhnen, aber weniger als fünfzehn, um uns eine Anschauung zu bilden von dieser Kraft, die so unendlich viel bösartiger ist als Feuer. Werden wir jemals die Möglichkeit erhalten, ein Werkzeug daraus zu machen? Wenn die Denkgesetze den Dinggesetzen entsprechen, kann in der Seele eine Spaltung vor sich gehen? Ist das mir, uns zugestoßen?

Ich entsinne mich einer Geschichte, die Tante Deborah mir vor vielen Jahren erzählt hat. Im Anfang des vorigen Jahrhunderts waren etliche unserer Vorfahren Campbelliten*. Tante Deborah war damals noch ein Kind, aber sie erinnerte sich daran, wie zu einer bestimmten Stunde angeblich die Welt untergehen sollte. Ihre Eltern verschenkten ihr ganzes Hab und Gut, bis auf die Bettlaken. Diese zogen sie über und begaben sich zur vorausgesagten Stunde ins Gebirge, um das Ende der Welt abzuwarten. So in Leintücher gehüllt beteten und sangen Hunderte von Menschen. Die Nacht brach herein, da sangen sie lauter und tanzten, und als der Zeitpunkt ganz nahe herangerückt war, da fiel eine Sternschnuppe, erzählte die Tante, und alle schrien auf. Das Geschrei liege ihr noch in den Ohren, sagte sie. Es sei mehr ein Geheul gewesen, wie von Wölfen oder Hyänen (allerdings habe sie niemals eine Hyäne heulen gehört). Und dann kam der Schicksalsaugenblick. Die weißgekleideten Männer, Frauen und Kinder hielten den Atem an. Der Augenblick zog sich immer mehr hinaus. Die Kinder wurden blau im Gesicht – und dann war es vorbei. Es war erledigt, und sie waren um ihre Vernichtung betrogen worden. Im Morgengrauen schlichen sie bergabwärts, versuchten die verschenkten Kleider wiederzubekommen, auch die Töpfe und Pfannen, ihre Ochsen und Esel.

* Eine nach ihrem Stifter, John Mcleod Campbell (1800–1872), genannte Baptistensekte, auch bekannt als »Jünger Christi«. (Anm. d. Übers.)

Es waren wohl die Düsenjäger, die mir das ins Gedächtnis zurückriefen: all die riesenhafte Arbeit, die Unsummen an Zeit und Geld, um diesen Vorrat an Tod aufzuhäufen. Würden wir uns betrogen fühlen, wenn wir sie nie anwendeten? Wir vermögen Raketen in den Weltraum zu schießen, aber Zorn oder Mißmut können wir nicht bannen.
Mary schlug die Augen auf. »Ethan«, sagte sie, »du denkst laut. Ich weiß nicht, worum es geht, aber es ist störend. Hör damit auf, Ethan.«
Ich hatte die Entgegnung auf der Zunge, sie solle das Trinken aufgeben, aber sie sah zu elend aus. Ich weiß nicht immer, wann ein Scherz fehl am Platz ist, aber diesmal fragte ich doch nur: »Kopf?«
»Ja.«
»Magen?«
»Ja.«
»Überall?«
»Überall.«
»Ich werde dir etwas besorgen.«
»Besorg mir ein Grab.«
»Bleib liegen.«
»Ich kann nicht. Die Kinder müssen in die Schule.«
»Ich mache schon alles.«
»Du mußt zur Arbeit gehen.«
»Ich habe dir doch gesagt: ich mache alles.«
Nach kurzer Pause sagte sie: »Ethan, ich glaube, ich kann nicht aufstehen. Mir ist zu schlecht.«
»Doktor?«
»Nein.«
»Ich kann dich nicht allein lassen. Kann Ellen bei dir bleiben?«
»Nein. Sie hat heute Prüfung.«
»Darf ich Margie Young-Hunt anrufen, sie solle herkommen?«
»Ihr Telefon ist kaputt. Sie kriegt ein – so ein neues Dingsda.«
»Ich gehe bei ihr vorbei und bitte sie her.«
»Sie bringt jeden um, der sie so früh herausweckt.«
»Ich könnte ihr einen Zettel unter die Tür schieben.«
»Nein, ich will das nicht.«
»Ist doch nichts dabei.«
»Nein, nein. Ich will das nicht. Du sollst das nicht tun.«
»Ich kann dich nicht allein lassen.«
»Komisch, ich fühle mich schon besser. Wahrscheinlich kommt das davon, daß ich dich angeschrien habe. Ja, wirklich«, und um es zu beweisen, stand sie auf und zog ihren Schlafrock an. Sie sah tatsächlich besser aus.
»Du bist herrlich, meine Liebste.«

Beim Rasieren schnitt ich mich und kam zum Frühstück mit einem Schnipselchen roten Toilettenpapiers im Gesicht.
Keinerlei Joey, der sich in den Zähnen stocherte, war auf der Veranda zu sehen, als ich vorüberging. Das war mir lieb. Ich hatte keine Lust, ihn zu sehen und mit ihm zu sprechen. Ich beeilte mich sehr, falls er versuchen wollte, mich einzuholen.
Als ich die Gassentür aufmachte, sah ich das braune Bankkuvert, das darunter hineingeschoben worden war. Es war fest verschlossen, und Bankkuverts sind stark. Ich mußte mein Taschenmesser hervorholen, um es aufzuschneiden.
Es enthielt drei Bogen aus einem liniierten Fünf-Cent-Schulheft, und darauf stand mit weichem Bleistift geschrieben: »Testament. Ich, im Vollbesitz meines Verstandes ...« und »In Anbetracht, daß ...« Auf einem andern Blatt: »Ich verpflichte mich zur Rückzahlung und Verpfändung meines ...« Beide Blätter waren in klarer, regelmäßiger Schrift unterzeichnet. »Lieber Eth, hier hast Du das, was Du willst.«
Meine Gesichtshaut fühlte sich hart an wie eine Krebsschale. Ich schloß die Hintertür so sachte, als wenn sie die Tür zu einem Tresorgewölbe gewesen wäre. Die ersten beiden Papierbogen faltete ich sorgsam und brachte sie in meiner Brieftasche unter; das dritte Blatt knüllte ich zusammen, warf es in die Klosettschüssel und zog die Kette. Erst wollte das Papierbällchen nicht hinunter, blieb am Rand hängen, aber schließlich verschwand es doch.
Die Gassentür stand ein wenig offen, als ich aus dem »Örtchen« kam. Ich hatte gemeint, ich hätte sie zugeschlossen. Als ich darauf zuging, hörte ich einen leisen Laut, und als ich hinschaute, gewahrte ich den verdammten Kater, der auf einem der obersten Vorratsregale stand und mit den Krallen nach einer Speckseite angelte. Es bedurfte eines Besens mit langem Stiel und einer regelrechten Treibjagd, um das Tier hinaus in die Gasse zu scheuchen. Als es an mir vorbeihuschte, holte ich nach ihm aus, schlug zu und zerbrach den Besenstiel am Türpfosten.
An diesem Morgen hielt ich den Konserven keine Predigt. Ich vermochte mir keinen Text auszudenken. Dafür holte ich einen Schlauch heraus und reinigte den Gehsteig wie den Rinnstein. Später fegte ich auch den ganzen Laden aus, selbst lange vernachlässigte Winkel voll Abfall.
Und dabei sang ich:

»So ward der Winter unsres Mißvergnügens
Glorreicher Sommer durch die Sonne Yorks«

Ich weiß: ein Lied ist das nicht, aber ich sang es doch.

Zweiter Teil

Elftes Kapitel

New Baytown ist ein wunderschönes Städtchen. Sein früher einmal bedeutender Hafen ist durch eine der Küste vorgelagerte Insel geschützt vor den eisigen Nordweststürmen. Die Ortschaft selbst liegt zerstreut auf einem Gelände, das von einem Netz von Binnenwässern durchzogen ist, die, von den Gezeiten gespeist, bei Ebbe und Flut in wilden Strömungen durch schmale Rinnen vom Hafen und vom Meer getrieben werden. Bis auf die großartigen Häuser der längst entschwundenen Walfänger sind die Behausungen klein und niedlich; sie stehen meist zwischen schönen alten Bäumen, Eichen verschiedener Gattung, Ahorn, Hickory und Ulmen, auch einigen Zypressen; aber bis auf die alten angepflanzten Ulmen weist der natürliche Holzbestand zum größten Teil Eichen auf. Früher waren dieser aus Urzeiten stammenden Eichbäume so viele und so starke vorhanden, daß mehrere Schiffswerften das Holz für ihre Planken und Knie, Kiele und Kielschweine aus der nächsten Umgebung holen konnten.
Menschengemeinschaften haben, genau wie Einzelmenschen, ihre gesunden und ihre kranken Zeiten, ja auch Jugend und Alter, Hoffnung und Verzagtheit. Es gab eine Zeit, da einige wenige Kleinstädte wie New Baytown die Welt des Westens mit Walfischtran zur Beleuchtung versorgten. Die Lampen, bei denen die Professoren und Studenten von Oxford und Cambridge lernten und lehrten, bezogen ihren Brennstoff von diesem amerikanischen Vorposten. Dann aber kam in Pennsylvanien Petroleum, das Steinöl, zum Vorschein, und das billige Kerosin, Kohlenöl genannt, verdrängte den Waltran und machte den größten Teil der Walfänger überflüssig. War es Siechtum, war es Verzweiflung, was New Baytown befiel – jedenfalls war es ein Zustand, von dem es sich nicht mehr erholte. Andere, gar nicht weit davon entfernte Städte wuchsen und gediehen auf Grund anderer Erzeugnisse und Tätigkeiten, doch New Baytown, dessen ganze Lebenskraft auf Dreimastern und Walfischen beruhte, versank in einen Zustand der Stumpfheit. Der Lindwurm von Menschen, der sich vom übervölkerten New York ins Land hinauswälzte, ließ New Baytown links liegen und überließ es seinen Erinnerungen. Und wie das dann gewöhnlich der Fall ist: die New Baytowner redeten sich ein, es behage ihnen so. Sie seien vom Lärm und Schmutz der Sommergäste, vom grellen Schein der Neonreklamen, vom Geldausgeben für den Touristenverkehr und überhaupt von dem ganzen Touristenbetrieb verschont. Es wurden nur ein paar neue Häuser um die schönen Binnengewässer herum gebaut. Aber der Lindwurm der Übervölkerung kroch und griff immer weiter hinaus, und je-

dermann war sich bewußt, daß er über kurz oder lang auch New Baytown verschlingen werde. Die Einheimischen ersehnten und verabscheuten zugleich diese Zukunft. Die Nachbarstädte waren reich, ihre Kassen flossen über von Einnahmen aus der Touristenausbeutung, brüsteten sich mit den großen Häusern der Neureichen. Old Baytown brachte Kunst, Keramik und Homosexuelle hervor, und die plattfüßige Brut von Lesbos spann hausgemachte Gewebe und kleine Familienintrigen. New Baytown redete von den alten Zeiten und vom Flunderfang.

Im Uferschilf der Binnengewässer nisteten die Stockenten und brachten die Flottillen ihrer Jungen hinaus, Bisamratten gruben und bauten in ganzen Gemeinden und tummelten sich geschmeidig in der Frühmorgensonne. Die Fischadler äugten und stießen auf Beute nieder; Möwen schwangen sich hoch in die Luft mit Mies- und Kammuscheln im Schnabel, die sie fallen ließen, damit sie zerbrachen und ihr Inhalt sich verspeisen ließ. Ein paar Ottern glitten noch mit fast lautlosem, samtigem Rascheln durchs Wasser; Kaninchen wilderten in den Gärten, und die grauen Eichhörnchen hüpften wie kleine Wellen über die Dorfstraßen. Fasanenhähne schlugen mit den Flügeln, gaben ihr heiseres, hustenartiges Krähen von sich. Blaue Reiher standen wie langbeinige Stoßdegen im seichten Wasser, und bei Nacht kreischten die Rohrdommeln wie einsame Gespenster.

Frühling und Sommer kommen spät in New Baytown, doch wenn der Sommer endlich erscheint, so bringt er ganz eigenartige weiche und wilde Laute, Gerüche und Stimmungen mit sich. In den ersten Junitagen entlädt sich die Welt der Blätter, Halme und Blüten, und jeder Sonnenuntergang ist anders. Dann stoßen die Baumwachteln ihre spröden Rufe aus, und wenn es dunkel geworden ist, erhebt sich etwas wie eine Schallmauer aus den Schreien der Ziegenmelker. Die Eichen werden dick und rund vor Laub und werfen ihre langquastigen Blüten ins Gras. Dann versammeln sich die Hunde aus allen möglichen Häusern, machen Landpartien, treiben sich versonnen und selig in den Wäldern umher und kommen manchmal tagelang nicht nach Hause.

Von seinem Selbsterhaltungstrieb in Bewegung gesetzt, mäht der Mann im Juni Gras, bestreut er die Erde mit Samen, liegt er im Kampf mit Maulwurf und Kaninchen, mit Ameise, Käfer und Vogel und sonstigem Getier, das sich gegen seinen Garten verschworen hat. Die Frau indes betrachtet die am Rand sich krausenden Blütenblätter einer Rose, sie schmachtet ein wenig und seufzt, und ihre Haut wird zum Blumenblatt, und ihre Augen sind wie Staubgefäße. Juni ist ein fröhlicher Monat, kühl und warm, jauchzend vor Wachstum und Fortpflanzung des Holden und Schädlichen, des Aufbauenden und des Verderbenbringenden. Die jungen Mädchen in prallen Flanellhosen wandern, sich bei den Händen fassend, über die High Street; kleine Transistoren auf ihren Schultern winseln ihnen sentimentale Liebeslieder in die Ohren. Die jungen

Burschen, strotzend von Saft und Kraft, sitzen auf den hohen Hockern im Drugstore und verleiben sich durch Strohhalme die Giftstoffe für künftige Pusteln ein. Mit Bocksblicken betrachten sie die jungen Mädchen und machen untereinander geringschätzige Bemerkungen, während sie innerlich vor Sehnsucht wimmern.

Im Juni kehren die Geschäftsleute bei »Al 'n Sue« oder im »Foremaster« auf ein Bier ein, bleiben aber beim Whisky hocken und trinken sich den Nachmittag hindurch in Rausch und Schweiß hinein. Selbst am Nachmittag schleichen sich verstaubte Wagen an den trostlosen Vorgarten des abgelegenen, ungetünchten Hauses mit den überall heruntergelassenen Rollvorhängen am Ende der Mill Street, wo Alice, die Dorfhure, die Nachmittagskümmernisse der von der Junisonne gestochenen Männer entgegennimmt. Und den ganzen Tag über liegen Ruderboote abseits des Wellenbrechers vor Anker, und Männlein und Weiblein bemühen sich beglückt, dem Meer eine Gratismahlzeit abzulisten.

Juni – das heißt malen und stutzen, Pläne machen und Projekte wälzen. Es gibt wohl wenig Männer, die jetzt nicht Zementblöcke und allerhand Gerät heimbringen und nicht auf der Rückseite von Kuverts neue Tadsch Mahals entwerfen. Hundert kleine Boote liegen kieloben am Strand; ihre Böden glänzen von Kupferanstrich. Noch hält die Schule die unbotmäßigen Kinder unter ihrer Fuchtel bis zum Monatsende; wenn die Zeit der Examina herankommt, schäumen Auflehnung und Widersetzlichkeit hoch, und der gewöhnliche Schnupfen nimmt epidemische Formen an, wird zu einer Seuche, die am Tag des Schulschlusses wie auf Zauberschlag verschwindet.

Im Juni keimt die glückliche Sommersaat. »Wo sollen wir über den glorreichen Vierten Juli hingehen? ... Es wird Zeit, daß wir Pläne machen für unsere Ferien.« Juni ist die Mutter aller Möglichkeiten, alles Zukunftverheißenden: junge Entchen schwimmen tapfer drauflos, vielleicht dem schnappenden Rachen unterm Wasser lauernder Schildkröten entgegen; der Lattich wehrt sich durch Ausschlagen gegen Trockenheit, die Tomaten bieten den Käferlarven durch hochgerichtete Stengel Trotz, und im Familienkreis wird über die Vorzüge von Sand und Sonnenbrand gegenüber schlaflosen Nächten im Gebirge voller Moskito-»Summ«phonien debattiert. »Dieses Jahr will ich mich einmal ausruhen. Ich will mich nicht wieder so müde machen. Dieses Jahr lasse ich es nicht zu, daß die Kinder meine zwei freien Wochen zu einer Hölle auf Rädern machen. Ich schufte das ganze Jahr über. Diese Wochen gehören mir. Das ganze Jahr schufte ich.« Ferienpläne schlagen alle Erinnerungen aus dem Feld, und wir leben in der besten aller Welten.

New Baytown hatte lange Zeit geschlafen. Die Männer, die es politisch, moralisch, wirtschaftlich beherrschten, hatten das so lange getan, daß ihre Methoden ein für allemal festgelegt schienen. Der Bürgermeister, der Stadtrat, die

Richter, die Polizei – alle schienen sie für die Ewigkeit bestimmt. Der Bürgermeister verkaufte der Stadt Material, und die Richter »richteten« es den Verkehrssündern, wie sie es schon lange betrieben hatten, bis sie gar nicht mehr wußten, daß ihre Praktiken gesetzwidrig waren – was zumindest die Gesetzbücher behaupteten. Da sie normale Menschen waren, konnte es ihnen gar nicht in den Sinn kommen, daß sie unmoralisch handelten. Alle Menschen sind moralisch. Bloß die Nebenmenschen nicht.

Der Nachmittag hatte eine gelbliche Färbung und war von sommerlichem Hauch durchweht. Ein paar Fremde, verfrühte Sommerfrischler – Leute, die nicht daheim festgehalten wurden, bis die Kinder Schulferien hatten – liefen in den Straßen herum. Auch ein paar Autos fuhren durch mit Anhängern, auf denen kleine Boote und große Außenbordmotoren verstaut waren. Mit geschlossenen Augen hätte Ethan sie als Sommerfrischler erkannt nach dem, was sie kauften: Aufschnitt, Schachtelkäse, Büchsensardinen und Crackers.

Wie jetzt jeden Tag, nachdem es wärmer geworden war, kam Joey Morphy, um seine Nachmittagserfrischung zu sich zu nehmen. Er schwenkte die Flasche und deutete damit auf die Kühltheke. »Sie sollten hier eine Sodafontäne einrichten«, sagte er.

»So ... Und lasse mir vier neue Arme wachsen oder vermehre mich durch Selbstteilung wie ein Seeigel? Sie vergessen, Nachbar Joey, daß der Laden nicht mir gehört.«

»Das sollte er aber.«

»Muß ich Ihnen wieder die Geschichte von den toten Königen erzählen?«

»Die kenne ich. Sie verstanden nichts von Tuten und Blasen. Mit schwerer Mühe mußten Sie alles lernen. Nun ... Sie haben's aber gelernt.«

»Das hat mir viel genützt!«

»Wenn der Laden jetzt Ihnen gehörte, würden Sie schön Geld verdienen.«

»Aber er gehört mir nicht.«

»Wenn Sie gleich nebenan einen aufmachen würden, könnten Sie Ihre ganze Kundschaft mitnehmen.«

»Wie kommen Sie darauf?«

»Weil die Leute gern bei Leuten kaufen, die sie kennen. Das nennt man wohl angesehen sein, und das hilft immer.«

»Früher hat's mir nicht geholfen. Jedermann in der Stadt kannte mich, und – ich ging pleite.«

»Das war sozusagen rein technisch. Sie verstanden nicht einzukaufen.«

»Vielleicht verstehe ich das immer noch nicht.«

»O ja. Sie wissen aber nicht einmal, daß Sie es gelernt haben. Sie leiden immer noch an einem gebrochenen Gemütszustand. Werfen Sie den in den Mülleimer, Mr. Hawley. In den Mülleimer damit, Ethan.«

»Danke.«

»Ich mag Sie gut leiden. Wann geht Marullo nach Italien?«

»Das hat er noch nicht gesagt. Hören Sie, Joey – wie vermögend ist er eigentlich? Oder nein, lassen Sie es. Ich weiß, Sie sollen nicht über die Bankkunden sprechen.«

»Für einen Freund kann ich ja einmal gegen die Vorschrift verstoßen, Ethan. Ich kenne nicht alle seine Geschäfte, aber wenn sein Konto bei uns etwas besagt, dann möchte ich behaupten, daß er wirklich vermögend ist. Er hat seine Finger in allen möglichen Sachen – ein Anwesen da, eine Liegenschaft dort, einige Häuser am Strand und ein ganzes Bündel erster Hypotheken.«

»Woher wissen Sie das?«

»Von seinem Bankfach. Er mietet immer eines von den großen. Wenn er es aufschließt, hat er den einen Schlüssel, und ich habe den andern. Ich gebe zu, ich habe ein bißchen hineingespitzt. Bin wohl von Natur ein neugieriger Mensch.«

»Geht aber doch wohl alles mit rechten Dingen zu, wie? Ich meine – nun, man liest die ganze Zeit von derlei – von Rauschgiften, Schiebungen und dergleichen.«

»Davon ist mir nichts bekannt. Er verbreitet sich nicht über seine Geschäfte. Holt etwas heraus und tut wieder etwas hinein. Ich weiß nicht, ob er noch mit einer andern Bank arbeitet. Nehmen Sie zur Kenntnis, daß ich Ihnen seine Bilanz nicht mitteile.«

»Ich habe auch nicht danach gefragt.«

»Könnte ich ein kaltes Bier haben?«

»Nur zum Mitnehmen. Ich kann's in ein Pappgefäß gießen.«

»Ich möchte Sie nicht zu einer Gesetzesverletzung veranlassen.«

»Quatsch!« Ethan stieß Löcher in die Dose. »Halten Sie die Dose nur etwas beiseite, wenn jemand hereinkommt.«

»Danke. Ich habe viel über Sie nachgedacht, Ethan.«

»Warum?«

»Vielleicht weil ich ein alter Naseweis bin. Mißerfolg ist ein Gemütszustand. Es ist wie bei den Sandfallen, die die Ameisenlöwen graben. Da rutscht man immer wieder zurück. Es bedarf eines Mordssprungs, um sich herauszuretten. So einen Sprung müssen Sie machen, Eth. Wenn Sie einmal draußen sind, werden Sie merken, daß auch Erfolg ein Gemütszustand ist.«

»Ist es auch eine Falle?«

»Wenn, dann eine besserer Art.«

»Angenommen, einer macht den Sprung und ein andrer wird hineingelegt.«

»Gott allein sieht, wie der Sperling vom Dach fällt, aber er tut nichts dagegen.«

»Ich möchte wissen, was Sie mir eigentlich anraten wollen.«

»Das möchte ich auch wissen. Wenn ich das wüßte, würde ich es wohl selbst tun. Bankkassiere werden keine Bankpräsidenten. Einer mit der ganzen Hand voll Aktien, der wird's. Ich wollte wohl sagen: Immer das packen, was an einen herankommt. Es könnte nicht wiederkommen.«

»Sie sind ein Philosoph, Joey, ein Finanzphilosoph.«

»Reiben Sie mir das nicht unter die Nase. Was man nicht hat, darüber denkt man nach. Der Mensch ist das einzige Wesen, das nachdenkt. Wissen Sie, die meisten Menschen leben zu neunzig Prozent in der Vergangenheit und zu sieben Prozent in der Gegenwart, da bleiben ihnen nur drei Prozent für die Zukunft. Der alte Satchel Paige hat darüber das Klügste gesagt, was ich je gehört habe: ›Blick nicht zurück. Es könnte etwas die Oberhand über dich gewinnen.‹ Aber ich muß ins Geschäft zurück. Mr. Baker fährt morgen auf ein paar Tage nach New York. Er ist beschäftigt wie eine Ameise.«

»Womit?«

»Was weiß ich? Aber ich teile die Post ein. Er bekommt einen Haufen Briefe von Albany.«

»Politischen Inhalts?«

»Wie gesagt: ich verteile die Korrespondenz nur, ich lese sie nicht. Geht das Geschäft immer so flau?«

»Gegen vier Uhr schon. In etwa zehn Minuten wird es lebhafter.«

»Sehen Sie? Sie haben etwas gelernt. Ich mache eine Wette, daß Sie das nicht gewußt haben, bevor Sie pleite gingen. Wiedersehen! Packen Sie den goldenen Ring, dann kriegen Sie eine Freifahrt auf dem Karussell.«

Plangemäß setzte zwischen fünf und sechs der Aufmarsch von Kunden ein. Die Sonne, durch die Sommerzeit aufgehalten, stand noch hoch, und die Straßen waren noch hell wie auf der Höhe des Nachmittags, als er die Obstbehälter in den Laden verbrachte, die Vordertür abschloß und die grünen Markisen zuzog. Dann holte er, an Hand einer Liste, die Waren zusammen, die er mit heimbringen sollte, und verstaute alles in einem großen Papiersack. Danach zog er die Schürze aus, Rock und Hut an, schwang sich auf den Ladentisch, blieb darauf sitzen und schaute nach den Regalen seiner Gemeinde hin. »Nichts zu melden«, sagte er. »Aber gedenkt der Worte Satchel Paiges. Ich muß wohl lernen, nicht zurückzublicken.«

Er nahm die liniierten Bogen aus seiner Brieftasche und falzte dafür einen kleinen Umschlag aus Pergamentpapier zusammen. Dann öffnete er die weiß emaillierte Tür zum Triebwerk des Kühlkastens und steckte das Pergamentkuvert in einen Winkel hinter dem Kompressor, worauf er die Tür wieder schloß.

Auf einem Fach unter der Registrierkasse lag ein verstaubtes und eselsohriges Telefonbuch von Manhattan für den Notfall eiliger Bestellungen beim Warenversandhaus. Er nahm es und schlug beim Buchstaben U unter »United States« nach, darunter dann bei »Justice, Departement of«. Mit dem Finger die Kolonne herunterfahrend fand er »Fed. Bur. of Investigation«, und darunter: »Immigration & Naturalization Svce, 20 W Broadway, BA 7-0300; nachts, sams-, sonn- und feiertags OL 6-5888.«

Er sagte laut vor sich hin: »Also OL 6-588 ... Es ist ja schon spät.« Und dann sagte er, ohne sie anzuschauen, zu den Konserven: »Wenn alles mit rechten Dingen zugeht, dann schadet das niemand.«

Er ging zur Gassentür hinaus und schloß sie ab. Dann nahm er den Papiersack mit den Waren und ging über die Straße hinüber zum Hotel und Grillroom Foremaster. Im Grillroom herrschte der Lärm der Cocktailzecher, aber in dem winzigen Vorraum, wo die Telefonzelle war, befand sich niemand, nicht einmal der Hotelportier. Er machte die Glastür zu, stellte die Warentüte auf den Boden, legte das Kleingeld auf die Wandleiste, warf einen Zehner in den Automaten und wählte die Nummer des Fernamtes.

Als die Beamtin sich gemeldet hatte, sagte er: »Fräulein, ich möchte eine Verbindung mit New York.«

»Wollen Sie selbst die Nummer einstellen, bitte.«

Er tat es.

Mit seinem Warensack kam Ethan nach Hause. Wie schön die langen Nachmittage waren. Das Gras auf dem Rasen war so hoch und saftig, daß sich seine Fußspuren darin abzeichneten. Schweißfeucht gab er Mary einen Kuß.

»Schnucki«, sagte er, »der Rasen schießt ins Kraut. Meinst du, ich könnte Allen dazu kriegen, daß er ihn mäht?«

»Tja, es sind jetzt Examina. Du weißt, wie das ist vor Schulschluß und so weiter.«

»Was ist denn das für ein teuflisches Geplärr im Nebenzimmer?«

»Er hat so ein Ding, das allerhand Stimmen von sich gibt. Da übt er jetzt drauf, zur Varietévorstellung bei der Schlußfeier.«

»Na, da werde ich wohl den Rasen selber mähen müssen.«

»Tut mir leid, mein Lieber. Aber du weißt doch, wie sie sind.«

»Ja, ich beginne das nachgerade zu lernen.«

»Bist du schlecht gelaunt? Hast du einen schweren Tag gehabt?«

»Laß mich mal nachdenken. Nein, eigentlich nicht. Ich war den ganzen Tag auf den Beinen. Der Gedanke, daß ich jetzt noch den Rasenmäher schieben muß, läßt mich nicht gerade Freudensprünge machen.«

»Wir sollten eine elektrische Mähmaschine haben. Die Johnsons haben eine, darin kann man spazierenfahren.«

»Wir müßten auch einen Gärtner und einen Gärtnergesellen haben wie mein Großvater. Spazierenfahren. Wenn er fahren könnte, dann würde Allen vielleicht den Rasen mähen.«

»Sei nicht gemein zu ihm. Er ist doch erst vierzehn. In diesem Alter sind sie alle so.«
»Wer hat eigentlich den Schwindel aufgebracht, daß Kinder ›herzig‹ seien?«
»Du bist doch schlecht gelaunt.«
»Na ja, kann sein. Das Geplärr macht mich wahnsinnig.«
»Er muß doch üben.«
»Das hast du mir bereits mitgeteilt.«
»Laß deine üble Laune nicht an ihm aus.«
»Schön, schön, aber das würde mir helfen.« Er ging ins Wohnzimmer, wo Allen aus einem vibrierenden Glasröhrchen, das er auf der Zunge hatte, halbverständliche Worte herausquetschte. »Was hast du denn da, zum Donnerwetter?«
Allen spuckte das Ding in seine Hand. »Das lag dem Karton von Peeks bei. Damit kann man bauchreden.«
»Hast du die Peeks-Zerealien gegessen?«
»Nein. Die mag ich nicht. Aber ich muß jetzt üben, Papa.«
»Wart mal noch eine Sekunde«, sagte Ethan und setzte sich hin. »Was hast du vor, aus deinem Leben zu machen?«
»Hä?«
»Wie stellst du dir deine Zukunft vor? Ist darüber nicht in der Schule gesprochen worden? Die Zukunft liegt in deiner Hand.«
Jetzt kam Ellen auf den Sohlen hereingerutscht, warf sich auf den Diwan und nahm die Pose einer zusammengerollten Katze an. Dann stieß sie ein scharfes, schneidendes Gekicher aus und sagte: »Er will beim Fernsehen auftreten.«
»Ein Bürschchen von dreizehn Jahren hat dort hundertdreißigtausend Dollar beim ›Quiz‹ eingenommen.«
»Und es ist herausgekommen, daß alles abgekartet war«, sagte Ellen.
»Na, aber die hundertdreißig großen Lappen hat er behalten.«
Ethan sagte leise: »Ob das moralisch ist, darüber machst du dir keine Gedanken, wie?«
»Na, ist doch ein ganzer Haufen Geld.«
»Du findest das nicht unehrlich?«
»Ach was . . . Das tun alle.«
»Und wie ist das mit denen, die sich auf einem silbernen Tablett anbieten und keinen Abnehmer finden? Die haben weder Ehre noch Geld.«
»Das muß man riskieren – es kommt ganz darauf an, wie der Hase läuft.«
»So?« sagte Ethan. »Bei dir scheint auch etwas davongelaufen zu sein, nämlich deine Manieren. Sitz gerade! Und sprich anständig. Lernt ihr all das in der Schule?«
Der Junge blickte erschreckt auf, versuchte zu erkennen, wie es vom Vater gemeint war, richtete sich dann faul auf und sagte trotzig: »Nein, Vater.«

»Wie bist du in der Schule.«
»Gut, denke ich.«
»Und was macht dein Aufsatz darüber, wie du Amerika liebst?«
»Ich habe ihn fertig.
»Gut. Ich möchte ihn mal sehen.«
»Ich habe ihn schon abgeschickt.«
»Du mußt doch eine Kopie haben.«
»Nein, Vater.«
»Und wenn er verlorengeht?«
»Daran habe ich nicht gedacht. Papa, darf ich nicht ins Camp gehen, wie alle anderen Kinder? «
»Das können wir nicht erschwingen. Übrigens gehn nicht alle Kinder hin, sondern nur einige.«
»Ach, wenn wir doch ein bißchen Geld hätten!« Er schlug die Augen nieder und leckte sich die Lippen.
In Ellens zusammengezogenen Augen lag ein aufmerksamer Blick.
Ethan betrachtete seinen Sohn. »Ich werde sehen, es möglich zu machen«, sagte er.
»Vater?«
»Ich kann dir im Laden zu arbeiten geben.«
»Was verstehst du unter ›arbeiten‹?«
»Waren austragen, Regale ordnen, ausfegen, vielleicht auch, wenn du dich dazu eignest, Kunden bedienen.«
»Ich will aber ins Camp.«
»Du willst auch hunderttausend Dollar gewinnen.«
»Vielleicht gewinne ich jetzt bei dem Wettbewerb. Jedenfalls kommt eine Reise nach Washington dabei heraus. Das sind doch wenigstens Ferien nach dem ganzen Jahr in der Schule.«
»Allen! Es gibt unabänderliche Regeln für Betragen, Höflichkeit, Ehrlichkeit, ja auch für Tatkraft. Es wird Zeit, daß ich sie dir beibringe, damit du ihnen zumindest Lippendienst erweist. Du wirst von mir Arbeit bekommen.«
Der Junge blickte auf. »Das darfst du nicht«, sagte er.
»Wie bitte?«
»Nach dem Gesetz über Kinderarbeit. Ich kann ja nicht einmal die Arbeitserlaubnis vor sechzehn Jahren bekommen. Soll ich gegen das Gesetz verstoßen?«
»Meinst du, alle Knaben und Mädchen, die ihren Eltern helfen, sind halb Sklaven und halb Verbrecher?« So offen und schonungslos wie seine Liebe war auch Ethans Zorn. Allen blickte zur Seite und sagte: »Ich hab' das nicht so ernst gemeint, Vater.«
»Davon bin ich überzeugt. Du wirst es auch nicht wieder tun.«

»Nein, Vater. Darf ich jetzt in mein Zimmer gehen?«
»Ja.«
Langsam stieg Allen die Treppe hinauf.
Als er gegangen war, schwang Ellen ihre Beine herum wie Propeller, setzte sich aufrecht und zog ihren Rock damenhaft herunter.
»Ich habe die Reden von Henry Clay gelesen. Das war bestimmt ein gescheiter Mann.«
»Gewiß, das war er.«
»Erinnerst du dich an die Reden?«
»Nicht richtig mehr. Es ist schon lange Zeit her, daß ich sie gelesen habe.«
»Sie sind großartig.«
»Aber wohl nicht ausgesprochene Schulmädchenlektüre.«
»Großartig.«
Müde von dem langen, mühevollen Tag, den er hinter sich hatte, erhob sich Ethan und ging in die Küche. Mary hatte rote Augen und sagte recht verärgert:
»Ich habe alles gehört. Ich weiß gar nicht, was du eigentlich willst. Er ist doch noch ein kleiner Bub.«
»Die richtige Zeit, um anzufangen, mein Liebchen.«
»Sag nicht ›Liebchen‹ zu mir. Ich kann Tyrannen nicht ausstehn.«
»Ein Tyrann? Ich? Ach, du großer Gott!«
»Er ist doch nur ein kleiner Bub. Du hast ihn wüst angefahren.«
»Das dürfte ihm gut bekommen sein.«
»Ich weiß nicht, was du damit sagen willst. Du hast ihn zerquetscht wie ein Insekt.«
»Aber nicht doch, Liebchen. Ich habe ihm nur einen raschen Überblick über die Welt gegeben. Er war dabei, ein falsches Bild zu bekommen.«
»Wer bist du, daß du weißt, wie die Welt ist?«
Stumm ging Ethan an ihr vorbei und zur Hintertür hinaus.
»Wo gehst du hin?« rief sie ihm nach.
»Den Rasen mähen.«
»Ich meinte, du wärst müde.«
»Bin ich – war ich auch.« Er sah über die Schulter weg nach ihr zurück. Sie stand in der Tür. »Ein Mann ist ein einsames Wesen«, sagte er, lächelte ihr zu und holte dann den Rasenmäher heraus.
Mary vernahm das zischende Geräusch der durch das weiche, biegsame Gras wirbelnden Messer. Auf einmal hörte das Geräusch vor der Treppe auf, und sie hörte Ethan rufen: »Mary, Mary, mein Herz, ich liebe dich.«
Dann fuhren die wirbelnden Messer wieder wütend durch das überhoch geschossene Gras.

Zwölftes Kapitel

Margie Young-Hunt war eine anziehende Person, erfahren, gescheit; so gescheit, daß sie sogar wußte, wann und wie sie ihre Gescheitheit verbergen mußte. Mit ihren Ehen hatte sie kein Glück gehabt, das heißt: mit den Männern; der eine war schwach gewesen, und der andere noch schwächer – er hatte bald das Zeitliche gesegnet. Verehrer und Freunde liefen ihr nicht zu. Sie verschaffte sie sich, indem sie alles tat, um sich beliebt zu machen: durch häufige Telefonanrufe, Briefe, Glückwunschkarten, durch nicht immer ganz zufällige Begegnungen. Kranken brachte sie selbstgekochte Suppen, erinnerte sich an Geburtstage. So hielt sie ihre Person im Gedächtnis der Leute wach.
Mehr als die übrigen Damen der Stadt tat sie für ihre schlanke Linie, für ihren reinen, glänzenden Teint, dafür, daß ihre Zähne weiß blieben und sich kein Doppelkinn bildete. Einen großen Teil ihres Einkommens verwendete sie auf ihre Frisur, auf Maniküre, Massage, Cremes und Salben. Andere Frauen sagten: »Sie muß älter sein, als sie aussieht.«
Als die Muskeln ihrer Brüste nicht mehr auf Cremes, Massage und Gymnastik reagierten, legte sie wohlgeformte Büstenhalter an, die sie hoch und drall wirken ließen. Ihr Make-up nahm immer mehr Zeit in Anspruch. Ihr Haar zeigte all den Glanz und Schimmer, die vollendete Welle, die die in den Fernsehreklamen gepriesenen Produkte verheißen. Wenn sie mit einem Verehrer ausging, zu Abend aß, tanzte, lachte, lustig war und ihren Begleiter in ein Netz kleiner Magnete einspann, wer konnte dann ahnen, daß sie damit nur kalten Herzens wiederholte, was sie schon vielfach ausgeführt hatte? Nach einer Anstandsfrist und nachdem sich der Betreffende in einige Kosten für sie gestürzt hatte, ging sie mit ihm zu Bett, wenn es diskret zu machen war. Früher oder später mußte sich das mit einem Mann geteilte Bett als Falle zur Erhaschung künftiger Sicherheit und Sorglosigkeit bewähren. Doch das erhoffte Wild hielt sich fern von den unter der Steppdecke sich bergenden Schlingen. Ihre Verehrer bestanden je länger, je mehr aus Verheirateten, Kränklichen oder Mißtrauischen. Und Margie wußte am allerbesten, daß ihre Zeit knapp wurde. Ihre Tarockkarten gaben ihr keine Antwort, wenn sie bei ihnen Hilfe für sich selbst suchte.
Margie hatte viele Männer gekannt, die meisten davon Menschen mit schlechtem Gewissen, mit verletzter Eitelkeit, mit Lebensverzweiflung, und so hatte sich bei ihr eine Verachtung für ihr Wild herausgebildet wie es ein gewerbsmäßiger Ungezieferjäger hat. Es war eine Leichtigkeit, solche Männer am Gängelband ihrer Ängste und Eitelkeiten zu führen. Sie sehnten sich so schmerzlich danach, hintergangen zu werden, daß Margie darüber kein Siegesgefühl mehr empfand, sondern nur angewidertes Mitleid. Das waren ihre Freunde und Gefährten. Sie bewahrte sie sogar vor der Entdeckung, daß sie

ihre Freunde waren. Sie gab ihnen ihr Bestes, weil sie nichts von ihr verlangten. Sie verheimlichte sie, weil sie im tiefsten Grund keine Bewunderung für sich selbst aufbringen konnte. Einer von diesen war Danny Taylor, ein anderer Alfio Marullo, ein dritter Oberwachtmeister Stonewall Jackson Smith und noch andere. Sie trauten ihr, und sie traute ihnen. Diese Freunde sprachen mit ihr von der Leber weg und ohne Scheu, denn für sie war sie etwas wie der Brunnen in Andersens Märchen: aufnahmebereit, unparteiisch und verschwiegen. Wie die Überzahl der Menschen heimliche Laster hat, so besaß Margie Young-Hunt eine verborgene Tugend. Vermutlich wußte Margie mehr von New Baytown, ja von Wessex County, als sonstwer, und ihr Wissen blieb objektiv, weil sie es nicht zum eigenen Nutzen verwenden wollte und durfte. Doch alles, was ihr auf andern Gebieten in die Hand kam, war für sie verwertbar.

Ihr Vorhaben mit Ethan Allen Hawley ergab sich rein zufällig und zum Zeitvertreib. In gewisser Hinsicht hatte Ethan recht, wenn er meinte, es sei einfach Unfug, eine Kraftprobe. Viele der trübseligen Männer, die bei ihr Trost und Beruhigung suchten, waren gehandikapt durch Impotenz, hilflos in den Fesseln von Sexualtraumata, die alle übrigen Gebiete ihres Lebens vergifteten. Für Margie war es ein leichtes, solche Männer durch Schmeicheleien und Zuspruch so weit von ihren Belastungen zu befreien, daß sie sich wieder gegen ihre peitschenschwingenden Ehefrauen zur Wehr zu setzen vermochten. Sie hatte Mary Hawley wirklich gern, und über sie wurde sie auf Ethan aufmerksam, der an einem andern Trauma litt, einer soziologisch-ökonomischen Bindung, die ihn seiner Kraft und Sicherheit beraubt hatte. Da sie keine Tätigkeit, keine Liebe, keine Kinder hatte, überlegte sie, ob sie diesen verstümmelten Mann nicht freimachen und auf ein neues Ziel einstellen könne. Es war ein Spiel, etwas wie ein Geduldspiel, eine Kraftprobe, nicht von Güte hervorgerufen, sondern nur aus Neugier und Müßiggang. Er war ein überlegener Mensch. Ihn zu lenken, würde ihre Überlegenheit beweisen, und dessen bedurfte sie immer mehr.

Sie war wohl der einzige Mensch, der erkannte, wie tief die Veränderung bei Ethan ging, und das erschreckte sie, weil sie meinte, es sei durch sie geschehen. Der Maus wuchs eine Löwenmähne. Sie sah die Muskeln unter seinen Kleidern, sie merkte, wie die Grausamkeit seiner Blicke zunahm. So muß dem sanften Einstein zumute gewesen sein, als das, was er als Begriffsbestimmung der Natur der Materie erdacht hatte, über Hiroschima aufblitzte.

Margie hatte Mary Hawley sehr gern, aber wenig Mitgefühl und gar kein Mitleid für sie übrig. Mißgeschick ist für Frauen ein Naturereignis, das sich hinnehmen läßt, insbesondere wenn es anderen Frauen zustößt.

In ihrem tadellos gehaltenen, winzigen Häuschen, das in einem großen, von Pflanzenwuchs überwucherten Garten nächst dem Alten Hafen lag, saß Margie

vor ihrem Schminkspiegel und betrachtete genau ihr Rüstzeug; durch Creme, Puder, Tusche und schwarz lackierte Wimpern hindurch erkannten ihre Augen die geheimen Runzeln, die Sprödigkeit ihrer Haut. Sie spürte die Jahre an sich hochkriechen wie die Flutwellen an einem Felsen bei ruhiger See. Es gibt ein Arsenal von Waffen gegen Überreife und Altern, aber deren Anwendung erfordert Training und Technik, über die sie nicht verfügte. Diese mußte sie erlernen, bevor das Gebäude ihrer Jugend und Lebendigkeit zusammenbrach und sie als ein nacktes, zerfallenes, lächerliches Etwas zurückließ. Ihr Erfolg beruhte darauf, daß sie sich nie gehenließ, selbst dann nicht, wenn sie allein war. Nun erlaubte sie, als Experiment, ihrem Mund herunterzufallen, wie er immer wollte, ihren Lidern, sich auf halbmast zu senken.
Sie ließ das hochgehaltene Kinn sinken, da kam ein Wulst wie ein gedrehtes Seil zum Vorschein. Im Spiegel vor sich sah sie zwanzig Jahre über sich herklettern, und sie erschauerte vor der eisigen Stimme, die ihr zuflüsterte, was noch auf sie wartete. Sie hatte alles zu lange aufgeschoben. Eine Frau mußte über eine Vitrine verfügen, in der sie altern kann, über Beleuchtung, Requisiten, schwarzen Samt, Kinder, Liebe, Schutz und Kleingeld, einen heiteren, anspruchslosen Mann oder gar sein noch heitereres und noch anspruchsloseres Testament und sichergestelltes Kapital. Eine einsam alternde Frau ist unnützer, weggeworfener Abfall, eine verrunzelte Widerwärtigkeit ohne einen an sie gefesselten Hofstaat, der ihre Leiden begackert und beseufzt.
In ihrer Magengrube bildete sich eine glühende Stelle der Angst. Mit ihrem ersten Mann hatte sie Glück gehabt. Er war ein Schwächling gewesen, und sie hatte bald das Ventil seiner Schwäche herausgefunden. Er war so hoffnungslos in sie verliebt gewesen, daß er, als sie sich scheiden lassen wollte, in der Alimentenabmachung nicht einmal die Wiederverheiratungsklausel beantragte.
Ihr zweiter Mann hatte gemeint, sie habe Privatvermögen, was auch zutraf. Bei seinem Tode hinterließ er ihr nicht viel, doch mit den Alimenten von ihrem ersten Mann konnte sie anständig leben, sich gut anziehen und nach Herzenslust ausgeben. Aber wenn nun der erste Mann starb! Das war die wunde Stelle, die brennende Angst. Es war ihr alltäglicher und allnächtlicher Alpdruck, der Alpdruck des Monatsschecks.
Im Januar hatte sie ihn an der großen, breiten Kreuzung von Madison Avenue und 57. Straße gesehen. Alt und hager sah er aus. Der Gedanke an die Möglichkeit seines Todes verfolgte sie. Wenn der Kerl starb, dann hörten die Zahlungen auf. Sie war wohl der einzige Mensch auf der Welt, der von ganzem Herzen für seine Gesundheit betete.
Auf dem Bildschirm ihres Gedächtnisses erschienen jetzt wieder das magere, stumme Gesicht und die leblosen Augen ... Wenn der Schweinehund nun starb ...

Margie beugte sich zum Spiegel vor, stockte und schleuderte dann ihren Willen wie einen Wurfspeer. Ihr Kinn hob sich; die seilartigen Wülste fielen ab; ihre Augen glänzten; ihre Haut schmiegte sich dicht an den Schädel, und ihre Schultern reckten sich. Sie stand auf und tanzte mit leichten Walzerschritten auf dem dicken roten Teppich herum. Ihre Füße waren nackt; die lackierten Nägel schimmerten rosig. Sie mußte sich sputen, sie mußte sich beeilen, ehe es zu spät wurde.
Sie riß den Wandschrank auf und griff nach dem ebenso reizenden wie aufreizenden Kleid, das sie für das Wochenende um den Vierten Juli aufgehoben hatte; dann nahm sie die Schuhe mit den Bleistiftabsätzen und ein Paar Strümpfe heraus, die so hauchdünn waren, daß die Beine darin nackter wirkten als ohne Strümpfe überhaupt. Flink zog sie sich an, so geübt und gewandt, wie ein Metzger sein Messer wetzt, und dann überprüfte sie ihre ganze Erscheinung in dem langen Spiegel, ebenso auch wie der Metzger sein Messer am Daumen prüft. Eile, doch nicht Hetze, Eile um des Mannes willen, der nicht wartet, und dann – die gleichgültige Langsamkeit der erfahrenen, der eleganten, der feschen, der selbstbewußten Frau, der Dame mit den schönen Beinen und den makellosen weißen Handschuhen. Kein Mann, an dem sie vorbeikam, unterließ es, ihr nachzuschauen. Der Lastwagenchauffeur von Miller Brothers stieß einen Pfiff aus, als er mit Bauholz an ihr vorbeipolterte, und zwei Gymnasiasten blickten sie mit à la Valentino zusammengekniffenen Augen an und schluckten mit Müh und Not das Wasser hinunter, das ihnen in ihren halbgeöffneten Mündern zusammenlief.
»Wie wär's mit der da?« sagte der eine.
»Hach jaa ...«, machte der andere.
»Würdest du gern mit der ...«
»Haach. Jaa ...«
Eine Dame geht nicht spazieren – in New Baytown jedenfalls nicht. Sie mußte irgendwohin gehen, ein Ziel haben, eine Besorgung machen, und wenn es die belangloseste und überflüssigste war. Während sie mit Trippelschritten über die High Street ging, grüßte sie diesen oder jenen Passanten, sprach mit ihnen und musterte sie mechanisch.
Mr. Hall: der lebte auf Kredit, zumindest eine Zeitlang.
Stoney: ein kräftiges, männliches Mannsbild; aber wie konnte eine Frau vom Gehalt oder gar der Pension eines Polizisten leben?
Harold Beck: ein schwerreicher Grundbesitzer, aber ein verdrehter Kauz. Er selbst war vermutlich der einzige Mensch auf der Welt, der das nicht wußte.
MacDowell: »Hocherfreut Sie zu sehen, mein Herr. Wie geht es Milly?« Unmöglicher – typischer Schotte, unterm Pantoffel seiner Frau, dabei ein Kranker; einer von denen, die ewig leben. Ansonsten ein Geheimnis. Niemand wußte, wieviel er besaß.

Donald Randolph: mit den Triefaugen, herrlicher Kumpan auf dem nächsten Barhocker, ein Gentleman auch in der Kneipe, dessen gute Manieren bis tief in den Rauschzustand hinein vorhielten, aber völlig untauglich zum Ehemann, es sei denn, man betreibe die Haushaltung auf Barhockern.

Harold Luce: es wurde behauptet, er sei mit dem Verleger von »Time« und »Life« verwandt. Aber wer behauptete das? Er selber? Ein harter, knauseriger Mensch, der, weil ihm das Sprachvermögen abging, im Ruf besonderer Klugheit stand.

Ed Wantoner: ein Lügner, ein Gauner, ein Dieb. Wahrscheinlich begütert, und seine Frau lag im Sterben. Aber Ed traute keinem Menschen. Nicht einmal seinem Hund. Aus Angst, daß er wegliefe, hielt er ihn dauernd an der Kette und ließ ihn heulen.

Paul Strait: ein mächtiger Mann in der Republikanischen Partei. Seine Frau hieß Butterfly. Das war kein Spitz-, sondern ihr Taufname. Wenn der Staat New York einen republikanischen Gouverneur hatte, dann verdiente Paul viel. Ihm gehörte nämlich die Städtische Müllabladestelle; von jeder Fuhre Kehricht, die dort abgeladen wurde, bekam er einen Vierteldollar. Als die Ratten dort überhand nahmen und so groß und fett wurden, daß sie eine Gefahr bildeten, soll Paul, so wird berichtet, Billetts ausgegeben, die zur Rattenjagd berechtigten, auch Gewehre und Handlampen ausgeliehen und Patronen verkauft haben. Er sah so präsidentenmäßig aus, daß viele Leute ihn »Ike« nannten.

Marullo: war kränker als früher. Haut und Haar wurden immer grauer. Seine Augen waren die eines Mannes, der eine Kugel in den Unterleib bekommen hatte. Er ging an der Tür seines eigenen Ladens vorüber, ohne hineinzugehen.

Margie betrat ihn jetzt, ihre wohlgeformten Hinterbacken schwenkend.

Ethan sprach mit einem Fremden, einem noch jung aussehenden schwarzhaarigen Menschen, mit Hosen, wie sie die Mitglieder gewisser alter Studentenverbindungen trugen, und einem schmalkrempigen Hut auf dem Kopf. Er mußte immerhin an Vierzig sein, ein fester strammer Mensch, der alles, was er tat, mit vollem Einsatz ausführte. Er beugte sich über den Ladentisch dicht zu Ethan vor.

Margie sagte: »Hei! Ich sehe, Sie haben zu tun. Ich komme später wieder.«

Es gibt tausenderlei sinnloses, aber berechtigtes Zeug, weswegen eine müßig herumschlendernde Frau sich in eine Bank begeben kann. Margie ging also über die Einmündung der Gasse hinüber und betrat den Tempel aus Marmor und Stahl.

Joey Morphy überstrahlte das ganze vergitterte Viereck seines Zahlschalters, als er sie erkannte. Welch ein Lächeln, welch ein Charakter, welch ein guter Spielgefährte, aber welch ein jämmerlicher Ehemann in spe. Margie schätzte ihn richtig ein, als geborenen Junggesellen, der bis aufs Messer kämpfen würde, um es zu bleiben. Joey würde einmal nicht in einem Doppelgrab beerdigt werden.

Sie sagte: »Bitte sehr, M'sieur, haben Sie frisches ungesalzenes Geld vorrätig?«

»Verzeihen Sie einen Augenblick, Ma'am, ich werde nachsehen. Ich bin übrigens so gut wie sicher, daß ich irgendwo dergleichen gesehen habe. Wieviel wünschen Sie?«

»Ungefähr sechs Unzen, M'sieur.« Sie entnahm ihrer weißen Handtasche aus Glacéleder ein Scheckbuch und füllte einen Scheck über zwanzig Dollar aus.

Joey lachte auf. Er konnte Margie gut leiden. Hin und wieder, nicht allzuoft, führte er sie zum Abendessen aus und ging dann mit ihr schlafen. Aber er mochte auch ihre bloße Gesellschaft und ihren Sinn für Komödienspiel. Er sagte: »Mrs. Young-Hunt, das erinnert mich an einen Freund, der in Mexiko bei Pancho Villa war. Erinnern Sie sich an den?«

»Nie kennengelernt.«

»Kein Schmus. Der Kerl hat mir das erzählt. Er sagte, als Pancho im Norden war, ließ er die Notenpresse laufen und druckte Zwanzigpesoscheine. Er ließ so viel davon machen, daß seine Leute zu zählen aufhörten. Sie waren überhaupt nicht sehr erpicht auf das Zählgeschäft. Sie wogen sie schließlich auf der Dezimalwaage ab.«

Margie: »Joey, Sie können es nicht lassen, autobiographisch zu werden.«

»Aber wo denken Sie hin, Mrs. Young-Hunt? Ich war damals knapp fünf Jahre alt. Es ist eine wahre Geschichte. Es war also so: es kam eine mit allem wohlversehene Dame, eine Indianerin, aber, wie gesagt, gut ausgestattet, zu Pancho und sagte: ›Herr General, Sie haben meinen Mann hinrichten und mich als arme Witwe mit fünf Kindern dasitzen lassen; ist das eine Art und Weise, wie man eine volkstümliche Revolution macht?‹ Pancho inspizierte ihre Aktiva, so wie ich das jetzt tue.«

»Sie haben aber keine Hypothek, Joey.«

»Ich weiß. Es ist ja nur wegen der Geschichte. Pancho sagte zu seinem Adjutanten: ›Wiege fünf Kilo Geld für sie ab.‹ Nun, das ist ein ganz hübscher Packen. Er wurde mit Draht verschnürt, und die Frau wollte mit ihrem Ballen Zaster fortgehen. Da trat ein Leutnant vor, salutierte und sagte: ›Herr General, wir haben ihren Mann nicht erschossen. Er war besoffen. Da haben wir ihn hier um die Ecke ins Gefängnis gesteckt.‹ Pancho, der das Frauenzimmer mit seinem Packen nicht aus den Augen gelassen hatte, sagte zum Adjutanten: ›Geh hin und erschieß ihn. Wir dürfen der armen Witwe keine Enttäuschung bereiten.‹«

»Joey, Sie sind unmöglich.«

»Es ist eine wahre Geschichte. Jedenfalls glaube ich sie.« Er nahm ihren Scheck und drehte ihn um. »Wollen Sie den Betrag in Zwanziger-, Fünfziger- oder Hunderternoten?«

»Geben Sie mir ihn in Fünfundzwanzigcentstücken.«
Sie hatten beide Vergnügen aneinander.
Da blickte Mr. Baker aus seinem mit Milchglas verschalten Privatkontor heraus.
Baker hatte ihr einmal einen grammatikalisch korrekten, doch sonst nicht ganz ladenreinen Antrag gemacht. Mr. Baker war Herr Mammon persönlich. Er hatte zwar eine Frau, aber Margie kannte die Bakers dieser Welt. Sie vermochten immer einen moralischen Grund für das vorzubringen, was sie auf jeden Fall wollten. Sie war froh, daß sie ihn hatte abfahren lassen.
Sie nahm die vier Fünfdollarscheine an sich, die Joey ihr gegeben hatte, und ging dann auf den grauen Bankier zu. Aber in diesem Augenblick ging der Mann, den sie mit Ethan hatte sprechen sehen, ruhig an ihr vorbei, trat auf Mr. Baker zu, überreichte ihm eine Karte und wurde von Mr. Baker ins Privatkontor geführt, dessen Tür darauf geschlossen wurde.
»Na, er soll mir den Buckel herunterrutschen«, sagte Margie zu Joey.
»Der schönste Buckel von Wessex County«, sagte Joey. »Wollen wir heute abend miteinander ausgehen? Tanzen, essen und so weiter?«
»Kann nicht«, sagte sie. »Wer ist das?«
»Habe ihn noch nie gesehen. Sieht aus wie ein Buchprüfer. In Stunden wie diesen bin ich froh, daß ich ein ehrlicher Mensch bin, und noch froher, daß ich addieren und subtrahieren kann.«
»Wissen Sie, Joey, Sie werden noch einmal einer treuen Frau Grund geben, Sie in allen Ehren sitzenzulassen.«
»Darauf hoffe und darum bete ich, Ma'am.«
»Wiedersehen.«
Sie ging hinaus, wieder über die Hintergasse weg, und betrat abermals den Laden von Marullo.
»Hei, Eth.«
»Hello, Margie.«
»Wer war der hübsche Fremde?«
»Haben Sie Ihre Kristallkugel nicht bei sich?«
»Detektiv?«
»Schlimmer. Margie, haben eigentlich alle Leute Angst vor der Polizei? Auch wenn ich nichts verbrochen habe, zittere ich vor Polizisten.«
»Der hübsche Mann mit den Locken war also ein Detektiv?«
»Nicht genau. Er sagte, er sei bei der Bundespolizei.«
»Was wollte er denn?«
»Ich weiß nicht, was er wollte. Ich weiß nur, was er fragte.«
»Was fragte er denn?«
»Wie lange ich meinen Chef kenne. Wer ihn sonst kenne. Wann er nach New Baytown gekommen sei.«

»Und was haben Sie ihm gesagt?«
»Als ich mich zum Kampf gegen den Landesfeind meldete, hätte ich ihn noch nicht gekannt. Als ich davon zurückkam, sei er dagewesen. Als ich pleite ging, habe er den Laden übernommen und mir eine Stelle gegeben.«
»Was meinen Sie, um was es sich handelt?«
»Das mag Gott wissen.«
Margie hatte versucht, an ihm vorbeizublicken. Sie dachte: Er spielt den Dummen. Möchte wissen, was der Bursche wirklich wollte.
So ruhig, daß es sie erschreckte, sagte er: »Sie glauben mir nicht, Margie. Sie wissen, Margie, niemand glaubt je die Wahrheit.«
»Die ganze Wahrheit? Wenn Sie ein Huhn zerschneiden, Eth, dann ist alles Huhn, aber ein Teil des Fleisches ist schwarz und ein anderer Teil ist weiß.«
»Tja, so ist es wohl. Offen gestanden, Margie, ich mache mir Sorgen. Ich brauche die Stelle hier. Wenn dem Alfio etwas passiert, dann sitze ich auf der Straße.«
»Vergessen Sie nicht, daß Sie reich werden?«
»Daran denkt man nicht leicht, wenn man es nicht ist.«
»Ethan, vielleicht erinnern Sie sich an das: Es war im Frühjahr gleich vor Ostern. Ich kam herein, und sie nannten mich ›Tochter Jerusalems‹.«
»Das war am Karfreitag.«
»Sie erinnern sich also daran. Nun, ich hab's gefunden. Es steht bei Matthäus, ist ganz herrlich und – erschreckend.«
»Ja.«
»Was ist denn in Sie gefahren gewesen?«
»Daran ist meine Großtante Deborah schuld. Die hat mich in jedem Jahr einmal ans Kreuz geschlagen. Und es dauert fort.«
»Sie machen Scherz. Damals machten Sie keinen Scherz.«
»Nein, keineswegs. Damals nicht und jetzt nicht.«
Sie sagte leichthin: »Wissen Sie, die Zukunft, die ich Ihnen prophezeit habe, erfüllt sich.«
»Das weiß ich.«
»Meinen Sie nicht, daß Sie mir etwas schulden?«
»Bestimmt.«
»Wann gedenken Sie zu zahlen?«
»Würden Sie sich ins Hinterzimmer bemühen?«
»Ich glaube nicht, daß Sie dazu imstande sind.«
»Das glauben Sie nicht?«
»Nein, Ethan, und Sie auch nicht. Sie haben niemals einen raschen Sprung im Heu gemacht.«
»Ich könnte es vielleicht erlernen.«
»Sie können nicht Unzucht treiben, auch wenn Sie wollten.«

»Ich kann es versuchen.«
»Um Sie zu erregen, dazu braucht es Liebe oder Haß, und beides bedarf einer langwierigen und feierlichen Prozedur.«
»Vielleicht haben Sie recht. Woher wußten Sie das?«
»Ich weiß nie, woher ich etwas weiß.«
Er schob die Tür des Kühlkastens auf, entnahm ihm eine Flasche Coca-Cola, deren Glas sich sofort beschlug, öffnete sie und reichte sie Margie, während er eine zweite Flasche entkapselte.
»Was wollen Sie von mir?«
»Ich habe noch nie einen solchen Mann erlebt. Vielleicht will ich einmal sehen, wie es ist, wenn man so sehr geliebt oder gehaßt wird.«
»Sie sind eine Hexe! Pfeifen Sie doch einen Sturm herbei!«
»Ich kann nicht pfeifen. Ich kann nur bei den meisten Männern ein ganz kleines Stürmchen mit meinen Augenbrauen erregen. Wie soll ich es anstellen, um Ihr Feuer zu entfachen?«
»Vielleicht haben Sie das schon getan?«
Er betrachtete sie genau, ohne seine prüfenden Blicke zu verbergen. »Gebaut wie ein Anbau aus Backsteinen«, sagte er, »weich, glatt, stark und fest.«
»Wie können Sie das wissen? Sie haben mich noch nie angerührt.«
»Wenn ich das je tue, dann fliehen Sie, als wäre die Hölle hinter Ihnen her.«
»Geliebter!«
»Jetzt hören Sie aber auf! Hier ist etwas nicht in Ordnung. Ich bin eingebildet genug, um das Ausmaß meiner Anziehungskraft zu kennen. Was wollen Sie eigentlich? Sie sind ein hübsches Weibsbild, aber Sie sind auch gescheit. Also was wollen Sie?«
»Ich habe Ihnen prophezeit, daß Sie reich werden, und das geht jetzt in Erfüllung.«
»Und da möchten Sie mitnaschen?«
»Ja.«
»Jetzt schenke ich Ihnen Glauben.« Er hob die Augen gen Himmel. »Mary«, sagte er, »Maria meines Herzens, sieh hernieder auf deinen Gatten, deinen Liebhaber, deinen teuren Freund. Bewahre mich vor dem Bösen in mir und vor Schaden von außen. Ich bete um deine Hilfe, meine Mary, denn der Mann hat einen seltsamen, sturmbewegten Drang, und das Weh der Jahrhunderte bedrückt ihn, daß er seinen Samen allerwärts ausstreue. *Ora pro me.*«
»Sie sind ein Schwindler, Ethan.«
»Das weiß ich. Aber kann ich nicht ein demütiger Schwindler sein?«
»Ich habe jetzt Angst vor Ihnen. Das war vorher nicht der Fall.«
»Ich verstehe nicht, weswegen.«
Der Blick, den sie beim Kartenschlagen hatte, kam in ihre Augen, und Ethan bemerkte es.

»Marullo.«
»Was ist mit ihm?«
»Einen Augenblick, bin gleich zu Ihrer Verfügung. Ein halbes Dutzend Eier, ein Päckchen Butter, jawohl. Wie ist's mit Kaffee?«
»Ja, auch eine Dose Kaffee. Ich habe immer gern etwas Vorrat. Wie ist dieses Whumpdum-Corned-beef da?«
»Ich habe es noch nicht probiert. Aber es wird mir gesagt, es sei ausgezeichnet. Sofort, ich komme gleich, Mr. Baker. Hat Mrs. Baker noch kein Whumpdum-Corned-beef bezogen?«
»Ich weiß nicht, Ethan. Ich esse, was ich vorgesetzt bekomme. Mrs. Young-Hunt, Sie werden alle Tage hübscher.«
»Zu liebenswürdig, Mr. Baker.«
»Es ist wahr. Und – Sie sind immer großartig angezogen.«
»Genau dasselbe dachte ich eben von Ihnen. Hübsch sind Sie nicht, aber Sie haben einen ausgezeichneten Schneider.«
»Scheint so. Er läßt sich auch genug bezahlen.«
»Jaja, Kleider machen Leute. Heute mehr denn je.«
»Das Dumme ist nur: ein gut gemachter Anzug hält zu lange. Der hier ist zehn Jahre alt.«
»Nicht zu glauben, Mr. Baker. Wie geht es Mrs. Baker?«
»Gut genug, daß sie etwas zu klagen hat. Warum besuchen Sie sie nicht einmal, Mrs. Young-Hunt? Sie ist immer allein. In der jetzigen Generation gibt es nicht viele Leute, die eine literarische Konversation führen können. Wickham sagte das. Es ist die Devise des Winchester College.«
Margie wandte Ethan das Gesicht zu. »Zeigen Sie mir doch noch einen amerikanischen Bankier, der das weiß.«
Mr. Baker bekam einen roten Kopf. »Meine Frau hat die ›Großen Bücher der Weltliteratur‹ subskribiert. Sie liest enorm viel. Besuchen Sie sie doch bitte einmal.«
»Mit dem größten Vergnügen. Tun Sie die Sache in eine Tüte, Mr. Hawley. Ich hole sie auf dem Heimweg ab.«
»Sehr wohl, Ma'am.«
»Eine höchst bemerkenswerte junge Dame«, sagte Mr. Baker.
»Sie ist sehr befreundet mit meiner Frau.«
»Ethan, ist der Mann von der Regierung hiergewesen?«
»Ja.«
»Was hat er gewollt?«
»Das weiß ich nicht. Er fragte mich verschiedenes über Mr. Marullo. Ich konnte aber seine Fragen nicht beantworten.«
Mr. Baker entschlug sich des Bildes von Margie so langsam, wie eine See-

anemone sich auftut, um die leergesogene Schale eines Krebses auszuwerfen.
»Ethan, haben Sie Danny Taylor gesprochen?«
»Nein.«
»Wissen Sie, wo er ist?«
»Nein.«
»Ich muß mich mit ihm in Verbindung setzen. Haben Sie keine Ahnung, wo er sein könnte?«
»Ich habe ihn nicht gesehen seit – nun, seit Mai. Er wollte es noch einmal mit der Kur versuchen.«
»Wissen Sie wo?«
»Das sagte er nicht. Nur, daß er's versuchen wolle.«
»In einer öffentlichen Anstalt?«
»Ich glaube nicht. Er borgte sich etwas Geld von mir.«
»Was?«
»Ich lieh ihm einen kleinen Betrag.«
»Wieviel?«
»Wie bitte?«
»Verzeihung, Ethan. Sie beide sind alte Freunde. Verzeihung. Hatte er sonst noch Geld?«
»Ich glaube schon.«
»Sie wissen nicht, wieviel?«
»Nein, Mr. Baker. Es kam mir nur so vor, als habe er mehr.«
»Wenn Sie erfahren sollten, wo er sich aufhält, bitte teilen Sie es mir mit.«
»Wenn ich es erfahren sollte, gern, Mr. Baker. Vielleicht könnten Sie einmal an verschiedenen Orten anrufen.«
»Hat er sich Bargeld ausgeliehen?«
»Ja.«
»Dann hat das keinen Sinn. Er nähme einen andern Namen an.«
»Warum?«
»Die aus guten Familien tun das immer. Ethan, haben Sie das Geld von Mary bekommen?«
»Ja.«
»Hatte sie nichts dagegen?«
»Sie wußte nichts davon.«
»Jetzt werden Sie gescheit.«
»Habe ich von Ihnen gelernt, Mr. Baker.«
»Nun, vergessen Sie es nicht wieder.«
»Ich lerne wohl in kleinen Dosen. Meistens lerne ich, wieviel ich nicht weiß.«
»Nun, das ist gesund. Ist Mary wohlauf?«
»Jaja, die ist stark und zäh. Ich wollte, ich könnte eine kleine Ferienreise mit ihr machen. Wir sind seit Jahren nicht aus der Stadt hinausgekommen.«

»Das wird schon kommen, Ethan. Ich denke, ich gehe über den vierten Juli nach Maine. Ich kann den Lärm nicht mehr vertragen.«

»Ja, ihr Bankiers seid glückliche Leute. Waren Sie nicht letzthin in Albany?«

»Wie kommen Sie darauf?«

»Weiß ich nicht – habe es wohl irgendwo gehört. Vielleicht hat Mrs. Baker es Mary erzählt.«

»Das ist nicht möglich. Sie wußte nichts davon. Denken Sie mal genau nach, wo Sie das gehört haben können.«

»Vielleicht habe ich es mir bloß eingebildet.«

»Das ist mir unangenehm, Ethan. Denken Sie scharf nach, wo Sie es gehört haben können.«

»Das kann ich nicht, Mr. Baker. Was kommt's auch darauf an, wenn's nicht stimmt?«

»Ich werde Ihnen im Vertrauen sagen, warum mir das Sorge macht. Der Gouverneur hat mich kommen lassen. Es handelt sich um eine schwerwiegende Sache. Ich möchte wissen, durch welches Loch das herausgekommen ist.«

»Hat jemand Sie dort gesehen?«

»Nicht daß ich wüßte. Ich flog hin und wieder zurück. Sehr ernste Sache. Ich werde Ihnen etwas sagen: wenn es herauskommt, dann weiß ich, woher.«

»Dann will ich nichts davon wissen.«

»Sie haben keine Wahl mehr, nachdem Sie über Albany Bescheid wissen. Die Staatsbehörde durchstöbert die Angelegenheiten der Grafschaft und der Stadt.«

»Warum?«

»Weil der Geruch bis nach Albany gedrungen ist.«

»Nichts Politisches?«

»Für meine Begriffe ist alles, was der Gouverneur macht, als politisch anzusprechen.«

»Mr. Baker, warum kann das nicht in aller Öffentlichkeit verhandelt werden?«

»Das werde ich Ihnen sagen. Es ist droben gemeldet worden, und als die Prüfungskommission sich an die Arbeit machen wollte, war der größte Teil der Akten verschwunden.«

»Aha. Ich wollte, Sie hätten mir das nicht gesagt. Ich bin kein Schwätzer, aber es wäre mir doch lieber, wenn ich nichts davon wüßte.«

»Was das angeht, so wäre es mir auch lieber, Ethan.«

»Die Wahlen sind am 7. Juli. Wird es bis dahin bekanntgemacht werden?«

»Ich weiß nicht. Das steht bei der Staatsregierung.«

»Meinen Sie, daß Marullo in die Sache verwickelt ist? Ich kann es mir nicht leisten, meine Stelle zu verlieren.«

»Ich glaube nicht. Das war ein Mann vom Bundesjustizministerium. Haben Sie ihn nicht nach seinen Ausweisen gefragt?«

»Daran habe ich nicht gedacht.«

»Nun, das hätten Sie tun sollen. Das sollten Sie immer tun.«
»Ich hätte nicht gedacht, daß Sie wegfahren wollten.«
»Ach, das macht nichts aus. Über das Wochenende des Vierten Juli passiert nichts. Jaja, die Japaner überfielen Pearl Harbor an einem Wochenende. Sie wußten, daß alles abwesend sein würde.«
»Ich wollte, ich könnte mit Mary irgendwohin fahren.«
»Vielleicht geht das später. Jetzt strengen Sie mal Ihr Gehirn an und suchen Sie herauszufinden, wo Danny ist.«
»Warum? Ist das so wichtig?«
»Jawohl. Den Grund kann ich Ihnen im Augenblick nicht mitteilen.«
»Ich wollte schon, ich fände ihn.«
»Nun, wenn Sie ihn zum Vorschein brächten, dann brauchten Sie wahrscheinlich die Stelle hier nicht mehr.«
»Wenn die Sache so liegt, dann werde ich mich unbedingt darum bemühen, Mr. Baker.«
»So ist's recht, Ethan. Ich bin überzeugt, daß Sie alles in diesem Sinne tun. Und wenn Sie ihn ausfindig gemacht haben, dann rufen Sie mich an – jederzeit, bei Tag oder Nacht.«

Dreizehntes Kapitel

Es erstaunt mich immer, wenn Leute sagen, sie hätten keine Zeit zum Denken. Was mich angeht, ich kann doppelt denken. Ich meinerseits finde, daß Gemüse abwiegen, den Tag über Kunden bedienen, mit Mary streiten oder schäkern, die Kinder in Zucht halten – daß keine dieser Beschäftigungen eine zweite, dauernd vorhandene Schicht des Denkens, Fragens, Mutmaßens ausschließt. Dies trifft doch bestimmt auf jedermann zu. Wahrscheinlich bedeutet keine Zeit zum Denken zu haben, nicht den Willen zum Denken zu haben.
In dem fremden, auf keiner Karte verzeichneten Land, das ich betreten hatte, blieb mir wohl keine andere Wahl. Wie Blasen kochten Fragen auf, die beachtet werden wollten. Es war eine für mich so neue Welt, daß ich mir über Dinge den Kopf zerbrach, die ihre alteingesessenen Bewohner vermutlich bereits als Kinder gelöst und beiseite gelegt hatten.
Ich hatte gedacht, ich könne einen Geschehnisablauf in Bewegung setzen und Herr bleiben über eine jede seiner Wendungen, ja ihn nach meinem Belieben abbrechen. Nun aber bildete sich bei mir die erschreckende Überzeugung heraus, dieser Prozeß könne ein Ding an sich, geradezu eine Person werden, die ihre eigenen Mittel und Wege hat und von ihrem Schöpfer völlig unabhängig ist. Und hinzu kam ein anderer unerquicklicher Gedanke: hatte ich tatsächlich den Anfang damit gemacht, oder hatte ich nur keinen Widerstand geleistet?

Ich mochte zwar den Anstoß gegeben haben, aber war ich nicht zugleich der Gestoßene? Einmal auf der langen Straße, schien es, als gäbe es keine Kreuzwege, keine Gabelungen, keine Wahl.

Die Wahl lag beschlossen in der grundlegenden Wertbestimmung. Was ist Moral? Nur ein Wort? War es ehrenwert, meines Vaters Schwäche auszubeuten, die auf seiner großzügigen Geistesart und der schlechtbegründeten Vorstellung beruhte, daß andere Leute ebenso großzügig seien? Nein, es war einfach ein gutes Geschäft, ihm die Grube zu graben. Daß er hineinfiel, war seine eigene Schuld. Niemand stieß ihn. War es unmoralisch, ihn bis aufs Hemd auszuziehen, als er einmal am Boden lag? Offensichtlich nicht.

Jetzt ging eine langsame, planmäßige Einkreisung der Stadt vor sich, die von ehrenwerten Männern betrieben wurde. Wenn sie glückte, dann wurden diese Leute nicht als Schieber, sondern als gescheite Köpfe betrachtet. Wenn ein von ihnen übersehener Faktor auftrat, wäre das unmoralisch oder unehrenhaft? Das hinge wohl von Erfolg oder Mißerfolg ab. Erfolg gilt beim Großteil der Welt niemals als schlecht. Ich erinnere mich daran, daß viele ehrenwerte Leute an Hitler Tugenden suchten und fanden, als er unbehindert von Sieg zu Sieg schritt. Und Mussolini sorgte dafür, daß die Züge pünktlich ankamen, und Vichy arbeitete mit dem Feind nur zum Besten Frankreichs zusammen, und was auch Stalin tun mochte, er war stark. Stärke und Erfolg stehen über der Moral, über der Kritik. Es scheint also, es komme nicht darauf an, was man tut, sondern wie man es tut und was man ihm für einen Namen gibt. Ist im Innern der Menschen tief verborgen eine Hemmvorrichtung, die anhält oder bestraft? Es scheint nicht. Die einzige Bestrafung wird für Mißerfolg erteilt. In Tat und Wahrheit gilt kein Verbrechen als begangen, solange der Verbrecher nicht gefaßt ist. Bei der Planung für New Baytown mußten Leute zu Schaden kommen, ja der Vernichtung anheimfallen, aber das schreckte niemanden von der Weiterverfolgung des Planes ab.

Ich kann nicht einmal sagen, daß ich einen Kampf mit meinem Gewissen geführt habe. Nachdem ich das Muster erkannt und angenommen hatte, war der Pfad deutlich vorgezeichnet und traten die Gefahren klar hervor. Was mich am meisten staunen ließ, war, daß sich die Dinge nach ihrem eigenen Plan vollzogen: eines entwickelte sich aus dem andern und alles paßte zusammen. Ich beobachtete das Anwachsen und lenkte es nur mittels leichtester Berührung.

Was ich tat und zu tun vorhatte, unternahm ich im vollen Bewußtsein, daß es meiner Natur fremd war, aber notwendig wie ein Steigbügel zum Besteigen eines hochbeinigen Pferdes. Aber wenn ich erst einmal im Sattel war, dann bedurfte es des Steigbügels nicht mehr. Vielleicht vermochte ich diesem Geschehnisablauf nicht Einhalt zu tun, aber ich durfte keinen andern beginnen. Ich brauchte und wollte nicht Bürger dieses grauen und gefährlichen Landes

sein. Ich hatte nichts zu tun mit den kommenden tragischen Ereignissen des siebenten Juli. Ich war nicht in diesen Ablauf verwickelt, aber ich konnte ihn voraussehen und daraus Nutzen ziehen.
Eine der ältesten und am häufigsten durch die Tatsachen widerlegten Mythen ist die, daß die Gedanken eines Menschen sich in seinem Gesicht widerspiegeln und daß die Augen die Fenster der Seele seien. Dem ist keineswegs so. Nur Übelbefinden verrät sich darin oder Niederlage und Verzweiflung, die nur verschiedene Arten des Übelbefindens sind. Einige wenige Menschen vermögen etwas darunter zu erfühlen, vermögen eine Veränderung zu empfinden oder ein geheimes Signal zu erlauschen. Meine Mary spürte wohl eine Veränderung, deutete sie jedoch falsch; Margie Young-Hunt wußte wohl Bescheid, aber sie ist eine Hexe, und das hat etwas Beängstigendes. Es schien mir, als verfüge sie über ebensoviel Intelligenz wie Zauberkraft – und das ist eher noch beängstigender.
Ich war überzeugt, daß Mr. Baker auf Urlaub gehen werde, und zwar wahrscheinlich am Freitagnachmittag des Wochenendes über den Vierten Juli. Der Sturm mußte Freitag oder Samstag losbrechen, um ihm Zeit zu lassen, sich vor den Wahlen auszuwirken, und so war die Annahme, daß Mr. Baker fern sein wollte, wenn der Schlag erfolgte, nur logisch. Natürlich machte mir das wenig aus. Es war mehr eine Übung in Voraussicht, aber es machte doch einige Schritte am Dienstag notwendig, nur für den Fall, daß er an diesem Abend abreiste. Was ich am Samstag zu tun hatte, das war so genau ausgedacht, daß ich das Ganze im Schlaf hätte ausführen können. Wenn ich Angst davor hatte, so war es mehr etwas wie leichtes Lampenfieber.
Am Montag, dem 27. Juni, kam Marullo in den Laden, kurz nachdem ich geöffnet hatte. Er lief herum, warf sonderbare Blicke auf die Regale, die Registrierkasse, die Kühltheke, ging dann in den Lagerraum und schaute sich dort um. Aus seiner Miene hätte man schließen können, er sähe das alles zum erstenmal.
Ich sagte: »Na, machen Sie über den Vierten einen Ausflug?«
»Warum sagst du das?«
»Nun, das tut doch wohl jeder, der es sich leisten kann.«
»Ach ... Wo soll ich denn hingehen?«
»Wo gehn alle Leute hin? In die Catskill-Berge oder nach Montauk zum Fischen. Thunfischschwärme tummeln sich jetzt dort.«
Die bloße Vorstellung des Kampfs mit einem dreißigpfündigen, im Wasser zappelnden Fisch jagte ihm arthritische Schmerzen in die Arme, so daß er sie unter Wehlauten beugte.
Es fehlte wenig daran, daß ich ihn gefragt hätte, wann er nach Italien zu fahren gedenke; aber das schien mir doch zuviel. Statt dessen trat ich zu ihm hin, nahm ihn sanft beim rechten Ellbogen und sagte: »Alfio, mir kommt vor,

Sie sind nicht bei Trost. Warum gehen Sie nicht zum besten New Yorker Spezialarzt? Es muß doch etwas geben, was Sie von den Schmerzen erlöst.«
»Das glaube ich nicht.«
»Was haben Sie zu verlieren? Fahren Sie hin. Versuchen Sie es.«
»Was liegt dir daran?«
»Nichts. Aber ich arbeite hier seit langer Zeit für einen dämlichen Katzelmacher. Wenn ein gelber Hund so ächzte, würde es mir auf die Dauer weh tun. Sie kommen hier herein und turnen mit den Armen, und dann dauert's eine halbe Stunde, bis ich selbst mich wieder aufrichten kann.«
»Du hast mich gern?«
»Zum Teufel, nein. Ich gehe Ihnen bloß um den Bart wegen einer Gehaltserhöhung.«
Er sah mich an mit Augen wie ein Schweißhund; sie waren blutunterlaufen, die braune Iris und die Pupille gingen ineinander über und bildeten einen einzigen Fleck. Er schien etwas dazu äußern zu wollen, besann sich aber anders und sagte nur: »Bist ein braves Jungchen.«
»Verlassen Sie sich nicht darauf.«
»Ein braves Jungchen!« brüllte er; aber als sei er entsetzt über diese Gefühlsäußerung, ging er zur Tür und zum Laden hinaus.
Ich wog gerade zwei Pfund grüne Bohnen für Mrs. Davidson ab, als Marullo wieder daherkam und einen neuen Angriff unternahm. Er blieb in der Tür stehen und schrie mir zu:
»Du nimmst meinen Pontiac.«
»Was?«
»Fahrt Sonntag und Montag irgendwohin!«
»Das kann ich mir nicht leisten.«
»Du nimmst die Kinder mit. Ich hab' schon in der Garage gesagt, daß du den Pontiac holst. Tank voll Benzin.«
»Einen Augenblick ...«
»Du nimmst die Kinder mit, basta.« Er warf mir etwas zu, das aussah wie ein Papierbällchen und mitten in die Bohnen fiel. Während Mrs. Davidson ihm nachsah, wie er sich auf die Straße hinausstürzte, angelte ich das grüne Papierpäckchen aus den Bohnen heraus: es waren drei ganz klein zusammengefaltete Zwanzigdollarscheine.
»Was hat der denn?«
»Ist ein übergeschnappter Italiener.«
»Das muß er wohl sein. Wie er mit dem Geld um sich wirft.«
Den Rest der Woche über ließ er sich nicht mehr blicken. Er wäre wohl auch nicht verreist, ohne es mir mitzuteilen. Das Angebot des Pontiac hätte ich nicht erwartet. Nie verlieh er seinen Wagen sonst. Es war eine merkwürdige Zeitspanne. Irgendeine äußere Gewalt muß die Herrschaft über die Ereignisse

an sich gerissen haben, daß sie sich nun so dicht drängten wie Vieh auf der Gleitbahn an der Verladerampe.

Donnerstag, den 30. Juni, erwachte ich wie gewöhnlich im schwarzen Perlenschimmer vor Sonnenaufgang. Sessel und Kommode waren dunkle Flecken, und die Bilder wirkten nur wie etwas hellere Andeutungen. Die weißen Fenstervorhänge seufzten ein und aus, als atmeten sie, denn es gibt kaum je eine Morgendämmerung, ohne daß ein leiser Wind über das Land hinweht.

Beim Auftauchen aus dem Schlaf hatte ich den Genuß zweier Welten, den jenseitigen Sternenhimmel des Traums und die diesseitigen Fixpunkte des wachen Geistes. Ich reckte und streckte mich wohlig – es war eine angenehm prickelnde Empfindung. Es ist, als wenn die Haut über Nacht zusammengeschrumpft wäre und man sie für das Maß des Tages ausweiten müsse, indem man die Muskeln schwellen läßt. Es ist mit einem wohltuenden Kitzeln verbunden.

Zuerst wandte ich mich meinen Träumen zu, soweit ich mich ihrer noch entsann, so als wenn ich eine Zeitung durchsähe, ob etwas Interessantes oder Bedeutsames darin stehe. Dann durchforschte ich den bevorstehenden Tag nach bisher noch nicht eingetretenen Ereignissen. Danach aber befolgte ich eine Übung, die ich von dem besten Offizier, den ich je gehabt, gelernt hatte. Es war das Major Charly Edwards, ein Mann in vorgeschrittenen, vielleicht sogar etwas zu weit vorgeschrittenen Jahren für einen Frontoffizier, aber er war immer noch sehr tüchtig. Er hatte eine große Familie, eine schöne Frau und vier Kinder, und sein Herz würde vor Liebe und Sehnsucht nach ihnen schmerzlich gelitten haben, wenn er sich hätte gehenlassen. Er sprach mit mir darüber. In seinem tödlichen Beruf konnte er es sich nicht leisten, seine Aufmerksamkeit durch seine Liebe ablenken und zersplittern zu lassen, und so war er zu einem bestimmten Verfahren gelangt. Jeden Morgen, das heißt: wenn er nicht durch einen Alarm aus dem Schlaf gerissen wurde, tat er seiner Familie Geist und Herz auf. Er nahm der Reihe nach ein jedes von ihnen vor, wie es aussah, wie es ihm ging; er liebkoste sie alle und versicherte sie seiner Liebe. Es war, als wenn er aus einem Schränkchen eine Kostbarkeit nach der andern herausnehme, eine jede betrachtete, befühlte, küßte und dann wieder an ihren Platz legte, bis er zuletzt ihnen allen Lebewohl sagte und die Tür des Schränkchens schloß. Das Ganze dauerte eine halbe Stunde – wenn er sie erübrigen konnte –, und dann brauchte er den ganzen Tag über nicht mehr an seine Lieben zu denken. Er konnte sich mit aller Kraft, unabgelenkt von Gedanken und Gefühlen, seiner Berufstätigkeit widmen – dem Töten von Menschen. Er war der beste Offizier, der mir je vorgekommen ist. Ich bat ihn um die Erlaubnis, sein Verfahren anwenden zu dürfen, die er mir denn auch gab. Als er fiel, hatte ich nur den einen Gedanken: er hat ein schönes, erfülltes Leben gehabt. Er hatte seine Freuden genossen, er hatte seine Liebe

ausgekostet und seine Schulden bezahlt; von wieviel Menschen kann man das auch nur annähernd sagen?
Ich wandte Major Charleys Verfahren nicht immer an. Doch an einem Tag wie diesem Donnerstag, da meine Aufmerksamkeit so wenig unterbrochen werden durfte wie möglich, erwachte ich, als der Tag sein Tor um einen kleinen Spalt öffnete, und da ließ ich meine Familie Revue passieren.
Und zwar ging ich damit chronologisch vor und begrüßte zunächst Tante Deborah. Ihren Namen führte sie nach der »Richterin in Israel«, und ich habe gelesen, daß die damaligen Richter auch die Heerführer waren. Der Name war für meine Großtante durchaus entsprechend, denn sie wäre wohl imstande gewesen, Heere zu führen. Tatsächlich kommandierte sie ganze Kohorten von Gedanken. Meine Freude am Lernen ohne erkennbaren Nutzen hatte ich von ihr. Bei all ihrer Härte und Strenge war sie geladen mit Neugier und hatte wenig übrig für Leute, die es nicht waren. Ich brachte ihr meine Ehrerbietung dar. Dann huldigte ich dem Geist des alten Käp'tn mit einem Trinkspruch und neigte mein Haupt vor meinem Vater. Ich gedachte auch pflichtgemäß der Lücke in meiner Vergangenheit, die für mich meine Mutter darstellt. Ich habe sie nicht mehr gekannt; denn sie starb, bevor ich dazu imstande war.
Eines störte mich jedoch. Tante Deborah, der alte Käpt'n und mein Vater wollten nicht deutlich in Erscheinung treten. Ihre Umrisse waren, statt scharf zu sein wie auf einer Fotografie, verschwommen und zittrig. Danach hätte Mary drankommen sollen. Aber ich schob sie einstweilen beiseite.
Ich rief mir Allen vors Auge. Aber ich vermochte mir sein Gesicht als kleines Kind nicht vorzustellen, das Gesicht voller Freude und Begeisterung, das mir die Gewißheit vermittelte, daß der Mensch die Vollkommenheit erreichen kann. Allen erschien mir so, wie er geworden war: verdrossen, eingebildet, verbittert, verschlossen, unzugänglich in der Pein und Verwirrung der Pubertät, eine schreckliche, qualvolle Zeit, während der er nach jedem, der sich ihm näherte, schnappen mußte wie ein gefangener Hund. Noch in dem Bild, das ich mir jetzt im Geiste von ihm machte, kam er nicht los von seinem jammervollen Mißmut, und ich schob ihn beiseite mit den kargen Worten: Ich weiß Bescheid; ich erinnere mich daran, wie schlimm es ist; aber ich kann dir nicht helfen. Das kann niemand. Ich kann dir nur sagen: es geht vorüber. Doch du vermagst das nicht zu glauben. Geh hin in Frieden, geh hin mit meiner Liebe, selbst wenn wir uns während dieser Zeit nicht ausstehen können.
Ellen führte einen Aufschwung der Freude herbei. Sie wird hübsch werden, hübscher sogar noch als ihre Mutter, denn wenn ihr Gesichtchen einmal zur endgültigen Form gekommen ist, wird sie die merkwürdige Überlegenheit von Tante Deborah bekommen. Ihre Launen, ihre Grausamkeiten, ihre Nervosität sind Ingredienzien eines durchaus schönen und lieben Wesens. Ich weiß das, weil ich sie gesehen habe, wie sie im Schlaf den rosenfarbenen

Talisman an ihre kleine Brust drückte und aussah wie eine Frau, die ihre Erfüllung gefunden hat. Und wie der Talisman von großer Bedeutung für mich war und noch ist, so ist er es auch für Ellen. Vielleicht wird Ellen es sein, die mein unsterblich Teil übernehmen und weitergeben wird. Und zur Begrüßung nahm ich sie in die Arme und, ganz nach der Schablone, kitzelte sie mich am Ohr und kicherte. Meine Ellen. Meine Tochter.

Ich wandte den Kopf zu Mary hin, die zu meiner Rechten lächelnd schlief. Das ist ihr Platz, so daß sie ihren Kopf in meiner rechten Armbeuge bergen kann, während meine linke Hand zum Liebkosen frei bleibt.

Vor einigen Tagen hatte ich mich mit dem gebogenen Bananenmesser im Laden in den Zeigefinger geschnitten, und an der Spitze war eine verschorfte Narbe zurückgeblieben. So strich ich denn mit dem Mittelfinger die reizende Linie vom Ohr zur Schulter entlang, aber sanft genug, um nicht zu erschrecken, und zugleich fest genug, um nicht zu kitzeln. Wie sie immer tut, seufzte sie, tief Atem holend und ihn leise und wohlig wieder ausstoßend. Es gibt Leute, die nehmen es krumm, wenn man sie aufweckt. Nicht so meine Mary. Sie tritt in einen Tag ein mit der Erwartung, daß er schön verlaufen werde. Deshalb versuche ich ihr, ein kleines Geschenk darzubringen, um ihre Überzeugung zu rechtfertigen. Und ich versuche, die Geschenke für gute Gelegenheiten aufzuheben, so wie ich jetzt eines aus meiner geistigen Börse hervorzog.

Sie schlug die Augen auf, die noch verschleiert waren vom Schlaf. »Schon?« fragte sie und blickte zum Fenster hin, um festzustellen, wie weit der Tag vorgeschritten sei. Über der Kommode hängt ein Bild: Bäume und ein See, in dessen seichtem Wasser eine Kuh steht. Von meinem Bett aus konnte ich den Schwanz der Kuh sehen, und daran merkte ich, daß es Tag war.

»Ich bringe dir Zeitung von großer Freude, mein fliegendes Eichhörnchen.«

»Plem-plem.«

»Habe ich dich je belogen?«

»Vielleicht.«

»Bist du wach genug, um die Zeitung von großer Freude zu vernehmen?«

»Nein.«

»Dann werde ich sie für mich behalten.«

Sie drehte sich auf der linken Schulter um, wodurch eine tiefe Falte in ihrem weichen Fleisch entstand. »Du machst immer so viel Scherze. Wenn es sich etwa darum handelt, daß du die Rasenfläche mit Zement überziehen willst . . .«

»Das will ich nicht.«

»Oder eine Grillenfarm ins Leben rufen . . .«

»Auch das nicht. Aber erinnerst du dich an frühere, beiseite gelegte Projekte?«

»Ist das ein Witz?«

»Nun, es handelt sich um etwas so Seltsames und Zauberisches, daß du deinen Glauben gut untermauern mußt.«

Ihre Augen waren jetzt klar und aufmerksam, und ich konnte die kleinen Zitterbewegungen um den Mund erkennen, die einem Lachen vorausgingen.
»Also, erzähle!«
»Kennst du einen Mann ita-li-änischer Abkunft namens Marullo?«
»Plem-plem ... Du bist wieder blöd.«
»Das wird sich zeigen. Besagter Marullo ist für eine Zeitlang von hinnen gegangen.«
»Wohin?«
»Das sagte er nicht.«
»Wann kommt er wieder?«
»Mach mich nicht irre. Das sagte er ebenfalls nicht. Er sagte nur, und als ich mich widersetzte, befahl er, daß wir seinen Wagen nähmen und einen Ausflug über die Feiertage machten.«
»Du verkohlst mich.«
»Würde ich dir eine Lüge sagen, die dich traurig machen würde?«
»Aber warum denn?«
»Das kann ich dir nicht sagen. Was ich jedoch mit den heiligsten Eiden, vom Pfadfinder- bis zum Papstschwur, beeiden kann, das ist, daß der nerzgefütterte Pontiac mit einem Tank voll jungfräulichen Benzins zu Ihrer Hoheit Lustfahrt bereitsteht.«
»Aber wo sollen wir denn hinfahren?«
»Dies, mein süßes Käferweibchen, steht bei dir, und die Planung wird wohl den ganzen heutigen und den morgigen Tag sowie den Samstag in Anspruch nehmen.«
»Aber Montag ist doch Feiertag. Also zwei volle Tage.«
»Stimmt.«
»Können wir das erschwingen? Das kann doch Spesen für ein Motel oder dergleichen bedeuten.«
»Ob wir können oder nicht, es wird gemacht. Ich habe einen Geheimfonds.«
»Ach, du Blöder, deine Fonds kenne ich. Aber daß er seinen Wagen herleiht, das kann ich mir gar nicht vorstellen.«
»Ich auch nicht. Aber es ist so.«
»Vergiß nicht, daß er an Ostern Zuckerzeug gebracht hat.«
»Wohl einfach Senilität.«
»Ich möchte wissen, was er will.«
»Das ist meiner Gattin nicht würdig. Er will wohl, daß wir ihn lieben.«
»Ich habe tausenderlei zu tun.«
»Das kann ich mir denken.« Ich konnte geradezu sehen, wie es in ihrem Gehirn arbeitete, wie da alle Möglichkeiten umgepflügt wurden wie mit einem Bulldozer. Ich begriff, daß ich ihre Aufmerksamkeit eingebüßt hatte und sie sobald wohl nicht wieder erlangen konnte, und das war gut.

Noch vor meiner zweiten Tasse Kaffee beim Frühstück hatte sie die Hälfte aller Kur- und Vergnügungsorte Ostamerikas vorgenommen und verworfen. Das arme liebe Ding hatte in den letzten Jahren nicht viel Spaß erlebt.
Ich sagte: »Chloe, ich weiß, daß ich mir Unannehmlichkeiten zuziehe, wenn ich deine Aufmerksamkeit zu erlangen suche. Es ist mir eine sehr bedeutende Kapitalsanlage angeboten worden. Ich brauche noch etwas von deinem Geld. Der erste Betrag arbeitet gut.«
»Weiß Mr. Baker davon?«
»Es war seine Idee.«
»Dann nimm es nur. Stelle einen Scheck aus.«
»Möchtest du nicht wissen, wieviel.«
»Immerhin.«
»Möchtest du nicht wissen, um was für eine Kapitalsanlage es sich handelt? Die Zahlen, die Kursschwankungen, die Diagramme, den mutmaßlichen Gewinn, die Steuern und all das?«
»Ich verstehe das ja doch nicht.«
»O ja, du würdest schon verstehen.«
»Nun, dann will ich es nicht verstehen.«
»Kein Wunder, daß man dich die Schlaufüchsin von Wall Street nennt. Dieser eiskalte, diamantscharfe Geschäftsverstand – geradezu erschreckend.«
»Wir machen eine Reise«, sagte sie. »Wir machen eine Reise von zwei Tagen.«
Ach, zum Teufel, wie hätte ein Mann sie nicht lieben, nicht anbeten sollen? Ich trällerte, holte die leeren Milchflaschen zusammen und begab mich zur Arbeit.
Ich fühlte das Bedürfnis, Joey einzuholen, nur um seine Nähe zu empfinden, aber ich mußte einen Augenblick zu spät oder er einen Augenblick zu früh aufgebrochen sein. Er betrat gerade die Kaffeestube, als ich in die High Street einbog. Ich ging ebenfalls hinein und setzte mich auf den Hocker neben ihm.
»Sie haben mir diese Gewohnheit beigebracht, Joey.«
»Hei, Mr. Hawley. Ist auch recht guter Kaffee.«
Ich begrüßte meine alte Schulfreundin. »Mor'n, Annie.«
»Du willst wohl hier Stammgast werden, Eth, wie?«
»Scheint so. Ein Täßchen, aber schwarz.«
»Schwarz ist er.«
»Schwarz wie das Auge der Verzweiflung.«
»Was?«
»Schwarz.«
»Wenn du da 'ne Spur Weißes drin findest, geb' ich dir einen frischen.«
»Wie geht's, wie steht's, Joey?«
»Wie immer, bloß schlimmer.«

»Wollen wir die Berufe tauschen?«
»Möchte ich schon, besonders vor einem langen Wochenende.«
»Meinen Sie, Sie haben allein Schwierigkeiten? Die Leute decken sich auch groß mit Lebensmitteln ein.«
»Mag sein. Daran hatte ich nicht gedacht.«
»Picknickfutter, Gurken, Würste und, Gott helfe mir, Eibischbonbons. Ein schwerer Tag für Sie, wie?«
»Wollen Sie mich verulken? Wo der Vierte Juli auf einen Montag fällt und dabei noch schönes Wetter ist? Und was die Sache noch verschlimmert: der Herrgott selber verspürt das Bedürfnis nach Ruhe und Erholung im Gebirge.«
»Mr. Baker?«
»Wer sonst?«
»Ich möchte ihn sprechen. Ich muß ihn sprechen.«
»Na, probieren Sie mal, ob Sie ihn erwischen. Er springt herum wie der Floh in der Laterne.«
»Ich kann Ihnen belegte Brote auf Ihren Gefechtsposten bringen, Joey.«
»Darum wollte ich Sie gerade bitten.«
»Diesmal zahle ich«, sagte ich.
»Schön.«
Wir gingen zusammen über die Straße und in die Gasse hinein. »Es scheint, Sie sind verstimmt, Joey.«
»Bin ich auch. Ich kriege anderer Leute Geld nachgerade satt. Ich habe für das Wochenende eine Verabredung mit einer heißblütigen Dame, und ich werde vermutlich zu abgearbeitet sein, um dafür die nötige Wärme aufzubringen.« Er stopfte ein Kaugummipapierchen in das Schloß, trat mit einem »Wiedersehn« ein und machte die Tür zu. Ich riß die Hintertür auf und rief: »Joey, wollen Sie heute ein belegtes Brot?«
»Nein, danke«, erscholl es aus dem düsteren, nach Bohnerwachs riechenden Innern. »Vielleicht Freitag, aber Samstag bestimmt.«
»Schließen Sie nicht über Mittag?«
»Ich habe Ihnen ja gesagt: die Bank schon, aber Mr. Morphy nicht.«
»Sie brauchen bloß zu rufen.«
»Danke, danke sehr – Mr. Hawley.«
Meinen Streitkräften auf den Regalen hatte ich an diesem Morgen nichts zu sagen als »Guten Morgen, meine Herren – stehen Sie bequem«. Wenige Sekunden nach neun befand ich mich, mit Schürze und Besen bewehrt, vor dem Laden und kehrte den Gehsteig.
Mr. Baker ist so regelmäßig, daß man ihn geradezu ticken hört, und ich möchte schwören, er hat ein Uhrwerk in seinem Brustkorb. Acht Uhr sechsundfünfzig, siebenundfünfzig – da, er kommt die Elm Street entlang; acht Uhr achtundfünfzig, er überquert sie; acht Uhr neunundfünfzig, er ist an der

Glastür. Mit geschultertem Besen verlegte ich ihm den Weg und sagte: »Mr. Baker, ich möchte mit Ihnen sprechen.«
»Morgen, Ethan. Können Sie eine Minute warten? Treten Sie nur ein.«
Ich folgte ihm, und es begab sich dann, genau wie Joey gesagt hatte, eine religiöse Zeremonie. Alles stand sozusagen in »Habt-acht«-Stellung, als der Uhrzeiger auf dem Neuner anlangte. Dann war ein Einschnappen und Summen von der großen stählernen Safetür zu hören. Darauf stellte Joey die Geheimnummer ein und drehte das Rad, das die Riegel zurückschob. Majestätisch tat sich das Allerheiligste auf, und Mr. Baker nahm den Salut der versammelten Gelder entgegen. Ich stand etwas entfernt wie ein demütiger Konfirmand, der des Abendmahles harrt.
Schließlich drehte sich Mr. Baker um und sagte: »Nun, Ethan. Womit kann ich Ihnen dienen?«
Ich sagte leise: »Ich möchte mit Ihnen privat sprechen. Aber ich kann den Laden nicht im Stich lassen.«
»Hat es keine Zeit?«
»Leider nicht.«
»Sie müßten eine Hilfskraft haben.«
»Das weiß ich.«
»Wenn ich einen Augenblick erübrigen kann, komme ich hinüber. Keine Nachricht von Danny?«
»Noch nicht. Aber ich habe ihm ein paar Zeilen zurückgelassen.«
»Ich werde versuchen hinüberzukommen.«
»Danke sehr, Mr. Baker.« Ich war überzeugt, er würde kommen.
Er kam denn auch, ehe noch eine Stunde vergangen war, und wartete ab, bis die anwesenden Kunden weggegangen waren.
»Nun also – was ist, Ethan?«
»Mr. Baker ... Ärzte, Anwälte und Priester sind durch Berufsgeheimnisse gebunden. Gibt es so etwas auch für Bankiers?«
Er lächelte. »Haben Sie jemals einen Bankier über die Interessen eines Kunden sprechen gehört, Ethan?«
»Nein.«
»Nun – und ganz abgesehen von dieser Usance, bin ich Ihr Freund, Ethan.«
»Ich weiß. Ich bin wohl ein bißchen nervös. Es ist so lange her, daß sich mir einmal eine gute Aussicht bot.«
»Eine gute Aussicht?«
»Ich will Ihnen reinen Wein einschenken, Mr. Baker. Marullo hat Scherereien.«
Er kam dicht an mich heran. »Was für Scherereien?«
»Ich weiß nichts Genaueres. Es dürfte sich wohl um illegale Einwanderung handeln.«
»Woher wissen Sie das?«

»Er hat mir so etwas gesagt – nicht mit ausführlichen Worten. Sie wissen ja, wie er ist.«
Ich konnte geradezu beobachten, wie die Gedanken in seinem Kopf herumschossen, wie er da ein Stück und dort ein Stück auflas und zusammenfügte. »Fahren Sie fort«, sagte er. »Das hieße Deportation.«
»Ich fürchte auch. Er hat sich gut zu mir benommen, Mr. Baker. Ich möchte ihm auf keinen Fall schaden.«
»Sie sind sich selbst etwas schuldig, Ethan. Was hat er Ihnen vorgeschlagen?«
»Er hat nicht eigentlich etwas vorgeschlagen. Ich mußte mir alles aus einem Haufen aufgeregten Geschwafels zusammenreimen. Soviel begriff ich jedenfalls, daß ich, wenn ich sofort fünftausend in bar zahlte, den Laden haben könne.«
»Das klingt, als wenn er ausreißen wolle – aber davon wissen Sie nichts.«
»Ich weiß eigentlich gar nichts.«
»Sie können also nicht der Mitwisserschaft bezichtigt werden. Er sagte Ihnen nichts Genaueres.«
»Nein, Mr. Baker.«
»Wie kamen Sie dann zu dieser Zahl?«
»Das ist einfach, Mr. Baker. Das ist alles, was wir besitzen.«
»Aber Sie könnten es doch wohl auch für weniger bekommen.«
»Kann sein.«
Mit flinkem Auge überblickte er den Laden und schätzte ihn ab. »Wenn Sie mit Ihrer Vermutung recht haben, dann sind Sie in einer günstigen Verhandlungsposition.«
»Darauf verstehe ich mich nicht sehr.«
»Sie wissen, ich bin nicht für Geschäfte unter dem Ladentisch. Vielleicht könnte ich mit ihm reden.«
»Er ist außerhalb.«
»Wann kommt er zurück?«
»Das weiß ich nicht, Mr. Baker. Denken Sie daran, daß es nur so ein Eindruck von mir ist, daß er herkommen könnte und, wenn ich Bargeld hätte, verhandeln würde. Er hat mich gern, müssen Sie wissen.«
»Das weiß ich.«
»Der Gedanke, ihn zu übervorteilen, ist mir höchst zuwider.«
»Er kriegt das jederzeit von jemand anders. Er könnte mit Leichtigkeit zehntausend bekommen – von Gott weiß wem.«
»Dann gebe ich mich wohl zu großen Hoffnungen hin.«
»Nun, werden Sie nicht gleich kleinmütig.«
»Außerdem: es ist Marys Geld.«
»Allerdings. Nun, was hatten Sie denn im Sinn?«

»Nun, ich dachte, Sie könnten vielleicht die Papiere aufsetzen, aber Datum und Betrag leer lassen. Dann gedachte ich, das Geld Freitag abzuheben.«
»Warum Freitag?«
»Nun, auch das ist nur eine Mutmaßung; aber er sprach davon, daß alle Leute über die Feiertage weg seien. Ich rechnete mir also aus, er würde dann auftauchen. Sie haben doch sein Konto?«
»Nein, eben nicht. Er hat es gerade kürzlich abgehoben. Um Aktien zu kaufen, sagte er. Ich habe mir nichts dabei gedacht, weil er das schon früher gemacht hatte und dann stets mehr wiederbrachte, als er abgehoben hatte.« Er blickte einer grellfarbigen Miss Rheingold auf der Kühltheke in die blauen Augen. »Wissen Sie, daß Sie furchtbar hineinfallen könnten?«
»Wie meinen Sie das?«
»Erstens könnte er das Objekt einem Dutzend verschiedener Leute verkaufen, und zweitens kann es haushoch mit Hypotheken belastet sein. Und wer weiß, auf wen der Besitztitel lautet.«
»Das könnte ich vielleicht im Grundbuchamt der Grafschaft feststellen. Ich weiß, wieviel Sie zu tun haben, Mr. Baker. Ich mache mir Ihre Freundschaft mit meiner Familie zunutze. Übrigens sind Sie der einzige Bekannte, der sich mit solchen Dingen auskennt.«
»Ich werde Tom Watson wegen des Besitztitels anrufen. Verdammt noch mal, Ethan, es kommt zu ungelegener Zeit. Ich möchte morgen abend auf eine kleine Reise gehen. Wenn es stimmt und er ein Gauner ist, dann können Sie schön reinfallen, ja bis aufs Hemd ausgeraubt werden.«
»Dann ist es wohl gescheiter, ich lasse die Hände davon. Aber, Herrgott, Mr. Baker, ich habe es satt, Ladengehilfe zu sein.«
»Ich sagte nicht, Sie sollen die Hände davon lassen. Ich sagte, Sie gehen ein Risiko ein.«
»Mary wäre so glücklich, wenn ich Besitzer des Ladens würde. Aber Sie haben doch wohl recht. Ich darf mit ihrem Geld nicht hasardieren. Ich müßte wohl die Bundesbehörde anrufen.«
»Das würde Sie all der Vorteile berauben, über die Sie verfügen.«
»Wieso?«
»Wenn er ausgewiesen wird, dann kann er seinen Besitz durch einen Agenten verkaufen lassen, und dann bringt der Laden sehr viel mehr ein, als Sie zahlen können. Und schließlich wissen Sie doch gar nichts über ihn – ich meine: richtig wissen. Alles was Sie mir erzählt haben, beruht auf unbestimmtem Verdacht, nicht wahr?«
»Ja.«
»Sie sollten nicht mehr daran denken.«
»Würde das nicht schlecht aussehen – wenn man bar bezahlt ohne irgendwelche Bestätigung?«

»Sie könnten auf den Scheck schreiben – nun, etwas wie ›Zur Investierung im Kolonialwarengeschäft bei A. Marullo‹. Das wäre eine Bestätigung Ihrer Absicht.«
»Und wenn nichts daraus wird?«
»Dann legen Sie das Geld wieder auf die Bank.«
»Sie meinen, es lohnt das Risiko?«
»Nun, alles ist mit Risiko verbunden, Ethan. Es ist riskant, so viel Geld mit sich herumzuschleppen.«
»Dagegen werde ich vorsorgen.«
»Ich wollte, ich müßte nicht aus der Stadt weg.«
Was ich über den Stundenplan gesagt habe, bewährte sich auch diesmal. Die ganze Zeit ließ sich kein Kunde blicken, doch jetzt kam gleich ein halbes Dutzend: drei Frauen, ein alter Mann und zwei Kinder. Mr. Baker trat nahe an mich heran und sprach leise. »Ich zahle es in Hundertdollarscheinen und notiere die Nummern. Falls man ihn dann verhaftet, kriegen Sie sie zurück.« Er nickte den drei Frauen mit ernster Miene zu, sagte zu dem alten Mann: »Guten Morgen, George«, und fuhr den Kindern mit den Fingern durch die groben Haare.
Mr. Baker ist ein sehr gescheiter Mann.

Vierzehntes Kapitel

Erster Juli. Dieser Tag teilt das Jahr wie ein Mittelscheitel die Haare auf dem Kopf. Ich hatte ihn auch als Grenzlinie vorgesehen in bezug auf mich selbst: gestern die eine Wesensseite von mir, morgen eine andere. Ich hatte meine Züge ausgeführt; sie waren unwiderruflich. Zeit und Zufall hatten mitgespielt, hatten geradezu mit mir zusammengearbeitet. Ich hängte mir nie ein Tugendmäntelchen um, um vor mir selbst mein Tun zu beschönigen. Niemand hat mich gezwungen, den Weg einzuschlagen, den ich gewählt hatte. Ich tauschte zeitweise eine Gewohnheit des Verhaltens und der Einstellung ein gegen Behaglichkeit, Selbstachtung und das Ruhekissen der Sicherheit. Es wäre zu leicht zuzugeben, ich hätte es für meine Familie getan, weil ich wußte, daß ich in ihrer Behaglichkeit und Sicherheit meine Selbstachtung finden würde. Aber mein Ziel war begrenzt, und wenn es einmal erreicht war, konnte ich mein gewohntes Verhalten wiederaufnehmen. Ich wußte, daß ich dazu imstande war. Der Krieg machte keinen Mörder aus mir, obwohl ich eine Zeitlang Menschen umbrachte. Patrouillen auszuschicken mit dem Wissen, daß ein Teil der Leute dabei fallen würde, erweckte keine Freude an Opfern in mir, wie das bei andern der Fall war, und ich vermochte mich nie über das zu freuen, was ich getan hatte, es weder zu entschuldigen noch zu vergeben.

Die Hauptsache war, das begrenzte Ziel als solches zu erkennen und, sobald es erreicht war, die ganze Sache auf der Stelle abzubrechen. Doch das war nur zu machen, wenn ich wußte, was ich tat und mich nicht selbst betrog: Sicherheit und Selbstachtung, und dann sofort abbrechen.

Aber Dannys bekritzelte Blätter machten mir Herzweh, auch Marullos dankbare Blicke.

Ich hatte nicht die Nacht über wachgelegen, wie es von den Leuten vor einer Schlacht heißt. Der Schlaf kam rasch, schwer, vollständig und entließ mich ebenso unbeschwert und erquickt in der Vorfrühe. Nicht wie sonst blieb ich im Dunkel liegen. Ich verspürte den Drang, meinem bisherigen Leben einen Besuch abzustatten. Ich schlüpfte leise aus dem Bett, zog mich im Badezimmer an und ging, mich dicht an der Wand haltend, die Treppe hinab. Zu meiner eigenen Überraschung ging ich stracks zum Schränkchen, schloß es auf, erkannte mit den Fingern tastend den rosenfarbenen, gerundeten Stein, nahm ihn heraus, steckte ihn in die Tasche und schloß das Schränkchen ab. Mein Leben lang hatte ich den Talisman nicht mitgenommen und weggebracht, und ich hatte auch an diesem Morgen nicht geahnt, daß ich das tun würde. Nach dem Gedächtnis suchte und fand ich den Weg durch die dunkle Küche und zur Hintertür hinaus in den schon grau dämmernden Garten. Die überhängenden Ulmen standen in vollem, saftigem Laub und bildeten eine regelrechte schwarze Höhle. Wenn ich jetzt Marullos Pontiac gehabt hätte, wäre ich aus New Baytown hinaus in die erwachende Welt meiner ersten Erinnerung gefahren. Mit dem Finger zog ich die nicht endende verschlungene Zeichnung auf dem hautwarmen Talisman in meiner Tasche nach. Talisman?

Jene Deborah, die mich als Kind nach Golgatha geschickt hatte, nahm es sehr genau mit den Worten. Sie ließ sich von ihnen kein X für ein U vormachen und gestattete mir keine Lässigkeit. Welche Macht diese Alte hatte! Wenn sie den Wunsch gehabt hat, unsterblich zu sein, nun, in meinem Gehirn war sie unsterblich. Als sie sah, wie ich mit dem Finger den rätselhaften Linien entlangfuhr, sagte sie: »Ethan, das fremdländische Ding da könnte wohl dein Talisman werden.«

»Was ist das: ein Talisman?«

»Wenn ich es dir sage, dann paßt du nur halb auf und begreifst nur halb. Schlage nach.«

Ich habe mir so viele Wörter angeeignet, weil Tante Deborah erst meine Neugierde weckte und mich dann zwang, diese durch eigene Mühe zu befriedigen. Natürlich antwortete ich: »Ach, ist ja egal.« Aber sie wußte, ich würde mich allein heimlich darüber hermachen, und buchstabierte das Wort darum genau: T-a-l-i-s-m-a-n. Worte waren ihr tiefe Herzenssache, und sie verabscheute ihren Mißbrauch ebensosehr wie die grobe Behandlung irgendeines schönen Gegenstandes.

Als ich sie später einmal fragte: »Glaubst du an Talismane?«, antwortete sie: »Was hat mein Glauben damit zu tun?«
Ich gab ihn ihr in die Hand und fragte: »Was bedeutet das? Ist es eine Figur oder ein Schriftzeichen?«
»Es ist dein Talisman, nicht meiner. Es bedeutet das, was du willst, daß es bedeute. Lege ihn wieder in den Schrank. Es wird auf dich warten.«
Da ich nun in der Ulmenhöhle hin und her ging, ward Tante Deborah so lebendig, wie sie je gewesen war, und das ist wahre Unsterblichkeit. Auf und ab lief die eingeritzte Linie, im Kreis und drüber und drunter, eine Schlange ohne Kopf noch Schwanz, ohne Anfang noch Ende. Und nun hatte ich den Stein zum erstenmal mitgenommen: Um Unheil abzuwenden? Um Glück zu bringen? Ich glaube auch nicht an Weissagungen, und Unsterblichkeit ist mir immer als eine kümmerliche Verheißung für die Enttäuschten vorgekommen.
Juni war über Nacht vergangen; der helle Grenzrand im Osten war Juli. Juli ist Messing, wo Juni Gold ist, und Blei, wo Juni Silber ist. Julilaub ist schwer, fett, üppig. Der Vogelsang des Juli ist ein aufgeblasener Abgesang ohne Leidenschaft, denn die Nester sind leer, und halbflügge Junge taumeln täppisch herum. Nein, Juli ist kein Monat der Verheißung oder der Erfüllung. Die Früchte wachsen, doch ohne Süße und Farbe; der Mais ist ein schlaffes grünes Bündel mit junger gelber Quaste. Die Kürbisse tragen noch nabelartige trockene Blütenkränzchen.
Ich ging zur Porlock Street, der aufgeschwemmten, satten Porlock Street. Im zunehmenden Messinglicht der Dämmerung tauchten Rosensträucher voller überreifer Blüten auf, die aussahen wie Frauen, deren Korsetts nicht mehr den fett werdenden Bauch verdecken, so hübsch auch ihre Beine geblieben sein mögen. Während ich langsam dahin ging, war es mir, als empfinde, nicht als sagte ich Adieu, nicht Lebewohl. Lebewohl hat einen weichen Beiklang von Widerstreben. Adieu – das ist kurz, abschließend, ein Wort mit Zähnen, scharf genug, um den Faden, der Vergangenheit und Zukunft verbindet, durchzubeißen.
Ich kam zum Alten Hafen. Adieu sagen – wem? Ich weiß es nicht. Ich konnte mich nicht darauf besinnen. Ich hatte wohl zu meinem »Plätzchen« gehen wollen, aber als Mann, der mit der See vertraut war, wußte ich, daß jetzt Flutzeit war und das »Plätzchen« deshalb unter dunklem Wasser stand.
Voll Hoffnung Dannys Hütte aufzusuchen, wäre sinnlos gewesen. Es war bereits hell genug, um zu erkennen, daß das Gras, das Dannys Füße plattgedrückt hatten, wieder aufgerichtet dastand.
Der Alte Hafen war gesprenkelt mit Sommerbooten, schlanken Rümpfen mit den Segeln in Leinwandhüllen; hier und da ein Frühaufsteher, der beim Klarmachen des Klüverbaums oder beim Aufschießen von Klüver- und Großschoten war.

Im Neuen Hafen ging es lebhafter zu. Mietsboote lagen dicht am Kai vertäut, um aufs Fischen versessene Sommergäste an Bord zu nehmen, die einen guten Preis zahlen, die Decks mit Fischen vollhäufen und am Nachmittag dann nicht wissen, was sie mit ihnen anfangen sollen: Säcke, Körbe und Berge mit Brachsen, Lippfischen und Knurrhähnen, sogar schlanke Katzenhaie, alle gierig hochgerissen, um getötet und dann wieder den darauf wartenden Möwen zum Fraß ins Wasser geworfen zu werden, die genau wußten, daß diese Sommerfischer bald ihrer Beutemengen überdrüssig werden würden. Wer will einen Sack Fische abschuppen und ausnehmen? Es ist schwerer, Fische loszuwerden, als sie zu fangen.

Das Wasser der Bucht lag jetzt ölglatt und vom messingfarbenen Licht überströmt da. Die Tonnen- und Spitzbojen standen, mit ihrem verkehrten Spiegelbild im Wasser daneben, regungslos am Rand der Fahrrinne.

Ich bog beim Flaggenmast und Kriegerdenkmal ein und las dort meinen Namen unter den am Leben gebliebenen Helden in silbernen Buchstaben – CAPT. E. A. HAWLEY – und darunter in goldenen die Namen der achtzehn Männer aus Bay Hampton, die nicht mehr nach Hause gekommen waren. Die Namen der meisten von ihnen kannte ich, ehedem auch die Leute selbst, da sie noch nicht von den übrigen durch goldene Lettern unterschieden waren. Einen Augenblick lang hatte ich den Wunsch, mit ihnen in den unteren Reihen, den goldenen, zu stehen, die Dreckseelen und die Drückeberger, die Feiglinge und die Helden alle zusammen in den gleichen goldenen Topf geworfen.

Der dicke kleine Willie kam dahergefahren, hielt beim Denkmal an und ergriff die neben ihm auf dem Sitz liegende Flagge.

»Hei, Eth«, rief er mir zu. Er schäkelte die Messingringe und zog dann die Flagge langsam zur Mastspitze hoch, von wo sie schlapp herunterhing wie eine Leiche am Galgen. »Sie hat's kaum mehr geschafft«, sagte Willie ein bißchen keuchend. »Sieh sie dir nur an. Noch zwei Tage sind ihr gegönnt, dann geht die neue hoch.«

»Die mit den fünfzig Sternen?«

»Das will ich meinen. Wir haben eine aus Nylon bekommen, ein Riesending, doppelt so groß wie die hier, wiegt aber nur die Hälfte.«

»Wie geht's Geschäft, Willie?«

»Kann eigentlich nicht klagen, klage aber doch. Der glorreiche Vierte Juli ist immer eine Schweinerei. Wenn er auch noch auf einen Montag fällt, um so mehr Unglücksfälle, Schlägereien und Betrunkene gibt es ... Betrunkene von außerhalb. Soll ich dich bis zum Laden mitnehmen?«

»Danke. Ich muß aufs Postamt, und dann wollte ich eine Tasse Kaffee trinken.«

»Schön. Ich fahr' dich hin. Ich käme auch mit zu 'nem Kaffee, aber Stoney ist böse wie 'n Bullenbeißer.«

»Was hat er denn?«
»Das mag Gott wissen. Fuhr auf ein paar Tage weg und kam böse und grob zurück.«
»Wo war er denn?«
»Das hat er mir nicht verraten, aber bitterböse ist er wiedergekommen. Ich warte, bis du deine Post geholt hast.«
»Keine Umstände, Willie! Ich muß verschiedene Adressen schreiben.«
»Na, wie's dir paßt«, sagte er, fuhr rückwärts heraus und die High Street hinauf.
Im Postamt herrschte Halbdunkel; der Boden war frisch gewachst, worauf ein Schild hinwies: ACHTUNG! BODEN GLATT!
Schon von der Errichtung des alten Postamts an hatten wir Postfach Nr. 7. Ich stellte unsere Geheimnummer ein und holte einen Haufen Anzeigen und Anpreisungen heraus; alle waren adressiert an den »Herrn Postfachabonnenten«. Außer diesem Papierkorbfutter war nichts da. Ich bummelte die High Street hinauf in der Absicht, eine Tasse Kaffee zu trinken, hatte jedoch im letzten Moment keine Lust mehr dazu oder hatte keine Lust, mich zu unterhalten, kurz – ich weiß eigentlich nicht recht, warum. Ich hatte einfach keine Lust, in die Kaffeestube des Foremaster zu gehen. Großer Gott, was für ein Wirrsal halbschlächtiger Willensregungen ein Mann ist – und eine Frau wohl auch.
Ich kehrte gerade den Gehsteig, als Mr. Baker mit seinem Uhrwerk dahergetickt kam und zwecks Vornahme der Öffnungszeremonie seinen Tempel betrat. Ich war dann mit halbem Herzen dabei, Melonen auf die Gestelle in der Tür zu verteilen, als der altmodische grüne Panzerwagen an der Bank vorfuhr. Zwei schwerbewaffnete Wachmänner stiegen hinten mit grauen Geldsäcken aus, die sie in die Bank schleppten. Nach etwa zehn Minuten kamen sie wieder heraus, schwangen sich auf ihre gepanzerte Festung und fuhren davon. Sie hatten wohl dableiben müssen, bis Joey nachgezählt, Mr. Baker noch einmal nachkontrolliert und ihnen dann eine Quittung gegeben hatte. Geld in Obhut zu haben, macht schrecklich viel Schererei. Joey sagte, man könne geradezu einen Ekel vor anderer Leute Geld bekommen. Nach der Größe und dem Gewicht der Säcke zu urteilen, hatte die Bank auf die Feiertage große Abhebungen vorausgesehen. Wenn ich so ein landläufiger Bankräuber gewesen wäre, dann wäre jetzt der Moment für einen Coup gewesen. Aber das war ich ja nicht. Meine ganzen Kenntnisse verdankte ich meinem Busenfreund Joey. Der wäre wohl ein ganz großer geworden, wenn er gewollt hätte. Ich wunderte mich eigentlich, daß er so gar keine Lust dazu bezeigte, schon um seine Theorie auszuprobieren.
Das Geschäft häufte sich an diesem Vormittag wie kaum je. Jedenfalls ging es ärger zu, als ich vorausgesehen hatte. Es wurde heiß, die Sonne brannte wie

wahnsinnig, und es wehte nur ganz wenig Wind; es war jenes Wetter, das die Leute in die Sommerfrischen treibt, ob sie wollen oder nicht. Eine ganze Schlange stand bei mir, die auf Bedienung wartete. Eines wußte ich jetzt bestimmt: und wenn der Himmel einfiel, ich mußte eine Hilfe haben. Wenn Allen sich nicht bewährte, dann würde ich ihn hinauswerfen und einen andern Jungen hereinnehmen.

Gegen elf kam Mr. Baker in höchster Eile. Ich mußte einige Kunden stehenlassen und mit ihm in den Lagerraum gehen.

Er überreichte mir ein großes und ein kleines Kuvert. Dabei schnauzte er im Telegrammstil: »Tom Watson sagt, Besitztitel in Ordnung. Ob eingetragen, weiß er nicht. Meint nicht. Hier die Übertragungsurkunden. Unterschreiben, wo angegeben. Die Scheine sind markiert, die Nummern notiert. Hier ein ausgefüllter Scheck. Nur unterschreiben. Verzeihung, Ethan, bin sehr beeilt. Hasse es, in dieser Weise Geschäft zu machen.«

»Meinen Sie wirklich, ich solle weitermachen?«

»Herrgott noch mal, Ethan, nach all der Mühe, die ich damit gehabt habe . . .«

»Verzeihung, Mr. Baker. Verzeihen Sie. Ich weiß, Sie haben recht.« Ich legte den Scheck auf einen Büchsenmilchkarton und unterschrieb ihn mit meinem Kopierstift.

Den Scheck zu besichtigen, beeilte sich Mr. Baker jedoch nicht. Er sagte: »Bieten Sie zunächst zweitausend. Und gehen Sie immer um zweihundert höher. Sie wissen ja wohl, daß Sie nur noch einen Banksaldo von fünfhundert haben. Gott helfe Ihnen, wenn Ihnen das Geld ausgeht.«

»Wenn alles klar ist, kann ich dann nicht auf den Laden Geld aufnehmen?«

»Selbstverständlich können Sie das, wenn Sie Lust haben, von den Zinsen aufgefressen zu werden.«

»Ich weiß gar nicht, wie ich Ihnen dafür danken soll.«

»Werden Sie nicht weich, Ethan. Lassen Sie sich nicht dumm machen. Wie alle Lateiner kann er eine fabelhafte Suada entwickeln.«

»Ich bin Ihnen wirklich zu Dank verpflichtet.«

»Ich muß gehen«, sagte er. »Sonst komme ich auf der Überlandstraße in den Mittagsverkehr.« Damit ging er und rannte fast Mrs. Willow um, die eben dabei war, jede Melone zum zweitenmal zu begucken und zu befühlen. Den ganzen Tag ging es so toll zu. Wahrscheinlich machte die Hitze, die die Straßen überflutete, die Leute reizbar und geradezu streitsüchtig. Man hätte glauben können, sie hamsterten für eine bevorstehende Hungersnot, statt daß sie sich bloß über die Feiertage versorgen wollten. Ich hätte Joey kein belegtes Brot bringen können, selbst wenn ich gewollt hätte.

Ich mußte die Leute nicht nur bedienen, ich mußte auch aufpassen wie ein Schießhund. Ein Teil der Kundschaft bestand aus Ortsfremden, und die klauen, wenn man sie nicht im Auge behält. Sie scheinen sich nicht zurückhalten zu können. Dabei stehlen sie gar nicht immer Sachen, die sie wirklich brauchen. Die kleinen Gläschen und Döschen mit teuren Leckereien – Gänseleber, Kaviar, Champignons – sind am ärgsten ihren Zugriffen ausgesetzt. Marullo wußte schon, warum er mir einschärfte, solche Artikel hinterm Ladentisch aufzubewahren, wo die Kunden nichts zu suchen hatten. Er belehrte mich auch darüber, daß es nicht gut fürs Geschäft sei, einen Ladendieb abzufassen. Das macht die andern Kunden nervös, weil – nun, zumindest in Gedanken – ein jeder sich schuldig fühlt. Man kann dagegen nichts anderes machen, als daß man den Verlust auf einen andern Käufer abwälzt. Aber wenn ich jemanden sah, der sich zu nahe an die Regale heranschlängelte, dann konnte ich seinem Drang nur zuvorkommen, indem ich sagte: »Die Cocktailzwiebelchen da sind sehr billig.« Ich habe schon erlebt, daß der betreffende Kunde dann hochfuhr, als ob ich seine Gedanken gelesen hätte.

Bedrückend schleppte sich der Tag hin; die Stunden verrannen immer langsamer. Abgezehrt und mißgelaunt, als ob er ein Magengeschwür hätte, kam nach fünf Uhr Oberwachtmeister Stoney herein. Er ließ sich eine sogenannte Fernsehmahlzeit geben, bestehend aus einem Bauernsteak, Karotten, Kartoffelpüree, alles pfannenfertig, tiefgekühlt und in einer Art Aluminiumtablett verpackt.

Ich sagte: »Sie sehen aus, als hätten Sie einen Sonnenstich gekriegt, Herr Oberwachtmeister.«

»Na, das nicht. Fehlt mir nichts.« Dabei sah er hundeelend aus.

»Wollen Sie zwei davon?«

»Nein. Nur eine. Meine Frau ist wo auf Besuch. Ein Polizeimensch hat keine Feiertage.«

»Das ist aber schlimm.«

»Vielleicht ist das ganz gut. Bei all dem Gesindel, das sich herumtreibt, komme ich nicht viel nach Hause.«

»Ich hörte doch, Sie waren weg.«

»Wer hat Ihnen das gesagt?«

»Willie.«

»Na, der sollte auch seine große Schnauze halten.«

»Er meinte es doch nicht böse.«

»Dazu hat er gar nicht genug Grütze im Kopf. Vielleicht nicht einmal genug, um nicht selber ins Kittchen zu kommen.«

»Wer hat das?« sagte ich in bestimmter Absicht, und die Reaktion war noch stärker, als ich erhofft hatte.

»Was meinen Sie damit, Ethan?«

»Ich meine, daß es so viele Gesetze gibt, daß man kaum atmen kann, ohne gegen eines davon zu verstoßen.«

»Ist schon wahr. Man weiß wirklich nicht mehr Bescheid.«

»Was ich Sie fragen wollte, Herr Oberwachtmeister – beim Aufräumen fand ich einen alten Revolver, vollkommen verdreckt und verrostet. Marullo sagt, er gehöre nicht ihm, und mir natürlich schon gar nicht. Was soll ich damit machen?«
»Liefern Sie ihn mir ab, wenn Sie nicht einen Waffenschein beantragen wollen.«
»Ich bringe ihn Ihnen morgen von daheim mit. Ich habe ihn in einen Benzinkanister gesteckt. Was machen Sie mit derlei Zeug?«
»Nun, wir prüfen nach, ob etwas Verdächtiges dran ist, und dann schmeißen wir die Dinger ins Meer.« Es schien ihm jetzt besser zu sein. Aber es war ein langer, heißer Tag gewesen. Ich ließ nicht locker.
»Erinnern Sie sich an den Fall von vor einigen Jahren irgendwo droben im Staat, wo die Polizei konfiszierte Waffen verkauft hatte?«
Stoney verzog das Gesicht zum süßlich-falschen, fröhlich-harmlosen Lächeln eines Alligators. »Ich habe eine teuflische Woche hinter mir«, sagte er. »Eine teuflische Woche, Eth. Wenn Sie mich hänseln wollen, nun, dann möchte ich Ihnen davon abraten, denn ich habe eine teuflische Woche hinter mir.«
»Verzeihung, Herr Oberwachtmeister. Kann ein nüchterner Bürger etwas zur Abhilfe tun, zum Beispiel sich mit Ihnen einen Rausch antrinken?«
»Wollte Gott, ich könnte das. Ich würde mir am liebsten einen Rausch antrinken.«
»Warum tun Sie das nicht?«
»Wissen Sie vielleicht was darüber? Nein, wie sollten Sie auch! Wenn ich bloß wüßte, wozu und woher.«
»Wovon sprechen Sie eigentlich?«
»Lassen Sie's gut sein, Eth. Nein, oder doch nicht. Sie sind mit Mr. Baker befreundet. Hat er irgendwelche Transaktionen vor?«
»So befreundet bin ich nicht mit ihm, Herr Oberwachtmeister.«
»Was ist mit Marullo los? Wo ist er?«
»Ist nach New York gefahren. Will seine Arthritis behandeln lassen.«
»Allmächtiger Gott, ich weiß nichts. Ich weiß einfach nichts. Wenn da wenigstens eine Andeutung wäre, dann wüßte ich doch, wie ich mich legen soll.«
»Sie reden ganz ohne Sinn und Verstand daher, Stoney.«
»O nein. Ich habe schon zuviel geredet.«
»Ich bin nicht allzu helle, aber wenn Sie etwas abladen wollen ...«
»Nein – nein. Man wird mich nicht zu einem Verrat bringen, selbst wenn ich wüßte, wer sie sind. Denken Sie nicht mehr dran, Eth. Ich bin aber sehr besorgt.«
»Mir können Sie nichts verraten, Stoney. Was war es denn? Strafgericht?«
»Sie wissen also Bescheid?«
»Ein wenig.«

»Was steckt dahinter?«
»Der Fortschritt.«
Stoney trat dicht an mich heran und packte mit seiner Eisenfaust meinen Oberarm so fest, daß es schmerzte. »Ethan«, sagte er dann in heftigem Ton, »halten Sie mich für einen guten Polizisten?«
»Für den besten.«
»Das ist auch mein Ziel, mein Wunsch. Eth – halten Sie es für recht, wenn man einen Mann zwingt, über seine Freunde auszusagen, um sich zu retten?«
»Nein.«
»Ich auch nicht. Für solch eine Regierung kann ich mich nicht erwärmen. Was mir angst macht, Eth, das ist, daß ich kein so guter Polizist mehr sein werde wie bisher, weil ich das, was ich tue, nicht gutheißen kann.«
»Hat man Sie bei einer Lüge ertappt?«
»Es ist, wie Sie vorhin sagten. Es gibt so viele Gesetze, daß man keinen tieferen Atemzug tun kann, ohne gegen eines zu verstoßen. Aber, großer Heiland, die Leute waren Freunde von mir. Sie werden nichts ausplaudern, Ethan?«
»Aber nein. Sie vergessen Ihre Mahlzeit, Herr Oberwachtmeister.«
»Jaja!« machte er. »Ich gehe jetzt heim, ziehe meine Schuhe aus und sehe zu, wie die Polizisten im Fernsehen sich benehmen. Wissen Sie, zuweilen ist ein leeres Haus eine gute Ruhestatt.«
Ich holte die Obstbehälter aus dem Eingang herein und wollte gerade den Laden abschließen, da kam Joey hereingeschlendert.
»Rasch!« sagte ich, schloß die Doppeltüren und zog die dunkelgrünen Rollvorhänge herunter. »Sprechen Sie ganz leise.«
»Was haben Sie denn?«
»Es könnte vielleicht noch jemand etwas kaufen wollen.«
»Aha, jawohl. Ich weiß, was Sie meinen. Gott, wie mir die langen Feiertage zuwider sind! Das bringt bei allen Leuten die schlechtesten Seiten zum Vorschein. Sie brechen auf wie die Wilden und kommen zerschlagen und pleite wieder heim.«
»Wollen Sie einen kühlen Trunk, während ich die Decken über meine Herzallerliebsten ziehe?«
»Ich wäre nicht dagegen. Haben Sie geeistes Bier?«
»Nur zum Mitnehmen.«
»Ich nehme es mit. Machen Sie nur die Dose auf.«
Ich stieß zwei dreieckige Löcher in die Blechdose, worauf Joey sie ergriff, hochhob, den Mund aufmachte und das Bier hinter die Binde goß. »Ahh«, machte er dann und stellte die Dose auf den Ladentisch.
»Wir machen eine Reise.«
»Sie armer Teufel. Wohin denn?«

»Ich weiß nicht. Wir haben uns darüber noch nicht herumgestritten.«
»Es geht etwas vor. Haben Sie eine Ahnung, was es ist?«
»Geben Sie mir ein Stichwort.«
»Das kann ich nicht. Ich hab's nur im Gefühl. Meine Nackenhaare jucken mich. Das ist ein sicheres Zeichen. Alle sind ein bißchen aus dem Gleis.«
»Vielleicht bilden Sie sich das nur ein.«
»Vielleicht. Aber Mr. Baker macht keine Ferien. Er hatte es verteufelt eilig, aus der Stadt zu kommen.«
Ich lachte. »Haben Sie die Bücher nachgeprüft?«
»Wissen Sie etwas? Das hab' ich tatsächlich getan.«
»Sie machen Scherz.«
»Ich kannte mal einen Postmeister in einem kleinen Nest. Bei dem arbeitete ein armseliges Bürschchen namens Ralph – hatte farbloses Haar, ein winziges Kinn und Polypen so groß wie Kröpfe. Er wurde bezichtigt, Briefmarken gestohlen zu haben, ganze Haufen Marken, im Wert von rund achtzehnhundert Dollar. Konnte keiner Fliege etwas zuleide tun. Er war ein Stück Malheur.«
»Sie meinen, er habe die Marken nicht genommen?«
»Wenn er es nicht getan hat, so ist das ebensogut, als wenn er es getan hätte. Wenn's nach mir geht, sorge ich dafür, daß ich nie irgendwie beschuldigt werde.«
»Haben Sie deshalb nicht geheiratet?«
»Wenn man's recht bedenkt, wahrhaftig, das ist einer der Gründe.«
Ich faltete meine Schürze zusammen und legte sie in die Schublade unter der Registrierkasse. »Es kostet zuviel Zeit und Mühe, argwöhnisch zu sein, Joey. Ich könnte mir nicht die Zeit dafür nehmen.«
»In einer Bank muß man's sein. Man verliert nur einmal. Es bedarf nur eines geflüsterten Wörtchens.«
»Sagen Sie nicht, daß Sie argwöhnisch seien.«
»Das ist ein Naturtrieb. Wenn etwas nur ein bißchen aus dem Rahmen fällt, schon rasselt bei mir die Weckerglocke.«
»Was für ein Leben! Sie meinen das doch nicht im Ernst?«
»Nein, wohl nicht. Ich dachte nur, daß Sie mir es doch mitteilen würden, wenn Sie etwas gehört hätten, das heißt, falls es mich etwas anginge.«
»Ich würde wohl jedermann alles, was ich weiß, mitteilen. Daher kommt es vielleicht, daß niemand mir je etwas mitteilt. Gehn Sie heim?«
»Nein, ich werde wohl gegenüber essen.«
Ich drehte die Lichter nach der Straße zu ab. »Macht es Ihnen etwas aus, durch die Hintergasse hinauszugehen? Hören Sie, ich werde am Morgen vor dem Hauptansturm belegte Brote machen. Eines mit Schinken, eines mit Käse auf Schwarzbrot, Salat sowie Mayonnaise, stimmt's? Und ein Viertel Milch.«
»Sie müßten auf einer Bank arbeiten«, sagte er.

Er war wohl nicht einsamer als alle andern Menschen, nur weil er allein lebte. Wir trennten uns am Eingang zum Foremaster; einen Augenblick lang hatte ich den Wunsch, daß ich mit ihm gehen könne. Ich dachte mir, zu Hause würde ich wohl ein großes Durcheinander antreffen.

Und so war es auch. Mary hatte den Reiseplan gemacht. Droben bei Montauk Point gibt es eine sogenannte Dude-ranch*, ausgestattet mit allem Zubehör für die Wildwestspielerei der Erwachsenen. Das Amüsante daran ist, daß es das älteste noch in Betrieb befindliche Viehgut Amerikas ist, auf dem schon Vieh gezüchtet wurde, bevor Texas überhaupt entdeckt war. Sein erster Schenkungsbrief stammt noch von Karl II. Ursprünglich weideten dort die Herden, die New York versorgten, und die Hirten wurden für eine kurze Dienstzeit ausgelost wie Geschworene. Jetzt wimmelt es dort natürlich von silbernen Sporen und allen sonstigen Requisiten der Cowboyromantik. Aber die roten Rinder weiden noch immer auf den Mooren. Mary hatte sich nun ausgedacht, es würde hübsch sein, die Sonntagnacht dort in einem der Unterkunftshäuser zu verbringen.

Ellen wollte unbedingt nach New York, dort in einem Hotel absteigen und sich zwei Tage lang am Times Square herumtreiben. Allen wollte überhaupt nicht verreisen, nirgendwohin. Das ist eine seiner Methoden, sich wichtig zu machen und zu beweisen, daß er vorhanden ist.

Das Haus kochte nur so vor Aufregung: Ellen aufgelöst in langsam tropfende dicke Tränen; Mary müde, erhitzt, enttäuscht, während Allen etwas abseits saß, mit mürrischer Miene seinen kleinen Radioapparat an die Ohren hielt und sich von einer hysterischen Stimme ein schmalziges Lied von Liebe und Leid in die Ohren wimmern ließ. »Du schworst mir Treue / doch dann aufs neue / warfst du mein einsam liebend Herz zu Boden.«

»Ich glaube, ich geb's auf«, sagte Mary.

»Die Kinder wollen dir ja helfen.«

»Bisher haben sie das Menschenmögliche getan, um Schwierigkeiten zu machen.«

»Ich bekomme nie etwas zu tun«, sagte Ellen aufschnupfend.

Im Wohnzimmer drehte Allen die Lautstärke höher. ». . . mein einsam liebend Herz zu Boden . . .«

»Könnten wir sie nicht in den Keller sperren und allein wegfahren, mein Herzblatt?«

»Weißt du, ich bin jetzt schon so weit, daß es mir recht wäre«, sagte sie. Sie mußte schreien, um sich über das Gekreisch des einsam liebenden Herzens hinweg verständlich zu machen.

* Dude ranch (wörtlich etwa »Gecken-Landgut«) nennt man in USA ein Gut, auf dem reiche Nichtstuer und Nichtstuerinnen als Cowboys oder Cowgirls verkleidet Wildwest spielen. (Anm. d. Übers.)

Ganz unvermittelt packte mich die Wut. Ich drehte mich um und ging mit großen Schritten zum Wohnzimmer, um meinen Sohn in Stücke zu reißen, seinen einsam liebenden Leichnam zu Boden zu werfen und darauf herumzutrampeln. Gerade als ich durch die Tür trat, brach die Musik ab, und eine Männerstimme sagte an: »Wir unterbrechen unser Programm, um eine Sondermeldung durchzugeben. Beamte von New Baytown und der Grafschaft Wessex erhielten heute vom Schwurgericht eine Vorladung, um sich wegen gewisser Unregelmäßigkeiten zu verantworten, die von der Unterdrückung von Verkehrsstrafzetteln bis zu passiver Bestechung durch Schmiergelder und Vergütungen bei der Vergebung von Kontrakten der Stadt- und Grafschaftsverwaltung reichen ...«

Und dann hieß es: der Bürgermeister, der Stadtrat, die Beamten, die öffentlichen Arbeiten. Ich lauschte, ohne zu hören; mir wurde traurig zumute und schwer ums Herz. Vielleicht hatten sie wirklich das getan, wessen man sie beschuldigte, aber sie hatten es schon seit so langer Zeit getan, daß sie gar nicht mehr wußten, daß sie unrecht taten. Und selbst wenn sie unschuldig waren, konnten sie nicht mehr vor den städtischen Wahlen freigesprochen werden, und selbst wenn einer freigesprochen wird, erinnert sich die Welt daran, daß er einmal angeschuldigt war. Sie waren umzingelt. Sie mußten es gewußt haben. Ich hörte genau hin, ob der Name Stoneys fiel, aber er wurde nicht erwähnt, und so nehme ich an, daß er sich durch seine Aussage gegen die andern Straflosigkeit erkauft hatte.

Mary hatte an der Tür gehorcht. »Na«, sagte sie, »so viel Aufregendes haben wir lange nicht erlebt. Hältst du es für wahr, Ethan?«

»Darauf kommt's nicht an«, sagte ich. »Darum geht es nicht.«

»Ich möchte wissen, was Mr. Baker darüber denkt.«

»Der ist auf Ferien gefahren. Ja, ich möchte auch wissen, wie ihm zumute ist.«

Allen wurde zappelig, weil seine Musik ausgesetzt hatte.

Die Nachricht, Abendessen und Geschirrspülen ließen uns nicht zu unsern Reiseplänen kommen, bis es für einen Entschluß oder weitere Tränen und Auseinandersetzungen zu spät war.

Als ich im Bett lag, bekam ich mitten in der warmen Sommernacht plötzlich einen schweren Anfall von Schüttelfrost.

»Dein ganzer Körper ist eine einzige Gänsehaut«, sagte Mary. »Meinst du, du hast einen Virus?«

»Nein, du Gute, mich überkam wohl bloß die Empfindung, die die Leute dort haben müssen. Es muß ihnen schrecklich zumute sein.«

»Hör auf, Ethan. Du kannst dir doch nicht anderer Leute Sorgen auf die Schultern laden.«

»Du siehst ja, daß ich's kann.«

»Ob du jemals ein Geschäftsmann werden wirst? Du bist zu gefühlvoll. Es ist doch nicht dein Verbrechen.«
»Ich dachte gerade: vielleicht ist das doch der Fall, ist es jedermanns Verbrechen.«
»Ich verstehe das nicht.«
»Ich auch nicht richtig, mein Herz.«
»Wenn nur jemand da wäre, der bei ihnen bleiben könnte!«
»Ja, es mangelt uns an älteren weiblichen Verwandten ohne Anhang. Denke scharf darüber nach. Wenn wir sie nur für einige Zeit einsalzen oder einpökeln könnten. Mary, Madonna, streng deinen Geist an. Ich schmachte danach, mit dir an einem unbekannten Ort allein zusammen zu sein. Wir könnten über die Dünen spazieren, nächtlicherweise nackt schwimmen, und ich würde dich auf einem Bett aus Farnkräutern herumrollen.«
»Ja, Liebster, ich weiß. Ich weiß, daß es ein schwerer Schlag für dich war. Glaube nicht, daß ich das nicht weiß.«
»Nun, drück mich fest an dich. Laß uns etwas ausdenken.«
»Du zitterst immer noch. Ist dir kalt?«
»Kalt und heiß, voll und leer – und müde.«
»Ich werde versuchen, etwas auszudenken. Jawohl, bestimmt. Natürlich liebe ich sie, aber ...«
»Ich weiß ... Und ich könnte mein Schleifchen anziehen ...«
»Werden sie ins Gefängnis gesteckt?«
»Ich wollte, wir könnten ...«
»Die Leute dort?«
»Nein. Das ist nicht notwendig. Sie können nicht einmal vor nächsten Dienstag vor Gericht erscheinen, und Donnerstag ist die Wahl. Darum geht doch das Ganze.«
»Ethan, das ist zynisch. Das ist gar nicht deine Art. Wir müssen verreisen, wenn du zynisch wirst, denn – das war kein Scherz, wie du das gesagt hast. Ich kenne deine Scherze schon. Diesmal war es Ernst.«
Ich erschrak; eine Furcht befiel mich. Ich verriet mich. Ich durfte mich nicht durchschauen lassen. »Hören Sie mal, Miß Mousie, möchten Sie mich heiraten?«
»Oho! Oho!« machte Mary.
Meine plötzliche Angst, ich könne mich verraten, war sehr groß. Ich hatte mir vorgemacht, die Augen seien nicht der Spiegel der Seele. Einige der gefährlichsten kleinen Weibsbilder, die ich je sah, hatten Gesichter und Augen von Engeln. Es gibt eine Menschensorte, die kann glatt durch Haut und Knochen bis zum Mittelpunkt schauen, aber sie sind selten. Zum überwiegenden Teil sind die Menschen nur auf sich selbst neugierig. Eine kleine Kanadierin schottischer Abkunft erzählte mir einmal eine Geschichte, die sie sich sehr zu Herzen

genommen hatte und auch auf mich ihren Eindruck nicht verfehlte. In den Entwicklungsjahren habe sie immer das Gefühl gehabt, aller Augen seien auf sie gerichtet, und zwar nicht freundlich, so daß sie von Erröten in Weinen und von Weinen in Erröten fiel. Ihr alter schottischer Großvater, der ihren Kummer bemerkt hatte, sagte eines Tages in scharfem Ton zu ihr: »Du würdest dir nicht so viel Kummer darum machen, was die Leute von dir denken, wenn du wüßtest, wie selten sie das tun.« Seitdem war sie geheilt, und auch mich beruhigte ihre Erzählung; denn es hat seine Richtigkeit damit. Doch Mary, die für gewöhnlich in einem selbstgeschaffenen Blumenhaus lebt, hatte einen Ton gehört oder einen schneidenden Wind gespürt. Das war eine Gefahr, bis der morgige Tag vorbei war.

Wenn mein Plan ausgewachsen und todsicher meinem Kopf entsprungen wäre, dann hätte ich ihn wohl als unsinnig verworfen. Dergleichen tut man nicht, doch man spielt seine geheimen Spielchen. Das meine begann mit Joeys Vorschriften zum Bankraub. Zur Ablenkung von meiner langweiligen Tätigkeit spielte ich damit, und alles, was ich erlebte, fügte sich ein: Allen und seine Mausfratze, die undichte Toilette, die verrostete Pistole, der bevorstehende Feiertag, das Papier, das Joey ins Schlüsselloch der Hintertür stopfte. Wann mein Spiel aufhörte, Spiel zu sein, weiß ich nicht. Wohl als ich erfuhr, daß ich den Laden kaufen könne und Geld brauchte, um ihn zu betreiben. Erstens ist es schwer, einen vollkommen aufgebauten Plan fahrenzulassen, ohne ihn auszuprobieren; und was das Schimpfliche daran betraf, das Verbrechen, nun, es war kein Verbrechen gegen Mitmenschen, sondern nur gegen das Geld. Niemand würde zu Schaden kommen. Das Geld war versichert. Die wahrhaften Verbrechen waren die gegen Menschen, gegen Danny und gegen Marullo. Gegen das, was ich vorher zu tun vermocht hatte, war Diebstahl nichts. Und all das war nur zeitweilig. Nichts davon würde je wiederholt werden. Tatsächlich war alles, mein Verfahren, meine Ausrüstung und meine Zeiteinteilung, so vollkommen wir nur möglich, bevor ich wußte, daß es kein Spiel war.

Natürlich lag immer ein unglücklicher Zufall im Bereich der Möglichkeit, aber damit muß man auch rechnen, wenn man eine Straße überquert oder unter einem Baum hergeht. Ich glaube nicht, daß ich irgendwie Angst hatte. Die hatte ich mir durch die Proben ausgetrieben. Nur eine gewisse Atemlosigkeit verspürte ich, ähnlich dem Lampenfieber, das den Schauspieler in der Kulisse am Premierenabend befällt. Und es war wie ein Stück, bei dem jeder unglückliche Zufall vorbedacht und ausgeschaltet worden war.

Trotz meiner Besorgnis, ich würde nicht einschlafen können, schlief ich tief und, soviel ich weiß, traumlos, ja verschlief. Ich hatte vorgehabt, die noch dunkle Morgenfrühe zur beruhigenden Arznei des Nachdenkens zu benutzen. Doch als ich mit einem Ruck die Augen öffnete, war der Schwanz der Kuh im

See schon seit mindestens einer halben Stunde sichtbar gewesen. Ich erwachte unter einem Schock wie vom Luftdruck eines starken Sprengmittels. Zuweilen führt solch ruckartiges Erwachen zu Muskelzerrungen. Dies war bei mir nicht der Fall, aber die Bettstelle schüttelte so, daß Mary aufwachte und fragte: »Was ist denn los?«
»Ich habe verschlafen.«
»Unsinn. Es ist noch früh am Tag.«
»Nein, mein Ablativus absolutus. Für mich ist es ein ungeheuerlicher Tag. Steh nur nicht auf.«
»Du brauchst ein kräftiges Frühstück.«
»Weißt du, was ich tue? Ich hole mir im Foremaster einen Kaffee und plündere Marullos Vorräte wie ein Wolf.«
»Sicher?«
»Bleib, ruh dich aus, mein Mausemäuschen, und versuche herauszukriegen, wie wir unsern geliebten Kinderchen entkommen können. Das haben wir nötig. Ich meine es im Ernst.«
»Ich weiß schon. Ich werde nachdenken.«
Ich war angezogen und aus dem Haus gegangen, bevor sie irgendwelche der Jahreszeit entsprechenden Vorschläge zu meiner Beschützung und Bequemlichkeit äußern konnte.
Joey war in der Kaffeestube und klopfte auf den Hocker neben ihm, als ich hereinkam.
»Ich kann nicht, Joey«, sagte ich. »Ich bin spät dran. Annie, könntest du mir einen Liter Kaffee in einem Pappgefäß mitgeben?«
»Da mußt du schon zwei Halbelitergefäße nehmen, Eth.«
»Desto besser.«
Sie füllte die beiden kleinen Pappgefäße, schloß sie und tat sie in eine Tüte.
Joey trank seinen Kaffee aus und kam mit mir.
»Heute müssen Sie die Morgenmesse ohne den Bischof zelebrieren.«
»Scheint so. Was sagen Sie zu der Neuigkeit?«
»Ich kann es gar nicht fassen.«
»Sie entsinnen sich, daß ich Ihnen sagte, ich röche etwas.«
»Ich dachte daran, als ich davon hörte. Sie haben schon einen guten Riecher.«
»Das gehört zum Geschäft. Baker kann jetzt zurückkommen. Bin neugierig, ob er kommt.«
»Zurückkommen?«
»Riechen Sie nichts dabei?«
Ich sah ihn hilflos an. »Mir ist etwas entfallen, aber ich weiß nicht einmal was.«
»Großer Heiland!«
»Sie meinen, ich werde etwas zu sehen bekommen?«

»Jawohl, das meine ich.«
»Ach, du mein Gott! Mir entfällt alles mögliche. Ich versuche mich vergeblich darauf zu besinnen, ob Sie sowohl Salat wie Mayonnaise haben wollen.«
»Beides.« Er riß die Zellophanhülle von einem Päckchen Camel-Zigaretten ab, knüllte sie zusammen und stopfte sie ins Türschloß.
»Ich muß gehn«, sagte ich. »Wir haben heute Sonderangebot von Tee. Senden Sie uns den Deckel einer Schachtel ein, und Sie bekommen ein Kind! Kennen Sie etwelche Damen, die in Betracht kämen?«
»Das schon, aber sie dürften auf diese Prämie kaum Wert legen. Machen Sie sich nicht die Mühe, die belegten Brote zu bringen. Ich hole sie selbst ab.« Damit ging er zur Tür hinein, deren Zunge lautlos einschnappte. Ich hoffte sehr, Joey werde niemals entdecken, daß er mein bester Lehrer gewesen war. Er erteilte mir nicht nur mündlichen, sondern auch Anschauungsunterricht, ohne es zu wissen.
Alle, die etwas von diesen Dingen verstehen, die Fachleute, sind darin einer Meinung, daß nur Geld Geld schafft. Der einfachste Weg ist immer der beste. Doch ich glaube wirklich, es war nur eine etwas heftige Tagträumerei, bis Marullo ohne sein Verschulden wie umnachtet über den Rand des Abgrunds schritt. Erst als es fast sicher schien, daß ich das Geschäft für mich bekommen könne, kam der hochfliegende Traum auf den Boden der Wirklichkeit herab. Es ließe sich wohl mit einiger Berechtigung die allerdings auf mangelnder Sachkenntnis beruhende Frage stellen: Wenn ich den Laden bekommen konnte, wozu brauchte ich dann Geld? Mr. Baker würde das verstanden haben, ebenso Joey, und, was das angeht, auch Marullo. Der Laden ohne Betriebskapital, das war schlimmer als überhaupt kein Laden. Die Via Appia des Bankrotts ist mit den Gräbern ungenügend gedeckter Unternehmungen gesäumt. An dieser Straße habe ich schon ein Grab. Der dümmste Heerführer wirft nicht seine ganze Streitmacht zu einem Durchbruch ins Feuer, ohne über schwere Geschütze, Reserven oder doch Ersatz zu verfügen; aber manch ein im Entstehen begriffenes Geschäft tut Ähnliches. Marys Geld in markierten Scheinen drückte in meiner Hüfttasche auf mein Sitzfleisch. Aber Marullo würde davon nehmen, soviel er bekommen konnte. Dann die Monatsersten. Die Grossisten waren nicht sehr freigebig mit Krediten für noch nicht bewährte Unternehmen. Deshalb würde ich immer noch Geld benötigen, und dieses Geld wartete auf mich hinter tickenden Stahltüren. Das Verfahren, es in die Hand zu bekommen, als Tagträumerei entworfen, hielt näherer Prüfung in überraschender Weise stand. Daß Raub gesetzwidrig war, störte mich sehr wenig. Marullo bot keine Schwierigkeit. Wenn er nicht das Opfer gewesen wäre, hätte er die Sache möglicherweise selbst in Aussicht genommen. Danny war schon bedenklicher, selbst wenn ich auch durchaus wahrheitsgemäß behaupten konnte, daß es sowieso mit ihm zu Ende war. Mr. Bakers mißlungener Versuch, mit

Danny dasselbe zu machen, gab mir eine stärkere Rechtfertigung, als die meisten Leute brauchten. Immerhin lag mir Danny schwer im Magen, und ich mußte mich damit abfinden, wie man sich mit einer Wunde aus einem siegreichen Gefecht abfindet. Ich mußte damit weiterleben, aber es würde mit der Zeit vielleicht ausheilen oder durch Vergessen abgekapselt werden, so wie ein Granatsplitter durch Knorpelbildung abgekapselt wird.

Was zuallererst in Frage kam, war das Geld, und dieser Schritt war in jeder Weise, auch zeitlich, so sorgfältig vorbereitet wie ein elektrischer Stromkreis. Joeys Vorschriften hatten sich behauptet; ich erinnerte mich ihrer und hatte sie sogar durch eine weitere ergänzt. Paragraph eins: Keine Vorstrafen haben. Nun, ich hatte keine. Paragraph zwei: Keine Komplicen, keine Mitwisser. Hatte ich bestimmt nicht. Paragraph drei: Keine lockeren Damen. Nun, die einzige mir bekannte Person, die man allenfalls so nennen konnte, war Margie Young-Hunt, und ich hatte nicht die Absicht, Champagner aus ihrem Pantoffel zu schlürfen. Paragraph vier: Keinen Aufwand machen. Nun, das würde ich nicht tun. Nach und nach würde ich das Geld zur Begleichung der Grossistenfakturen benutzen. Ich hatte einen geeigneten Platz dafür. Die Schachtel für meinen Tempelritterhut enthielt eine Umrandung aus sammetbezogenem Pappdeckel in Größe und Form meines Kopfes. Diese hatte ich bereits freigelegt und die Ränder mit Zementit bestrichen, so daß sie im Handumdrehen wieder in die alte Form gebracht werden konnten.

Gegen das Erkanntwerden: eine Mickey-Maus-Maske. Niemand würde etwas anderes gewahren. Ein alter Baumwollregenmantel von Marullo – alle braungelben Regenmäntel sehen gleich aus – und ein paar Zellophanhandschuhe. Die Maske war schon vor einigen Tagen ausgeschnitten worden; die Schachtel und die Haferflocken waren bereits in der Toilette hinuntergespült worden, auf demselben Weg, den dann Maske und Handschuhe gehen sollten. Die alte silberbeschlagene Pistole war mit Lampenruß geschwärzt, und im Klosett stand ein Kanister mit Maschinenöl, in den ich sie werfen wollte, um sie bei nächster Gelegenheit an Oberwachtmeister Stoney abzuliefern.

Als letzten Paragraphen hatte ich selbst zugefügt: Sei kein Schwein. Nimm nicht zuviel und vermeide große Scheine. Wenn, sagen wir, sechs- bis zehntausend in Zehner- und Zwanzigerscheinen zu erlangen wären, dann wäre das genügend, wäre leicht zu verstecken und damit zu hantieren. Eine Tortenschachtel würde als Wechselkasse dienen, und wenn sie jemand das nächstemal sähe, würde wieder eine Torte darin sein. Das gräßliche quiekende Ding zum Bauchreden hatte ich ausprobiert, um meine Stimme zu verstellen, war aber wieder davon abgekommen zugunsten stummer Gebärdensprache. Kurz, alles war fix und fertig.

Es tat mir fast leid, daß Mr. Baker nicht da war. Nur Joey, Harry Robbit und Edith Alden würden anwesend sein. Es war alles auf einen Sekundenbruchteil festgelegt. Um fünf Minuten vor neun würde ich den Besen in die Türecke stellen. Ich hatte alles noch und noch geübt. Die Schürze hochgeschlagen und in die Hose gesteckt, den Gewichtstein an die Toilettenkette gehängt, damit das Wasser dauernd lief. Jeder, der hereinkam, mußte das Wasser rauschen hören und daraus seinen Schluß ziehen. Mantel, Maske, Tortenschachtel, Revolver, Handschuhe. Punkt neun über die Gasse hinübergehen, die Hintertür aufschieben, die Maske aufsetzen, genau nach dem Uhrengerassel und der Öffnung der Tür durch Joey eintreten. Den dreien mit dem Revolver Zeichen geben, sich lang auf den Boden zu legen. Die würden keine Scherereien machen. Wie Joey gesagt hatte: das Geld war versichert, er nicht. Das Geld packen, in die Tortenschachtel tun, wieder über die Gasse hinüber. Handschuhe und Maske in die Toilettenschüssel werfen und hinunterspülen, Revolver in Kanister stecken, Mantel ausziehen; dann Schürze herunterlassen, Geld in die Hutschachtel, Torte in die Tortenschale tun, Besen nehmen und Trottoir kehren, sicht- und greifbar, sobald der Alarm einsetzte. Das Ganze in einer Minute vierzig Sekunden, genau berechnet, abgestoppt, immer wieder kontrolliert. Aber so sorgfältig ich auch geplant und berechnet hatte, ich war doch etwas atemlos und fegte erst den Laden aus, bevor ich die Eingangstür öffnete. Ich hatte dabei die Schürze von gestern an, damit keine frischen Falten zu sehen sein würden.

Und, man sollte es kaum glauben, die Zeit stand still, als wenn ein neuer Josua die Sonne heruntergeschossen hätte.

Seit langem hatte ich meine Schäflein nicht laut angeredet; nun, an diesem Morgen tat ich es, wohl aus Nervosität.

»Meine Freunde«, sagte ich, »was ihr jetzt erlebt, ist ein Geheimnis. Ich weiß, daß ich mich auf eure Verschwiegenheit verlassen kann. Wenn irgendwer von euch etwas vom moralischen Standpunkt einzuwenden hat, so möchte ich ihn auffordern, sich von hinnen zu begeben.« Ich hielt kurz inne. »Keine Einwände? Wohl denn. Sollte ich jemals eine Auster oder einen Kohlkopf hierüber mit einem Fremden sprechen hören, so hat er oder die Betreffende die Todesstrafe durch Eßgabeln verwirkt.

Und dann möchte ich euch allen meinen Dank sagen. Wir waren miteinander demütige Arbeiter im Weinberg des Herrn, und ich war ein Diener gleich euch. Nun aber tritt ein Wandel ein. Ich werde fortan hier Herr und Meister sein, doch ich verspreche euch, daß ich ein guter, freundlicher und verständnisvoller Herr sein werde. Die Stunde nahet, meine Freunde, der Vorhang hebt sich — lebet wohl.«

Dann ging ich mit dem Besen zur Eingangstür, doch immer schrie eine Stimme in mir: »Danny! Danny! Geh weg aus meinem Gekröse!« Ein starker Schauer durchlief mich, so daß ich mich kurz auf den Besen stützen mußte, bevor ich die Tür aufmachte.

Die Uhr meines Vaters wies mit ihrem schwarzen kurzen Stundenzeiger auf neun und mit dem langen dünnen Minutenzeiger auf sechs Minuten vor neun. In meinem Handteller spürte ich den Herzschlag der alten Uhr, als ich darauf schaute.

Fünfzehntes Kapitel

Es kam ein Tag, der war so verschieden von andern Tagen wie Hunde von Katzen oder diese wieder von Chrysanthemen, Meereswogen oder Scharlach. Es scheint in manchen Staaten, sicher aber in unserm, Gesetz zu sein, daß es an langen Feiertagswochenenden regnen muß. Wie könnten sonst die Menschenmengen durchnäßt und mißmutig werden? Die Julisonne wehrte zwar eine Unmenge kleiner Federwolken ab und trieb sie eilig in die Flucht, doch am westlichen Horizont zogen Gewitterwolken auf, regenträchtig, mit Donner und Blitz bewaffnete Riesen aus dem Hudsontal, die bereits grollend vor sich hin murmelten. Wenn das Gesetz in gehöriger Weise befolgt wurde, dann würden sie abwarten, bis eine Höchstzahl wimmelnder Menschenameisen in sommerlicher Kleidung und Stimmung die Landstraßen und die Strandbuchten bevölkerte.

Die Mehrzahl der übrigen Geschäfte machte erst um halb zehn auf. Marullo hatte sich eingebildet, er könnte für sich noch eine Nasenlänge Geschäft herausschlagen, wenn er mich den Startschuß eine halbe Stunde früher abgeben ließ. Ich nahm mir vor, das wieder zu ändern. Denn es erregte mehr Mißstimmung bei den andern Ladeninhabern, als durch die Einnahme aufgewogen wurde. Marullo kümmerte sich darum nicht, falls er es überhaupt gemerkt hatte. Er war ein Ausländer, ein Katzelmacher, ein Despot, ein Ausbeuter der Armen, ein Schweinehund und achtfacher Hundsfott. Da ich ihn vernichtet hatte, war es nur natürlich, daß seine Fehler und Verbrechen sich mir in blendendem Licht zeigten.

Ich ahnte, wie sich der lange Zeiger von meines Vaters alter Uhr um den Rand des Zifferblatts herumbewegte, und ich merkte, daß ich meiner Reinigungspflicht erbost und mit angespannten Muskeln oblag. Ich atmete durch den Mund, und mein Magen drückte gegen meine Lunge, so wie ich mich erinnere, daß es vor einem Sturmangriff gewesen war.

Für einen Samstagvormittag an einem Vierten-Juli-Wochenende waren wenig Leute unterwegs. Ein Ortsfremder – ein alter Mann – kam vorbei mit einer Angelrute und einer grünen Köderbüchse aus Plastic. Er war auf dem Weg zum Städtischen Landungssteg, um sich dort hinzusetzen und den lieben langen Tag über seine dauernd schlaffbleibende Angelschnur ins Wasser hängen zu lassen. Er blickte nicht einmal auf, aber ich machte mich ihm bemerkbar, indem ich sagte:

»Hoffentlich fangen Sie ein paar große.«
»Ich fange nie etwas.«
Dann kam Jennie Single auf dem Trottoir dahergerollt. Sie bewegte sich tatsächlich, als habe sie kleine Rollen an Stelle der Füße. Sie war wohl die letzte zuverlässige Zeugin des alten Bay Hampton. Sie drehte einmal ihren Gasbratofen auf, vergaß aber ihn anzuzünden. Sie wäre glatt durchs Dach gesprengt worden, wenn sie sich daran erinnert hätte, wo sie ihre Streichhölzer hingelegt hatte.
»Mor'n, Miß Jenny.«
»Guten Morgen, Danny.«
»Ich bin der Ethan.«
»Natürlich bist du das. Ich will einen Kuchen backen.«
»Was für einen?«
»Tja, es sollte ein Fanny-Farmer-Kuchen werden, aber das Etikett ist vom Paket abgefallen, und jetzt weiß ich nicht mehr, was es wird.«
Das wäre eine Zeugin, falls ich eine solche brauchte! Und warum sagte sie »Danny« zu mir?
Ein Stückchen Stanniol leistete dem Besen Widerstand. Ich mußte mich bücken und es mit dem Fingernagel wegkratzen. Diese untergeordneten Bankmäuse mausten wirklich Geschäftszeit, da die Katze Baker aus dem Haus war. Auf die wartete ich doch. Keine ganze Minute vor neun kamen sie aus der Kaffeestube gestürzt und über den Fahrdamm gerannt.
»Laufen, laufen, laufen!« rief ich ihnen zu, und sie grinsten schuldbewußt, als sie in die Türen der Bank hineinstürmten.
Jetzt war die Zeit gekommen. Ich durfte nicht an das Ganze denken, immer nur je einen Schritt und jeder an seinem Platz, so wie ich es eingeübt hatte. Ich drückte meinen angstvollen Magen hinunter an die Stelle, wo er hingehörte. Zuerst also den Besen an den Türpfosten stellen, wo er gesehen werden konnte. Alles in langsamem, bedächtigem Tempo.
Aus den Augenwinkeln sah ich ein Auto die Straße entlang kommen und blieb stehen, um es vorbeizulassen.
»Mr. Hawley!«
Ich fuhr herum wie ein erwischter Gangster im Film. Ein verstaubter dunkelgrüner Chevrolet war an den Randstein herangefahren, hielt jetzt an, und – großer Gott! – der Akademiker von der Regierung stieg aus. Unter mir wankte und schwankte die festgegründete Erde wie ein Spiegelbild im Wasser. Ich war wie gelähmt, als ich ihn auf mich zukommen sah. Es schien eine Ewigkeit zu dauern. Dabei war alles ganz einfach. Mein von langer Hand geplanter, fix und fertiger Bau zerfiel vor meinen Augen zu Staub wie ein lang vergrabenes Kunstprodukt, wenn es an die Luft kommt. Ich dachte schon daran, rasch auf die Toilette zu gehen, um mich von allem zu drücken. Aber

das würde wirkungslos bleiben. Die Morphyschen Regeln ließen sich nicht widerrufen. Gedanken und Licht müssen sich ungefähr mit der gleichen Geschwindigkeit bewegen. Es ist ein schwerer Schlag, einen so lange erwogenen Plan verwerfen zu müssen, einen Plan, den man sich so oft vorgespielt hat, daß seine Ausführung nur noch als eine weitere Probe erscheint; und doch verwarf ich ihn, schleuderte ich ihn von mir, hielt ihn mir fern. Ich hatte keine Wahl. Ein mit Lichtgeschwindigkeit auftauchender Gedanke rief mir zu: Gott sei Dank, daß der nicht eine Minute später gekommen ist. Das wäre dann der unglückliche Zufall gewesen, der immer in den Kriminalromanen vorkommt.

Und all das, während der junge Mann vier steife Schritte über das Trottoir machte.

Er mußte irgend etwas gemerkt haben; denn er sagte:

»Was fehlt Ihnen, Mr. Hawley? Sie sehen nicht wohl aus.«

»Durchfall«, sagte ich.

»Das kann jedem passieren. Laufen Sie! Ich warte hier.«

Ich stürzte auf die Toilette, verriegelte die Tür und zog an der Kette, damit das Wasser rauschte. Das Licht hatte ich nicht angeknipst. Im Dunkeln setzte ich mich. Mein bebender Magen trieb weiter sein Spiel mit mir. Gleich darauf mußte ich mich wirklich entladen; ich tat es, und dann ließ langsam der pochende Druck in meinem Leib nach. Ich ergänzte das Morphysche Regelbuch durch einen Zusatzparagraphen: bei Eintreten eines unglücklichen Zufalls ändere man seinen Plan, und zwar sofort.

Es war schon früher vorgekommen, daß ich bei einer Krise oder bei schwerer Gefahr aus mir heraustrat, mich neben mich stellte und alle meine Regungen und Gedanken als interessierter Fremder beobachtete, doch unempfindlich blieb gegen die Gefühle des ins Auge gefaßten Gegenstands. Wie ich jetzt hier in der Finsternis saß, sah ich den andern seinen fix und fertigen Plan zusammenfalten, in einen Kasten legen, den Deckel zumachen und ihn nicht nur aus den Augen, sondern auch aus dem Sinn schieben.

Als ich soweit war, glaube ich, stand ich auf, zog den Reißverschluß zu und strich die Hose glatt; schließlich stieß ich mit der Hand die dünnwandige Sperrholztür auf und war wieder ein für einen arbeitsreichen Tag bereiter Handlungsgehilfe. Es war keine Geheimnistuerei dabei. Es war wirklich so. Ich fragte mich, was der junge Mann wolle, doch mit jener blassen Beängstigung, die von einer subalternen Furcht vor der Polizei kommt.

»Verzeihen Sie, daß ich Sie warten ließ«, sagte ich. »Ich weiß gar nicht, was ich gegessen habe, das daran schuld ist.«

»Es grassiert eben ein Virus«, sagte er. »Meine Frau hatte vorige Woche dasselbe.«

»Nun, der Virus hatte einen Revolver bei sich. Beinahe wäre es um mich geschehen gewesen. Womit kann ich Ihnen dienen?«
Er schien verlegen, als ob er sich entschuldigen müsse, ja geradezu schüchtern. »Man tut manchmal komische Sachen«, meinte er schließlich.
Ich ging hinter die Theke und schloß mit einem Fußtritt die Lederschachtel des Tempelritterhuts. Dann stützte ich die Ellenbogen auf die Theke.
Sehr sonderbar: Vor fünf Minuten sah ich mich selbst durch die Augen anderer Menschen. Ich mußte das tun. Was sie sahen, war von Wichtigkeit. Und als er über das Trottoir herankam, war der junge Mann eine riesige, dunkle, hoffnungslose Schicksalsgestalt gewesen, ein Feind, ein Menschenfresser. Aber nachdem mein Plan weggesteckt und kein Teil meiner Person mehr war, sah ich den Mann jetzt als einen abgesonderten Gegenstand, der weder im Guten noch im Bösen mit mir verbunden war. Er war meines Erachtens ungefähr im gleichen Alter wie ich, doch geformt durch eine Schule, einen Stil, um nicht zu sagen: einen Kult; ein schmales Gesicht, das Haar sorgfältig kurz geschnitten und gerade nach oben stehend, weißes Hemd aus grob gewebtem Leinen mit zugeknöpftem Kragen und einer von seiner Frau ausgesuchten und zweifellos von ihr beim Weggehen zurechtgezogenen und -gestrichenen Krawatte. Dunkelgrauer Anzug, die Fingernägel zwar zu Hause geschnitten, aber wohlgepflegt, an der linken Hand einen breiten goldenen Trauring; im Knopfloch ein winziges Streifchen, um die Auszeichnung anzudeuten, die er zu tragen sich scheute. Sein Mund und die dunklen blauen Augen waren zu Unbewegtheit geschult, was es nur um so merkwürdiger erscheinen ließ, daß sie jetzt gar nicht unbewegt waren. Irgendwie hatte sich in ihm eine Lücke aufgetan. Es war nicht mehr der Mann, dessen Fragen kurz und knapp gewesen waren gleich viereckigen Stahlstangen, in genauem Abstand eine unter der andern.
»Sie waren schon einmal hier«, sagte ich. »Was sind Sie von Beruf?«
»Justizministerium.«
»Ihr Beruf ist also die Justiz – die Ausübung von Gerechtigkeit?«
Er lächelte. »Jawohl, das hoffe ich wenigstens. Aber ich bin nicht in Amtsgeschäften hier; ich weiß nicht einmal sicher, ob das Ministerium damit einverstanden wäre. Aber es ist heute mein freier Tag.«
»Womit kann ich Ihnen also dienen?«
»Das ist ein wenig verwickelt. Ich weiß nicht recht, wo ich anfangen soll. Es gibt keine Vorschriften darüber. Hawley, ich bin nun seit zwölf Jahren im Dienst, aber etwas wie dies ist mir noch nicht vorgekommen.«
»Wenn Sie mir sagen würden, um was es sich handelt, könnte ich Ihnen vielleicht dabei behilflich sein.«
Er lächelte mich an. »Schwer auseinanderzusetzen. Ich bin drei Stunden von

New York hierher gefahren und muß wieder drei Stunden im Feiertagsverkehr zurückfahren.«
»Das klingt nach etwas Ernstem.
»Ist es auch.«
»Sie sagten doch, Ihr Name sei Walder.«
»Richard Walder.«
»Mr. Walder, ich werde jetzt gleich von Kunden überlaufen werden. Ich weiß gar nicht, warum das noch nicht angefangen hat mit dem Würstchen-mit-Senf-Betrieb. Legen Sie also mal los. Bin ich im Druck?«
»In meinem Beruf kommt man mit allen möglichen Leuten zusammen: mit schweren Jungen, Lügnern, Gaunern, Bauernfängern, mit Dummen und Gescheiten. Meistens kann man wütend über sie werden, kann man eine Haltung einnehmen, mit der man durchkommt. Verstehn Sie?«
»Nein, anscheinend nicht. Hören Sie, Walder, was plagt Sie eigentlich, zum Donnerwetter? Ich habe mit Mr. Baker auf der Bank gesprochen. Sie sind hinter meinem Chef, Mr. Marullo, her.«
»Und hab' ihn gefaßt«, sagte er leise.
»Weswegen?
»Wegen illegaler Einwanderung. Ich bin nicht daran schuld. Man wirft mir ein Dossier hin, und ich gehe entsprechend vor. Ich erhebe keine Anklage und mache ihm keinen Prozeß.«
»Er wird ausgewiesen?«
»Jawohl.«
»Kann er sich nicht zur Wehr setzen? Kann ich ihm nicht helfen?«
»Nein. Das will er nicht. Er bekennt sich schuldig. Er will fort.«
»Jetzt hol' mich aber der und jener!«
Sechs, acht Kunden kamen auf einmal herein. »Ich habe es Ihnen ja gesagt«, rief ich Walder zu und machte mich daran, den Kunden bei der Auswahl dessen, was sie brauchten oder zu brauchen glaubten, behilflich zu sein. Gott sei Dank hatte ich einen Berg Würstchen und Hackbeefsteak bestellt.
Walder rief mir zu. »Was nahmen Sie für die Mixed-Pickles?«
»Steht auf dem Etikett«, rief ich zurück.
»Neunundderißig Cent, Ma'am«, sagte er zu einer Kundin. Und er machte sich weiter an die Arbeit, wog ab, wickelte ein, zählte zusammen. Er griff an mir vorbei, um die Registrierkasse zu bedienen. Als er wieder zur Seite trat, nahm ich eine große Tüte vom Haufen, zog die Schublade auf und nahm, die Tüte wie einen Topflappen benutzend, den Revolver heraus, trug ihn nach hinten ins Klosett und ließ ihn wieder in den Kanister mit Maschinenöl fallen.
»Das machen Sie gut«, sagte ich zu Walder, als ich wieder in den Laden gekommen war.
»Ich hatte einmal nach dem Studium eine Stelle in der Grand Union.«

»Das merkt man.«
»Haben Sie niemanden, der Ihnen hilft?«
»Ich werde bald meinen Jungen hierherbringen.«
Die Kunden kommen immer in Rudeln, nie einzeln in regelmäßigen Abständen. In der Pause dazwischen kann sich der Angestellte etwas sammeln und für den nächsten Schwarm wappnen. Außerdem, wenn zwei Leute etwas zusammen tun, dann werden sie einander ähnlich, die geistigen Unterschiede stumpfen sich ab. Bei der Armee wurde die Erfahrung gemacht, daß der Kampf zwischen Schwarz und Weiß aufhört, wenn die beiden einen gemeinsamen Gegner zu bekämpfen haben. Meine »subkutane« Angst davor, Walder könne ein Polizist sein, zerstreute sich, als ich ihn ein Pfund Tomaten abwiegen und eine ganze Zahlenreihe auf eine Tüte schreiben und addieren sah.
Der erste Schwarm war davongeflogen.
»Teilen Sie mir jetzt rasch mit, was Sie herführt«, sagte ich.
»Ich habe Marullo versprochen, herzukommen. Er will Ihnen den Laden überlassen.«
»Sie sind verrückt. Ach, Verzeihung, Ma'am. Ich sprach mit meinem Freund hier.«
»Aha ... Jawohl, natürlich. Nun, wir sind zu fünft – drei Kinder. Wieviele Frankfurter Würstchen werden nötig sein?«
»Fünf Stück je Kind, drei für den Herrn Gemahl und zwei für Sie. Macht zusammen zwanzig.«
»Sie meinen, die Kinder essen fünf?«
»Die Kinder meinen, daß sie es können. Ist's für ein Picknick?«
»Hm-hm ...«
»Dann nehmen Sie noch fünf extra, falls welche verbrennen.«
»Wo haben Sie die Stöpsel für Ausgüsse?«
»Da hinten beim Putzmaterial und dem Salmiak.«
So wurden seine Mitteilungen notgedrungen immer wieder unterbrochen. Zieht man diese Zwischenspiele mit den Kunden ab, so verlief unser Gespräch etwa so: »Mir scheint, ich befinde mich in einem Zustand der Erschütterung. Ich tue einfach meinen Dienst. Vorwiegend habe ich mit Spitzbuben zu tun. Wenn man auf Schieber, Lügner und Betrüger eingefuchst ist, dann erschüttert es einen auf den Tod, wenn man einen rechtschaffenen Menschen erlebt.«
»Was verstehen Sie unter rechtschaffen? Mein Chef hat nie etwas hergeschenkt. Er war ein hartherziger Patron.«
»Das weiß ich. Wir haben ihn dazu gemacht. Das hat er mir erzählt, und ich schenke ihm Glauben. Ehe er herüberkam, kannte er die Verse am Fuß der Freiheitsstatue. Die Unabhängigkeitserklärung lernte er auswendig. Das Gesetz über die Menschenrechte waren für ihn mit Feuer geschriebene Worte.

Und dann ließ man ihn nicht herein. Aber er kam trotzdem. Ein freundlicher Mann half ihm, indem er ihm sein ganzes Hab und Gut abnahm und ihn dann in die Brandung absetzte, durch die er an Land waten mußte. Es dauerte einige Zeit, bis er den amerikanischen Stil begriff, aber er lernte ihn, er lernte ihn gut. ›Der Mensch muß einen Dollar verdienen! Sorg nur für Nummer Eins!‹ Ja, er lernte es gut. Er ist ja nicht dumm. Er sorgte für Nummer Eins.«
Immer wieder unterbrochen von Kunden, wurde dies nicht in dramatischer Steigerung vorgebracht, sondern in Form einer Reihe von abgerissenen Äußerungen.
»Deshalb war er auch nicht gekränkt, als ihn jemand ins Kittchen brachte.«
»Ins Kittchen hat ihn jemand gebracht?«
»Natürlich. Dazu bedarf es bloß eines Telefonanrufs.«
»Wer hat das getan?«
»Gott weiß ... Das Ministerium ist eine Maschine. Man stellt die Ziffern auf der Scheibe ein und dann geht alles von selbst wie bei einer Waschmaschine.«
»Warum ist er denn nicht ausgerissen?«
»Er ist müde, müde bis ins Mark. Und angewidert. Er hat ein bißchen Geld. Er will nach Sizilien zurück.«
»Ich verstehe das mit dem Laden immer noch nicht.«
»Er ist wie ich. Ich kann mit Gaunern fertig werden. Das ist mein Beruf. Vor einem rechtschaffenen Menschen verliere ich jeden Mumm. Das ist ihm passiert. Ein Mensch, ein einziger Mensch hat ihn nicht zu betrügen versucht, stahl nicht, jammerte nicht, log nicht. Er bemühte sich, dem Dummkopf beizubringen, im Land der Freien seinen Vorteil wahrzunehmen, aber der Trottel lernte nichts. Lange Zeit hindurch hatte er Angst vor Ihnen. Er versuchte herauszubekommen, was für eine Schiebung Sie betrieben, bis er entdeckte, daß Ihre Schiebung in Rechtschaffenheit bestand.«
»Und wenn er sich darin geirrt hat?«
»Er glaubt das jedenfalls nicht. Er will Sie sozusagen zu einem Denkmal für das machen, woran er einst geglaubt hat. Ich habe die Übertragungsurkunde draußen im Wagen. Sie brauchen weiter nichts zu tun, als sie amtlich eintragen zu lassen.«
»Ich verstehe das nicht.«
»Ich weiß auch nicht, ob ich es verstehe oder nicht. Sie wissen, wie er daherredet, als wenn Puffmais knallt. Ich versuche, Ihnen zu übersetzen, was er mir zu erklären versuchte. Es ist, wie wenn ein Mensch eine bestimmte Strecke in einer bestimmten Richtung gelaufen ist. Weicht er davon ab, dann kracht etwas, dann geht eine Schraube bei ihm los, dann wird er gemütskrank. Es ist wie — na ja, wenn ich so sagen darf, wie jeder Mann sein eigenes Polizeigericht. Für einen Verstoß muß man Buße zahlen. Sie sind gewissermaßen seine sofortige Barzahlung, damit das Licht nicht ausgeht.«

»Wozu sind Sie hier heraus gefahren?«
»Das weiß ich auch nicht recht. Ich mußte wohl – damit das Licht nicht ausgeht.«
»O Gott!«
Der Laden bevölkerte sich mit schreienden Kindern und schwatzenden Weibern. Bis zwölf Uhr zumindest würde es nun keine freie Minute mehr geben. Walder ging zu seinem Wagen hinaus und kam dann, sich durch eine Woge von halbverrückten Sommerfrischlerinnen Bahn machend, wieder zur Theke. Dort legte er ein mit Bindfaden verschnürtes, dickbauchiges, hartes Pappkuvert hin.
»Ich muß weg. Vier Stunden Fahrt bei diesem Verkehr. Meine Frau ist böse auf mich. Sie sagte, die Sache könne warten. Aber sie konnte nicht warten.«
»Sie, Herr, ich warte seit zehn Minuten darauf, bedient zu werden.«
»Einen Augenblick, stehe sofort zur Verfügung, Ma'am.«
»Ich fragte ihn, ob er etwas auszurichten habe: da sagte er nur: ›Sagen Sie ihm Lebewohl.‹ Haben Sie etwas auszurichten?«
»Sagen Sie ihm Lebewohl.«
Die Woge schlecht verkleideter Mägen umringte mich wieder, und das war mir gerade recht. Ich warf das Kuvert in die Schublade unter der Registrierkasse und mit ihm – meine Verzweiflung.

Sechzehntes Kapitel

Der Tag verging rasch, war aber doch endlos. Der Zeitpunkt des Ladenschlusses stand mit dem der Öffnung in keiner Beziehung; es schien so lange her zu sein, daß ich mich kaum mehr daran erinnern konnte. Als ich gerade die Straßentür zumachen wollte, kam Joey herein. Ohne viel zu fragen, stieß ich Löcher in eine Bierdose und reichte sie ihm, worauf ich auch eine für mich zurechtmachte, was ich bisher nie getan hatte. Ich versuchte, ihm von Marullo und dem Laden zu erzählen, vermochte es jedoch nicht; nicht einmal die Geschichte, die ich mir an Stelle der Wahrheit zurechtgelegt hatte.
»Sie sehen müde aus«, sagte er.
»Bin ich wohl auch. Schauen Sie sich die Regale an, alles weg. Die Leute haben Sachen gekauft, die sie weder wollten noch brauchten.« Ich leerte die Registrierkasse in das graue Segeltuchsäckchen, tat das Geld hinzu, das Mr. Baker gebracht hatte, legte obendrauf das dicke Kuvert und verschnürte das Säckchen mit einem Stück Bindfaden.
»Sie sollten das nicht hier herumliegen lassen.«
»Nein. Ich verstecke es. Noch ein Bier?«
»Selbstverständlich.«

»Ich auch.«
»Sie sind ein zu gutes Publikum«, sagte er. »Ich glaube nachgerade an meine eigenen Geschichten.«
»Zum Beispiel?«
»Zum Beispiel meine dreischichtigen Ahnungen. Heute früh hatte ich wieder so eine. Wachte damit auf. Habe es wohl geträumt, aber es war wirklich überzeugend, bis in alle Einzelheiten. Ich dachte nicht, daß die Bank heute ausgeraubt würde. Ich wußte es. Im Bett liegend wußte ich es. Unter den Fußalarmklingeln lassen wir immer Keile, damit man sie nicht aus Versehen niedertritt. Gleich heute früh nahm ich die Keile heraus. So sicher war ich mir, so darauf gefaßt. Nun, wie erklären Sie sich das?«
»Vielleicht hat jemand das vorgehabt, Sie haben seine Gedanken gelesen, und er hat Abstand davon genommen. Wie stellen Sie es sich sonst vor?«
»Das weiß Gott. Aber die Sache ist mir schön an die Nieren gegangen.«
»Wissen Sie, Joey, ich bin zu müde, um auch nur aufzufegen.«
»Lassen Sie die Pinke da nicht über Nacht hier. Nehmen Sie sie mit nach Hause.«
»Schön, wenn Sie meinen.«
»Ich habe immer noch das Gefühl, daß da etwas nicht stimmt.«
Ich machte die Lederschachtel auf, legte den Geldsack samt dem Federhut hinein und schnallte sie zu.
Joey sah mir zu und sagte: »Ich fahre nach New York, nehme mir ein Zimmer im ›Astor‹, ziehe meine Schuhe aus und betrachte zwei volle Tage lang den Wasserfall am Times Square.«
»Mit Ihrer Freundin?«
»Der habe ich abgesagt. Ich bestelle mir eine Flasche Whisky und ein Dämchen aufs Zimmer. Mit denen brauche ich nicht zu reden.«
»Ich habe Ihnen gesagt – wir machen vielleicht auch eine kleine Reise.«
»Na, hoffentlich. Sie haben's nötig. Sind sie bereit?«
»Habe noch allerhand zu tun. Fahren Sie nur weg, Joey. Ziehen Sie Ihre Schuhe aus.«
Zunächst mußte ich nun Mary anrufen und ihr sagen, daß ich etwas später heimkommen müßte.
»Ja, aber beeile dich, beeile dich! Neuigkeiten, große Neuigkeiten.«
»Kannst du mir sie nicht jetzt mitteilen, mein Schatz?«
»Nein. Ich möchte dein Gesicht sehen.«
Ich hängte die Mickey-Maus-Maske mit dem Gummiband an die Registrierkasse, so daß sie das kleine Fenster verdeckte, in dem die Ziffern erscheinen. Dann zog ich meinen Mantel an und setzte meinen Hut auf, drehte die Lampen ab, setzte mich auf die Theke und ließ die Beine baumeln. Ein leerer Bananenstrunk streifte mich auf der einen Seite, und gegen meine rechte Schulter

drückte die Registrierkasse wie eine Buchstütze. Die Rollvorhänge waren hochgezogen, so daß das Sommerabendlicht sich durch die Gitterkreuze drängen konnte. Es war sehr still; es herrschte eine Stille, die wie ein Rauschen war; es war gerade das, was ich brauchte. Ich griff in meine linke Brusttasche nach dem Klumpen, den die Registrierkasse gegen mich drückte; es war der Talisman. Ich nahm ihn in beide Hände und betrachtete ihn. Ich hatte gestern gedacht, ich würde ihn brauchen. Hatte ich vergessen, ihn wieder an seinen Platz zu legen, oder war es kein Zufall, daß ich ihn bei mir behalten hatte? Ich weiß es nicht.

Wie stets ging seine Kraft auf mich über, wenn ich die Zeichnung mit dem Finger nachfuhr. Am Mittag war er rosenrot, doch am Abend nahm er einen dunkleren Ton an, ein Purpurrot, als ob ein klein wenig Blut hineingekommen wäre.

Des Denkens bedurfte ich nicht, sondern einer Neueinstellung, eines Wechsels der Anschauung, so als wäre ich in einem Garten, von dem über Nacht das dazu gehörige Haus weggeschafft worden sei. Irgendein Notbehelf mußte zu meinem Schutz errichtet werden, ehe ich an den Neubau gehen konnte. Ich hatte mich in Geschäftigkeit geflüchtet, bis ich neue Dinge einlassen, ihre Zahl und Beschaffenheit feststellen konnte. Die Tag um Tag bestürmten Regale wiesen viele Lücken auf, da wo die hungrigen Horden Bresche geschlagen hatten — eine befestigte Stadt nach Artilleriebeschuß.

»Lasset uns beten für unsere dahingegangenen Freunde«, sagte ich; »die dünne rote Schützenlinie des Catsup, die tapferen Gurken und andere Zutaten bis zu den kleinen Essigkapern. Alfio, ich wünsche dir Glück und Befreiung vom Schmerz. Du bist im Unrecht, aber das Unrecht kann dir als heißer Umschlag dienen. Du hast ein Opfer gebracht, weil du ein Opfer gewesen bist.«

Auf der Straße vorbeigehende Leute brachten das Licht im Laden zum Flakkern. In den Trümmern des Tages suchte ich nach Walders Worten und nach seiner Miene, als er sie ausgesprochen hatte: ». . . jeder Mann sein eigenes Polizeigericht. Für einen Verstoß muß man Buße zahlen. Sie sind gewissermaßen seine sofortige Barzahlung, damit das Licht nicht ausgeht.« Das sagte der Mann, der Walder, in seiner festgefügten Welt von Gaunern, die von einem einzigen Lichtstrahl der Rechtschaffenheit erschüttert wurde.

Das Licht wird also nicht ausgehen. Sagte Alfio es so? Walder wußte es nicht, er wußte jedoch, daß Alfio es so gemeint hatte.

Ich zog die Schlange auf dem Talisman nach und kam zum Anfang zurück, der das Ende. war. Das war ein altes Licht: die Marulli von vor dreitausend Jahren gingen durch die Luparien zum Luperkal auf dem Palatin, um dem lykischen Pan, dem Beschützer der Herden vor den Wölfen, ein Weihopfer darzubringen. Und dieses Licht war nicht verlöscht. Marullo, der ausgewanderte Lateiner, der Katzelmacher, er opferte demselben Gott aus demselben

Grund. Ich sah ihn wieder den Kopf erheben aus dem Wulst von fettem Hals und schmerzenden Schultern. Ich sah das edle Haupt, die feurigen Augen und – das Licht. Was würde meine Buße sein und wann würde sie eingefordert werden? Wenn ich meinen Talisman zum Alten Hafen hinunterbrächte und ihn ins Meer würfe – würde das angenommen werden?
Ich zog die Rollvorhänge nicht herunter. An langen Feiertagen ließen wir sie offen, damit die Polizisten einen Blick hereinwerfen konnten. Der Lagerraum war dunkel. Ich schloß die Hintertür ab und war schon halbwegs über der Straße, als mir die Hutschachtel einfiel, die ich hinter der Theke gelassen hatte. Ich kehrte nicht um, um sie zu holen. Es würde etwas wie eine Fragestellung, eine Erprobung sein.
An diesem Samstagabend dann setzte scharf und stark der Südostwind ein, wie es sich gehört, um den Regen zur Durchnässung der Feriengäste zu bringen. Ich nahm mir vor, am Dienstag dem grauen Kater Milch vor die Tür zu stellen, um ihn in meinem Laden zu Gast zu bitten.

Siebzehntes Kapitel

Ich habe keine genaue Anschauung davon, wie andere Menschen innerlich beschaffen, ob sie alle verschieden und ähnlich zugleich sind. Ich kann mich darüber nur Vermutungen hingeben. Allein das weiß ich bestimmt, daß ich mich drehen und winden werde, um einer schmerzlichen Wahrheit auszuweichen, und daß ich, wenn zuletzt keine Wahl mehr ist, sie hinausschieben werde in der Hoffnung, sie werde verschwinden. Sagen andere Leute schnippisch: »Ich werde mir das morgen überlegen, wenn ich ausgeruht bin« und verlassen sich dann auf eine erhoffte Zukunft oder eine wohlbekannte Vergangenheit wie ein Kind, das sich mit Gewalt gegen die unvermeidliche Schlafenszeit sträubt?
Auf dem Heimweg führten mich meine träge bummelnden Schritte über ein Minenfeld der Wahrheit. Die Zukunft war mit furchtbaren Drachenzähnen besät. Es war nichts Unnatürliches dabei, sich nach einem sichern Ankerplatz in der Vergangenheit umzutun. Doch quer über den Weg dorthin lag Tante Deborah, eine große Jägerin auf Lügenschwärme, die Augen wie glühende Fragezeichen.
Ich hatte so lange, wie es mit Anstand ging, im Schaufenster des Juwelierladens die ausgelegten Uhrenarmbänder und Brillenfassungen betrachtet. In dem feuchten, windigen Abend brütete ein Gewitter.
Gestalten wie Tante Deborah gab es viele in den ersten Jahrzehnten des vorigen Jahrhunderts, Inseln der Wißbegierde und des Wissens. Vielleicht war es das Abgeschnittensein von einer Welt der Gleichgesinnten, was eine kleine

Minderzahl zu den Büchern trieb; vielleicht auch das endlose Warten auf die Heimkehr der Schiffe, drei Jahre zuweilen, manchmal aber auch das ganze Leben hindurch, was sie nach den Büchern zu greifen veranlaßte, wie sie auf unserm Dachboden zu Haufen lagen. Sie war die größte der Großtanten, Seherin und Weissagerin in einem, die Worte voll magischen Unsinns an mich hinredete, Worte, die ihre Magie, doch nicht ihre Sinnlosigkeit bewahrten, wenn ich sie niederschrieb. Ich erinnere mich noch heute an sie.

Den Kopf gesenkt und mir erst auf meinen Gruß ein »Guten Abend« zuwerfend, kam der Bürgermeister von New Baytown mürrisch an mir vorbeigeschusselt.

Mein Haus, das alte Hawleysche Haus, spürte ich immer schon einen halben Block weit entfernt. Am gestrigen Abend hatte es in einem Gespinst von Trübsal gekauert, am heutigen gewitterschwangeren Abend strahlte es Erregung aus. Ein Haus nimmt, gleich einem Opal, die Farben des Tages an. Mary hatte meine Schritte auf dem Gartenpfad gehört und kam durch die Drahttür herausgeflackert wie eine Flamme.

»Du wirst es nie erraten!« rief sie mir zu und streckte die Hände aus, mit den Flächen nach oben, als wenn sie ein großes Paket trüge.

Ich hatte noch einen der Zaubersprüche Tante Deborahs im Sinn, und so erwiderte ich: »Seo leo gif heo blades onbirigth abit aerest hire ladteow.«

»Nun, das ist ganz hübsch geraten, aber nicht richtig.

»Ein geheimer Verehrer hat uns einen Dinosaurus geschenkt.

»Wieder falsch, aber ebenso herrlich. Und ich sage es dir nicht, bis du dich gewaschen hast, denn du mußt sauber sein, um es zu vernehmen.«

»Einstweilen vernehme ich nur den Liebesgang eines Mandrills.« Das Geplärr kam vom Wohnzimmer her. »Ich vertilge den Jungen mit Feuer und Schwert, mein Himmelsweib.«

»Das wirst du nicht tun. Nicht, wenn du erst gehört hast.«

»Kann ich es nicht in ungewaschenem Zustand hören?«

»Nein.«

Ich ging durch das Wohnzimmer.

Meinen Gruß erwiderte mein Sohn mit der scharfen Aussprache, die ein Klumpen Kaugummi erlaubte.

»Ich hoffe, dein einsam liebend Herz ist weggeputzt worden.«

»Wie?«

»Wie *bitte*! Das Letzte, was ich hörte, war, daß es jemand genommen und auf den Fußboden geworfen habe.«

»Nummer eins im ganzen Land«, sagte Allen. »Über eine Million Platten in vierzehn Tagen verkauft.«

»Fabelhaft! Ich freue mich, daß die Zukunft in deinen Händen liegt.« Damit ging ich die Treppe hinauf.

Mit einem Buch in der Hand, einen Finger zwischen den Blättern, pirschte sich Ellen an mich heran. Ich wußte, was sie wollte. Sie wollte mir eine Frage stellen, von der sie meinte, daß sie mich interessieren würde, und würde sich dann das entschlüpfen lassen, was Mary mir mitteilen wollte. Es gibt Ellen eine Art Triumphgefühl, wenn sie etwas zuerst erzählen darf. Ich möchte sie nicht gerade eine Klatschbase nennen, aber sie ist eine.

Ich schüttelte verneinend die Finger. »Silentium!«

»Aber, Papa ...«

»Ich habe ›Silentium‹ gesagt, Fräulein Treibhaus-Rhabarber, und damit meine ich ›Silentium‹.« Ich schlug die Tür zu und schrie: »Das Badezimmer eines Menschen ist seine Burg!«

Ich hörte sie lachen. Ich traue Kindern nicht, wenn sie über meine Witze lachen. Ich rieb mir das Gesicht fest ab und bürstete meine Zähne, bis das Zahnfleisch blutete. Dann rasierte ich mich, zog ein frisches Hemd und, als Sinnbild der Auflehnung, die von meiner Tochter so verabscheute kleine Schleife an.

Meine Mary zersprang fast vor Ungeduld, als ich ihr entgegentrat. »Du wirst es nicht glauben«, sagte sie.

»Also sprich!«

»Margie ist die netteste Freundin, die ich hatte.«

»Der Mann, der die Kuckucksuhr erfunden hat, ist tot. Alte, aber gute Nachricht.«

»Du wirst es nicht erraten ... Sie will die Kinder zu sich nehmen, damit wir unsere Reise machen können.«

»Was steckt dahinter?«

»Das habe ich nicht gefragt. Sie hat es mir angeboten.«

»Sie werden sie bei lebendigem Leib auffressen.«

»Sie freuen sich wahnsinnig darauf. Sie will sie Sonntag mit dem Zug nach New York mitnehmen, in der Wohnung einer Bekannten übernachten, am Montag dann die Hissung der neuen Fünfzig-Stern-Flagge auf dem Rockefeller Center, den Umzug und alles, was es sonst gibt, sehen.«

»Nicht zu glauben.«

»Ist das nicht furchtbar nett von ihr?«

»Ganz furchtbar nett. Und wir werden auf die Hochmoore von Montauk fliehen, Miss Mousie?«

»Ich habe schon angerufen und ein Zimmer bestellt.«

»Verzückung ergreift mich. Ich fühle mich aufschwellen. Gleich werde ich platzen.«

Ich hatte vorgehabt, ihr die Sache mit dem Laden zu erzählen. Aber zuviel Neuigkeiten auf einmal wirken abstumpfend. Es war gescheiter zu warten und es ihr erst auf dem Moor mitzuteilen.

Ellen kam in die Küche geschlittert. »Daddy, das rosa Ding ist nicht mehr im Schränkchen.«
»Ich habe es. Hier bei mir in der Tasche. Da – bring es zurück.«
»Du hast uns eingeschärft, es nie wegzunehmen.«
»Und das tue ich wiederum – bei Todesstrafe sogar.«
Sie riß es mir geradezu gierig weg und trug es auf beiden Händen ins Wohnzimmer.
Mary warf mir einen merkwürdigen düsteren Blick zu. »Warum hast du es herausgenommen, Ethan?«
»Zum Glückbringen, meine Liebste. Und es hat gewirkt.«

Achtzehntes Kapitel

Am Sonntag – dem 3. Juli – regnete es, wie es sich gehörte, dickere und nässere Tropfen als gewöhnlich. In den feuchten, zergliederten Verkehrsschlangen tasteten wir uns ruckweise unseres Weges, zwar etwas gehobenen Gemütes, aber doch auch ein wenig hilflos und verloren, wie im Käfig aufgezogene Vögel, die sich ängstigten, wenn die Freiheit ihre Zähne zeigt. Nach frisch gebügeltem Baumwollstoff riechend, saß Mary kerzengerade da.
»Bist du glücklich – bist du vergnügt?«
»Ich lausche immer auf die Kinder.«
»Ich weiß. Tante Deborah nannte das glücklich-einsam. Schwing dich auf, mein Vögelchen! Die langen Klappen an deinen Schultern sind Flügel, mein Dummchen!«
Sie lächelte und schmiegte sich an mich. »Mir ist wohl, aber ich horche immer auf die Kinder. Ich möchte wissen, was sie jetzt tun.«
»Ungefähr alles, was du dir ausdenken kannst, bloß nicht, daß sie wissen möchten, was wir tun.«
»Das stimmt wohl. Wir interessieren sie nicht.«
»Nun, machen wir es ihnen nach. ›Als deine Bark' ich näher gleiten sah / Schlange des Nils, wußt' ich der Tag ist unser . . .‹«
»Du bist verrückt. Allen sieht nie, wo er hingeht. Er geht glatt auch bei rotem Licht über den Fahrdamm.«
»Ich weiß. Und die arme Ellen mit dem lahmen Fuß. Nun, dafür hat sie ein gutes Herz und ein hübsches Gesicht. Vielleicht wird sich jemand in sie verlieben und ihr die Füße amputieren lassen.«
»Ach, laß mir doch das bißchen Sorge. Dann ist mir wohler.«
»Besser kann man es nicht ausdrücken. Wollen wir nun also alle gräßlichen Möglichkeiten durchgehen?«
»Du weißt, wie ich es meine.«

»Jawohl, aber Eure Hoheit haben es in die Familie gebracht. Es pflanzt sich nur in der weiblichen Linie fort. Die kleinen Bluter.«
»Niemand liebt seine Kinder mehr als du.«
»Meine Schuld ist zehnfach, denn ich bin ein Scheusal.«
»Ich habe dich gern.«
»Mit solchen Sorgen bin ich einverstanden. Siehst du dort den Landstreifen? Sieh, wie Ginster und Heidekraut fest stehen und der Sand von unten her sägt und schneidet gleich starken kleinen Wellen. Der Regen prallt auf die Erde und springt im dünnen Nebel sofort wieder hoch. Ich hatte immer gemeint, es sei wie Dartmoor oder Exmoor, die Moorlandschaften, die ich außer auf Bildern nie gesehen habe. Weißt du, die ersten Ansiedler aus Devonshire müssen sich hier zu Hause gefühlt haben. Meinst du, hier gehen Geister um?«
»Wenn nicht, dann wird dein Geist da umgehen.«
»Bitte, mache mir nur Komplimente, wenn es dir Ernst damit ist.«
»Paß auf die Seitenstraße auf. Da muß ›Moorcroft‹ stehen.«
Das war dann auch der Fall. Das dünne Spindelende von Long Island hat das Gute, daß der Regen dort einsinkt und kein Schlamm da ist.
Wir hatten ein Puppenhaus für uns allein, frisch und herausgeputzt, mit viel Musselin und den im ganzen Land annoncierten Zwillingsbetten, dick und rund wie Krapfen. In fettiger Würde verspeisten wir am Rost gebratene Mainehummern und spülten sie mit Weißwein hinunter, Unmengen von Weißwein, damit die Augen meiner Mary erglänzten, und ich verführte sie durch List und Beispiel zu so viel Kognak, daß mir selbst der Schädel brummte. Sie war es dann, die sich der Nummer unseres Puppenhäuschens entsann und die auch das Schlüsselloch zu finden wußte. Immerhin war ich nicht so sinnlos betrunken, daß ich mich nicht mit ihr nach Herzenslust vergnügen konnte, aber wenn sie sich mir hätte entziehen wollen, so hätte sie es wohl fertiggebracht.
Stöhnend vor Behagen schmiegte sie danach ihren Kopf an meinen rechten Arm, lächelte und stieß kurze Gähnlaute aus.
»Bist du über etwas verstimmt?«
»Wo denkst du hin? Du träumst, ehe du noch eingeschlafen bist.«
»Du arbeitest so schwer, um mich glücklich zu machen. Bist du verstimmt?«
»Ja, ich bin verstimmt. Bist du jetzt beruhigt? Sag es nicht weiter, aber der Himmel ist heruntergefallen, und ein Stück davon ist mir auf den Schwanz gefallen.«
Friedlich war sie eingeschlummert, um den Mund ihr Panslächeln. Ich machte sanft meinen Arm frei und stellte mich zwischen die beiden Betten. Der Regen hatte aufgehört; es tropfte nur noch hie und da vom Dach. Der Viertelmond spiegelte sich glitzernd in Milliarden winziger Tröpfchen. »*Beaux rêves*, Herzallerliebste. Laß den Himmel nicht auf uns fallen.«

Mein Bett war kühl und viel zu weich, aber ich konnte sehen, wie die Mondsichel durch die meerflüchtigen Wolken schnitt. Ich hörte den gespenstischen Ruf einer Rohrdommel. Ruhe, laß ein Weilchen ab, sagte ich zu mir, die Finger beider Hände kreuzend. Es war ja nur eine Erbse, die mir auf den Schwanz gefallen ist.

Falls die Dämmerung von Donner begleitet heraufgezogen sein sollte – ich habe nichts davon gemerkt. Grün und golden war die Welt, als ich ihrer wieder ansichtig wurde, dunkel von Heidekraut und blaß von Farnkraut und gelbrot vom nassen Dünensand, und unweit davon erglänzte der Atlantik wie gehämmertes Silber. Neben unserm Haus hatte eine uralte verkrümmte Eiche bei ihrem Wurzelstrang Moosflechte dick wie ein Kissen angesetzt, wie ein weiß-grau-perlmutterner Wellenkamm sah es aus. Ein gewundener Kiespfad führte durch diese kleine Siedlung von Puppenhäusern hin zu einem schindelgedeckten Bungalow, aus dem sie alle hervorgegangen waren. Hier war das Büro, wo es Marken, Postkarten und Geschenkartikel gab; hier war auch der Speisesaal mit blaugewürfelten Tischtüchern, wo wir Puppen essen konnten.

Der Geschäftsführer saß, mit einer Liste beschäftigt, in seinem Kontor. Ich hatte ihn schon bemerkt, als wir uns ins Fremdenbuch eintrugen: ein Männchen mit schütterem Kopfhaar und auch wenig Bartwuchs. Er war ein Geheimniskrämer und -schnüffler; er schien so sehr gehofft zu haben, daß wir mit unserm Ausflug auf verbotenen Pfaden wandelten, daß ich mich geradezu versucht gefühlt hatte, uns in sein Buch als »John Smith und Frau« einzuschreiben, um ihm Vergnügen zu machen. Es war, als diene ihm seine lange, dünne Nase zum Sehen wie bei einem Maulwurf.

»Guten Morgen«, sagte ich.

Er hob die Nase zu mir auf. »Gut geschlafen?«

»Ausgezeichnet. Könnte ich meiner Frau das Frühstück vielleicht auf einem Tablett hinaufbringen?«

»Wir servieren nur im Speisesaal, sieben Uhr dreißig bis neun Uhr dreißig.«

»Aber wenn ich es selbst hinbringe ...«

»Es ist gegen die Hausordnung.«

»Könnten wir nicht dieses eine Mal dagegen verstoßen? Sie wissen doch Bescheid.« Ich fügte das hinzu, weil er sich das erhoffte.

Seine Freude war Lohn genug. Seine Augen wurden feucht, und seine Nase zitterte.« Ist ein bißchen schüchtern, die Dame, wie?«

»Nun, Sie wissen ja Bescheid.«

»Ich weiß nicht, wie sich der Koch dazu stellen wird.«

»Fragen Sie ihn und sagen Sie ihm dabei, droben auf dem Berggipfel sei ein Dollar im Nebel zu sehen.«

Der Koch war ein Grieche und einem Dollar keineswegs abgeneigt. Bald also schleppte ich ein mit einer Serviette zugedecktes Riesentablett über den Kiespfad und stellte es auf einer rohgezimmerten Bank ab, um zur Verzierung des königlichen Frühstücks meiner Liebsten ein Sträußchen mikroskopisch winziger Feldblumen zu pflücken.

Vielleicht war sie wach gewesen, jedenfalls schlug sie die Augen auf und sagte: »Ich rieche Kaffee. Eieiei, was für ein netter Ehemann und – und Blumen . . .«

Wir frühstückten, tranken eine Tasse Kaffee nach der andern, meine Mary aufrecht im Bett sitzend, jünger und keuscher aussehend als ihre Tochter. Und beide sprachen wir würdevoll darüber, wie gut wir geschlafen hätten.

Nun war meine Stunde gekommen. »Mach dir's bequem«, sagte ich. »Ich habe Neuigkeiten für dich, sowohl traurige wie fröhliche.«

»Schön . . . Hast du den Atlantischen Ozean gekauft?«

»Marullo hat Scherereien.«

»Was? Wieso?«

»Vor vielen Jahren kam er unerlaubt nach Amerika.«

»Nun, und was weiter?«

»Jetzt fordert man ihn auf, Amerika zu verlassen.«

»Ausgewiesen?«

»Ja.«

»Aber das ist ja schrecklich.«

»Nein, schön ist es nicht.«

»Was tun wir da? Was tust du nun?«

»Es ist nichts mehr zu machen. Er hat mir den Laden verkauft, beziehungsweise dir. Es ist ja dein Geld. Er muß seinen Besitz zu Geld machen, und er mag mich; er hat ihn mir so gut wie geschenkt: dreitausend Dollar.«

»Aber das ist ja schrecklich. Du willst sagen – willst sagen: der Laden gehört dir?«

»Ja.«

»Du bist kein Angestellter – kein Angestellter mehr!«

Sie drückte den Kopf in die Kissen und weinte, schluchzte laut, von ganzem Herzen, so wie ein Sklave weinen mag, wenn ihm das Halseisen abgenommen wird.

Ich ging hinaus auf die Veranda des Puppenhäuschens und setzte mich in die Sonne, um sie sich ausweinen zu lassen. Als sie sich dann das Gesicht abgewaschen, sich frisiert und ihren Schlafrock angezogen hatte, machte sie die Tür auf und rief mich.

Sie war verändert und würde von nun ab immer eine andere sein. Sie brauchte es nicht mit Worten zu sagen. Die Haltung ihres Halses sagte es. Sie konnte nun den Kopf hoch tragen. Wir waren wieder Herrschaften.

»Können wir nichts tun, um Mr. Marullo beizustehen?«

»Leider nein.«
»Wie ist denn das gekommen? Wer hat es denn herausgebracht?«
»Das weiß ich nicht.«
»So ein braver Mann ... Das hätte man ihm nicht antun dürfen. Wie nimmt er es denn auf?«
»Mit Würde.«
Wir spazierten den Strand entlang, wie wir es vorgehabt hatten, setzten uns in den Sand, klaubten glänzende kleine Muscheln auf und zeigten sie einander, wie es sich gehörte, sprachen mit der üblichen Verwunderung über die Phänomene der Natur: Meer, Luft, Licht, Sonne, Wind, der ihre Hitze linderte, als wenn der Schöpfer zuhöre, ob ihm auch Komplimente gemacht würden.
Mary war zerstreut. Ich glaube, sie wäre gern in ihrem neuen Status daheim gewesen, um zu sehen, mit welch anderm Blick die Frauen sie jetzt anschauten, um zu hören, wie sich die Tonfärbung der Begrüßungen in der High Street verändert hatte. Sie war eben nicht mehr »die arme Mrs. Hawley, die so streng zu arbeiten hat«. Sie war Mrs. Ethan Allen Hawley und würde es jetzt immer sein. Und ich hatte dafür zu sorgen, daß es so bliebe. Sie brachte den Tag hin, weil er eingeplant und bereits bezahlt war, aber die Muscheln, die sie eigentlich aufhob, umdrehte und betrachtete, waren die glanzvollen Tage, die jetzt kommen sollten.
Wir nahmen das Mittagessen im blaugewürfelten Speisezimmer ein, wo Marys sicheres Auftreten das Bewußtsein ihrer Stellung und ihres Platzes in der Gesellschaft Herrn Maulwurf enttäuschten. Seine feinspürige Nase war sozusagen verstaucht, sie, die so fröhlich gezittert hatte bei der Witterung von Sündigkeit. Seine Enttäuschung wurde vollständig, als er zu uns an den Tisch kommen mußte, um zu melden, Mrs. Hawley werde am Telefon verlangt.
»Wer weiß denn, daß wir hier sind?«
»Ei, Margie natürlich. Ich mußte es ihr doch sagen wegen der Kinder. Ach, ich hoffe ... Der Junge paßt auf der Straße nicht auf ...«
Zitternd wie ein Stern kam sie vom Telefon zurück. »Du ahnst es nicht ... Du kannst es nicht erraten. Nein, das kannst du nicht ...«
»Ich kann jedenfalls erraten, daß es etwas Gutes ist.«
»Sie sagte: ›Habt ihr denn die Neuigkeit gehört? Habt ihr nichts am Radio gehört?‹ An ihrem Tonfall merkte ich, daß es keine schlechte Neuigkeit war.«
»Könntest du es nicht aussprechen und dann erst auf ihren Tonfall zurückblenden?«
»Ich kann es einfach nicht glauben.«
»Laß mich einmal versuchen, es zu glauben.«
»Allen hat eine ehrenvolle Erwähnung errungen.«
»Was? Wer, Allen? Erzähle!«

»Im Wettbewerb der Aufsätze – im ganzen Land – ehrenvolle Erwähnung ...«
»Nein!«
»Doch! Nur fünf ehrenvolle Erwähnungen – und eine Uhr und – im Fernsehen wird er auch auftreten. Ist das zu glauben? Eine Berühmtheit in der Familie.«
»Ich kann es nicht glauben. Du meinst die ganze Gefühlsduselei war geschwindelt? Na, so ein Komödiant! Sein einsam liebend Herz war gar nicht zu Boden geworfen gewesen.«
»Mach keine Witze. Stell dir lieber vor, daß unser Sohn zu den fünf Jungen der ganzen Vereinigten Staaten gehört, die eine lobende Erwähnung bekommen haben – und Auftreten im Fernsehen.«
»Von der Uhr gar nicht zu reden, wie? Ich möchte wissen, ob er die Zeit ablesen kann.«
»Ethan, wenn du die Sache verulkst, dann meinen die Leute, du bist neidisch auf deinen eigenen Sohn.«
»Ich bin nur erstaunt. Ich hatte gedacht, sein Prosastil sei ungefähr auf dem Niveau von dem General Eisenhowers. Und dabei hat er nicht einmal einen, der ihm alles aufsetzt.«
»Apropos: hast du ihm bei dem Aufsatz geholfen?«
»Geholfen? Er hat ihn mir nicht einmal gezeigt.«
»Na, dann ist's ja gut. Ich hätte es nicht gern gesehen, daß du dich in die Brust würfest, weil du den Aufsatz für ihn geschrieben hättest.«
»Ich komme nicht darüber weg. Es zeigt ja wohl nur, wie wenig wir unsere Kinder kennen. Wie nimmt Ellen es auf?«
»Nun, sie ist stolz wie ein Pfau. Margie war so aufgeregt, daß sie kaum sprechen konnte. Die Zeitungen wollen ihn interviewen, und dann das Fernsehen – er soll im Fernsehen auftreten. Bedenkst du, daß wir nicht einmal selbst einen Apparat haben, daß wir ihn sehen können? Margie sagt, wir können es an ihrem sehen. Eine Berühmtheit in der Familie! Ethan, wir müßten einen Fernsehapparat haben.«
»Wir werden einen kriegen. Gleich morgen früh gehe ich hin und schaffe einen an. Oder – bestell du doch einen.«
»Ethan, können wir denn ... Ach, ich vergaß ganz, daß dir der Laden gehört; hatte ich glatt vergessen. Kannst du das begreifen? Eine Berühmtheit!«
»Ich hoffe, wir können noch mit ihm zusammenleben.«
»Laß ihn sich austoben. Wir müßten nach Hause fahren. Sie kommen mit dem Sieben-Uhr-achtzehn-Zug an. Wir sollten dort sein, weißt du, um ihn zu empfangen.«
»Und eine Torte backen.«
»Das tue ich auch.«

»Und Papiergirlanden aufhängen.«
»Du bist doch nicht gemein neidisch, wie?«
»Nein. Ich bin überwältigt. Jedenfalls sind Papiergirlanden etwas sehr Schönes, im ganzen Haus.«
»Aber nicht auf der Außenseite. Das wäre – zu auffällig. Margie sagte, wir sollten doch tun, als ob wir von nichts wüßten, und es uns von ihm erzählen lassen.«
»Dagegen bin ich. Das würde so aussehen, als ob wir uns nichts daraus machten. Nein, er soll mit Hochrufen, Triumphgeschrei empfangen werden – und einer Torte. Wenn noch irgendwo offen wäre, würde ich Feuerwerk besorgen.«
»Die Buden an der Landstraße . . .«
»Jawohl – auf dem Heimweg – wenn sie noch übrig haben.«
Mary senkte den Kopf wie beim Tischgebet. »Der Laden gehört dir, und Allen ist eine Berühmtheit. Wer hätte gedacht, daß das sich alles auf einmal ereignen würde! Ethan, wir wollen aufbrechen. Wir müssen daheim sein, wenn sie kommen. Was machst du für ein Gesicht?«
»Es ist gerade so über mich gekommen wie eine Sturzwelle – wie wenig wir über irgend jemanden wissen. Es geht mir durch Mark und Bein. Ich erinnere mich, wenn ich früher an Weihnachten hätte vergnügt sein sollen, bekam ich, was die Deutschen ›Weltschmerz‹ nennen.«
»Aber kriege nur jetzt keinen. Das ist ja wohl der schönste Tag unseres Lebens. Lächle – und – zahle die Rechnung. Ich packe inzwischen.«
Ich zahlte also die Rechnung, und zwar mit Scheinen, die zu einem viereckigen Päckchen zusammengefaltet gewesen waren. Dann fragte ich den Mister Maulwurf: »Haben Sie vielleicht noch ein paar bengalische Kerzen in Ihrer Geschenkabteilung?«
»Ich werde mal nachsehen. Ja, da sind sie schon. Wieviel wünschen Sie?«
»Soviel Sie haben«, sagte ich. »Unser Sohn ist ein berühmter Mann geworden.«
»Wirklich? In welchem Fach?«
»Es gibt da nur ein Fach.«
»Sie meinen so à la Chessman oder Al Capone?«
»Sie scherzen. Er tritt im Fernsehen auf.«
»Bei welchem Sender? Wann?«
»Das – weiß ich noch nicht – genau.«
»Ich werde aufpassen. Wie heißt er?«
»Genau wie ich: Ethan Allen Hawley. Rufname Allen.«
»Nun, es war eine Ehre, Sie und Mrs. Allen bei uns zu Gast zu haben.«
»Mrs. Hawley.«
»Natürlich. Wir hoffen, Sie beehren uns wieder. Sehr viele Berühmtheiten haben hier geweilt.«

Aufrecht und stolz saß Mary im Wagen während der Heimfahrt inmitten der glitzernden Verkehrsschlange.

»Ich habe einen ganzen Kasten Feuerwerk.«

»Das sieht dir schon ähnlicher, mein Lieber. Ob die Bakers bereits wieder zu Hause sind?«

Neunzehntes Kapitel

Mein Sohn betrug sich gut. Im Verkehr mit uns legte er ein zwangloses, freundliches Wesen an den Tag. Er nahm keine Rache, verfügte keine Hinrichtungen. Ehrungen und Komplimente nahm er, ohne Eitelkeit, wenn auch ohne übertriebene Bescheidenheit, als ihm gebührend entgegen. Er setzte sich im Wohnzimmer auf einen Sessel und knipste sein Radio an, bevor die hundert bengalischen Kerzen noch zu schwarzen Stängelchen verpufft waren. Er hatte uns offenbar unsere Sünden vergeben. Nie sah ich einen Jüngling mit mehr Anstand die Würde seiner Größe auf sich nehmen.

Wahrlich, es war ein Abend, an dem sich Wunder begaben. Wenn Allens leichter Aufstieg zu Himmelshöhen erstaunlich war, wie erst die Reaktion Ellens darauf! Nach Jahren unfreiwilliger, aber genauer Beobachtung dieser jungen Dame hätte ich gemeint, sie würde von Neid zerrissen, von Eifersucht zerfressen sein und würde versuchen, mit allen Mitteln die Bedeutung ihres Bruders herabzusetzen. Ich hatte mich in ihr getäuscht. Sie wurde ihres Bruders Verherrlicherin. Ellen war es, die berichtete, wie sie in einer eleganten Wohnung in der Siebenundsechzigsten Straße gesessen und nach einem zauberhaften Abend zufällig auf die letzten Nachrichten des Columbia Broadcasting hingehört hatten, wobei die Nachricht von Allens Sieg verkündet worden war. Ellen war es, die erzählte, was sie alle gesagt, was sie für Gesichter gemacht hatten und daß sie alle von der Nachricht wie erschlagen waren. Still und als ob es ihn nichts anginge, saß Allen dabei, als Ellen ausführte, wie er mit den andern vier Ausgezeichneten erscheinen, wie er seinen Aufsatz vorlesen würde, während Millionen Menschen schauten und lauschten. Wenn sie eine kleine Pause machte, hörte man Mary beglückt glucksen. Ich warf einen Blick auf Margie Young-Hunt. Sie saß in sich gekehrt da wie beim Kartenschlagen. Eine dunkle Stille verbreitete sich im Zimmer.

»Das schreit geradezu nach einer Runde eiskalten Wurzelbiers«, sagte ich.

»Ellen wird das holen. Wo ist sie denn? Sie schwebt herein und hinaus wie eine Rauchwolke.«

Margie Young-Hunt sprang nervös auf. »Das ist ein Familienfest. Ich muß gehen.«

»Aber, Margie, du gehörst doch dazu. Wo ist denn Ellen hin?«

»Mary, laß mich lieber nicht eingestehen, wie zerschlagen ich bin.« Sie wollte so schnell wie möglich wegkommen. Sie nahm noch unsern und Allens Dank entgegen und machte sich dann eilig davon.

Mary sagte ruhig: »Wir haben ihr gar nicht vom Laden erzählt.«

»Laß das gut sein. Das hätte Seiner jugendlichen Eminenz etwas von der ihm gebührenden Beachtung geraubt. Wo ist denn Ellen hin?«

»Zu Bett gegangen«, sagte Mary. »Allen, es war ein großer Tag. Es ist Zeit, daß du auch ins Bett gehst.«

»Ich möchte noch etwas hier sitzen bleiben«, sagte Allen in freundlichem Ton.

»Aber du brauchst Ruhe.«

»Ich ruhe mich schon aus.«

Mary sah mich hilfesuchend an.

»Dies sind Stunden, da des Menschen Seele erprobt wird. Ich kann ihn übers Knie legen oder wir können ihn sogar den Sieg über uns davontragen lassen.«

»Er ist doch wirklich noch ein kleiner Junge. Er braucht seinen Schlaf.«

»Er braucht allerlei. Aber Schlaf gehört nicht dazu.«

»Kinder brauchen ihren Schlaf, das weiß jedermann.«

»Das, was jedermann weiß, ist meistenteils falsch. Hast du schon einmal erlebt, daß ein Kind an Überarbeitung gestorben ist? Nein, das passiert nur Erwachsenen. Dazu sind Kinder zu gescheit. Sie ruhen, wenn sie Ruhe brauchen.«

»Aber es ist doch schon nach Mitternacht.«

»Richtig, mein Herz, und da wird er bis morgen mittag schlafen. Du und ich stehen um sechs Uhr auf.«

»Du willst also zu Bett gehen und ihn hier sitzen lassen?«

»Er muß doch an uns Rache dafür nehmen, daß wir ihn in die Welt gesetzt haben.«

»Was redest du denn wieder daher? Was für eine Rache?«

»Ich möchte mit dir einen Vertrag schließen, da du zornig wirst.«

»Ja, das bin ich auch. Und du bist blöd.«

»Wenn er nicht eine halbe Stunde, nachdem wir schlafen gegangen sind, in sein Nest kriecht, dann zahle ich dir siebenundvierzig Millionen achthundertsechsundzwanzig Dollar und achtzig Cent.«

Nun, ich verlor und mußte bezahlen. Es verliefen fünfunddreißig Minuten, nachdem wir uns »Gute Nacht« gesagt hatten, daß die Treppe unter den Schritten unseres berühmten Mannes knarrte.

Mary, die sich darauf gefaßt gemacht hatte, die ganze Nacht horchend wachzuliegen, sagte: »Du bist mir zuwider, wenn du recht behältst.«

»Das ist gar nicht der Fall. Ich habe um fünf Minuten verloren.«

Danach schlief sie ein. Sie hörte nicht, wie Ellen die Treppe hinunterschlich, doch ich hörte es. Ich beobachtete gerade, wie meine roten Tüpfel durch die

Finsternis tanzten. Aber ich konnte nicht recht folgen, denn ich hörte schwach den Laut des Metallschlüssels im Schloß des Schränkchens, und da wußte ich, daß meine Tochter ihre Batterie wieder auflud.
Meine roten Tüpfel waren eifrig bei der Sache. Sie schossen herum und sausten davon, sobald ich mich genau auf sie einstellte. Der alte Käpt'n wich mir aus. Ich hatte ihn nicht deutlich gesehen seit – nun ja, seit Ostern. Ich weiß wohl: wenn ich nicht gut mit mir selbst stehe, dann erscheint der alte Käpt'n nicht deutlich. Das ist etwas wie ein Prüfstein für meine persönlichen Beziehungen zu mir selber.
Aber in dieser Nacht zwang ich ihn herbei. Gerade und steif lag ich da, fast am Rand meiner Betthälfte. Ich straffte alle Muskeln meines Körpers, zumal die an Hals und Kiefer, ballte meine Fäuste über dem Bauch und zwang ihn so herbei: die trüben kleinen Augen, den struppigen weißen Schnurrbart und die vorgebeugten Schultern, die bewiesen, daß er einmal ein Mann von großen Körperkräften gewesen war und daß er von diesen auch Gebrauch gemacht hatte. Ich zwang ihn sogar, seine blaue Kappe mit dem glänzenden, kleinen Schirm und dem aus zwei Ankern gebildeten goldenen H aufzusetzen, die er kaum je trug. Der alte Knabe sträubte sich, aber ich zwang ihn herbei und dazu, sich auf der abbröckelnden Seemauer des Alten Hafens in der Nähe meines »Plätzchens« niederzusetzen. Fest pflanzte ich ihn hin auf einen Haufen Ballaststeine und seine Hände übereinandergelegt auf dem Knopf des Narwalstocks, mit dem sich ein Elefant hätte niederschlagen lassen.
»Ich brauche etwas zum Hassen. Bedauern und Verständnis – das ist Papperlapapp. Ich brauche einen regelrechten Haß, um mich auszutoben.«
Erinnerung ist eine gute Gebärerin. Wenn man mit einem deutlichen, wohlausgeführten Bild anfängt, schon tritt sie in Tätigkeit und kann vor- oder rückwärts laufen wie ein Film, wenn sie einmal angekurbelt ist.
Der alte Käpt'n belebte sich. Er deutete mit dem Stock. »Ziehe eine Linie vom dritten Felsen hinter dem Wellenbrecher bis zur Spitze von Porty Point bei Flut, dann verlängere diese Linie um eine halbe Kabellänge – dort liegt sie, das heißt: was von ihr übrig ist.«
»Wie weit ist eine halbe Kabellänge, Käpt'n?«
»Wie weit? Ei, ein halbes Hundert Faden natürlich. Da lag sie vor Anker geschwungen. Zwei Pechjahre. Die Hälfte der Tranfässer leer. Ich war an Land, als das Schiff Feuer fing, so gegen Mitternacht. Als der Tran in Brand geriet, erhellte der Feuerschein die Stadt, als wenn es Mittag wäre, und die Flammen verbreiteten sich auf dem auslaufenden Tran glatt bis nach Osprey Point. Auf Strand konnte ich sie nicht setzen lassen, vor Angst, die Docks könnten Feuer fangen. Binnen einer Stunde brannte sie bis zur Wasserlinie ab. Kiel und Loskiel sind jetzt unter Wasser, heil und ganz. Sie waren aus uraltem Shelter Islandholz, und ihre Knie auch.«

»Wie kam es denn zu dem Feuer?«
»Das weiß ich nicht. Ich war an Land.«
»Wer konnte das Schiff verbrennen wollen?«
»Na, seine Eigner.«
»Das waren doch Sie?«
»Nur halb. Ich könnte kein Schiff niederbrennen. Ich möchte gern einmal die Spanten sehen – möchte sehen, in welchem Zustand sie sind.«
»Sie können doch jetzt hingehen, Käpt'n.«
»Da findet der Haß nicht viel zu beißen.«
»Immer besser als nichts. Ich lasse den Kiel heraufholen – sobald ich reich bin. Das tue ich um Ihretwillen ...«
Ich schlief nicht. Meine Fäuste und Unterarme lagen steif auf meinen Magen gepreßt, um zu verhindern, daß der alte Käpt'n verblasse. Aber als ich ihn dann ziehen ließ, übermannte mich sofort der Schlaf.
Wenn der Pharao einen Traum hatte, dann berief er die Traumdeuter zu sich, und die sagten ihm, wie es stünde und stehen würde mit dem Reich, und das war durchaus in Ordnung, denn er war das Reich. Wenn unsereiner einen Traum hat, dann bringt er ihn zum Facharzt, und der erzählt ihm, wie es im Land unserer Seele steht. Ich hatte einen Traum, für den ich keines Deuters bedurfte. Wie die Überzahl der heutigen Menschen glaube ich weder an Weissagung noch Zauberei, verbringe aber mein halbes Leben damit, sie auszuüben.
Im Frühjahr hatte Allen, als er sich niedergeschlagen und einsam fühlte, verkündet, er sei Atheist geworden, um Gott und seine Eltern zu strafen. Ich riet ihm, sich auf keinen schwachen Ast hinauszuwagen, nicht unter Leitern durchzugehen, den bösen Einfluß von schwarzen Katzen mittels Daumen und Spucke zu bannen und sich bei Neumond etwas zu wünschen.
Die Leute, die sich am meisten vor ihren Träumen fürchten, reden sich ein, sie träumen überhaupt nicht. Ich kann meinen Traum selbst leicht deuten, aber das macht ihn nicht weniger beängstigend.
Es kam mir eine Weisung von Danny zu, wie, das weiß ich nicht. Er verreise mit dem Flugzeug und wünsche noch einige Sachen von mir, die ich aber selbst anfertigen müsse. Und zwar von Mary eine Mütze; sie müsse aus dunkelbraunem, wie Wildleder gearbeiteten Lammfell, mit der Wolle nach innen, sein; so wie meine alten mit Lammfell gefütterten Pantoffel. Ferner wollte er einen Windmesser, aber keinen mit den sich drehenden Metallnäpfen, sondern handgearbeitet aus der dünnen, steifen Pappe der staatlichen Postkarten und auf Bambusstreifen aufgezogen. Sodann forderte er mich auf, ihn zu treffen, bevor er abreise. Ich nahm den Narwalstock des alten Käpt'n mit. Der steht in dem als Schirmständer dienenden Elefantenfuß in unserer Diele.
Als wir diesen Elefantenfuß zum Geschenk bekamen und ich die großen elfen-

beinfarbenen Fußnägel sah, sagte ich zu meinen Kindern: »Wer auf diese Fußnägel Nagellack schmiert, bekommt Prügel, verstanden?« Sie gehorchten, und so mußte ich sie selbst anmalen mit knallrotem Nagellack von Marys Haremstisch.

Zum Treffen mit Danny fuhr ich in Marullos Pontiac; der Flughafen war das Postamt von New Baytown. Als ich den Wagen geparkt hatte und ausstieg, legte ich den gedrehten Stock auf den Rücksitz. Da kamen zwei bärbeißige Polizeimenschen in einem Dienstwagen herangebraust und sagten: »Nicht auf den Sitz!«

»Ist das gesetzwidrig?«

»Ach, Sie wollen wohl hier den Siebengescheiten markieren?«

»Keineswegs. Ich habe nur gefragt.«

»Aha . . . Na, also legen Sie das Ding nicht auf den Sitz!«

Danny befand sich hinten im Postamt und sortierte Pakete. Er trug die Lammfellmütze und ließ den Windmesser aus Pappe herumkreisen. Sein Gesicht war mager, und seine Lippen waren stark aufgesprungen, aber seine Hände waren geschwollen wie Gummiwarmflaschen, als ob sie von Wespen gestochen wären.

Er stand auf, um mir die Hand zu geben, und meine rechte Hand lag in der warmen, gummiartigen Masse der seinen. Er steckte mir etwas in die Hand, etwas Kleines, Schweres, Kühles, von der Größe etwa eines Schlüssels, aber keinen Schlüssel – eine Form, einen Metallgegenstand, der sich scharfkantig und glattpoliert anfühlte. Ich weiß nicht, was es war, denn ich sah das Ding nicht an, sondern fühlte es nur. Ich beugte mich vor und küßte ihn auf den Mund; meine Lippen spürten, wie trocken, rauh und aufgesprungen die seinen waren. Da erwachte ich, zitternd vor Kälte. Der Tag war angebrochen. Ich sah den See, aber noch nicht die darin stehende Kuh, und noch immer spürte ich die trockenen, aufgesprungenen Lippen. Ich stand sofort auf, um nicht weiter darüber nachdenken zu müssen. Ich kochte keinen Kaffee; ich ging nur zu dem Elefantenfuß und sah nach, ob der bösartige Knüppel, der als Spazierstock bezeichnet wurde, noch vorhanden war.

Heiß und feucht war die Stunde der Dämmerung, denn der Morgenwind hatte noch nicht eingesetzt. Die Straße lag silbrig grau da; der Gehsteig war mit menschlichem Abfall verschmutzt. Die Kaffeestube des Foremaster war noch nicht offen; doch ich wollte ohnehin keinen Kaffee. Ich ging die Seitengasse hinein und machte meine Hintertür auf; ein Blick nach vorn in den Laden zeigte mir, daß die lederne Hutschachtel noch hinter der Theke stand. Ich öffnete eine Kaffeedose und schüttete das Kaffeepulver in den Kehrichteimer. Dann stieß ich zwei Löcher in eine Dose mit Kondensmilch, goß die Milch in die Kaffeedose, machte die Hintertür weit auf und stellte die Dose auf die Schwelle. Der Kater war bestimmt in der Gasse, aber er kam erst an die

Milch heran, als ich nach vorn in den Laden gegangen war. Von dort aus konnte ich ihn sehen, den grauen Kater in der grauen Gasse, wie er die Milch aufschlabberte. Als er einmal den Kopf hob, hatte er einen Milchschnurrbart. Er setzte sich, wischte sich mit den Pfoten über das Maul und leckte sie dann ab.

Ich machte die Hutschachtel auf und entnahm ihr die Quittungsabschnitte vom Samstag, alle wohlgeordnet und mit Papierklammern zusammengehalten. Dann nahm ich aus dem braunen Bankkuvert dreißig Einhundertdollarscheine und legte die andern zwanzig wieder hinein. Diese dreitausend Dollar sollten meine Sicherheitsreserve sein, bis Debet und Kredit des Ladens sich ausgeglichen hatten. Marys übrige zweitausend sollten wieder auf ihr Konto gelegt werden und, sobald ich mir das erlauben konnte, wollte ich auch die dreitausend ersetzen. Die dreißig Scheine steckte ich in meine neue Brieftasche, die sich dadurch dick und fett von meiner Hüfttasche abhob. Dann holte ich Kisten und Kartons aus dem Lagerraum, brach und riß sie auf und fing an, meine erschöpften Regale wieder aufzufüllen, wobei ich auf einem Stück Einwickelpapier gleichzeitig die Waren, die nachzubestellen waren, notierte. Die leeren Kisten und Kasten stapelte ich in der Hintergasse für die Müllabfuhr auf, goß auch wieder etwas Milch in die Kaffeedose, aber der Kater kam nicht wieder. Entweder war er satt, oder er hatte nur Freude an gestohlenem Gut.

Es muß wohl an dem sein, daß es Jahre gibt, die anders sind als andere Jahre, die sich voneinander in Klima, Tendenz und Stimmung unterscheiden, so wie ein Tag sich vom andern zu unterscheiden vermag. Dieses Jahr 1960 war ein Jahr des Wandels, eines der Jahre, in denen geheime Ängste an den Tag kommen, da Mißvergnügen nicht länger schlummert, sondern sich allmählich in Zorn verwandelt. Es steckte das nicht nur in mir oder im Städtchen New Baytown. Die Nominierungen zur Präsidentschaft standen vor der Tür, und die in der Luft liegende Mißvergnügtheit verwandelte sich in Zorn, mit all der Aufregung, die Zorn im Gefolge hat. Es war auch nicht nur bei der amerikanischen Nation so; die ganze Welt war erregt vor Unruhe und Unbehagen, da Mißvergnügen zu Zorn wurde und der Zorn sich Luft zu machen suchte in irgendeiner möglichst gewaltsamen Betätigung: Afrika, Kuba, Südamerika, Asien, der Mittlere Osten, alle aufgeregt wie Rennpferde an der Startmaschine.

Ich ahnte, daß Dienstag, der fünfte Juli, ein inhaltsreicherer Tag sein werde als andere Tage. Ich glaube sogar, ich ahnte, was sich alles begeben werde, bevor es sich begab, aber da es sich dann begab, bin ich mir nicht sicher, ob ich es wirklich geahnt habe.

Ich glaube, ich ahnte jedenfalls, daß Mr. Baker, dieses stoßgesicherte, die Sekunden abtickende Uhrwerk mit siebzehn Rubinen, eine Stunde vor Öffnung der Bank an meiner Vordertür rütteln würde. Und so geschah es auch, noch

bevor ich den Laden für die Kundschaft aufgemacht hatte. Ich ließ ihn ein, schloß aber sofort die Tür wieder ab.
»Ist ja eine scheußliche Sache!« sagte er. »Ich hatte ja keine Ahnung. Ich fuhr heim, sobald ich davon hörte.«
»Was für eine scheußliche Sache, Mr. Baker?«
»Ei, der Skandal! Das sind alles gute alte Freunde von mir. Ich muß da etwas tun.«
»Sie werden nicht einmal vor der Wahl einvernommen, sie stehen nur unter Anklage.«
»Jawohl, das weiß ich. Könnten wir nicht eine Bekanntmachung erlassen, daß wir von ihrer Unschuld überzeugt sind? Wenn nötig, sogar durch ein bezahltes Inserat.«
»In welcher Zeitung, Mr. Baker? Der ›Bay Harbor Messenger‹ erscheint nicht vor Donnerstag.«
»Tja, es muß aber etwas getan werden.«
»Ich weiß.«
Das war eine reine Redensart. Er mußte gewußt haben, daß ich im Bilde war. Und doch, als er mich ansah, lag in seinen Augen etwas wie echte Besorgnis.
»Die närrischen radikalen Besserwisser werden die Stadtratswahlen verpfuschen, wenn wir nicht etwas tun. Wir müssen neue Kandidaten aufstellen. Einen anderen Ausweg haben wir nicht. Es ist schrecklich, daß man das alten Freunden antun muß, aber sie wissen am besten, daß wir die radikalen Intellektuellen nicht eindringen lassen dürfen.«
»Sprechen Sie doch einmal mit ihnen.«
»Sie sind ganz zerschlagen und halb verrückt. Sie haben noch keine Zeit zur Überlegung gehabt. Ist Marullo gekommen?«
»Er hat einen Bekannten geschickt. Ich habe den Laden für dreitausend gekauft.«
»Sehr schön. Da haben Sie einen billigen Kauf gemacht. Haben Sie die Papiere erhalten?«
»Ja.«
»Nun, wenn er hops geht, die Nummern der Scheine sind notiert.«
»Er wird nicht hops gehen. Er will fort. Er ist müde.«
»Ich habe ihm nie getraut. Ich wußte nicht, worin er die Finger hatte.«
»War er ein Gauner, Mr. Baker?«
»Er war ein durchtriebener Kerl. Er trug auf beiden Achseln. Wenn er seinen Besitz zu Geld machen kann, dann ist er ein schwerreicher Mann. Aber dreitausend – das ist geschenkt.«
»Er konnte mich gut leiden.«
»Scheint so. Wen hat er denn zu Ihnen geschickt?«
»Einen Mann von der Regierung. Jaja, Marullo traute mir.«

Mr. Baker runzelte die Stirn, was ganz gegen seine Gewohnheit war. »Ja, daß ich daran nicht früher gedacht habe! Sie sind der richtige Mann. Gute Familie, zuverlässig, vermögend, geachteter Geschäftsmann. Sie haben keinen Feind in der Stadt. Jawohl, Sie sind der richtige Mann.«

»Der richtige Mann? Wozu?«

»Zum Bürgermeister.«

»Ich bin erst seit Samstag selbständiger Geschäftsmann.«

»Sie wissen doch, wie ich es meine. Um Sie herum können wir achtbare neue Gesichter gruppieren. Ja, ja, das ist genau das richtige.«

»Vom Kramladenverkäufer zum Bürgermeister?«

»Kein Mensch erachtete einen Hawley als Kramladenverkäufer.«

»Ich selbst schon. Und Mary auch.«

»Aber das sind Sie doch nicht. Wir könnten das heute bekanntgeben, bevor die radikalen Narren sich festsetzen.«

»Ich muß mir das genau überlegen, vom Kielschwein bis zur Mastspitze.«

»Dazu ist keine Zeit.«

»An wen hatten Sie denn vorher gedacht?«

»Bevor was?«

»Bevor es im Stadtrat brannte. Ich spreche später mit Ihnen. Samstag war ein heißer Tag. Ich hätte die Waagschalen verkaufen können.«

»Sie können aus dem Laden etwas machen, Ethan. Ich rate Ihnen, bringen Sie ihn hoch und verkaufen Sie ihn dann. Sie werden ein zu bedeutender Mann werden, um Kunden zu bedienen. Hat man irgend etwas über Danny gehört?«

»Nein, bisher nicht.«

»Sie hätten ihm kein Geld geben sollen.«

»Kann sein. Aber ich meinte, eine gute Tat zu tun.«

»Das haben Sie auch getan. Gewiß, das haben Sie getan.«

»Mr. Baker . . . Was geschah mit der ›Belle-Adair‹?«

»Was mit ihr geschah? Ei, sie verbrannte.«

»Im Hafen . . . Wie ging das zu?«

»Ein sonderbarer Moment, um diese Frage zu stellen. Ich weiß nur, was ich gehört habe. Ich war zu jung, um mich überhaupt daran zu erinnern. Diese alten Schiffe waren mit Tran durchtränkt. Ich nehme an, ein Matrose hat ein Zündholz fallen lassen. Ihr Großvater war Kapitän. Ich glaube, er war gerade an Land. War gerade eingelaufen gewesen.«

»Nach schlechter Reise.«

»Ja, so hörte ich.«

»Gab es Schwierigkeiten wegen der Auszahlung der Versicherung?«

»Na, Untersuchungen werden immer angestellt. Aber, soviel ich weiß, dauerte es zwar eine ziemliche Zeit lang, aber wir erhielten das Geld, Hawleys und Bakers.«

»Mein Großvater war der Ansicht, das Schiff sei in Brand gesteckt worden.«
»Ja, um Gottes willen, warum denn?«
»Um das Geld einzustreichen. Die Walfangindustrie war erledigt.«
»Ich habe nie gehört, daß er das behauptet habe.«
»Sie haben nie davon gehört?«
»Ethan, worauf wollen Sie hinaus? Warum bringen Sie etwas, was vor so langer Zeit passiert ist, jetzt aufs Tapet?«
»Ein Schiff in Brand zu stecken, ist etwas Entsetzliches. Das ist Meuchelmord. Ich werde eines Tages den Kiel heben lassen.«
»Den Kiel?«
»Ich weiß genau, wo er liegt. Eine halbe Kabellänge landab.«
»Warum wollen Sie das tun?«
»Ich will sehen, ob das Eichenholz noch heil ist. Es war echte Shelter Island-eiche. Das Schiff ist nicht tot, solange sein Kiel lebt. Sie sollten aber jetzt gehen, wenn Sie den Segen über das geöffnete Safe sprechen wollen. Ich muß auch den Laden aufmachen.«
Da setzte sich das Steigrad in seinem Uhrwerk in Bewegung, und er tickte davon zur Bank. Ich glaube jetzt, ich hatte auch Biggers erwartet. Der arme Kerl muß sein halbes Leben damit verbringen, auf Türen aufzupassen. Er mußte irgendwo in Sichtweite darauf gewartet haben, daß Baker wegging.
»Ich hoffe, Sie springen mir nicht an die Gurgel.«
»Warum sollte ich?«
»Ich kann verstehen, daß Sie ärgerlich waren. Ich habe mich wohl nicht sehr – diplomatisch benommen.«
»Kann sein, daß es davon kam.«
»Nun, haben Sie sich meinen Vorschlag durch den Kopf gehen lassen?«
»Ja.«
»Und was meinen Sie dazu?«
»Daß sechs Prozent besser wären.«
»Ich weiß nicht, ob unsere Firma darauf eingehen wird.«
»Das ist ihre Sache.«
»Vielleicht geht sie bis fünfeinhalb.«
»Und Sie gehen auf das andere halbe Prozent.«
»Herrje, Mensch ... Ich dachte, Sie wären so 'n Jüngling vom Lande. Sie gehn ja scharf ins Zeug.«
»Greifen Sie zu oder lassen Sie die Finger davon.«
»Ja, um welche Quantitäten würde es sich handeln?«
»Da drüben an der Registrierkasse hängt eine teilweise Aufstellung.«
Er betrachtete den Zettel aus Einwickelpapier genau. »Sieht so aus, als ob ich am Angelhaken sitze. Und Blut lassen muß ich auch, Brüderchen. Kann ich die vollständige Bestellung noch heute haben?«

»Morgen würde es besser passen und wäre sie größer.«
»Sie wollen damit sagen, daß Sie Ihren ganzen Bedarf an uns übertragen würden?«
»Wenn Sie ehrliches Spiel spielen.«
»Brüderchen, Sie müssen Ihren Chef aber an der Kehle haben. Wird das gut ausgehen für Sie?«
»Das werden Sie ja sehen.«
»Bruder, Sie müssen kalt sein wie ein Hering. Ich kann Ihnen sagen: das Weibsbild da ist ein saftiger Bissen.«
»Ist die Freundin meiner Frau.«
»Aha ... Jawohl ... Ich verstehe. Zu nahe daheim – wird geklatscht. Sie sind ein Schlauberger. Wenn ich's vorher nicht gewußt habe, so weiß ich's jetzt. Sechs Prozent. Großer Heiland! Also morgen früh.«
»Vielleicht noch am Spätnachmittag heute, wenn ich Zeit finde.«
»Na, lassen wir's bei morgen früh.«
Am Samstag kam die Kundschaft in Sturzwellen. Jetzt am Dienstag war das ganze Tempo anders. Die Leute ließen sich Zeit.
Sie wollten über den Skandal reden; es sei schlimm, furchtbar, traurig, schandbar. Aber sie hatten doch Genuß davon. Seit Jahren hatten wir keinen Skandal mehr gehabt. Kein Mensch erwähnte die Konvention der Demokratischen Partei, die nach Los Angeles einberufen war, kein einziges Mal wurde davon gesprochen. New Baytown ist allerdings republikanisch gesinnt, aber sie waren an dem, was in ihrer nächsten Umgebung passierte, größtenteils stärker interessiert.
Müde und bekümmert aussehend trat Oberwachtmeister Stonewall Jackson während der Mittagspause ein.
Ich holte den Kanister mit Maschinenöl und stellte ihn auf die Theke. Darauf angelte ich mit einem Stück Draht die alte Pistole heraus.
»Hier ist das Beweisstück, Herr Oberwachtmeister. Nehmen Sie es mit, bitte. Es macht mich nervös.«
»Na, wischen Sie das Ding erst mal ab, bitte. Sehen Sie her ... Das nannte man einst eine Zwei-Dollar-Pistole. Haben Sie jemand, der sich um den Laden kümmern kann?«
»Nein.«
»Wo ist denn Marullo?«
»Außerhalb.«
»Sie werden den Laden eine Weile lang schließen müssen.«
»Was ist denn, Herr Oberwachtmeister?«
»Nun, Charley Priors Junge ist heute früh von daheim weggelaufen. Haben Sie was Kaltes zu trinken in der Nähe?«
»Aber gewiß. Orange, Milch, Zitrone? Oder Coca-Cola?«

»Geben Sie mir einen Seven-up. Der Charley ist ein komischer Kauz. Sein Bub, der Tom, ist acht Jahre alt. Der bildet sich ein, alle Leute sind gegen ihn, und da läuft er aus dem Haus, um Seeräuber zu werden. Jeder andere würde dem Jungen den Hintern vollgehauen haben. Nur Charley nicht. Wollen Sie das nicht aufmachen?«
»Verzeihung. Hier! Was hat Charley mit mir zu tun? Ich mag ihn ganz gern.«
»Nun, der verhält sich nicht wie andere Menschen. Er meint, er kann Tom am besten kurieren, wenn er ihm behilflich ist. Die zwei rollen also nach dem Frühstück Bettzeug zusammen und packen gehörig Mittagessen ein. Tom will ein altes Japanerschwert zur Verteidigung mitnehmen, aber das kommt ihm zwischen die Beine, und so bescheidet er sich mit einem Bajonett. Charley lädt ihn in seinen Wagen und fährt ihn hinaus vor die Stadt, um ihm einen guten Anlauf zu geben. Er setzt ihn bei der Taylor-Wiese ab, Sie wissen, beim früheren Taylorschen Anwesen. Das war so gegen neun Uhr heute früh. Charley beobachtete den Jungen noch eine Zeitlang. Das erste, was der tat, war, sechs belegte Brote und zwei harte Eier zu verzehren. Dann ging er mit seinem Bündel Bettzeug und seinem Bajonett über die Wiese, und Charley fuhr heim.«
Jetzt kam es. Ich ahnte es. Es war geradezu eine Erleichterung, es hinter sich zu bringen.
»Gegen elf kommt der Junge herausgeschlottert auf die Landstraße, streckte den Daumen hoch und fand auch jemanden, der ihn mitnahm und heimbrachte.«
»Ich glaube, ich habe es erraten, Stoney ... Danny?«
»Leider. Im Kellerloch des alten Hauses drunten. Kiste Whisky, nur zwei Flaschen leer, und ein Fläschchen mit Schlaftabletten. Verzeihung, aber ich muß etwas fragen, Eth. Lag lange drunten, etwas muß über ihn hergefallen sein, übers Gesicht. Wahrscheinlich Katzen. Erinnern Sie sich an Narben oder sonstige Kennzeichen bei ihm?«
»Ich mag ihn nicht ansehen.«
»Nun, wer möchte das? Also, wie ist das mit Narben?«
»Ich erinnere mich, daß er über dem linken Knie am Bein einen Riß von Stacheldraht hatte und – und« – ich krempelte meinen Ärmel hoch – »ein tätowiertes Herz, genau wie dies hier. Wir machten uns das als Buben zusammen, schnitten mit einer Rasierklinge die Haut auf und rieben Tinte hinein. Es ist noch ganz deutlich zu sehen, nicht?«
»Nun, das geht schon. Sonst vielleicht noch etwas?«
»Ja – eine große Narbe unterm linken Arm. Da bekam er einmal ein Stück Rippe herausgeschnitten. Hatte Rippenfellentzündung vor der Erfindung der neuen Mittel, und es wurde eine Kanüle eingesetzt.«

»Na, wenn ein Stück Rippe herausgeschnitten ist, dann langt das schon. Ich brauche gar nicht noch einmal hinauszufahren. Soll der Leichenbeschauer sich hinbemühen. Sie müssen aber die Aussage über diese Kennzeichen beschwören, wenn er es ist.«
»Okay. Aber zwingen Sie mich nicht, ihn zu besichtigen, Stoney. Er war doch mein Freund, wie Sie wissen.«
»Klar, Eth. Sagen Sie mal, ist an dem Gerücht was dran, daß Sie Kandidat für den Bürgermeisterposten seien?«
»Das ist mir neu ... Herr Oberwachtmeister, könnten Sie noch zwei Minuten hierbleiben?«
»Ich muß gehen.«
»Nur zwei Minuten, daß ich hinüberlaufen und etwas trinken kann.«
»Na ja ... Verstehe schon ... Gehen Sie nur. Ich muß mich ja mit dem neuen Bürgermeister gutstellen.«
Ich stürzte rasch etwas hinunter und brachte auch noch einen Liter mit. Als Stoney gegangen war, schrieb ich mit Druckbuchstaben auf eine Karte »BIN UM ZWEI ZURÜCK«, hängte sie vor die Tür, schloß diese und zog die Rollvorhänge herunter.
Und dann setzte ich mich hinter den Ladentisch auf die Hutschachtel – und blieb in der dämmrig-trüben Finsternis meines Ladens hocken.

Zwanzigstes Kapitel

Um zehn Minuten vor drei ging ich zur Hintertür hinaus, um die Ecke und durch den Vordereingang in die Bank. Morphy in seinem Bronzekäfig nahm das Bündel Banknoten und Schecks, das braune Kuvert und die Einzahlungsscheine an sich. Die kleinen Bankbücher spreitete er fächerförmig aus und schrieb mit einer flüsternd über das Papier gleitenden Stahlfeder eckige Zahlen darauf. Als er mir sie wieder hinausschob, schaute er mit etwas mißtrauisch verschleierten Augen hoch und sagte:
»Ich will nicht mit Ihnen darüber sprechen, Ethan. Ich weiß, er war Ihr Freund.«
»Danke.«
»Wenn Sie sich rasch hinausmachen, dann entgehen Sie vielleicht der – Seele des Geschäfts.«
Doch das gelang mir nicht. Nicht unmöglich, daß Joey ihm ein Summerzeichen gegeben hat. Jedenfalls ging die Milchglastür des Privatkontors auf, und Mr. Baker, gepflegt, schmal und grau, erschien darin. »Haben Sie einen Augenblick Zeit, Ethan?« fragte er.
Es aufzuschieben, hatte keinen Sinn. Ich begab mich also in die frostige Höhle

Mr. Bakers, der so leise die Tür zumachte, daß ich das Schloß nicht einschnappen hörte. Auf dem Schreibtisch lag eine Glasplatte, unter die getippte Ziffernlisten geschoben waren. Zwei Stühle für Kunden standen gestaffelt neben seinem hohen Sessel wie saugende Kälberzwillinge. Sie waren bequem, aber niedriger als Mr. Bakers Schreibtischsessel. Als ich mich niedergesetzt hatte, mußte ich zu Mr. Baker aufsehen, was mich als einen Bittsteller wirken ließ.
»Traurige Angelegenheit.«
»Ja.«
»Meines Erachtens brauchen Sie sich die Schuld nicht allein zuzuschreiben. Es wäre vermutlich auf jeden Fall dahin gekommen.«
»Vermutlich.«
»Ich bin überzeugt, daß Sie meinten, das Richtige zu tun.«
»Ich meinte, er habe noch Aussicht.«
»Selbstverständlich.«
Haß stieg mir in die Kehle wie ein giftiger Geschmack, mehr Übelkeit als Wut erregend.
»Von der menschlichen Tragik abzusehen – es erhebt sich da eine Schwierigkeit. Wissen Sie, ob er Verwandte hatte?«
»Ich glaube nicht.«
»Jeder Mensch, der Geld hat, hat Verwandte.«
»Er hatte doch kein Geld.«
»Es gehörte ihm das Taylor-Wiesenland, schuldenfrei und unbelastet.«
»So? Nun, eine Wiese und ein Kellerloch . . .«
»Ethan, ich sagte Ihnen schon, daß wir einen Flugplatz zur Bedienung des ganzen Bezirks planen. Das Wiesenland ist eben. Wenn wir es dafür nicht benutzen können, so kostet uns die Anlage von Rollbahnen im Hügelgelände Millionen. Nun, selbst wenn er keine Erben hat, so muß die Sache durch die Gerichte gehen. Das dauert Monate.«
»Ich verstehe.«
Sein Zorn brach durch. »Es sollte mich wundernehmen, wenn Sie wirklich verstünden. Mit Ihren guten Absichten haben Sie die Sache in die Puppen getrieben. Ich habe schon manchmal gedacht, die gefährlichsten Leute auf der Welt sind die Wohltäter.«
»Sie mögen recht haben. Aber ich müßte jetzt wieder in den Laden.«
»Es ist doch Ihr Laden.«
»Ist er das? Oder nicht? Ich kann mich nicht daran gewöhnen. Ich vergesse es immer wieder.«
»Ja, Sie sind vergeßlich. Das Geld, das Sie ihm gegeben haben, war Marys Geld. Das wird sie nie wiedersehen. Sie haben es zum Fenster hinausgeworfen.«
»Danny hatte meine Mary sehr gern. Er wußte, daß es ihr Geld war.«

»Da hat sie auch was davon!«
»Ich meinte, er wolle einen Scherz machen. Er hat mir das da gegeben.« Ich zog die zwei zusammengerollten Zettel aus der Brusttasche, wohin ich sie gesteckt hatte, weil ich wußte, ich würde sie so herausziehen müssen.
Mr. Baker glättete sie auf der glasgedeckten Schreibtischplatte. Während er sie las, zuckte ein Muskel neben seinem rechten Ohr, so daß dieses sich bewegte. Seine Augen fuhren darüber hin; diesmal, als ob er ein Loch suche.
Als der Schweinehund mich ansah, war Angst in seinem Blick. Er sah jemanden, von dem er nicht gewußt hatte, daß er auf der Welt war. Er brauchte einen Moment, um sich auf den Fremden einzustellen. Aber er war tüchtig; er brachte es fertig. Er sagte:
»Was verlangen Sie?«
»Einundfünfzig Prozent.«
»Wovon?«
»Von der Gesellschaft, von der Teilhaberschaft oder von was sonst immer.«
»Das ist lächerlich.«
»Sie brauchen einen Flugplatz. Ich besitze das einzige dafür in Frage kommende Gelände.«
Er putzte sorgfältig seine Brille mit einem Stück Kleenexpapier und setzte sie dann auf. Aber er sah mich nicht an. Er schlug mit den Augen einen Bogen um mich. Schließlich fragte er:
»Wissen Sie, was Sie da getan haben, Ethan?«
»Jawohl.«
»Und Sie fühlen sich wohl dabei?«
»Mir scheint, ich fühle mich so, wie sich der Mann fühlte, der ihm eine Flasche Whisky brachte und versuchte, von ihm eine Unterschrift zu erlangen.«
»Hat er Ihnen das erzählt?«
»Jawohl.«
»Er war ein Lügner.«
»Er sagte mir, er sei einer. Er warnte mich davor. Vielleicht ist in diesen Papieren hier ein Dreh.« Ich schob die beiden schmierigen, mit Bleistift beschriebenen Zettel sachte von ihm weg und faltete sie zusammen.
»Es ist sicher ein Dreh dabei, Ethan. Diese Urkunden sind einwandfrei, sie sind datiert, beglaubigt, ihr Wortlaut ist klar. Vielleicht haßte er Sie. Vielleicht ist das ein Dreh, um einen Menschen zugrunde zu richten.«
»Mr. Baker, in meiner Familie hat noch niemand ein Schiff in Brand gesteckt.«
»Wir werden die Sache besprechen, Ethan, wir werden sie geschäftlich aufziehen. Wir werden Geld verdienen. Um das Wiesengelände herum wird auf den umliegenden Hügeln eine kleine Stadt erstehen. Sie werden wohl jetzt Bürgermeister werden müssen.«
»Das geht nicht, Mr. Baker. Das würde einen Interessenkonflikt heraufbe-

schwören. Einige Herren haben das zu ihrem Leidwesen in letzter Zeit gemerkt.«
Er stieß einen Seufzer aus – einen vorsichtigen Seufzer, als fürchte er, in seiner Kehle etwas aufzuwecken.
Ich stand auf und ließ meine Hand auf dem gebogenen und gepolsterten Lederrücken des Bittstellerstuhls liegen. »Sie werden sich besser fühlen, Mr. Baker, wenn Sie sich an die Einsicht gewöhnt haben, daß ich kein spaßhafter Narr bin.«
»Warum konnten Sie mich nicht ins Vertrauen ziehen?«
»Ein Mitwisser ist immer gefährlich.«
»Sie haben also das Gefühl, ein Verbrechen begangen zu haben?«
»Nein. Ein Verbrechen ist immer etwas, was ein anderer begeht. Ich muß jetzt den Laden aufmachen, auch wenn's mein eigener Laden ist.«
»Wer hat Marullo hineingelegt?«
»Meines Erachtens Sie, Mr. Baker.«
Er sprang auf, doch ich ging zur Tür hinaus und in meinen Laden zurück.

Einundzwanzigstes Kapitel

Als ich heimkam, strahlte das ganze Haus in festlicher Aufmachung. Hellfarbige Kunststoffflaggen waren baldachinartig vom Beleuchtungskörper in der Mitte zu der Bilderleiste gezogen, und Schnüre mit Kunststoffähnchen hingen vom Treppengeländer herunter.
»Du wirst es nicht glauben«, rief Mary. »Ellen hat das alles von der Esso-Tankstelle bekommen. George Sandow hat es ihr geliehen.«
»Was wird denn gefeiert?«
»Alles.«
Ich wußte nicht, ob sie schon über Danny Taylor gehört hatte. Selbstverständlich hatte ich ihn nicht zu dem Fest eingeladen, aber draußen ging er auf und ab. Ich wußte, daß ich später zu ihm hinausgehen mußte, aber ich bat ihn nicht herein.
»Man möchte meinen, Ellen habe die ehrenvolle Erwähnung errungen«, sagt Mary. »Sie ist eher noch stolzer, als wenn sie selbst die Berühmtheit wäre. Schau nur die Torte, die sie gebacken hat.« Es war eine große weiße Torte, auf deren Oberseite in roten, grünen, gelben und blauen Buchstaben das Wort »Held« prangte. »Es gibt gebratenes Huhn mit Beilagen und pikanter Soße und dazu Kartoffelpüree trotz Sommer.«
»Fein, mein Herz, fein. Und wo ist der berühmte junge Mann?«
»Nun, der hat sich auch verändert. Er nimmt ein Bad und zieht sich zum Essen um.«

»Dies ist ein Tag der Zeichen und Wunder, meine Sibylle. Man wird ein Maultier finden, das gefohlt hat, und ein neuer Komet wird am Himmel erscheinen. Ein Bad vor dem Essen! Nicht auszudenken!«

»Ich dachte, du würdest dich vielleicht auch umziehen wollen. Ich habe eine Flasche Wein da, und ich dachte, es würde vielleicht eine Rede gehalten oder ein Trinkspruch ausgebracht oder so ähnlich, auch wenn wir bloß unter uns sind.«

Sie hatte das ganze Haus sozusagen unter Festlichkeit gesetzt. Ich beeilte mich, daran teilnehmen zu können, indem ich zunächst die Treppe hinauflief, um ein Bad zu nehmen.

Als ich an Allens Tür vorbeikam, klopfte ich, vernahm einen Grunzlaut und trat ein.

Er stand vor dem großen Spiegel, einen kleinen in der Hand, um sein Profil zu betrachten, Mit irgendeinem schwarzen Zeug, wohl Marys Wimperntusche, hatte er sich einen dünnen schwarzen Schnurrbart gemalt, seine Augenbrauen geschwärzt und deren äußere Enden zu satanischen Spitzen verlängert. Außerdem trug er meine blaue, getüpfelte Schleife. Als ich eintrat, gab der Spiegel ein weltmännisches, zynisch-charmantes Lächeln meines Sohnes wieder. Daß ich ihn so ertappt hatte, schien ihm keine Verlegenheit zu bereiten.

»Ich probe fürs Auftreten«, sagte er und legte den Handspiegel ab.

»Mein Sohn, in all der Aufregung habe ich dir wohl noch nicht gesagt, wie stolz ich auf dich bin.«

»Es — es ist nur ein Anfang.«

»Offen gesagt, ich hätte nicht gedacht, daß du ein so guter Schriftsteller seist wie der Präsident. Ich bin ebenso überrascht wie erfreut. Wann wirst du deinen Aufsatz der Welt vorlesen?«

»Sonntag vier Uhr dreißig; alle Landessender angeschlossen. Ich muß nach New York. Sonderflugzeug holt mich ab.«

»Bist du gut einstudiert?«

»Ach, ich werd's schon machen. Ist ja nur ein Anfang.«

»Na, das ist immerhin eher ein großer Sprung, einer von fünfen im ganzen Land zu sein.«

»Sämtliche Landessender«, sagte er. Dann fing er an, mit einem kleinen Wattebausch den Schnurrbart abzuwischen, und ich bemerkte mit Staunen, daß er eine Schminkschatulle mit allem Zubehör, Augentusche, Cold Cream, bunten Farbstiften, besaß.

»Alles ist auf einmal über uns alle gekommen. Weißt du, daß ich den Laden gekauft habe?«

»Jaa . . . Habe davon gehört.«

»Nun, wenn der Flaggenschmuck und der Flitterkram abgenommen sind, dann brauche ich deine Hilfe.«

»Wie meinst du das?«
»Wie ich dir schon sagte, als Hilfskraft im Laden.«
»Das kann ich nicht tun«, sagte er und betrachtete seine Zähne im Handspiegel.
»Was kannst du nicht tun?«
»Ich habe einige Gastaufnahmen zu machen, dann aufzutreten in ›Was ist meine Eigenart?‹ und in ›Der geheimnisvolle Gast‹. Dann kommt eine neue Quizserie heraus ›Jugendliche geben Rätsel auf‹, bei der ich womöglich als Conférencier mitwirken muß. Du siehst also, ich habe keine Zeit.« Dabei spritzte er sich aus einem Zerstäuber etwas Klebriges aufs Haar.
»Deine Karriere ist also gemacht, wie?«
»Wie ich schon sagte: das ist erst ein Anfang.«
»Nun, ich will am heutigen Abend nicht das Kriegsbeil ausgraben. Aber wir sprechen noch darüber.«
»Es wollte dich einer vom National Broadcasting am Telefon sprechen. Wahrscheinlich wegen eines Vertrages, weil ich noch minderjährig bin.«
»Denkst du nicht an die Schule, mein Sohn?«
»Was braucht man die Schule, wenn man einen Vertrag hat?«
Ich machte, daß ich hinaus und ins Badezimmer kam, wo ich das Wasser lang ablaufen und es eiskalt über meinen Körper strömen ließ, damit die Kälte tief genug in mich eindrang, um meine bebende Wut zu dämpfen. Als ich, von Sauberkeit glänzend und nach Marys Parfüm duftend, aus dem Badezimmer kam, hatte ich meine Beherrschung wiedergewonnen. Es waren noch ein paar Minuten vor dem Essen; Ellen setzte sich auf meine Stuhllehne, rollte sich dann herunter auf meinen Schoß und schlang die Arme um mich.
»Ach, wie ich dich liebe!« sagte sie. »Ist das nicht alles furchtbar aufregend? Und ist Allen nicht fabelhaft? Als wenn er dazu geboren wäre.« Das war nun das Mädel, das ich für egoistisch und sogar für ein bißchen niederträchtig gehalten hatte.
Kurz bevor die Torte kam, brachte ich ein Hoch auf den jungen Helden aus, beglückwünschte ihn und schloß mit einer kleinen Variante des berühmten Zitats: »So ward der Winter unseres Mißvergnügens glorreicher Sommer durch den *Sohn* der Yorks.«
»Das ist Shakespeare«, sagte Ellen.
»Jawohl ... Aber aus welchem Stück, wer sagt es und wo?«
»Wie soll ich das wissen?« sagte Allen. »Das ist was für altmodische Querköpfe.«
Ich half das Geschirr in die Küche bringen. Mary strahlte immer noch. »Rege dich nicht auf«, sagte sie. »Er wird sein eigenes Wesen finden. Es wird schon recht mit ihm werden. Bitte, habe Geduld mit ihm.«
»Ich will's versuchen, meine fromme Wachtelhenne.«

»Es hat einer von New York angerufen. Ich nehme an, wegen Allen. Ist das nicht aufregend, daß er ein Flugzeug geschickt bekommt? Ich kann mich noch gar nicht daran gewöhnen, daß der Laden dir gehört. Weißt du, daß in der ganzen Stadt erzählt wird, du würdest Bürgermeister?«
»Nein.«
»Nun, ich habe es dutzendmal gehört.«
»Das ist aus geschäftlichen Gründen unmöglich. Ich muß jetzt für eine Zeitlang ausgehen, meine Liebste. Ich habe eine Sitzung.«
»Es wird wohl noch dahin kommen, daß ich wollte, du wärest wieder nur Angestellter. Da warst du abends immer daheim. Was ist, wenn der Mann wieder anruft?«
»Der kann warten.«
»Das wollte er aber nicht. Kommst du spät heim?«
»Das weiß ich nicht. Das hängt davon ab, wie es sich anläßt.«
»Ist das mit Danny nicht traurig? Nimm deinen Regenmantel mit.«
»Jaja, das war es schon.«
In der Diele setzte ich meinen Hut auf und nahm – einem plötzlichen Einfall nachgebend – den Narwalstock aus dem Elefantenfuß. Unversehens stand Ellen neben mir.
»Darf ich mit dir gehen?«
»Heute nicht.«
»Ich liebe dich wirklich.«
Einen Augenblick lang senkte ich den Blick tief in meine Tochter. Dann sagte ich: »Ich liebe dich auch. Ich werde dir Juwelen mitbringen – welche sind deine Lieblingssteine?«
Sie kicherte. »Gehst du mit einem Spazierstock?«
»Zur Notwehr.« Ich hob die gewundene Elfenbeinstange hoch wie einen Säbel in Paradestellung.
»Bleibst du lang aus?«
»Nein.«
»Warum nimmst du den Stock mit?«
»Rein zur Dekoration, zum Prahlen, Drohen, Angstmachen, aus atavistischem Drang, Waffen zu tragen.«
»Ich bleibe auf und warte auf dich. Darf ich das rosa Ding in der Hand halten?«
»Nein, nein ... Das wirst du nicht tun, mein Mistblümchen. Rosa Ding? Ach, so – der Talisman? Ja, das darfst du.«
»Was ist ein Talisman?«
»Sieh es im Lexikon nach. Weißt du, wie man es buchstabiert?«
»T-a-l-e-s-m-a-n.«
»Nein – l-i-s ... Also, schlage es nach.«

Sie schlang wieder die Arme um mich, drückte mich an sich und ließ mich dann gleich wieder los.
Dicht und dumpf umschloß mich die Nacht mit einer feuchten Luft, die dick wie Hühnerbouillon war. Die hinter dem fetten Laub der Elm Street verborgenen Straßenlaternen verbreiteten dunstige, faserige Lichthöfe um sich herum.
Ein Mann mit regelmäßiger Tätigkeit sieht ja so wenig von der normalen Tageswelt. Kein Wunder, daß er seine Neuigkeiten und Anschauungen von seiner Frau beziehen muß. Die weiß, was sich ereignet hat, was der oder jener über den oder jenen gesagt hat, doch alles durch ihre weibliche Natur filtriert, weshalb die meisten berufstätigen Männer die Tageswelt mit Frauenaugen ansehen. Nachts jedoch, wenn sein Laden oder sein Amt geschlossen ist, dann steigt des Mannes Welt auf – für eine Weile.
Der gewundene Stab aus Narwalzahn mit dem von der Hand des alten Käpt'n glattgeriebenen Silberknopf fühlte sich gut an.
Vor langer, langer Zeit, als ich noch in der Tageswelt lebte, legte ich mich, wenn mir die Welt zuviel wurde, mit dem Gesicht nach unten ins Gras, und ganz dicht bei den grünen Halmen ward ich, gar kein Riese mehr, eins mit den Ameisen, Asseln und Blattläusen. Und im wilden Dschungel des Grases fand ich die Zerstreuung, die Frieden bedeutet.
Jetzt in der Nacht sehnte ich mich nach dem Alten Hafen und meinem »Plätzchen«, wo die unerbittliche Welt der Kreisläufe von Leben, Zeit und Gezeiten meine Zerrissenheit besänftigen mochte.
Rasch ging ich zur High Street und warf nur einen flüchtigen Blick hinüber auf meinen grünverhängten Laden, als ich beim Foremaster vorbeikam. Vor dem Feuerwehrhaus saß der dicke Willie mit rotem Gesicht und schwitzend wie ein Schwein in seinem Polizeiwagen.
»Wieder auf dem Bummel, Eth?«
»Tja.«
»Schrecklich traurig das mit Danny. Netter Kerl.«
»Schrecklich«, sagte ich und eilte weiter.
Ein paar Autos fuhren vorbei, erregten ein bißchen Luftzug, aber Spaziergänger waren nicht vorhanden. Die scheuten die schweißtreibende Anstrengung des Gehens.
Beim Denkmal bog ich ein und ging zum Alten Hafen hinunter; ein paar Ankerlichter von Segelbooten und einige vom Land abhaltende Fischerboote waren zu sehen.
Auf einmal gewahrte ich eine Gestalt, die aus der Porlock Street heraus- und geradenwegs auf mich zukam. An Gang und Haltung erkannte ich Margie Young-Hunt.
Sie blieb vor mir stehen, so daß ich keine Möglichkeit hatte, an ihr vorbei-

zukommen. Es gibt Frauen, die können in der heißesten Nacht kühl wirken. Vielleicht war es der Luftzug, der vor ihrem wehenden Baumwollrock ausging. »Sie suchen mich wohl?« sagte sie. Sie griff nach einer Strähne ihres Haares und steckte sie fest.

»Warum sagen Sie das?«

Sie drehte sich um, nahm meinen Arm und drängte mich mit einem Fingerdruck zum Weitergehen. »Ich war im Foremaster«, sagte sie. »Ich sah Sie vorbeigehen und dachte, Sie suchten mich vielleicht. So bin ich um den Häuserblock herumspaziert und habe Sie abgefangen.«

»Woher wußten Sie, welchen Weg ich einschlagen würde?«

»Ich weiß nicht. Aber ich wußte es. Hören Sie die Grillen? Das bedeutet weitere Hitze ohne Wind. Keine Angst, Ethan, wir kommen gleich aus dem Hellen heraus. Sie können mit in meine Wohnung kommen, wenn Sie Lust haben. Ich gebe Ihnen was zu trinken, einen großen kalten Trunk von einer großen heißen Frau.«

Durch ihre Finger gesteuert, ließ ich mich in den Schatten eines überhoch geschossenen Ligusterwäldchens führen. Gelbe Blüten dicht am Erdboden flackerten durch das Dunkel.

»Hier, das ist mein Haus – eine Garage mit einem Lusttempel darüber.«

»Wie kamen Sie darauf, daß ich Sie gesucht hätte?«

»Mich oder jemanden wie mich. Haben Sie mal einen Stierkampf gesehen, Ethan?«

»Ja, einmal in Arles kurz nach dem Krieg.«

»Mein zweiter Mann hat mich immer mitgenommen. Er hatte eine große Vorliebe dafür. Stierkämpfe sind wohl das Gegebene für Männer, die nicht sehr tapfer sind, aber es gern sein möchten. Wenn Sie mal einen gesehen haben, wissen Sie, was ich meine. Erinnern Sie sich, wie der Stier, nach all dem Gewedel mit dem roten Tuch, mordlustig auf etwas losgeht, das gar nicht vorhanden ist?«

»Ja.«

»Erinnern Sie sich, wie er dann, verwirrt und verlegen, einfach stehenbleibt, als ob er auf eine Antwort warte? Dann muß man ihm ein Pferd opfern, sonst bricht ihm das Herz. Er muß seine Hörner in etwas Festes bohren, sonst geht sein Mut zum Teufel. Nun, das Pferd bin ich. Und ich kriege lauter solche Männer, verlegene, verwirrte Männer. Wenn sie mich mit dem Horn durchbohren können, dann ist das sicher ein kleiner Sieg. Dann können sie wieder mit der ›Muleta‹ und der ›Espada‹ anfangen.«

»Margie!«

»Einen Augenblick! Ich suche meinen Schlüssel. Riechen Sie den Geißblattduft?«

»Aber ich habe gerade einen Sieg errungen.«

»So? Haben Sie ein rotes Tuch aufgespießt – darauf herumgetrampelt?«
»Woher wissen Sie das?«
»Ich weiß eben, wenn ein Mann nach mir sucht, oder nach einer andern Margie. Achtung auf der Treppe, sie ist schmal. Stoßen Sie sich nicht den Kopf an. So, da ist der Schalter – sehen Sie? Ein Lusttempel, weiche Beleuchtung, Moschusgeruch ...«
»Sie sind doch eine Hexe.«
»Das haben Sie immer gewußt. Eine armselige, jämmerliche Kleinstadthexe. Ich werde den künstlichen Wind anstellen. Dann gehe ich und ziehe mir etwas Bequemes an, wie man das nennt, und danach kriegen Sie einen großen kalten Rachenputzer.«
»Wo haben Sie denn dieses Wort gehört?«
»Das müssen Sie doch wissen?«
»Haben Sie ihn gut gekannt?«
»Teilweise. Soweit eine Frau einen Mann kennen kann. Manchmal ist das der beste Teil an ihm, wenn auch nicht häufig. Bei Danny war es so. Er vertraute mir.«
Das Zimmer war etwas wie ein Erinnerungsalbum an andere Zimmer, mit kleinen Stücken und Resten wie Fußnoten zu andern Lebensperioden. Der Ventilator am Fenster machte ein leises fauchendes Geräusch.
Als sie wiederkam, war sie in etwas Langes, Loses, Bauschiges, Blaues und eine Wolke von Parfüm gehüllt. Als ich es einsog, sagte sie: »Keine Angst. Es ist ein Kölnisch Wasser, das Mary noch nie an mir gerochen hat. Hier ist etwas zu trinken: Gin mit einem Tonikum. Das heißt: mit dem Tonikum habe ich das Glas ausgerieben. Es ist Gin, bloß Gin. Wenn Sie das Eis klingeln lassen, meinen Sie, es ist kalt.«
Ich trank es hinunter wie Bier und spürte, wie die trockene Hitze über meine Schultern und dann die Arme abwärts strömte, so daß meine Haut glühte.
»Das haben Sie wohl gebraucht.«
»Wahrscheinlich.«
»Das wird einen tapferen Stier aus Ihnen machen – mit genügend Widerstandskraft, so daß Sie glauben, Sie haben einen Sieg errungen. Das braucht ein Stier.«
Ich betrachtete meine Hände, die allerhand Schnitte und Kratzer vom Kistenöffnen aufwiesen; auch meine Nägel waren nicht allzu reinlich.
Sie nahm den Narwalstock vom Sofa weg, wo ich ihn hingelegt hatte. »Ich hoffe, Sie benötigen das nicht zur Stärkung der nachlassenden Leidenschaft.«
»Sind Sie jetzt meine Feindin?«
»Ich, die Spielgefährtin von New Baytown, Ihre Feindin?«
Ich schwieg so lange, daß ich merkte, wie sie immer unruhiger wurde. »Las-

sen Sie sich Zeit«, sagte sie. »Sie haben noch das ganze Leben zum Antworten. Ich hole Ihnen noch etwas zu trinken.«
Ich nahm ihr das volle Glas ab; Lippen und Mund waren mir so ausgetrocknet, daß ich erst einen Schluck trinken mußte, ehe ich sprechen konnte, und auch dann war meine Kehle noch belegt.
»Was wollen Sie eigentlich?«
»Vielleicht habe ich mich zur Liebe entschlossen.«
»Eines Mannes, der seine Frau liebt?«
»Mary? Die kennen Sie überhaupt nicht.«
»Ich weiß, daß sie lieb, zärtlich und ein bißchen hilflos ist.«
»Die hilflos? Die ist zäh wie Schuhleder. Die wird noch lange weitermachen, nachdem Sie Ihren Motor zuschanden gefahren haben. Die ist wie eine Möwe, die sich den Wind zunutze macht, um oben zu bleiben, ohne einen Flügelschlag zu tun.«
»Das ist nicht wahr.«
»Wenn einmal ein schweres Ungemach über euch kommt, wird sie durchhalten, während Sie dabei zugrunde gehen.«
»Was wollen Sie eigentlich?«
»Nun, wollen Sie nicht losgehen? Wollen Sie nicht Ihren Haß mit den Lenden an der guten alten Margie austoben?«
Ich stellte mein halbgeleertes Glas auf ein Seitentischchen ab, als Margie geschwind wie eine Schlange zugriff, es hochhob und eine Aschenschale darunterschob, nachdem sie den feuchten Ring auf der Tischplatte abgewischt hatte.
»Margie – ich möchte über Sie gern Bescheid wissen.«
»Scherz beiseite . . . Sie wollen wissen, was ich von Ihrer Leistung hielt.«
»Ich kann mir nicht ausdenken, was Sie wollen, bis ich weiß, wer Sie sind.«
»Ich glaube, der Mann meint es ernst . . . Die übliche Dollartour: Mit Büchse und Blitzlicht durch Margie Young-Hunt. Ich war ein braves kleines Mädchen, ein gescheites Köpfchen, aber eine mittelschlechte Tänzerin. Machte die Bekanntschaft eines – wie man das nennt – älteren Herrn und heiratete ihn. Er liebte mich nicht, er war nur in mich verliebt. Ich tanzte nicht gern, und arbeitete überhaupt nicht gern. Das ist mal sicher. Als ich ihm den Laufpaß gab, war er so vor den Kopf geschlagen, daß er im Scheidungsvertrag nicht einmal die Wiederverheiratungsklausel einfügen ließ. Ich heiratete dann einen andern Mann und führte ein so wildes, wirbelndes großes Leben mit ihm, daß er dabei draufging. Seit zwanzig Jahren ist der Scheck an jedem Monatsersten eingelaufen. Seit zwanzig Jahren habe ich keinen Schlag Arbeit getan, außer ein paar Geschenke von Verehrern anzunehmen. Es scheinen kaum zwanzig Jahre zu sein, aber es ist doch so. Ich bin kein braves kleines Mädchen mehr.«
Sie ging in ihre enge Küche, holte in der Hand drei Eiswürfel, die sie in ihr

Glas warf und dann mit Gin übergoß. Der murmelnde Ventilator brachte den Duft von Sandflächen, von denen das Meer abgeebbt war. Leise sagte Margie nun: »Sie werden viel Geld verdienen, Ethan.«
»Sie wissen Bescheid über den Handel?«
»Ein paar von den edelsten Römern — lauter Ehebrecher.«
»Weiter!«
Sie machte eine weit ausholende Armbewegung, und ihr Glas flog an die Wand; die Eisstücke prallten davon ab wie Würfel.
»Mein alter Liebhaber hat letzte Woche einen Schlaganfall gehabt. Wenn er abkratzt, dann ist's aus mit den Schecks. Ich bin alt und faul; ich habe Angst. Ich habe Angst. Ich habe Sie als Rückhalt aufgestellt. Aber ich traue Ihnen nicht. Sie verstoßen vielleicht gegen die Spielregeln. Sie kriegen es vielleicht mit der Ehrlichkeit. Ich sage Ihnen: ich habe Angst.«
Ich stand auf; meine Beine waren schwer, nicht wacklig, nur schwer und wie nicht zu mir gehörig.
»Marullo war auch ein Freund von mir.«
»Aha.«
»Wollen Sie nicht mit mir ins Bett gehen? Ich kann was. Wenigstens wird mir das immer gesagt.«
»Ich habe keinen Haß auf Sie.«
»Deshalb traue ich Ihnen ja nicht.«
»Nun, wir wollen uns etwas ausdenken. Ich hasse Baker. Vielleicht können Sie ihm eins auswischen.«
»Was für Ausdrücke! Weiß Baker, was Sie Danny getan haben?«
»Ja.«
»Wie hat er es aufgenommen?«
»Ganz gut. Aber ich möchte ihm nicht den Rücken zudrehen.«
»Alfio hätte Ihnen den Rücken zudrehen sollen.«
»Was wollen Sie damit sagen?«
»Nur, was ich errate. Aber ich wette darauf jeden Betrag. Keine Angst. Ich sage ihm nichts. Marullo ist mein Freund.«
»Ich glaube, ich verstehe. Sie ziehen einen Haß in sich groß, damit Sie das Schwert benutzen können. Margie, Ihr Schwert ist aus Gummi.«
»Meinen Sie, ich weiß das nicht, Eth? Sie brauchen eine befreundete Person, mit der Sie sprechen können, und ich bin die einzige auf der Welt, die dafür in Betracht kommt. Ein Geheimnis haben macht einen schrecklich einsam. Und es kostet Sie nicht viel. vielleicht nur einen kleinen Prozentsatz.«
»Ich glaube, ich gehe jetzt.«
»Trinken Sie Ihr Glas aus.«
»Ich habe keine Lust.«
»Stoßen Sie nicht mit dem Kopf an, wenn Sie die Treppe hinuntergehen,

Ethan.« Ich war schon fast drunten, als sie mir nachlief und rief: »Haben Sie Ihren Stock mit Willen dagelassen?«

»Ach, du mein Gott, nein!«

»Hier ist er. Ich dachte, es sollte vielleicht etwas wie eine Opfergabe sein.«

Es regnete. Regen macht bei Nacht den Geißblattduft süß. Meine Beine waren so wacklig, daß ich wahrlich den Narwalstock brauchen konnte.

Der dicke Willie hatte eine ganze Rolle Papierhandtücher neben sich auf dem Sitz liegen, um sich den Schweiß vom Kopf zu wischen.

»Hör mal, Eth. Da ist ein Mann, der dich sucht – hat einen Riesen-Chrysler – mit Chauffeur.«

»Was wollte er denn?«

»Weiß ich nicht. Wollte wissen, ob ich dich gesehen hätte. Ich habe keinen Ton von mir gegeben.«

»Kriegst was zu Weihnachten geschenkt, Willie.«

»Sag mal, Eth, was ist mit deinen Beinen los?«

»Habe Poker gespielt. Dabei sind sie eingeschlafen.«

»Ja, ja ... Das kommt vor. Wenn ich den Mann sehe, soll ich ihm sagen, daß du heimgegangen bist?«

»Sag ihm, er soll morgen in den Laden kommen.«

»Chrysler Imperial ... Mordsding, lang wie 'n Güterwagen.«

Schlapp und verschwitzt aussehend, stand Joey auf dem Gehsteig vor dem Foremaster.

»Habe schon gedacht, Sie sind nach New York gefahren, um etwas Kaltes zu trinken.«

»Zu heiß. Konnte mich nicht dazu kriegen. Kommen Sie mit rein und trinken Sie was, Ethan. Mir ist ganz mau.«

»Zu heiß zum Trinken.«

»Selbst Bier?«

»Bier macht mir noch heißer.«

»Mein Lebensschicksal ... Zu guter Letzt – weiß man nicht, wo man hingehen soll, ist kein Mensch da, mit dem man reden kann.«

»Sie sollten heiraten.«

»Da hat man auch niemand, mit dem man reden kann, wie einem der Schnabel gewachsen ist.«

»Da haben Sie vielleicht recht.«

»Und ob ich recht habe. Niemand ist so einsam und verlassen wie ein glücklicher Ehemann.«

»Woher wissen Sie das?«

»Ich sehe sie doch. Jetzt habe ich gerade einen vor Augen. Ich glaube, ich kaufe mir einen Sack voll kaltem Bier und sehe, ob bei Margie Young-Hunt etwas zu machen ist. Die hat keine festen Sprechstunden.«

»Soviel ich weiß, ist sie nicht in der Stadt. Sie hat meiner Frau gesagt – zumindest meine ich, sie hätte das getan –, sie wolle nach Maine hinauffahren, bis die Hitze vorüber ist.«

»Der Teufel soll sie holen. Nun, was sie nicht kriegt, verdient der Kneipenwirt. Ich werde ihm die traurigen Ereignisse meines verpfuschten Daseins erzählen. Der hört auch nicht zu. Na, Wiedersehn, Eth. Gehn Sie mit Gott, wie man in Mexiko sagt.«

Mit dem Narwalstock schlug ich auf dem Pflaster den Takt zu meinen Gedanken darüber, warum ich Joey das gesagt hatte. Sie würde nicht sprechen. Das würde ihr das Spiel verderben. Sie mußte die Nadel in ihrer Handgranate behalten. Ich weiß nicht, warum.

Als ich aus der High Street in die Elm Street einbog, sah ich den Chrysler vor dem alten Hawleyschen Haus stehen. Aber er wirkte mehr wie ein Leichen- als ein Güterwagen. Er war schwarz, aber glanzlos durch die Regentropfen und Schlammspritzer der Landstraße. Er hatte Standlichter mit Mattglas.

Es muß sehr spät gewesen sein. Aus den schlafenden Häusern der Elm Street fiel kein Lichtstrahl. Ich war durchnäßt; ich mußte auch irgendwo in eine Pfütze getreten sein. Meine Schuhe gaben einen feucht quietschenden Laut von sich, wenn ich ging.

Durch die beschlagene Windschutzscheibe erblickte ich einen Mann mit einer Chauffeurmütze. Ich blieb vor dem Wagenungetüm stehen und klopfte mit den Fingerknöcheln an das Glas, worauf das Fenster mit einem elektrischen Zischlaut niederging. Ich spürte die unnatürliche Luft der Klimaanlage auf meinem Gesicht.

»Mein Name ist Ethan Hawley. Suchen Sie mich?« Durch die Finsternis erkannte ich Zähne, schimmernde, durch das darauf fallende Laternenlicht aus dem Dunkel hervortretende Zähne.

Der Wagenschlag öffnete sich automatisch, und ein schlanker, gutangezogener Mann stieg aus. »Ich bin von Dunscombe, Brock & Schwin, Abteilung Fernsehen. Ich muß mit Ihnen sprechen.« Er warf einen Blick auf den Chauffeur. »Nicht hier. Können wir ins Haus gehen?«

»Immerhin. Es schläft ja wohl alles. Wenn Sie leise sprechen . . .«

Er ging mir über den fliesenbelegten Pfad nach, der den schwammigfeuchten Rasen durchquerte. In der Diele brannte die Lampe. Beim Hindurchgehen stellte ich den Narwalstock in den Elefantenfuß.

Im Haus herrschte Stille, aber es schien nicht die richtige Stille zu sein, sie hatte etwas Nervöses. Ich warf einen Blick durch das Treppenhaus hinauf nach den Schlafzimmertüren.

Ich drehte die Leselampe über meinem großen alten Sessel an.

»Muß ja etwas Wichtiges sein, daß Sie so spät herkommen.«

»Stimmt.«
Ich konnte ihn jetzt richtig sehen. Seine Zähne waren sozusagen seine Botschafter, die von seinen müden, aber doch wachsamen Augen nicht unterstützt wurden.
»Wir möchten diese Sache diskret behandeln und sie nicht an die Öffentlichkeit dringen lassen. Es war ein böses Jahr für uns, wie Sie wohl wissen. Die Quizskandale, dann der Wirbel mit den ›Doppelt-oder-nichts‹-Auszahlungen, schließlich die Untersuchungen durch die Kongreßausschüsse – das schlug dem Faß den Boden aus. Wir müssen uns sehr in acht nehmen.«
»Könnten Sie mir nicht mitteilen, was Sie von mir wünschen?«
»Haben Sie den Aufsatz Ihres Jungen zum ›Ich-liebe-Amerika‹-Preisausschreiben gelesen?«
»Nein. Er wollte mir eine Überraschung bereiten.«
»Das ist ihm gelungen. Ich weiß nicht, wieso es bei uns nicht gemerkt worden ist, aber es ist nun einmal so.« Er reichte mir einen blauen Aktendeckel. »Lesen Sie das Angestrichene.«
Ich lehnte mich in den Sessel zurück und schlug den Aktendeckel auf. Die Bogen waren entweder bedruckt oder auf einer jener neumodischen Schreibmaschinen getippt, deren Buchstaben wie gedruckte Lettern sind; das Ganze war jedoch entstellt durch dicke schwarze Bleistiftstriche an beiden Rändern.

Ich liebe Amerika
von
Ethan Allen Hawley II

»Was ist ein Menschenwesen? Ein Atom, fast unsichtbar ohne Vergrößerungsglas, lediglich ein Pünktchen auf der Oberfläche des Weltalls; zeitlich gesehen nicht eine Sekunde verglichen mit der unermeßlichen, niebeginnenden und nieendenden Ewigkeit, ein Wassertropfen im Weltmeer, der verdampft und davongetragen wird von den Winden, ein Sandkörnchen, das bald versammelt wird zu dem Staub, dem es entstammt. Darf ein so kleines, so unbedeutendes, so flüchtiges, so vergängliches Wesen sich dem Vormarsch einer großen Nation widersetzen, die in künftigen Jahrhunderten und aber Jahrhunderten bestehen soll, sich der langen Linie der Nachkommenschaft widersetzen, welche, unsern Lenden entsprungen, ausharren wird, solange die Welt besteht? Tragen wir Sorge zu unserm Vaterland, erheben wir uns zur Würde lauterer, uneigennütziger Patrioten, und bewahren wir unser Vaterland vor allen drohenden Gefahren. Was sind wir – wir alle, ein jeder von uns – wert, wenn wir nicht bereit und gewillt sind, uns zu opfern für das Vaterland?«
Ich blätterte die Bogen durch; überall bemerkte ich die Bleistiftstriche.
»Erkennen Sie das?«

»Nein. Es kommt mir bekannt vor ... Es hört sich an wie im vorigen Jahrhundert geschrieben.«
»Stimmt. Aus einer Rede von Henry Clay im Jahre 1850.«
»Und das übrige — alles von Henry Clay?«
»Nein, Kraut und Rüben, ein Stückchen von Daniel Webster, ein paar Sätzchen von Jefferson und, so wahr mir Gott helfe, eine Anleihe aus Lincolns Antrittsrede zur zweiten Amtszeit. Ich weiß nicht, wieso uns das entgehen konnte. Wahrscheinlich weil wir Tausende von Einsendungen zu lesen hatten. Dem Heiland sei Dank, daß wir es noch rechtzeitig gemerkt haben — sonst nach all den Skandalen bei der Television ...«
»Es klingt doch nicht nach dem Prosastil eines Halbwüchsigen.«
»Ich weiß nicht, wie das passiert ist. Und es wäre möglicherweise durchgeschlüpft, wenn wir nicht eine Postkarte bekommen hätten.«
»Eine Postkarte?«
»Ja, eine Ansichtskarte vom Empire State Building.«
»Von wem?«
»Ohne Unterschrift.«
»Wo abgesandt?«
»In New York.«
»Lassen Sie mich die Karte sehen.«
»Die befindet sich hinter Schloß und Riegel, falls irgendwelche Scherereien entstehen. Sie wollen uns doch keine Scherereien machen, wie?«
»Was wollen Sie also?«
»Ich will, daß Sie die ganze Geschichte vergessen. Wir werden sie fallenlassen und vergessen — wenn Sie das tun.«
»Das ist nicht so leicht zu vergessen.«
»Aber, zum Teufel, ich meine ja bloß, Sie sollen den Mund halten, weiter nichts, uns keine Scherereien machen. Es war ein böses Jahr. Und jetzt im Wahljahr wird alles ausgegraben.«
Ich schlug den dicken blauen Aktendeckel zu und reichte ihn dem Besucher wieder. »Ich werde Ihnen keine Scherereien machen.«
Seine Zähne traten hervor wie eine Reihe regelmäßiger Perlen. »Ich wußte es ja. Ich habe es bei uns gesagt. Ich habe mich nach Ihnen erkundigt. Sie haben einen guten Leumund, sind aus guter Familie.«
»Wollen Sie jetzt bitte gehen.«
»Ich möchte Ihnen nur noch sagen, daß ich Ihre Gefühle verstehe.«
»Danke. Ich verstehe auch Ihre Gefühle. Was man verheimlichen kann, das ist nicht vorhanden.«
»Ich möchte nicht gehen, solange ich Sie zornig weiß. Mein Spezialfach ist Public Relations. Wir könnten etwas ausfindig machen. Ein Stipendium oder dergleichen. Jedenfalls etwas Würdiges.«

»Tritt die Sünde in den Streik um einer Lohnerhöhung willen? Nein, aber gehen Sie jetzt, bitte.«
»Wir werden schon etwas finden.«
»Davon bin ich überzeugt.«
Ich ließ ihn hinaus, setzte mich dann wieder hin, drehte das Licht ab und horchte in mein Haus hinein. Es pochte dumpf wie ein Herz, vielleicht war es mein Herz, und im alten Haus nur ein Rascheln. Es fiel mir ein, zum Schränkchen zu gehen und den Talisman in die Hand zu nehmen. Ich war schon aufgestanden.
Da hörte ich einen knirschenden Laut und ein Wiehern wie von einem erschrockenen Füllen, darauf rasche Schritte in der Diele und danach Stille. Meine Schuhe quietschten, als ich die Treppe hinaufging. Ich begab mich nach Ellens Zimmer und knipste das Licht an. Sie lag zusammengerollt unter einem Leinentuch, den Kopf unter das Kissen gesteckt. Als ich dieses zu heben versuchte, hielt sie es fest, so daß ich es ihr wegreißen mußte. Aus dem einen Mundwinkel sickerte ihr ein Streifen Blut.
»Ich bin im Badezimmer ausgerutscht.«
»So. Schlimm verletzt?«
»Ich glaube nicht.«
»Mit andern Worten: es geht mich nichts an.«
»Ich wollte nicht, daß er ins Gefängnis kommt.«
Allen saß auf seinem Bettrand; er hatte nichts an als seine Jockeyunterhosen. Seine Augen — nun, sie ließen mich an eine in die Ecke getriebene Maus denken, die zumindest einen Schlag mit dem Besen erwartet.
»Die gemeine Petze!«
»Hast du alles gehört?«
»Ich habe gehört, was die gemeine Petze getan hat.«
»Hast du auch gehört, was du getan hast?«
Die gehetzte Maus ging zum Angriff über. »Wer kümmert sich darum? Das tun alle. So kriegt man sein Stück vom Kuchen ab.«
»Glaubst du das wirklich?«
»Liest du keine Zeitungen? Alle bis ganz hoch hinauf. Lies bloß die Zeitungen. Ich wette, du hast dir seinerzeit auch eine Scheibe abgeschnitten; das tut ja jeder. Ich will nicht für jeden x-beliebigen die Zeche zahlen. Mir ist alles egal. Bis auf die gemeine Petze da.«
Mary wacht immer langsam auf, aber jetzt war sie wach. Vielleicht hatte sie gar nicht geschlafen. Sie saß bei Ellen auf der Bettkante. Vom Schein der Straßenlaterne beleuchtet, das Gesicht von Blätterschatten überflogen, wirkte sie wie ein Felsen, ein großer Granitfelsen inmitten rasender Brandung. Ja, es war schon so: sie war zäh wie ein Schuh, unbewegt, unnachgiebig, fest und sicher.

»Kommst du ins Bett, Ethan?«
Sie hatte also ebenfalls gehorcht.
»Noch nicht, mein Liebes.«
»Gehst du noch einmal aus?«
»Ja — ich mache einen Spaziergang.«
»Du brauchst Schlaf. Es regnet auch noch. Mußt du denn unbedingt fortgehen?«
»Ja. Ich muß an einen bestimmten Platz.«
»Nimm deinen Regenmantel mit. Vorhin hast du ihn vergessen.«
»Ja, mein Herz.«
Ich gab ihr keinen Kuß. Mit der zusammengerollten und zugedeckten Gestalt neben ihr war es nicht möglich. Doch ich streichelte ihre Schulter und ihr Gesicht — was sie, zäh wie ein Schuh, über sich ergehen ließ.
Dann ging ich kurz ins Badezimmer, um ein Päckchen Rasierklingen zu holen. In der Diele wollte ich gerade den Regenmantel aus dem Schrank nehmen, um Marys Wunsch nachzukommen, als ich Balgen, Scharren, Rennen hörte, und dann warf sich, schluchzend und aufschnupfend, Ellen um meinen Hals. Sie drückte ihre blutende Nase an meine Brust und hielt meine Ellbogen nach unten gepreßt mit ihren umschlingenden Armen. Ihr ganzes Körperchen bebte. Ich faßte sie bei der Stirnlocke und zog ihren Kopf hoch ins Licht der kleinen Dielenlampe.
»Nimm mich mit.«
»Dummchen, das kann ich nicht. Aber wenn du jetzt in die Küche mitkommen willst, dann wasche ich dir das Gesicht ab.«
»Nimm mich mit. Du kommst nicht wieder.«
»Was soll das heißen, Kleines? Natürlich komme ich wieder. Ich komme immer wieder. Du gehst jetzt ins Bett und ruhst dich aus. Dann wird dir besser.«
»Du nimmst mich nicht mit?«
»Dort, wohin ich gehe, läßt man dich nicht ein. Willst du im Nachthemd draußen stehen?«
»Du darfst nicht.«
Sie umklammerte mich wieder, mit den Händen koste und streichelte sie meine Arme, meine Hüften, grub die geballten Fäuste in meine Rocktaschen, so daß ich schon befürchtete, sie werde die Rasierklingen finden. Auf einmal ließ sie mich los, trat zurück, den Kopf gehoben und die Augen ruhig, tränenlos. Ich küßte sie auf die schmutzige kleine Wange, wobei ich geronnenes Blut auf meinen Lippen spürte. Dann wandte ich mich um und ging zur Tür.
»Nimmst du nicht deinen Stock mit?«
»Nein, Ellen. Jetzt nicht. Geh zu Bett, mein Liebes, geh ins Bett.«
Ich lief fast davon. Ich lief wohl von ihr und Mary davon. Ich konnte noch hören, wie Mary mit gleichmäßigen Schritten die Treppe herabkam.

Die Flut war im Ansteigen. Ich watete durch das warme Buchtwasser und kletterte auf mein »Plätzchen«. Eine langsame Grunddünung flutete durch den Eingang ein und aus, das Wasser floß mir in die Hosenbeine. Das dicke Portefeuille in meiner Hintertasche schwoll an meiner Hüfte auf, wurde dann aber, als es durchweicht war, unter meinem Gewicht immer dünner. Das sommerliche Seewasser war bevölkert mit kleinen Quallen in der Größe von Stachelbeeren, an denen die Fühler und Nesselzellen baumelten. Sie wurden an meine Beine und meinen Bauch gespült; ich spürte ihre Stiche wie winzige scharfe Flammen. Ein und aus hauchte die sanfte Dünungswelle. Der Regen hatte sich in dünnen Nebel verwandelt, in dem sich das Licht aller Sterne und Straßenlaternen sammelte und gleichmäßig zerstreut wurde zu einem dunklen, zinnfarbigen Schein. Ich konnte den dritten Felsen erkennen, doch von hier aus lag er nicht in einer Linie mit der Spitze über dem gesunkenen Kiel der »Belle-Adair«. Eine stärkere Woge schlug herein, hob meine Beine hoch und gab ihnen die Empfindung, frei und getrennt von mir im Raum zu schweben. Ein heftiger Wind sprang auf wie aus dem Nichts und trieb den Nebel auseinander wie eine Schafherde. Dann sah ich einen Stern, einen spät, verspätet am Horizont aufgehenden Stern. Darauf kam ein Boot hereingeknattert, dem schleppenden, dumpfen Klang seines Motors nach mußte es auch ein Segel haben. Über das zahnartig gezackte Gehäufe des Wellenbrechers hinweg sah ich den Schein seiner Mastlaterne; die roten und grünen Lichter waren unterhalb meines Sichtkreises.

Meine Haut brannte von den Quallenstichen. Ich hörte einen Anker fallen, und dann ging das Mastlicht aus.

Marullos Licht brannte noch, auch das des alten Käpt'n und das Tante Deborahs.

Es ist nicht wahr, daß es eine Lichtgemeinschaft gibt, einen einzigen Weltfeuerbrand. Jeder trägt sein eigenes Licht, sein einsames Eigenlicht.

Mit leisem Rauschen flitzte ein Schwarm futtersuchender kleiner Fische am Ufer vorbei.

Mein Licht ist aus. Es gibt nichts Schwärzeres als einen Docht.

Inwendig sagte ich zu mir, ich möchte heimgehen – nein, nicht heim, sondern auf die andere Seite des Daheim, dahin, wo die Lichter verteilt werden. Es ist so viel dunkler, wenn ein Licht ausgeht, als es gewesen wäre, wenn es nie geleuchtet hätte. Die Welt ist voll von dunklen Überbleibseln. Besserer Stil war es – die Marulli von Rom wußten darüber Bescheid –, wenn die Stunde zum anständigen, ehrenhaften Rückzug kam, ohne Theater, ohne Qual für einen selbst oder die Familie – nur ein Lebewohl, ein warmes Bad und eine geöffnete Schlagader – ein warmes Meer und eine Rasierklinge.

Die Grunddünung der steigenden Flut fegte in mein »Plätzchen« hinein, hob meine Beine und Hüften hoch, schwenkte sie herum und riß meinen nassen, zusammengeknäuelten Regenmantel mit hinaus.
Ich wälzte mich herum auf die eine Hüfte, griff in die Seitentasche nach den Klingen und fühlte den Stein. Erstaunt erinnerte ich mich der kosenden, streichelnden Hände der Lichtbringerin. Einen Augenblick lang wollte er nicht aus meiner nassen Tasche herausgehen. Dann, als ich ihn in der Hand hielt, sammelte er jeden vorhandenen Funken Licht und schien rot, dunkelrot.
Eine hohe Welle warf mich gegen die Hinterwand der Höhle. Der Wellenrhythmus wurde schneller. Ich mußte gegen das Wasser ankämpfen, um hinauszukommen, und ich mußte hinaus. Ich rollte, strampelte, spritzte, bis zur Brust in der Brandung, und die immer stärker werdenden Wellen warfen mich gegen die alte Seemauer.
Ich mußte zurück, ich mußte den Talisman seinem neuen Besitzer wiederbringen.
Sonst ging vielleicht noch ein Licht aus.